동화 속 악역의
완벽한 엔딩 플랜

동화 속 악역의
완벽한 엔딩 플랜 1

피치파이 장편소설

초판 1쇄 찍은 날 | 2023년 6월 23일
초판 1쇄 펴낸 날 | 2023년 6월 30일

지은이 | 피치파이
펴낸이 | 권태완 우천제

편집책임 | 이고은
편집 | 박가연 박은정 장현아 이예린 양별 이지아 구정은 강명은 김솔

펴낸곳 | (주)케이더블유북스
등록번호 | 제25100-2015-43호
등록일자 | 2015. 5. 4
WFN | 제3-082호

주소 | 서울특별시 구로구 디지털로31길 38-9 에이스테크노타워 1차 401호
전화 | 02-867-4626 팩스 | 02-866-4627
E-mail | cl_production@kwbooks.co.kr

ISBN 979-11-404-6907-9 04810
      979-11-404-6906-2 (set)

피치파이 장편소설

동화 속 악역의
완벽한
엔딩 플랜

1

워치북

CONTENT

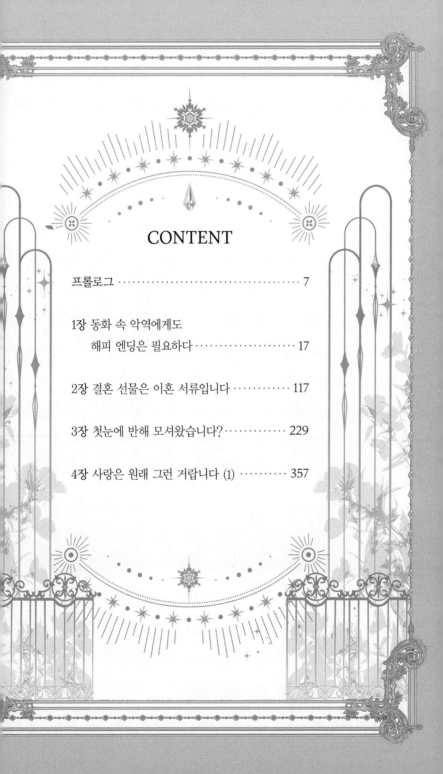

프롤로그

-아파요……. 살려줘…… 아파…….

가슴을 찌르는 것 같은 가느다란 소리. 머리가 지끈거렸다.

-또야? 제발 그만 좀 해.

내 머릿속에서 또 다른 누군가가 울부짖었다.

나는 필사적으로 변명하려 했다. 아냐, 지금 그건 내가 말한 게 아니야. 내 의지가 아니었어, 라고. 하지만 몸이 의지대로 움직이지 않았다. 그 와중에도 머릿속 목소리는 끊이지 않고 이어졌다.

-닥쳐. 그만, 그만하란 말이야!

-아파…… 아파요……

가느다란 목소리의 주인이 어린 여자아이라는 걸 깨달은 순간, 나는 눈을 번쩍 떴다.

"서연아!"

내 사랑스러운 조카, 우리 언니 딸. 나는 조카의 이름을 외치며 얼른 옆을 돌아보았다.

하지만 내 옆에는 아무도 없었다. 언니도, 조카도 온데간데없이 사라졌다. 주위를 둘러보느라 고개를 조금 움직였는데, 그것도 움직인 거라고 몸이 여기저기 쑤시고 아팠다.

내가 누워 있는 곳은 침대였다. 생전 처음 보는 커다란 침대.

분명 조금 전까지 언니가 운전하던 차에 타고 있었는데.

언니의 비명이 들리고, 차가 뒤집히는 듯한 큰 충격이 있었던 것까지는 기억이 났다. 사고가 났나 보다.

'그럼…… 여긴 병원인가?'

그런데 침대며 주변 환경이 영 병원 같지가 않은데.

나는 급히 몸을 일으켰다. 아니, 일으키려 했다.

"아악……!"

순간 너무 아파서 비명이 절로 나왔다. 머리가 깨질 것만 같은 두통이 엄습해 왔다. 나는 양손으로 머리를 부여잡았다. 누군가 내 머릿속에 벌겋게 달군 용광로를 통째로 들이붓는 것 같았다.

그와 동시에 이상한 기억이 흘러들어 왔다.

처음 보는 장소, 생소한 사람들…….

다른 사람의 기억이었다.

대학교 4학년 마지막 학기를 맞아 취업 준비를 하느라 열심히 면접을 보러 다니는 학생이 나다.

보석으로 온몸을 휘감고 밤마다 파티란 파티는 전부 참석해 고주망태가 될 때까지 술을 들이켜는 소녀도 나다.

하나뿐인 언니가 낳은 조카가 너무나 예뻐서 매일같이 업고 다니고 싶어 하는 것도 나다.

오라비건 여동생이건, 가족이라면 진저리 치도록 싫어서 집 안에서조차 마주치고 싶지도 않아 하는 것도 나였다.

내 몸속에 존재하는 두 사람의 자아. 둘 다 나였다.

나와 내가 한 몸 안에서 맹렬하게 부딪혔다. 물과 기름을 한 컵 안에 붓고 마구 휘저은 것 같았다. 두 개의 자아는 격렬하게 부딪히면서도 섞이지는 않았다. 어느 쪽의 나도 몸의 주도권을 쥐지 못하자 경련이 일었다.

그때였다.

"마르시아 아가씨!"

침대 옆에서 누군가의 목소리가 들려왔다.

"……!"

동시에 파도가 휘몰아치던 물과 기름이 뒤섞인 용액이 잠잠하게 가라앉았다. 그리고 물 위로 기름이 떠오르듯, 내 자아가 서서히 떠올랐다.

아, 그 순간 깨달았다.

또 다른 나의 이름은 마르시아 블리크, 열일곱 살.

나는 방금 빙의했다. 조금 전까지 조카에게 읽어주고 있던 동화책에.

나는 언니가 모는 차의 뒷좌석에 타고 있다가 교통사고를 당했다.

동시에 쏟아지는 빗속에서 이 저택으로 돌아오던 중 마차 사고를 당했다.

그냥 알 수 있었다. 두 사건은 한 치도 어긋남 없이 정확하게 같은 시각에 일어났다는 걸.

교통사고를 당하는 순간 나는 차의 뒷좌석에 앉아 조카에게 동화책을 읽어주고 있었다. 서연이가 가장 좋아하는 동화책이었다.

조카가 혀 짧은 목소리로 '이모, 이거 읽어줘' 하며 배시시 웃으면 나는 몇 번이고 다시 읽어주었다. 이젠 눈을 감고도 한 글자도 틀리지 않고 욀 수 있었다.

나는 지금 그 동화책의 등장인물이다. 그것도 주인공을 괴롭히는 못된 언니. 동화책에는 언니의 이름은 나오지 않았지만 그 여자가 나란 걸 알 수 있었다.

'우선 내 눈으로 확인해야 해. 지금 이곳이 그 동화 속이 맞는지부터.'

제일 빠르고 확실한 방법은 지하실에 가보는 것이리라.

나는 얼른 마르시아의 기억을 뒤적거렸다.

'지하실로 어떻게 내려가지?'

자극받은 그녀의 기억 한 방울이 표면으로 떠올랐다.

'아, 그렇지. 숨겨둔 열쇠가 필요해.'

나는, 마르시아는 침대에서 몸을 일으켰다.

"으아."

절로 신음이 나왔다. 마차 사고를 당한 몸이 삐거덕거렸다.

"아, 아가씨, 조금 더 누워 계셔야 해요."

"비켜."

못 일어나게 말리려던 하녀를 내 안의 마르시아가 확 밀쳤다. 하녀는 그 서슬에 방바닥으로 나가떨어졌다.

'와, 깜짝이야.'

나는 마르시아의 의지로 움직인 팔을 얼른 거둬들였다. 다행히 팔은 다시 내가 원하는 대로 움직였다. 우리의 영혼은 일부 섞이긴 했지만 완전히 섞여 하나가 된 건 아닌 것 같았다.

'아무리 그래도 그렇지, 날 걱정해 주는 사람을 저렇게 밀쳐도 돼?'

나는 얼른 하녀에게 사과하려고 했다.

-그럼 안 될 건 뭐야? 기껏해야 고용인인데.

마르시아의 불쾌감이 전해져 왔다. 덩달아 나도 불쾌해져서 사과의 말을 꺼내지 못했다.

그사이 하녀는 얼른 일어나서 앞치마 위로 양손을 모으고 섰다. 자주 있는 일인지 별로 충격받은 표정도 아니었다. 하녀가 나를 향해 고개를 숙여 보였다.

"누가 네 마음대로 들어오랬어? 당장 나가."

나는 질색했지만 이미 늦었다.

마르시아가 모진 말투로 하녀를 질책해 밖으로 내쫓았다. 하녀는 공손한 태도로 복종했다. 곧 방 안에는 나 혼자 남았다. 내가 의도하지 않은 말이 내 입 밖으로 나가는 기분은 정말 이상했다.

으. 침대에서 억지로 벗어나자 다리가 후들거렸다. 얻어맞은 것처럼 아팠지만, 꾹 참고 침실에 연결된 옆방으로 향했다. 개인 서재 겸 응접실이다.

마르시아는 책을 전혀 읽지 않지만, 장식용으로 구비해 둔 책장이 거기 있었다. 마르시아의 기억에서 본 대로, 가장 구석에 있는 책장에서 제일 아래 칸의 세 번째 책을 조심스레 꺼냈다. 그리고 빈자리에 손을 넣었더니 작은 손잡이가 만져졌다.

손잡이를 당기자 책장의 다른 칸에서 찰칵, 하고 비밀 서랍이 열리는 소리가 났다. 나는 얼른 서랍 안에 들어 있던 것을 꺼냈다.

손수건에 열쇠 두 개가 곱게 싸여 있었다. 지하실 열쇠였다.

'……진짜 있잖아.'

이 열쇠를 직접 쓰는 것은 정말 오랜만이었다. 마르시아는 벌써 몇 년이나 지하실에 내려가지 않았으니까.

그녀는 지하실을 두려워했다.

마르시아의 방은 저택의 꼭대기에 있었다. 보통 꼭대기 층이나 다락방은 고용인들의 몫이다. 하지만 그녀는 이 가문의 아가씨임에도 불구하고 고집을 부려 저택의 가장 위층 방을 차지했다.

지하실에서 가장 먼 방이 필요했으니까.

덕분에 계단을 내려가는 길은 끝도 없이 길었다. 보통 꼭대기 층으로 올라가는 계단은 아무런 장식도 없고 조명마저 없어 싸늘하고 어둡게 마련이었다. 이 집은 그래도 아가씨 방으로 가는 길이라고 계단에 카펫이 깔려 있었다.

한 발 한 발 내디딜 때마다 주머니에 넣어둔 열쇠에서 짤랑거리는 소리가 났다. 그에 맞춰 심장 박동이 점차 빨라졌다.

마르시아 때문이었다.

-꼭 이래야겠어? 지하실에 내려가지 않아도 확인할 방법은 없냐고! 난 거기가 싫어!

머릿속에서 마르시아가 비명을 질렀다. 나는 그 소리를 무시하고 계속 계단을 성큼성큼 내려갔다.

여기가 그 동화 속이 맞다면, 꼭 내 눈으로 확인해야 했다. 가장 중요한 것을. 지하실에 내려가면 간단하게 알 수 있다.

지하 1층은 별다를 것 없는 창고였다. 하지만 창고를 지나 한 층 더 내려가면, 계단의 끝에 육중한 철문이 하나 나타난다.

가슴이 주체할 수 없을 정도로 심하게 뛰었다. 긴장한 마르시아 때문에 등에서 식은땀이 줄줄 흘렀다.

"후우."

나는 호흡을 가다듬으며 주머니를 뒤져 열쇠를 꺼냈다.

철문의 열쇠 구멍에 열쇠를 넣고 돌리자 끼익, 하고 기분 나쁜 소리가 나며 문이 열렸다. 문 안에는 다른 문이 하나 더 있고, 문과 문 사이의 짧은 복도에 회초리며 채찍이 종류별로 가지런히 벽에 걸려 있었다. 죄다 손잡이의 색이 시커멓게 바랬거나 끝이 닳은 것이, 사용한 흔적이 역력했다.

나는 몸서리를 치며 두 번째 문으로 다가갔다. 두 번째 문도 열쇠로 손쉽게 열 수 있었다. 문 안은 어두웠고, 어디선가 비릿하고 역한 냄새가 풍겼다. 나는 들고 온 램프를 앞으로 내밀며 안으로 들어섰다.

어른거리는 불빛에 드러난 것은 아름답게 꾸며진 귀족 소녀의 침실이었다.

아마 마지막으로 손댄 건 거의 십 년 전이겠지만, 덕분에 방을 장식한 모든 것이 어딘가 낡고 바래 있었다.

주위를 둘러보며 조심스럽게 몇 걸음 더 안으로 다가서자, 한쪽 구석에서 인기척이 느껴졌다.

'⋯⋯!'

나는 마른침을 삼키며 램프를 든 손을 그쪽으로 내밀었다.

방구석, 나무 의자 뒤에 작은 몸집의 소녀가 몸을 웅크리고 숨어 있었다. 빛이 닿자 눈이 부신지 얼굴을 찡그렸다가, 램프를 든 사람이 누구인지 확인하고는 눈이 동그랗게 커졌다.

'와, 미친⋯⋯.'

절로 탄성이 나왔다.

소녀는 도저히 이 세상 사람 같지 않을 정도로 아름다웠다.

어깨를 타고 구불거리며 흘러내린 눈부신 은발, 햇빛을 받은 여름의 신록 같은 진한 초록빛 눈동자. 이목구비는 완벽한 조화를 이루며 흠 하나 없는 얼굴 위에 가지런히 배치되어 있었다.

그러나 햇빛이라고는 본 적 없는 피부는 하얗다 못해 창백했고, 평생을 지하실에 갇혀 살아온 얼굴에는 절망만이 가득했다. 어깨와 팔에는 말라붙은 핏자국이 점점이 묻어 있었다. 아마 성한 곳은 얼굴뿐이리라.

확실했다. 이 아이는 마르시아의 동생이다.

라리사 블리크, 이제 고작 열세 살. 바로 이 동화의 여주인공이었다.

나는 속으로 탄식을 내뱉었다.

'망했다.'

삼 년. 내 인생 이제 앞으로 딱 삼 년 남았다.

나는 머리를 움켜쥐었다.

1장

동화 속 악역에게도 해피 엔딩은 필요하다

나는 원작을 한 글자도 빠짐없이 외우고 있었지만, 그게 크게 도움이 될지는 알 수가 없었다. 왜냐고? 원작이 동화라서 그렇다.

어린아이를 위한 책이다 보니, 보통 책에 비하면 내용이 매우 간략했다. 너무 간단해서 별 단서가 없는 것이다. 심지어 등장인물들에게는 이름조차 없었다.

대신 책에는 아주 예쁜 삽화가 그려져 있었다. 짧은 책이었지만 매 페이지마다 그려진 그림은 어른인 내 혼마저도 쏙 빼놓을 정도로 아름다웠다.

나는 책에 그려져 있던 여주인공 그림을 떠올리면서 눈을 가늘게 떴다. 눈앞에 있는 작은 소녀는 그럭저럭 그림하고 닮았다. 은발에 초록색 눈동자를 가졌다는 점이 특히.

'진짜 그 동화의 여주인공인지 확실히 알 방법이 있긴 한데.'

그렇지만 내가 '그걸' 직접 실행할 용기는 없었다. 어깨가 절로 움츠러들었다.

마르시아는 동생을 싫어했다. 지하실에 가기 싫어했던 것은 그 탓도 있었다.

동생이 싫고, 지하실에 가는 것은 몇 배로 더 싫어서, 마르시아는 일부러 집 밖으로 나돌았다. 파티란 파티에는 모조리 참석하고 술을 퍼마시며 이 집안 꼴을 잊으려 애썼다.

'그 결과가 이 꼴이지.'

나는 동화책의 결말을 떠올리며 입술을 짓씹었다.

마르시아도 동생의 이런 꼴을 보니 마음이 좋지 않았던 모양이다. 욕지기가 올라와 구역질을 참으며 한 발 물러섰다.

그때였다. 지하실 바깥쪽이 소란스러워졌다. 누군가가 쿵쿵 발소리를 내며 이쪽으로 다가오고 있었다.

누구일지는 뻔했다. 이 지하실 비밀 방의 이중 열쇠를 가진 사람은 이 집안에 셋뿐이었다. 마르시아, 아버지, 그리고 오빠.

곧이어 문을 열고 들어선 자는 몸집도 생김새도 평범하기 그지없는 중년 남자였다.

"마르시아?"

짐작했던 대로 아버지인 이고르 블리크였다.

"네가 웬일로 여기 와 있느냐?"

손에 회초리를 들고 방 안으로 들어서던 이고르는 예상치 못한 인물을 보고 깜짝 놀라며 물었다.

'어? 마르시아는 평소에 아버지랑 어떤 사이였지?'

마르시아는 그를 본체만체해 버렸기에, 나는 어찌할 바를 몰라 우물쭈물 그저 입꼬리만 끌어 올려 보였다. 대충 미소 짓는 것처럼 보이겠지.

이고르는 성큼성큼 다가오더니 내 어깨를 토닥였다.

"마차 사고를 당했다더니, 그래도 여기까지 내려온 걸 보면 크게 다치지는 않은 모양이구나. 그렇다고 해도 사고 후에 바로 움직이는 것은 좋지 않단다, 애야. 가서 좀 누워 쉬거라."

그의 말투는 부드러웠지만, 회초리 끝으로 문을 가리키는 동작은 단호했다.

"나가 있거라."

나는 얼떨결에 시키는 대로 지하실을 나왔다. 등 뒤로 지하실 문이 육중하게 닫혔다.

하지만 나는 저택 꼭대기 방으로 바로 돌아가지 못했다. 닫힌 문 안쪽에서 생각지도 못한 소리가 들려온 것이다.

"이번 사업이 또 망한 건 너 때문이 아니냐!"

"네가 제때 울지 않아서 배가 가라앉은 거야!"

아버지 입에서 나왔다고는 믿을 수 없는 말이 계속해서 들려왔다. 그사이에 가느다란 비명이 섞인 것도 같았다. 등줄기에 소름이 쫙 돋았다.

……잠깐. 안에 있는 건 열 살이라고 해도 믿을 만큼 몸집이 작은 여자애 하나뿐이었다고!

평소의 마르시아였다면 이미 저택 꼭대기의 자기 방으로 돌아가고도 남았을 것이다. 하지만 이제 마르시아의 몸에는 내가 깃들어 있었다. 도저히 계속 듣고 있을 수가 없어, 문을 열고 다시 지하실 안으로 뛰어 들어갔다.

이고르는 뒤를 흘끔 돌아보았지만 회초리를 든 팔은 멈추지 않았다.

나는 비명을 질렀다.

"아버지!"

그제야 이고르는 손을 멈추고 허리를 폈다. 그는 숨을 조금 헐떡거렸다.

"우리 마르시아, 이 아비가 방으로 돌아가 쉬라고 하지 않았니. 곧 의원을 보내주마."

와, 목소리 부드러운 것 좀 봐. 방금 전까지 막내딸에게 윽박지르던 목소리와는 영 판판이었다. 저 말만 듣자면 오히려 자애로운 아버지처럼 느껴질 정도였다.

"지금 말이다, 아주 잠깐 의원을 부를 돈이 떨어졌는데 금방 도로 생길 거란다. 저 계집애가 울기만 하면 말이야."

그렇게 말하며 다시 돌아서는 이고르의 얼굴이 금세 잔악하게 변했다.

믿을 수가 없었다. 마르시아와 라리사는 둘 다 틀림없이 그의 친딸인데도, 한 명은 부드러운 말투로 챙겨주고 다른 한 명은 매정하게 매질하다니. 그것도 서로가 보는 눈앞에서.

'이 정도였어? 이렇게까지 잔인하게 굴었단 말이야?'

나는 아연해졌다. 몇 년이나 지하실에 내려와 보지 않아 마르시아는 거의 잊고 살았다. 아니, 필사적으로 잊으려고 노력했다.

그때였다. 힘없이 한쪽으로 축 늘어진 라리사의 눈에서 반짝이는 것이 몇 방울 볼을 타고 흘러내렸다. 마른 뺨을 타고 턱 끝에 잠시 맺혔다가 떨어진 눈물은 옷에 튕겨 나가 바닥으로 떨어졌다.

라리사의 눈물이 바닥에 부딪혀 구르자, 작지만 영롱한 소리가 났다.

"방금 그 소리……."

나는 깜짝 놀라 라리사가 앉은 쪽으로 고개를 돌렸다.

내가 발을 그리로 채 옮기기도 전이었다. 이고르가 괴상한 소리를 내며 짐승처럼 바닥으로 달려들었다. 그는 무릎을 꿇고 엎드려 맨손으로 더러운 바닥을 샅샅이 쓸었다.

잠시 후 희색이 가득한 얼굴로 일어선 그의 손에는 라리사의 눈물이 세 방울 담겨 있었다. 손에 담긴 눈물은 어두운 램프 빛에도 찬란하게 사방으로 빛을 반사했다.

"……!"

다이아몬드였다. 그것도 그냥 다이아몬드가 아니다. 요정의 눈물, 최상급 다이아몬드였다.

이고르는 얼른 조끼 안에서 작은 빌로드 주머니를 꺼내 조심스럽게 다이아몬드를 담았다.

"진작에 좀 울 것이지, 그렇게 고집을 피우니까 서로 쓸데없이 고생하지 않느냐."

주머니를 도로 조끼 안에 갈무리하는 그의 말투는 어느새 조금 부드러워져 있었다. 이고르가 핀잔을 주어도 라리사는 고개를 떨구고 꼼짝도 하지 않았다.

"평소에 물을 좀 많이 마셔두도록 해. 곧 상처를 돌봐줄 사람을 보내마. 마르시아, 그리고 보니 너도 돈이 떨어져서 내려온 게냐? 적당히 하거라."

어느새 의원을 불러주겠다는 말은 쏙 들어갔다. 이고르는 내 어깨를 가볍게 툭툭 치고는 지하실 밖으로 나가 버렸다.

나는 그 자리에 얼어 있었다. 방금 본 반짝이는 눈물이 눈앞에 아른거렸다.

'다이아몬드였어. 눈물이 진짜 다이아몬드로 변했어.'

그걸로 확신할 수 있었다. 이곳은 동화 속이 맞다는 걸.

동화의 주인공은 울면 눈물이 다이아몬드로 변하는 소녀였다.

가족들은 어릴 때부터 소녀를 가둬두고 집 밖으로는 한 발짝도 나가지 못하게 했다. 처음에는 아이가 울면 황송해하며 보석을 가져갔지만, 나중에는 울 때까지 매질을 하게 되었다.

그 와중에도 소녀는 너무나 아름답게 자라났다. 소녀가 열여섯 살이 되었을 때, 우연히 그 지방을 지나가던 젊은 왕자님이 소녀의 집에 묵게 된다.

왕자는 소녀를 본 순간 한눈에 반하고 만다. 그리하여 왕자는 소녀의 가족을 처형시키고 학대받던 소녀를 구해낸다. 두 사람은 결혼해서 영원히 행복하게 살았다.

그런 이야기였다.

눈물이 값진 보석으로 변하는 소녀와 욕심 많은 가족들.

'흔한 얘기긴 하지. 보석 부분만 빼면.'

나는 눈살을 찌푸렸다.

책 속에서 주인공은 돈주머니 취급을 받다가, 나중에는 학대를 받으며 한없이 눈물을 짜내기만 한다.

책에는 써 있지 않던 마르시아의 기억 속 자세한 내막도 그리 다르지 않았다. 어머니가 막내인 라리사를 낳고 돌아가신 후 아버지는 가망 없는 사업에, 오빠는 도박과 약에 보석을 아낌없이 쏟아부었다.

그래도 문제없었다. 돈은 얼마든지 생길 테니까.

그들에게는 라리사가 바닥없는 다이아몬드 광맥이었다.

마르시아도 마찬가지였다. 그녀는 사치에 빠져 있었다. 돈이 필요할 때면 직접 지하실로 내려가는 것이 아니라 대리로 유모를 보내 매질을 시킨 것이 다른 점이라면 다른 점이었다.

동화의 끝은 뭐다? 해피 엔딩이다. 구원자가 나타난다. 물론 젊고 잘생긴 왕자님이다. 주인공을 괴롭힌 악독한 가족들은 극형을 면치 못한다.

라리사는 지금 열세 살이었다. 왕자가 구하러 와서 가족들을 전부 죽이고 그녀를 구해 결혼할 때까지 남은 기간은 딱 삼 년.

'지금이라도 빨리 가진 거 다 들고 이 집구석에서 튀어야 해.'

그래야 목숨이라도 건질 수 있을 테니까.

'아니, 아직 삼 년 남았으니까 조금이라도 더 버티면서 돈을 더 모아서 나가는 게 나으려나?'

그때 지하실로 다가오는 또 다른 발걸음 소리가 들렸다.

"마르시아 아가씨? 여긴 웬일이세요?"

지하실로 들어선 것은 유모인 할리였다. 이 방에 들어올 수 있는 것은 가족 외에는 유모가 유일했다. 이고르가 나가면서 상처를 돌볼 사람을 보내겠다고 했으니, 그가 열쇠를 주어 보낸 것이 틀림없었다. 그 증거로 유모는 손에 깨끗한 물이 담긴 대야와 약상자를 들고 있었다.

나는 당황했지만, 태연한 척하며 팔짱을 꼈다.

"왜? 내가 오면 안 돼?"

"안 되긴요. 발걸음 안 하시던 분이 오셨기에 놀라서 그랬지요. 오늘은 직접 하실 건가요?"

직접 할 거냐니? 설마 지금 직접 때릴 거냐고 묻는 거야?

'미친…….'

나는 얼른 손사래를 쳤다.

"아니, 안 해. 볼일 봐."

"그러세요."

유모는 가볍게 머리를 숙인 다음 라리사에게 다가갔다. 나는 유모가 동생의 상처를 돌보는 것을 잠시 지켜보았다.

유모는 아무 감흥 없는 손길로 라리사의 상처를 소독하고 약을 바르기 시작했다. 약이 닿자 작은 몸이 움찔거렸지만, 반응이라고는 그게 전부였다.

그렇게 잔혹하게 학대하면서도 이고르는 라리사의 얼굴만큼은 손대지 않았다. 그것은 일종의 암묵적인 룰이었다.

놀랍도록 아름답고 말끔한 소녀의 목 아래로는 오래된 흉터가 가득했다. 한창 자랄 나이라 오동통해야 할 팔다리는 거미 다리처럼 가늘었다.

'살아남으려면 지금 당장이 아니라도 삼 년 내로 이 집을 나가기만 하면 돼.'

조금 전까지만 해도 그렇게 생각했었다.

하지만 이리저리 흔들리던 라리사와 얼핏 눈이 마주치자 가슴이 철렁했다.

'저런 애를 어떻게 내버려 둬? 더 맞으라고? 삼 년이나?'

죄라도 지은 기분이었다. 아니, 실제로 지은 건가?

나는 입술을 깨물었다.

'쟨 이제 겨우 열세 살이잖아.'

나는 저쪽에서의 삶을 떠올렸다. 사랑해 마지않는 조카 서연이의 얼굴이 아른아른했다. 나는 서연이를 내 아이처럼 예뻐했다. 읽어달라던 동화책도 책이 닳도록 읽어주었다.

하지만 라리사에게는 누구도 동화책을 읽어주지 않았겠지.

라리사는 늘 저렇게 얻어맞으면서 도대체 무슨 생각을 했을까. 언젠가 자신을 이 지옥 같은 집에서 구해줄 기사님을 기다리고 있을까? 아니, 그런 소녀다운 몽상을 할 만한 생각의 기반이 있기는 할까.

동화에는 여주인공이 갇혀서 무슨 생각을 했는지 나와 있지 않았다. 소녀가 얼마나 아름다운지, 눈물로 만들어진 보석의 값어치가 얼마나 높은지 따위만 써 있었다.

그녀는 그저 멋진 왕자님에게 구출되는 존재일 뿐이었고, 여주인공이라는 말이 무색하게 심리묘사 같은 것은 거의 없었다.

그나마 단 하나 있었던 묘사는, 매일 밤마다 달님을 보며 '저를 구해주세요' 하고 빌었다는 것이었다. 하지만 이 지하 비밀 방에는 달을 쳐다볼 창문조차 없었다.

나는 씁쓸한 기분으로 가까이 다가가, 말없이 약상자에서 붕대를 집어 유모에게 건네었다.

유모가 당황한 기색으로 말했다.

"아, 아가씨. 이러실 필요 없어요."

"도와줄게."

"괜찮아요. 늘 혼자 해왔는걸요. 이런 데다 아가씨 손을 더럽히지 마세요."

이런 데? 손을 더럽히지 말라고? 저 아이도 분명 이 집 아가씨인데.

나는 눈썹을 찌푸렸다. 미처 그것을 보지 못한 유모는 약과 붕대를 내려놓고 몸을 일으켰다.

"자, 방으로 돌아가세요. 마르시아 아가씨 몸이 성치 않으시다고, 주인님께서 주의하라고 하셨어요. 여기 오래 계시면 제가 혼나요."

그녀는 나를 문밖으로 떠밀었다. 그리고 재빨리 지하실 문을 닫았다.

남아 있어 봤자 별 도움이 안 되긴 했다. 하는 수 없이 나는 천천히 계단을 올라갔다. 마차 사고를 당한 몸 여기저기가 쑤시며 삐걱거렸다.

'일단 내 몸부터 회복해야겠지. 그래야 도망치든 말든 할 테니까.'

방으로 올라가는데, 저 앞쪽에서 떠들썩한 소리가 들렸다. 나는 눈을 가늘게 떴다.

하녀 두 명이 시끄럽게 수다를 떨며 이쪽으로 다가오는 중이었다. 방에 가져다 두려는 모양인지, 땔감이 쌓인 수레를 밀고 있었다. 덕분에 그들은 나를 발견하는 것이 늦었다.

"어, 어머, 아…… 아가씨!"

"마르시아 아가씨!"

두 사람은 날 발견하자마자 소스라치게 놀랐다. 그들은 발을 멈추고 벽 쪽으로 물러나 양손을 공손하게 맞잡고 고개를 숙였다. 하녀들의 얼굴은 새파랗게 질려 있었다.

평소에 마르시아는 고용인들에게 가차 없었다. 조금이라도 거슬리는 구석이 있으면 바로 욕설을 퍼부으며 뺨을 때리곤 했다. 아무것도 잘못한 것이 없더라도, 기분이 별로 좋지 않을 때면 지나가는 하녀들에게 화풀이하기도 했다.

그런 주인에게 수다 떠는 모습을 들켰으니 그들이 겁먹은 것도 당연했다.

'이젠 그러지 말자, 응? 서로 얼굴 붉힐 일 만들지 말자고.'

나는 얼른 속으로 중얼거렸다. 거부감을 표시하는 또 다른 나를 설득하기 위해서다.

아닌 게 아니라, 마음 한구석에서 마르시아가 하녀들의 뺨을 후려치고 싶어 하는 게 느껴졌다.

-감히 여기가 어디라고 시끄럽게 떠들어? 고용인 주제에.

나는 마르시아의 감정을 가라앉히려고 애쓰며 스스로에게 속삭였다.

'그냥 내버려 두자. 사이가 나쁘면 나중에 이 저택에서 도망칠 때 껄끄러운 일이 생길지도 모르잖아.'

굳이 하녀들에게 친절하게 대할 필요도 없다. 갑자기 그러면 더 이상하게 보일 테니까. 대신 고개를 숙이고 선 하녀들에게 눈길을 한 번 던지곤, 아무 말 없이 위층으로 향하는 계단으로 발걸음을 옮겼다.

-웬일이래? 꼼짝없이 얻어맞는 줄 알았네. 오늘은 기분이 괜찮은가 보지?

-어제 사고를 당했다더니, 사실은 머리를 다친 거 아냐?

하녀들이 등 뒤에서 귀엣말로 속닥거렸다. 안 들린다고 생각하는 모양이었다.

내가 뒤를 돌아보자, 하녀들은 얼른 고개를 숙이고 모른 척 수레를 밀었다.

'이상하네.'

나는 이미 계단 중간까지 올라와 있었다.

'꽤 멀리 떨어져 있는데 어떻게 자기들끼리 속삭이는 말이 들린 거지? 일부러 들으라고 크게 말했나?'

하녀들은 자기들끼리 눈빛을 교환하더니, 수레를 밀며 다른 쪽 복도로 재빨리 사라졌다. 분명 내가 변덕을 부리기 전에 도망치려던 것이겠지.

나는 어깨를 으쓱하곤 도로 계단 위로 발걸음을 옮겼다. 얼마 지나지 않아 사고를 당한 다리가 다시 아파왔다. 그 탓에 난간에 매달리다시피 하며 올라가야 했다.

"어휴, 내 방은 하필 왜 꼭대기 층에 있는 거야."

투덜거리며 겨우 이 층 난간 근처에 다다랐을 때였다. 저택의 입구가 요란한 소리를 내며 열렸다.

밖에는 아직도 비가 내리고 있었다. 일 층 로비로 빗물이 섞인 차가운 바람이 불어닥쳤다.

"빌어먹을!"

쩌렁쩌렁 울리는 욕설을 내뱉으며 들어선 인물은 마르시아의 오빠이자 이 집의 장남인 빌레인 블리크였다. 오늘도 여지없이 술에 취했는지, 안으로 들어오는 발걸음이 비틀거렸다. 아니, 술이 아니라 약일지도 모르지.

평소 같았으면 무시하고 방으로 올라가 버렸을 텐데, 문득 호기심이 일었다.

'어떻게 생겼을까.'

마르시아의 기억을 뒤지면 그의 생김새는 알 수 있을 테지만, 그래도 내 눈으로 확인하고 싶어졌다. 처음 보는 거니까. 그래서 나는 난간에 기대어 가만히 아래를 내려다보았다.

인사할 마음은 들지 않았다. 남매 사이가 나쁘다는 건 몸의 반응으로 금세 알 수 있었다. 마르시아가 본능적으로 내 입가에 비웃음을 띄웠으니까.

"어서 오십시오, 작은 주인님."

하인이 얼른 다가가 열린 현관문을 닫고 허리를 꾸벅 숙이며 인사를 했다. 빌레인은 젖은 코트를 벗어 말도 없이 하인의 머리 위로 집어 던졌다.

'성격 하곤.'

푹 젖어 얼굴에 달라붙은 금발과 취했어도 은은하게 빛나는 녹색 눈동자. 그는 세상을 떠난 어머니를 빼닮아 미끈하게 아름다운 얼굴을 하고 있었다.

하긴, 삼 남매 중 아버지를 닮은 사람은 없었다. 셋 다 빼어난 외모에 녹색 눈동자를 지녔다. 가장 아름다운 건 막내인 라리사지만.

그는 내던진 코트를 갈무리하는 하인을 뒤로하고 귀찮은 듯 셔츠 단추를 몇 개 풀었다.

그러다가 나와 눈이 마주쳤다. 내가 눈을 피하지 않자, 먼저 얼굴을 찌푸린 것은 빌레인 쪽이었다.

"뭘 그렇게 쳐다봐?"

"안 쳐다봤어."

나는 턱을 쳐들고 고개를 다시 계단 쪽으로 우아하게 돌렸다. 마르시아의 영향이었다. 그러자 빌레인이 내 뒤통수에 대고 비아냥거렸다.

"잘도 걸어 다니네. 마차째로 굴렀다더니, 다리몽둥이 하나 안 부러졌나 보지? 그러게 계집애가 싸돌아다니긴 어딜 싸돌아다녀. 조신하게 집에나 있을 것이지. 약혼자한테 파혼당하고도 정신 못 차렸냐?"

-파혼? 감히 네가 그 말을 꺼내?

마르시아의 분노가 곧바로 느껴졌다. 피가 머리로 몰렸다. 동시에 그녀의 기억이 내게도 떠올랐다.

그녀가 파혼당한 것은 겨우 한 달 전의 일이었다. 아버지의 사업 병과 오빠의 도박으로 가세가 기울자 약혼자가 파혼 의사를 전해온 것이었다.

딱히 약혼자를 좋아했던 건 아니다. 애초에 몇 번 만나지도 못했고. 그냥 가문의 급에 맞춰 적절히 맺어진 약혼이었다.

하지만 마르시아는 파혼당한 여자라는 꼬리표가 자신에게 붙었다는 사실을 받아들이지 못했다. 덕분에 한동안은 파티에도 못 나갔다.

파혼장을 받았던 날 느꼈던 모멸감이 나에게도 생생하게 느껴졌다. 나는 뒤돌아 난간을 잡고 빌레인을 쏘아보았다. 분노한 마르시아가 말을 내뱉었다.

"그러는 너는 빚쟁이한테 맞아서 어디 한 군데 안 부러졌니? 잘도 입을 놀리는 걸 보니 아직 멀쩡한가 봐? 그렇게 돈을 가져다 처박고, 동생까지 파혼시키고도 또 도박할 마음이 들다니. 정말 대단하네."

빌레인은 마르시아보다 세 살 위였지만, 그녀는 오빠 취급을 해주지 않았다.

모욕을 그대로 되돌려 주자, 코트를 들고 빌레인의 뒤를 따르던 하인의 얼굴에 또 싸우냐, 하는 듯한 질린 표정이 떠올랐다. 그는 자신에게 불똥이 튀기라도 할세라 얼른 저 멀리 물러났다.

"지랄 마. 아버지라는 새끼가 벌이는 사업보다는 내 쪽이 더 가능성 있으니까. 도박은 재미라도 있지, 상선이 물에 처박혔다고? 사업을 하면 뭐 해. 빨리 좀 죽어서 나한테 영지나 물려줄 것이지……."

그는 서슴없이 패륜적인 말을 내뱉었다.

그런데 상선이 가라앉았다고? 그러고 보니 조금 전, 지하실에서 이고르가 그런 말을 했던 것도 같았다.

'그래서 아까 그렇게 유난스럽게 굴었구나.'

이고르가 사업을 벌이다 망한 것은 한두 번이 아니었다. 그가 손을 대기만 하면 어떤 일이든 얼마 안 가 폭삭 망했다. 보는 눈이 없는 건지, 장삿속이 없는 건지. 마르시아는 알지도 못했고 알고 싶지도 않았다.

빌레인이 비틀거리며 계단 쪽으로 한 걸음 다가섰다. 그는 비웃는 표정으로 과장되게 양팔을 펼쳐 보였다.

"돈이야 지하실 한 번 갔다 오면 나오는 건데, 그걸 왜 불린다고 지랄하다가 죄다 물속에 처박느냐고. 안 그래? 어? 너 같으면 술이 안 당기겠냐?"

와, 말하는 꼴 좀 보게. 나는 어깨를 으쓱하곤 마르시아에게 입을 아예 내주었다.

"그래서 지금 아버지 사업이 망해서 마셨다는 거야? 거짓말 마. 네 꼴을 보고 있으면 제정신이어도 정신이 나간 것 같아. 그리고 네가 술만 마시니? 거기에 약까지 끼었잖아. 네 수명 참 오래도 남았겠다?"

몸의 주도권을 가져간 마르시아는 신나게 내뱉었다.

"요정의 힘으로 정화하면 뭘 해, 그조차 소용없을 정도로 퍼붓는 걸. 어머니도 참, 정말 쓸데없는 능력만 골라 물려줬다니까."

순간 내 입에서 나간 말에 내가 놀라고 말았다.

'어머니가 요정이었구나.'

빌레인이 어머니에게서 물려받은 것은 몸속을 정화하는 힘이었던 모양이다.

'그렇다면 라리사의 눈물이 보석으로 변하는 것도 어머니께 물려받은 능력인 모양이네.'

어머니를 들먹이자, 빌레인의 눈빛이 바뀌었다. 조금 전까지 내가 들쑤셔도 이죽거리고 있던 그의 얼굴이 급격히 시뻘게졌다.

"닥쳐, 너까지 패버리기 전에. 입 닥치고 당장 네 방으로 돌아가."

빌레인은 나를 한 번 노려보고는 발길을 돌려 지하실 쪽으로 향했다.

잠깐, 지하실?

나는 황급히 외쳤다.

"어디 가? 오늘은 걔 좀 내버려 둬! 이미 아버지가 한 차례 다녀갔단 말이야."

"네가 언제부터 걔 편을 들었다고 지랄이야, 지랄이?"

빌레인은 걸음을 멈추기는커녕 오히려 양팔을 걷어붙였다.

내가 괜히 도발해서 라리사가 더 맞는 게 아닐까. 온몸의 피가 싸악 식는 느낌이었다. 나는 다리를 절뚝이면서도 계단을 뛰어 내려가 빌레인의 팔을 붙잡았다.

"내버려 두라니까!"

"이게 어디서 감히……."

나를 돌아보는 빌레인의 초록 눈동자에 불이 확 붙은 것 같았다. 그는 당장에라도 뺨을 내려칠 듯이 팔을 쳐들었다.

'설마 정말로 때리려고?'

나는 어깨를 움츠리며 마주 외쳤다.

"황금알을 낳는 거위 배를 가를 셈이야? 적어도 살려는 놔야 할 거 아냐. 지금 한 대라도 더 맞으면 걘 죽어버릴걸!"

과장이 아니었다. 더 맞으면 정말로 죽을지도 몰랐다.

빌레인이 멈칫했다. 나는 그때를 놓치지 않고 얼른 귀에서 귀걸이를 뺐다. 눈동자 색과 맞춘 에메랄드 귀걸이였다.

"이거 가지고 꺼져. 한 달 치 술값은 될 테니까."

빌레인은 의아한 눈빛으로 나를 잠깐 노려보다가 귀걸이를 확 낚아챘다.

"좋아, 그럼 오늘만 봐주지."

그는 비틀거리며 발걸음을 돌려 자신의 방으로 향했다.

나는 그의 뒷모습을 보며 깊게 한숨을 쉬었다. 대거리했더니 진이 빠졌다. 그래서 저택 꼭대기의 내 방으로 올라가는 대신 가까이에 있는 응접실로 향했다. 어차피 거기도 아무도 없는 건 마찬가지니까.

아까 봤던 하녀들이 장작을 충분히 가져다 놓았는지 응접실은 따끈따끈했다.

'집안 다 말아먹는다고 난리를 쳐도 사람 없는 방에 불을 땔 정도란 말이지.'

나는 씁쓸하게 웃으며 벽난로에 가까이 가 앉았다.

언제나 돈 나올 구석이 있다. 이 전제가 그들을 방탕하게 만들었다.

아무리 사업을 말아먹어도 본인이 사업에 재능이 없다는 것을 인정하지 않는 아버지. 그는 재정이 쪼들려도 지하실에 내려갔으면 내려갔지, 절대 고용인 수를 줄여 돈을 아낄 생각은 하지 않았다.

'덕분에 내 보석들도 무사하긴 하지.'

나는 마르시아의 기억 속 드레스 룸에 놓인 갖가지 보석과 장신구를 떠올렸다. 그동안 마르시아가 사치를 부리느라 쌓인 것들이다.

아껴 쓴다면 대충 한 사람이 먹고사는 데는 지장이 없을 것이다. 하지만 두 사람이라면?

'두 사람이라면, 많이 아껴 써야겠지. 아니면 그걸 밑천으로 작은 가게라도 하나 내든가.'

나는 꼬챙이로 벽난로를 뒤적거리며 속으로 중얼거렸다.

그렇다. 나는 라리사를 데리고 같이 도망치기로 마음먹은 것이다.

어린 여자애가 울 때까지 얻어맞는 걸 도저히 내버려 두지 못하겠으니까. 돈이고 뭐고, 미친 거 아니야? 어떻게 저렇게 조그만 애를…….

조카에게 동화책을 읽어주며 나는 늘 이런 생각을 했었다.

'눈물을 흘리기만 하면 되는 거라면, 굳이 때리지 않아도 되지 않나?'

눈물을 흘리는 방법은 여러 가지가 있다. 괴롭고 슬플 때도 눈물을 흘리지만, 웃겨서 뒤로 넘어갈 때도 눈물이 나온다. 심지어 하품을 해도 나오는 게 눈물 아니냔 말이야.

주방에 가서 함께 양파를 실컷 썰어도 되고. 웃느라 눈물이 나올 때까지 겨드랑이를 간지럽혀 줄 수도 있다. 아니면 울 정도로 감동적인 이야기를 해줄 수도 있지 않나.

그런 생각을 했지만 동화니까, 하고 그 이상 깊이 생각하지 않고 넘어갔었다. 그땐 그 상황이 내게 닥칠 줄은 꿈에도 몰랐지.

라리사가 지하실에 갇히기 전에 빙의했다면 어떻게든 말려보겠지만, 이제 와서는 너무 늦었다. 라리사의 감정은 아마 공포와 절망 외에는 다 메말라 버렸을 것이다.

'데리고 나가면 바로 의사에게 보여야지. 여기도 정신과 의사가 있을까? 다친 마음을 치료해 주려면 한두 해 가지고 안 되겠지.'

치료 비용까지 생각하면…… 내가 가진 보석만으로는 아무래도 힘들 것 같았다. 라리사는 걸어 다니는 다이아몬드 광산이지만, 거기에 기댈 생각은 추호도 없었다. 차라리 굶고 말지.

피투성이가 된 조그만 소녀의 모습이 자꾸 눈앞에 떠올랐다. 무슨 일이 있어도 억지로 눈물을 흘리게 하지 않을 것이다. 그러려고 구하려는 거니까.

'아차, 그런데 함께 도망치면 라리사는 왕자님을 못 만나게 되나?'

이 저택에서 삼 년을 더 버텨야 우연히 지나가던 왕자님이 첫눈에 반해서 구해줄 텐데.

나라면 왕자 따위는 됐고 당장 탈출하는 쪽을 선택하겠지만, 과연 라리사도 그럴까? 어차피 지금까지 계속 맞고 산 거, 몇 년 더 버텨서 왕자님과 결혼하고 자신을 학대한 가족들에게 복수하는 쪽을 선택하고 싶어 하지는 않을까?

거기까지 생각이 미치자, 소름이 돋아 몸이 부르르 떨렸다.

'어쩌지…… 이래도 저래도 극형 엔딩인 거 아냐?'

설마 결말을 바꿀 수 없는 건 아니겠지. 나는 양손으로 머리를 감싸 쥐었다.

그 순간, 아이디어가 하나 떠올랐다.

'잠깐, 내 쪽에서 왕자를 찾아가면 되잖아?'

그래. 어차피 삼 년만 지나면 결혼할 거, 조금 일찍 만나도 되잖아? 미리 만나게 해서 약혼부터 시켜놓으면 되지.

'원작대로라면 아무 문제 없어. 보자마자 한눈에 반할 테니까.'

둘이 결혼해서 행복하게 살았다는 엔딩이니까, 라리사도 분명 왕자님이 잘 돌봐줄 것이다.

나는 이 계획이 아주 마음에 들었다.

라리사는 약혼자에게 맡겨두고 나는 내가 가진 보석을 팔아서 소소하게 혼자 먹고살면 된다. 라리사가 아무리 날 미워하더라도, 이 저택에서 데리고 나가줬는데 굳이 날 찾아와 처형시키지는 않겠지.

"좋아."

나는 만족스러운 미소를 지으며 응접실 의자에서 일어났다. 계획을 실행하기 전에 몇 가지 확인해야 할 것들이 있었다.

이럴 수가.

나는 머리를 쥐어뜯으며 서재 책상 위에 엎드렸다. 덕분에 조금 전까지 읽던 왕실 가계도와 귀족 인명록이 밀쳐져 구겨졌다.

"아니, 명색이 동화 속인데 왕자가 없다니, 이런 게 어딨어!"

충격적이게도 이 나라에는 왕자님이 없었던 것이다. 정확히는 미혼인 젊은 왕자님이.

나는 울상이 되어 애꿎은 책을 두들겼다.

엄밀히 말하면 왕자가 한 명 있긴 했다. 그런데 서른을 훌쩍 넘은 데다 이미 결혼을 해서 왕자비와의 사이에 아이까지 있었다. 이런 사람이 동화책의 왕자님일 리가 없지. 그리고 왕자의 아들인 왕세손은 이제 겨우 두 살이었다. 왕자님이 되기엔 너무 어렸다.

'마르시아는 어떻게 이런 것도 모를 수가 있어?'

나는 괜히 마르시아의 기억을 원망했다.

사실 이해가 안 되는 것은 아니다. 그녀는 평소에 공부는커녕 책을 읽지도 않았다.

게다가 블리크가는 분명 귀족의 핏줄을 잇긴 했지만 작위는 없었다. 운 좋게 딸린 영지가 아주 조금 있을 뿐. 그런 가문의 딸인 마르시아가 갈 수 있는 파티는 정해져 있었다. 백작 이상 고위 귀족이 주최하는 파티에는 초대받지도 못했다. 왕족과 고위 귀족은 마주칠 일도 없으니 굳이 알아볼 생각도 하지 않았다는 얘기다.

눈부신 금발에 매혹적인 녹색 눈동자, 예쁜 얼굴. 술도 잘 마시고 춤도 기가 막히게 출 줄 알았다. 하지만 그게 마르시아가 가진 미덕의 전부였다.

고용인들에게는 머리가 비고 성격이 나쁘다는 평가를 들을 정도였다. 물론 안 보는 자리에서.

'어쩌지? 동화책의 왕자님이 없으면 라리사를 데리고 무사히 도망쳐도 갈 데가 없는데.'

나는 책 위에 엎드린 채 입술을 잘근잘근 깨물었다.

그때 눈에 들어오는 글자가 있었다.

나는 벌떡 상체를 일으켰다. 그리고 방금 읽은 부분을 다시 뚫어져라 보았다.

[프린스 로랑]

"아직 남아 있었어!"

프린스, 즉 대공의 칭호였다. 여기 말로는 대공의 칭호와 왕자를 가리키는 말이 같았다. 어째 좀 끼워 맞추기 같지만, 대공이라면 동화의 남주인공, 왕자님이라 할 만했다.

마침 이 나라에는 대공가가 딱 하나 있었다. 바로 로랑 가문이다.

나는 로랑 대공가의 가계도 맨 끝을 제일 먼저 확인했다. 그리고 꽤 복잡하게 뻗어 나가는 가지 끝에서 희망을 발견했다.

'……그래, 이거지!'

맨 마지막에 있는 이름은 파비안 로랑, 스물한 살. 분명 남자 이름이고, 미혼이었다. 라리사하고는 나이 차이가 좀 있지만, 이 세계에서 이 정도 나이 차는 꽤 흔하니까.

한 칸 위를 살펴보니 부모는 이미 오래전에 세상을 떠난 모양이었다. 그럼 꽤 어린 나이에 대공이 되었겠네.

파비안 로랑. 나는 그 이름을 머릿속에 새겼다.

로랑가의 가계도는 몇 페이지에 걸쳐 기록되었고, 맨 위에는 가문의 문장이 그려져 있었다.

'어……? 어디서 본 것 같은데.'

나는 눈가를 찡그리며 자세히 들여다보았다. 붉은색과 흰색으로 장식된 방패를 뾰족뾰족한 가시덩굴이 감싸고, 그 뒤에 두 자루의 검이 교차하는 아주 고풍스러운 문장이었다.

내가 이걸 어디서 봤더라? 마르시아가 사교계에서 봤을 리는 없는데.

나는 입술을 잘근잘근 씹으며 열심히 기억을 뒤졌다.

"아……!"

기억났다. 원작 동화의 마지막 페이지였다.

[그들은 영원히 행복하게 살았습니다.]

그런 문장과 함께 웅장한 결혼식이 그려져 있었다. 눈부시게 웃는 신랑 신부의 뒤로 수많은 하객이 보이고, 맨 뒤에는 흐릿하게 성이 그려져 있었다. 그 성 꼭대기에 팔락이던 작은 깃발, 거기에 그려진 게 바로 이 문장이었다.

'원작 동화는 그림책이야. 힌트는 글뿐인 게 아니었어!'

소름이 돋았다. 그렇다면 왕자님도 삽화에 그려진 대로 생겼을까?

삽화에 그려진 여주인공과 라리사, 못된 언니와 마르시아는 적당히 닮았지만 똑같이 생기지는 않았다. 특히 심성이 고약한 언니는 금발에 새하얀 피부라는 특징만 남고 그 외에는 단순화되어 그려졌다. 그걸 마르시아라는 인물의 초상화로는 볼 수 없었다.

'왕자님은 분명 커다란 키에 검은 머리였지.'

가계도에 초상화라도 그려져 있었다면 좋았을 텐데. 하다못해 인물의 특징이라도 적혀 있거나. 가계도에는 정직하게 이름과 생몰 연도, 혼인 여부, 배우자와 자식들에 대해서만 적혀 있었다.

그래도 이 정도면 훌륭한 소득이었다. 적어도 왕자님이 어느 가문 사람인지, 이름이 뭔지 알아냈으니까.

나는 흡족해하며 인명록을 덮었다.

라리사를 데리고 탈출해서, 로랑 가문에 데려다준다. 왕자님이 확실한지는 머리 색으로 대충 판단할 수 있을 테지. 로랑가에 나도 빌붙을 수 있으면 좋고, 안 되면 애만 맡기고 나는 내가 가진 보석을 팔아서 살아남는다.

'간단하네.'

물론 자세한 계획으로 들어가면 그리 간단하지는 않겠지만. 어찌 되든 라리사에게는 지하실에 갇혀서 매일같이 얻어맞는 것보다야 나을 것이다.

'다리가 다 나으려면 적어도 일주일은 걸리겠지. 딱 일주일 뒤에 도망치자.'

나는 꺼냈던 책들을 제자리에 꽂아 놓고 서재를 나섰다.

……왜 나는 계획을 세우면 되는 일이 없는 걸까.

저번 세상에서도 그러더니, 동화 속에서도 마찬가지였다. 이변은 내가 동화에 빙의한 지 나흘째 되는 날 일어났다.

깨닫는 데 오래 걸렸지만, 한 몸에 머물면서 내 영혼과 마르시아의 영혼은 조금씩 섞여 들어가고 있었다.

처음에는 달랐다. 마르시아의 의지와 기억은 외부에서 자극을 받을 때만 표면으로 드러났다. 내가 과거에 무슨 일이 있었는지 알고 싶을 때는 마음속으로 마르시아에게 질문을 해야 했다.

하지만 날이 지날수록 그런 일이 줄어들었다. 과거에 무슨 일이 있었는지, 마르시아였다면 어떤 식으로 행동했을지, 이런 것들이 점차 바로바로 기억나기 시작했던 것이다.

셋째 날이 되자 마르시아의 기억은 거의 완벽히 내 기억이 되었다. 그녀의 인격은 첫날 이후로 직접 몸을 움직이는 경우도 없었다.

그러니까, 천천히 내게 흡수된 것 같은 느낌이었다.

내 영혼이 마르시아의 몸에 흡수되었듯이, 마르시아의 기억이 내 영혼에 흡수된 거다. 마르시아의 영혼은 어디 갔는지 모르겠다. 아무리 불러도 나오지 않는 걸 보면 기억만 내게 넘기고 사라진 것 같기도 하고.

그렇게 마르시아의 기억을 이어받던 중, 요정인 어머니가 마르시아에게 어떤 능력을 물려주었는지 내가 온몸으로 깨닫게 된 것이 바로 넷째 날이었다.

그전까지 나는 단순히 마르시아가 청력이 좋은가 보다, 하고 생각했다. 복도를 지나가는 하녀들이 작게 투덜거리는 소리를 들을 수 있었기 때문이다. 신기한 건 그들의 발소리는 들리지 않지만 말소리만큼 선명하게 들린다는 것이었다.

하지만 넷째 날 들은 소리는 하녀들의 불평 같은 게 아니었다.

소름 끼치도록 섬뜩한 소리였다.

-살려주세요, 잘못했어요. 아파요, 아파요…… 제발 그만…….

처절하게 애원하는 어린 소녀의 목소리.

"……!"

나는 이 층 휴게실에 앉아 있다가 기겁해서 휴게실 문을 벌컥 열었다. 복도에는 아무도 없었다. 휴게실과 연결된 방은 응접실이었고, 마찬가지로 텅 비어 있었다.

나는 영문을 몰라 중얼거렸다.

"환청인가?"

내가 드디어 정신이 나갔나, 생각하는 동안에도 그 목소리는 계속해서 들려왔다. 듣기만 해도 괴로워지는 목소리였다.

마르시아였다면 당장 그 소리로부터 벗어나려 했을 것이다. 저택 꼭대기의 자기 방으로 도망치거나, 집을 뛰쳐나가서 아무 파티에나 참석해 술을 퍼마시거나.

하지만 나는 마르시아와는 달랐다. 그녀와 반대로, 나는 도망치지 않고 그 소리가 들려오는 쪽으로 발걸음을 옮겼다.

어디였겠는가? 뻔하게도, 지하실이었다.

현실적으로 지하 이 층에서 나오는 소리가 지상 이 층까지 들릴 리는 없었다. 게다가 라리사가 갇힌 지하실은 이중문으로 철저하게 방

음까지 되어 있었다.

'설마······.'

나는 지하실의 입구 앞에 멈춰 섰다. 문은 안에서 잠겨 있었고, 소리의 근원지를 찾아 급히 내려오느라 지하실 열쇠는 방에 두고 온 터였다.

'어쩌지? 돌아가서 열쇠를 가져올까?'

망설이는 사이, 지하실의 철문이 열렸다. 나온 것은 오빠인 빌레인이었다. 그는 눈이 마주치자, 눈을 크게 떴다가 곧 얼굴을 비웃음으로 물들였다.

"이게 누구야? 공주님께서 몸소 이런 델 다 내려오시고?"

"여기서 뭐 하는 거야?"

비꼬는 듯한 그의 말투가 불쾌했다.

'그보다 여기서 나왔다는 건······.'

나는 재빨리 그를 위에서 아래로 훑었다. 아니나 다를까, 소매 끝단에 피가 몇 방울 튀어 있었다.

"여기서 뭐 달리 할 게 있던가?"

빌레인이 이죽거리자, 나는 참지 못하고 목소리를 높이고 말았다.

"며칠 전에 내가 귀걸이 줬잖아. 그거 에메랄드였다고."

그 귀걸이는 꽤 비싼 것이었다. 한 달 치 술값은 될 거라는 건 빈말이 아니었는데. 말술을 마시는 빌레인에게나 한 달 치 술값이지, 한 쌍이면 작은 집 한 채 정도는 살 수도 있었다.

그런데 그건 어쩌고 다시 지하실에 내려와 있는 거야? 설마······.

"그래, 그건 잘 썼다. 그런데 몇 판 도니까 끝나더라고."

"그것마저 도박에 날렸어? 그게 얼마짜린 줄 알아?"

빌레인이 성큼 한 걸음 내 쪽으로 다가섰다. 머리 하나는 더 큰 남자가 코앞에서 내려다보자 위압감이 상당했다.

"그래서 뭐? 그러니까 지갑 채우러 온 거잖아. 그러는 너는 여기 왜 와 있는데? 그 잘나신 에메랄드 귀걸이도 결국 눈물로 값을 치른 거잖아."

빌레인이 검지로 내 어깨를 꾹꾹 찔렀다.

"대리인을 보내서 때린다고 너는 깨끗한 줄 아나 보지? 너 먹고 입고 하는 돈도 다 여기서 나와."

알아, 안다고. 그러니까 이제부터라도 못 하게 하려고 애쓰고 있잖아!

물론 그렇게 말할 수는 없지만.

나는 팔을 뻗어 빌레인을 힘껏 밀쳤다. 그러나 그는 꿈쩍도 하지 않았다. 대신 어깨를 찌르던 손을 들어 내 뺨을 툭툭 쳤다.

"황금 거위 배 안 갈랐어. 제 수명 다 채울 때까지 절대 안 죽일 테니까 표정 펴."

내 얼굴은 더 구겨지고 말았다. 평생을 가둬두고 때리겠다는 소리로밖에는 들리지 않았으니까. 나는 빌레인의 손을 쳐서 밀어내며 그를 노려보았다.

빌레인은 잠시 날 내려다보다가 입꼬리를 끌어 올리며 웃었다.

"위선 좀 그만 떨어."

그는 주머니에서 열쇠를 꺼내 지하실 문을 단단히 잠갔다. 철컥, 하고 쇠 빗장이 걸리는 소리가 나자 그는 문손잡이를 쥐고 흔들어 잘 잠겼는지 확인했다.

빌레인은 내 쪽을 한 번 훑어보고는, 나를 내버려 두고 지하실을 떠났다.

　문 안에서는 더 이상 아까 같은 처절한 목소리는 들려오지 않았다. 안쪽은 되레 잠잠했다. 대신 계단 저 꼭대기에서 빌레인의 목소리가 들려왔다.

　-웃기네, 미친년.

　나는 그 순간 깨달았다. 요정인 어머니가 마르시아에게 물려준 능력은, 사람들의 속마음을 듣는 것이었다. 정확히는 부정적인 소리만을.

　기뻐하거나 즐거워하는 소리는 들리지 않는다. 불평하거나 욕하는 소리는 예외 없이 들렸다. 그것이 마르시아 자신을 향한 소리라면 더욱 선명했다.

　'마르시아의 성격이 왜 이 지경이 되었는지 알겠어.'

　주변 사람들의 마음의 소리가 들리는데 전부 부정적인 소리뿐인 거다.

　가만히 있어도 사방에서 불평하는 소리가 들려왔다. 그럴수록 마르시아의 성격은 나빠졌고, 고용인들은 그녀에 대한 불만을 털어놓았다. 당연히 자기들끼리 있는 자리에서였지만, 마르시아에게는 다 들렸다. 그녀는 더더욱 비뚤어졌다.

　게다가 고통에 겨운 목소리는 멀리서도 잘 들렸다.

　'마르시아의 방이 저택 꼭대기에 있는 것도 그래서였구나.'

　그녀는 지하실에서 들려오는 라리사의 비명을 견디지 못했다. 그녀의 방만큼은 지하실에서 제일 먼 곳이어야 했던 것이다.

　견딜 수 없는 날에는 저택을 뛰쳐나갔다. 파티에 참석하면 마르시아는 모든 것을 잊을 수 있었다. 그녀는 라리사만큼은 아니지만 아주 아름다웠다. 파티에 모인 사람들은 그녀에게 좋은 말만 해주었다. 열여섯 살, 성년이 되어 술을 마실 수 있게 된 후로는 술독에까지 빠졌다. 그리하여 밤마다 파티에 나가 술을 진탕 마시고 새벽에 집으로 돌아오는 일이 부지기수였던 것이다.

나는 마르시아의 과거 기억을 떠올리며 입술을 깨물었다.

'기억을 읽어서 이미 익숙하다고 생각했는데, 그냥 머리로만 알고 있었을 뿐이었어.'

다른 사람의 속마음이 들린다는 게 이런 것일 줄이야.

이제는 내가 마르시아고, 마르시아가 나다. 마르시아의 고민거리는 동시에 내 고민거리기도 했다.

'어렵게 생각할 거 없어. 회피할 게 아니라, 문제를 해결해야지.'

고통의 소리가 들려온다면 그 근원을 없애면 되는 거 아냐?

라리사의 마음의 소리가 날 괴롭힌다. 그러면 내가 집을 나가든지, 라리사를 지하실에서 구해내면 된다. 제일 확실한 건 둘 다 하는 거겠지.

라리사를 데리고 여기서 탈출해서, 미래의 남편에게 맡긴다. 완벽해.

탈출하리라고 마음먹었던 날까지 이제 삼 일 남았다.

나는 육중한 지하실 문에 몸을 기댔다. 철문은 몸서리치도록 차가웠다. 거기에 뺨을 대고 조용히 말했다.

"조금만 참아. 딱 삼 일만 더."

하지만 내가 짐을 꾸리기 시작한 건 삼 일 후가 아니라 정확히 두 시간 뒤였다. 외출했던 이고르가 저택으로 돌아오자마자 라리사의 비명이 다시 들려왔기 때문이었다.

'오늘 밤에 나가자.'

나는 가방을 꺼내 가진 보석과 장신구를 전부 쓸어 담았다.

그날 늦은 밤, 나는 발소리를 죽이고 몰래 지하실을 찾았다. 두 번째 철문 안으로 들어섰을 때 내가 본 것은 침대 위에 솟은 동그란 이불 산이었다.

나는 한숨을 한 번 내쉬고 이불을 향해 나지막하게 말했다.

"라리사?"

마르시아가 그 이름을 마지막으로 불러본 것이 언제였는지 기억조차 나지 않았다.

나는 천천히 침대로 다가가 손에 들고 있던 램프와 손수건으로 싼 작은 꾸러미를 머리맡 테이블에 내려놓았다. 가까이 가서 보니 이불은 눈에 띌 정도로 덜덜 떨고 있었다.

"나, 아무것도 안 들고 있어. 자, 봐."

회초리를 들고 있지 않다는 걸 보여주려고 양 손바닥을 펼쳐 이불 산 쪽으로 내밀었다. 그러나 이불에는 아무 변화도 없었다. 나는 몇 발짝 뒤로 물러섰다.

"그럼 여기 멀찍이 서 있을게. 여기서 안 움직이겠다고 약속해. 그러니까 얼굴 좀 보여줄래?"

그렇게 몇 분가량 조용히 서 있었다. 마침내 이불 산의 꼭대기가 조금 움직였다. 그 사이로 구불거리는 은발이 조금 보였다. 인내심을 가지고 더 기다리자 마침내 이불이 어깨까지 내려가고 그 틈으로 작은 머리 하나가 쏙 튀어나왔다.

얼굴은 창백하고 핏기가 없었다. 물기 어린 초록 눈동자가 나를 쳐다보았다. 자매니까 당연하지만 마르시아와 꼭 같은 빛깔의 눈동자였다. 그것이 어쩐지 조금 더 깊은 연민을 느끼게 했다.

"……안녕?"

나는 어색하게 인사를 건넸다. 이불에 둘러싸인 초록 눈동자가 몇 번 깜박거렸다.

헉, 그러고 보니 나는 라리사와 이야기를 나눠본 적이 없었다. 마르시아의 기억을 뒤져봐도 마찬가지였다.

그뿐 아니라 라리사가 말하는 것조차 들어본 적이 없었다. 들어본 건 아프다는 마음의 소리뿐이다.

나는 조심조심 말을 꺼냈다.

"음…… 내 말 알아듣지? 말할 줄 알지?"

"……."

"아니, 네가 말을 못 할 거라고 생각해서 그런 건 아니고. 난 네 목소리를 들어본 적이 없거든?"

"……."

"말하는 것도 본 적 없고…… 혼자 갇혀 있다 보면 말하기 싫어질 수도 있을 테고……. 실례했어, 미안해."

나는 횡설수설하다가 사과하며 가볍게 고개를 숙였다. 라리사는 내 쪽을 빤히 쳐다보다가 조그맣게 고개를 끄덕였다.

후, 좋아. 나는 속으로 안심했다. 적어도 말을 알아들을 수 있고 판단력도 살아 있는 것 같다. 하긴, 그러니까 삼 년 후에 왕자님과 결혼하겠지. 영원히 행복하게 살았다는 결말이니까 왕자가 라리사를 학대하지도 않았을 거고, 둘이 말도 통했을 거다.

나는 침대 옆 테이블을 가리키려고 손을 들었다.

"……!"

그러자 라리사가 화들짝 놀라며 다시 이불 안으로 숨어버렸다.

아차, 실수했네. 조그만 몸짓에도 겁먹는 걸 보니 마음 한구석이 찌릿했다. 나는 손을 도로 내리고 조심스럽게 말했다.

"미안, 놀랐어? 테이블 위에 손수건 놔뒀는데, 그 안에 생강 쿠키 들어 있어. 혹시 내키면 먹으라고 가져왔어."

저녁 식사에 후식으로 나왔던 것을 살짝 빼돌린 것이다. 친해지려면 맛있는 걸로 환심을 사는 게 제일이니까.

사실 처음에는 뭘 가져올 생각을 못 했는데, 접시에 담긴 쿠키를 보고 마음이 바뀌었다. 귀여운 사람 모양에 얼굴까지 그려진 쿠키였다. 그걸 보니 라리사에게 가져다주는 것도 괜찮겠다는 생각이 들었다. 너무 어린애 취급인가 싶기도 했지만, 실제로도 아직 어린애니까 뭐.

라리사는 이불 밖으로 눈을 빼꼼 내밀고 눈동자만 굴려 흘끔 손수건을 쳐다보았다. 녹색 눈동자는 금세 나에게 되돌아왔다. 팔랑팔랑, 깜빡이는 눈이 동그래졌다.

'저렇게 있으니까 제법 보통 아이다워 보이네. 귀엽잖아?'

라리사는 아무런 말도 하지 않았지만, 눈동자에는 호기심이 어렸다. 좋은 신호였다. 적어도 내 말을 들어줄 생각은 있는 것 같으니까.

"있잖아, 내가 제안하고 싶은 게 있는데."

나는 빙긋 웃으며 본론을 꺼냈다.

새벽, 해가 뜨기 직전이었다. 나는 숨을 들이켰다. 자, 미친년에 빙의하자. 이제부터 나는 미친년이다.

나는 미친년이다.

나는…….

"아아아아아아악!!"

있는 힘껏 소릴 질렀다. 손으로는 설렁줄을 마구 잡아당겼다.

줄 끝에 달린 작은 종이 하녀들의 방에서 요란한 소리를 냈을 거다.

-아, 꼭두새벽부터 또 왜 저래.

-잠도 못 자게, 정말!

같은 층에 있는 하녀들이 투덜거리는 소리가 들렸다. 나는 개의치 않고 계속 소리를 지르며 설렁줄을 당겼다.

몇 분 지나지 않아 드레스 룸 문을 노크하는 소리와 함께 하녀가 한 명 나타났다. 해도 제대로 뜨기 전, 이른 새벽에 욕설을 퍼부으며 억지로 일어났지만, 주인 아가씨 앞에서는 더할 나위 없이 공손했다.

"부르셨어요, 마르시아 아가씨?"

하녀는 두 손을 모으고 눈을 내리깐 채 물었다. 나는 방바닥을 가리켰다.

"도대체 내 드레스 꼴이 이게 뭐야! 당장 오늘 밤에 중요한 파티가 있는데 입을 게 없잖아!"

하녀가 고개를 살짝 들고 방을 둘러보았다. 침실 바닥에는 마르시아의 옷이 죄다 나와 널브러져 있었다. 이것저것 몸에 걸쳐보다가 마음에 드는 게 없어 히스테리를 부리며 옷장을 뒤엎은 것처럼 보이도록 신경을 많이 썼다.

"아가씨, 이렇게 이른 아침부터 단장을 하셔요? 게다가 드레스라면 바로 요 며칠 전에 맞추신 것이 있을 텐데요."

하녀는 능숙하게 자기 감정을 감추고 공손하게 말했다. 하지만 별 소용은 없었다. 나한테는 마음의 소리가 들리니까.

-또라이 같은 년. 이걸 또 누가 다 정리하라고.

절로 코웃음이 나오려는 걸 참았다. 하긴, 속으로 무슨 생각을 하든 그건 그 사람의 자유긴 하지. 남에게 안 들리는 게 보통이고. 나한테는 들리니까 문제지만.

수상하게 보일까 봐 좀 걱정했는데, 속으로 욕만 하는 걸 보니 성공이었다. 뭐, 마르시아는 원래 이런 애였으니까. 일을 벌이고, 어지르고, 화내고, 남 탓하고.

그럼 여기서 한술 더 떠볼까.

"그게 다 이 꼴이잖아!"

나는 화를 버럭 내면서 바닥에서 드레스 한 벌을 홱 낚아채듯 집어 들었다. 그때 북, 하는 소리가 났다. 목깃 근처의 레이스가 어딘가에 걸려 찢어지는 소리였다. 물론 내가 일부러 찢어지게 해둔 거지만.

그걸 모르는 하녀의 얼굴에서 핏기가 싹 가셨다. 나는 하녀의 반응을 보고는 일부러 더 큰 소리로 비명을 질렀다.

"꺄악, 찢어졌어! 이거 어떻게 할 거야!"

"아, 아가씨······!"

-어떡하긴, 네가 방금 찢었잖아!

"저택에서 쫓겨나 봐야 정신을 차릴래? 이 레이스, 네 일 년 치 봉급으로도 못 사는 건데!"

-너 때문에 찢어졌잖아! 나는 여기서 한 발짝도 안 움직였는데!

나는 하녀에게 성큼 다가섰다. 그러자 하녀가 어깨를 움찔했다. 아마 내가 손찌검을 하려는 줄 알았을 거다. 마르시아라면 그러고도 남으니까.

"아가씨, 제발 내쫓지만 말아주세요! 제가 어떻게든 고쳐볼 테니까 제발……."

-미친년, 진짜 미쳤어!

와, 연기 잘하는데. 마음의 소리와 입 밖으로 나오는 말이 영 딴판이라 나는 그만 나지막하게 웃고 말았다. 웃겨서 웃은 게 아니다. 경이로워서 웃은 거다.

'이런 걸 매일 겪으면 나였어도 미쳐 버렸을 거야.'

내 웃음소리를 들은 하녀는 사색이 되었다. 아, 그렇지. 미친년이 웃으면 더 미친 것 같겠지. 나는 웃다가 드레스를 하녀의 코앞에 들이밀며 차갑게 말했다.

"고쳐? 네가 어떻게? 바느질할 줄이나 알아? 응?"

여기서 손가락으로 어깨를 찌르거나 뺨을 툭툭 쳐주면 효과가 좋겠지. 빌레인이 나한테 그랬던 것처럼.

하지만 곧 그때 기분이 얼마나 더러웠는지 생각났다.

'이 정도면 됐지, 뭐. 그렇게까지 할 필요는 없어.'

안 그래도 이미 하녀는 내 발밑에라도 엎드릴 기세였다. 이미 미친 년이라는 마음의 소리를 들었으니, 목표 달성이다.

"지금 당장 노라 양 불러."

나는 일부러 단골 의상실 주인의 이름을 언급했다가, 바로 고개를 저었다.

"아니, 이거 다 가방에 싸. 빨리."

그리고 찢어진 드레스를 하녀의 가슴팍에 집어 던졌다. 얼떨결에 드레스를 받아 품에 안은 하녀가 얼빠진 소리를 냈다.

"네?"

"네에? 귓구멍이 막혔니? 가방에 넣으라고!"

나는 짜증을 실어 소리를 질렀다. 영문도 모르고 하녀는 얼른 드레스 룸으로 달려가는 시늉을 했다. 여행용 가방을 가지러 가는 것이다.

"지금 당장 의상실에 가서 고치라고 할 거니까 이것도 싸. 이것도, 저것도."

-멍청한 년. 이 시간에 의상실이 열었겠니?

"그건 빼! 눈이 삐었어? 유행이 지나도 한참 지났잖아!"

"죄송합니다, 아가씨."

-어휴, 변덕 부리는 것 좀 봐. 도대체 왜 이런 애가 귀족 아가씨인 거야?

왜긴, 부모가 귀족이니까 그렇겠지.

자꾸 뭐라고 대답하고 싶어서 입술이 씰룩거렸다. 하녀의 마음속 말에 반응하고 싶은 마음을 참는 건 의외로 쉽지 않았다. 그래서 일부러 멀찍이 소파에 기대어 앉아 하녀가 부산하게 오가며 짐 싸는 것을 지켜보았다. 그러면서 하녀가 다른 쪽을 볼 때 어제 장신구와 보석을 담았던 가방을 슬쩍 발로 밀어 다른 가방 사이에 끼워 넣었다.

"말씀하신 드레스는 전부 가방에 담았습니다, 아가씨."

크고 작은 가방이 전부 여섯 개였다. 작은 것은 모자 가방 두 배 정도 되는 크기였고 큰 것은 어린애도 한 명쯤은 거뜬히 들어갈 만했다.

나는 고갯짓으로 가방을 가리켰다.

"그거 전부 일 층에 가져다 놓고, 다른 애들 내 방으로 보내. 옷 갈아입어야 하니까. 삼십 분 내로 출발할 거니까 마차 대기시켜 놓고. 아침은 필요 없어."

"예, 아가씨."

"참."

나는 겉으로만 얌전히 대답하고 바로 나가려는 하녀를 불러 세웠다.

"가방은 너 혼자서 날라."

하녀의 얼굴에서 핏기가 사라졌다.

"아, 아가씨, 여긴 오 층인데요."

"그래서 뭐?"

나는 고개를 치켜들고 거만한 표정을 지으며 그녀를 내려다보았다.

"가방 여섯 개니까 양손에 하나씩 들어. 세 번만 오가면 되잖아?"

-저걸 어떻게 양손에 하나씩 들어! 짐이나 좀 적게 싸든가!

하녀가 속으로 또 욕설을 퍼붓기 시작했다. 이런 년, 저런 년, 참으로 걸쭉한 욕설이었다. 나중에 나이 먹으면 식당 하나 차려도 되겠는 걸. 욕쟁이 할머니 식당 같은 거.

나는 조용히 한마디 덧붙여 주었다.

"다 나르면 이 방도 정리해 놔. 물론 너 혼자."

하녀는 똥 씹은 얼굴로 드레스 룸 꼴을 훑어보았다. 가방에 좀 옮겨 담았어도 아직 드레스며 모자며 장갑 따위가 잔뜩 널려 있었다. 이젠 표정 관리도 안 되는 모양이었다.

'응, 제법 마르시아다웠어.'

나는 속으로 씩 웃었다. 아니, 더했으면 더했지 이 정도로 그치진 않았으려나. 욕설이 들릴 때 가만히 있는 성격은 아니었으니까.

하지만 주인의 명령인데 어쩌겠는가? 하녀는 어쩔 수 없이 가방 하나를 들고 밖으로 사라졌다. 몇 분 지나지 않아 다른 하녀가 두 명 나타나 얼른 내게 옷을 입히고 가볍게 단장시켜 주었다.

준비가 끝나고 일 층으로 내려가자, 계단 아래 아까 내려보낸 가방이 나란히 놓여 있었다.

"마르시아 아가씨! 마차도 준비되었습니다. 짐을 실을까요?"

나는 말없이 눈짓으로 그러라고 했다. 너저분한 하인과는 말도 섞기 싫어하는 도도한 아가씨처럼. 냉큼 달려온 하인이 얼른 가방을 들고 현관으로 나갔다. 열린 문틈으로 보니, 이제 막 해가 떠서 사방이 밝아지기 시작한 모양이었다.

예상대로였다. 내가 그렇게 난리를 피워대도 이렇게 이른 아침에는 누구 하나 나와보지 않았다. 이고르는 내가 소리 지르는 걸 들었어도 '쟤 또 저러네' 하고 침대에서 벗어나지 않을 것이고, 빌레인은 아예 술이나 약에 취해 곯아떨어져 아무것도 못 들었을 것이다.

좀 걱정스러웠던 건 유모였지만, 그녀 또한 딱히 나와보지 않았다. 마르시아는 늘 변덕을 부렸고 직접 달래주려면 골치가 아팠으니까. 이 소란을 다 들었어도 하녀들에게 맡겨두고 자기는 방에서 모른 척하고 있을 게 분명했다.

'새벽부터 난리 치길 잘했네.'

나는 하인이 가방을 들고 나가는 것을 노려보다가, 문밖으로 나가 보이지 않게 되자마자 얼른 계단 뒤쪽으로 향했다. 그곳에는 커다란 갈색 가죽 가방이 하나 놓여 있었다.

나는 조심스럽게 손잡이를 쥐고 있는 힘껏 들어 올렸다. 무겁긴 하지만 못 들 정도는 아니다. 하인이 돌아오기 전, 가방을 무사히 계단 아래쪽까지 가져다 놓을 수 있었다. 그는 가방이 하나 늘어난 것을 눈치채지 못하고 전부 가져다 마차에 실었다. 뭐가 이렇게 무겁냐고 속으로 불평하긴 했지만.

아가씨가 마차로 혼자 외출하는데도 하녀 한 사람 나와보지 않았다. 일부러 그러는 게 뻔했다. 그 누구도 화난 마르시아와 함께 외출하고 싶지 않은 것이다. 같이 가느니 나중에 혼나는 게 낫다고 생각할 정도인 거다.

'차라리 잘됐어.'

어차피 누가 시중이라도 들겠다며 따라오면 무슨 핑계를 대서라도 못 따라오게 하려던 참이었으니까.

"휴우. 일단 여기까지는 성공."

번화가로 향하는 마차 안에서 나는 안도의 한숨을 쉬었다.

며칠 전 마차 사고로 다쳤던 다리는 아직 완전히 회복되지 않았다. 그 탓에 나는 미세하게 다리를 절며 걸어야 했다. 말은 탈 줄 몰랐다. 그래서 집을 나가려면 마차를 타야 했다. 특히 한 사람을 몰래 데리고 나가려면 말이지.

이고르와 빌레인이 지하실에 드나드는 것은 보통 늦은 밤이었고, 유모가 식사를 가져다주는 것은 아침 열 시가 넘어서였다.

지하실 열쇠를 가진 건 딱 세 사람이다.

이고르, 빌레인, 마르시아.

따라서 유모가 라리사에게 식사를 가져다주려면 이고르에게서 열쇠를 받아야만 했다. 그나마 셋 중에 이고르가 제일 일찍 일어나니까. 자연히 라리사의 식사 시간은 이고르의 기상 시간인 열 시 이후가 되었다.

나는 손가방에서 작은 회중시계를 꺼냈다. 서두른 보람이 있어서, 아직 아침 여덟 시가 채 안 된 시간이었다.

'대충 두 시간 남았네. 의상실이 일찍 열어야 할 텐데……'

늦어도 아홉 시 반에는 의상실이 열려 있지 않으면 안 된다. 아직 플랜 B는 제대로 생각해 두지 않았단 말이야.

'어제 빌레인이 그렇게 갑작스레 또 지하실로 내려가지만 않았으면 계획을 세울 시간이 며칠 더 있었을 텐데.'

나는 초조한 마음으로 마차 창밖을 내다보았다. 저택에서 의상실이 있는 번화가 거리까지는 마차로 삼십 분 정도 거리였다. 그 삼십 분이 끝없이 길게 느껴졌다.

마차가 덜컹거릴 때마다 가슴이 철렁 내려앉았다.

아무리 급하게 저질렀다고 해도 그렇지 왜 이렇게까지 불안한 걸까, 하고 생각하다가 곧 깨달았다.

'맞다, 나 마차 사고를 당했었지⋯⋯.'

정확히 말하자면 '나'는 자동차 사고를, 마르시아는 마차 사고를 당했다. 내 몸에는 마차 사고를 당했던 기억이 새겨져 있는 것이다.

죽을 뻔한, 아니, 어쩌면 죽음의 기억이다. 하나는 자동차에서, 다른 하나는 마차에서.

나는 심호흡하며 속으로 '괜찮아, 다 괜찮아' 하고 되뇌었다. 지금은 마차 외에 다른 선택지가 없다.

'조금만 버티면 돼.'

그리고 마침내 마차가 의상실 앞에 멈춰 섰다. 나는 당장 마차에서 뛰어나가고 싶었지만 참았다. 콧대 높은 아가씨답게, 하인이 아뢰기를 기다려야지.

"마르시아 아가씨, 안에 사람은 있는 것 같은데 아직 영업 시작은 안 한 모양입니다."

음. 아가씨 흉내는 낼 만큼 낸 것 같다. 나는 마차 문을 벌컥 열었다.

"내리시게요?"

하인이 허둥지둥하며 마부석에서 얼른 발판을 가져다 내려놓았다.

"가서 문 두드려. 사람 나올 때까지."

"예? ……예."

시키는 대로 하인은 힘차게 문을 두드렸다. 얼마 안 있어 의상실 문이 빼꼼 열렸다. 그 사이로 여자 목소리가 들렸다.

"아직 오픈 전이에요. 한 시간 있다가 오세……."

"비켜!"

나는 하인을 밀치고 문을 몸으로 들이받듯이 하며 억지로 열었다. 그리고 의상실 안으로 들이닥쳤다.

"이게 무슨 짓이에요!"

항의하는 여자의 얼굴이 익숙했다. 마르시아가 여러 번 만나본 사람이었다. 의상실 주인인 노라였다.

나와 눈이 마주친 노라도 금세 내가 누군지 알아본 게 틀림없었다. 얼굴빛이 바뀌었으니까.

재빨리 안을 살펴보니, 가게 안에 있는 건 노라 한 명뿐이었다.

'휴, 완벽해.'

"마차에서 가방 다 가져와."

확실한 영업 방해다. 그러나 나는 변두리 영지에 작위도 없지만 확실히 귀족의 딸이었다. 그리고 노라는 평민이지.

그녀는 내가 뭐라고 하든 고개를 숙일 수밖에 없는 처지였다.

-이 여자가 아침부터 또 무슨 트집을 잡으러 온 거야!

경악하는 마음의 소리가 들렸다. 한두 번 당한 게 아닌 모양이었다.

나는 짐을 나르는 하인에게 들리도록 큰 소리로 말했다.

"안녕하세요, 노라 양. 우리 집 멍청한 하녀가 감히 새 드레스의 레이스를 찢어 엉망으로 만들었지 뭐예요. 오늘 밤 파티에 입고 가야 하니까, 당연히 고쳐주겠죠?"

"예? 그, 그럼요. 우선 그 드레스부터 봐야 알겠는데요, 블리크 영애."

-도대체 드레스가 어떤 꼴이 됐길래 고용인을 시키지 않고 직접 온 거지?

노라가 불안해하는 사이 하인이 착실히 가방을 가져다 문 안으로 들여놓았다. 서서히 그녀의 안색이 창백해졌다.

"그, 그런데 가방 개수가 좀 많은 것 같은데요?"

"도대체 내가 왜 직접 왔겠어요? 딱 보면 뻔한 거 아닌가요? 드레스를 치수에 맞게 제대로 고치려면 입을 사람이 필요하니까 온 거죠."

나는 오만한 표정으로 가방을 턱짓했다.

"온 김에 마음에 안 드는 드레스를 몽땅 가져왔어요. 전부 유행에 맞춰 고쳐줬으면 좋겠는데."

그러는 사이에도 하인은 가방을 계속 나르고 있었다. 마침내 가방 일곱 개가 의상실 안으로 다 들어왔다.

나는 화가 나서 못 견디겠다는 듯이 말했다.

"난 쇼핑이라도 좀 해야겠으니까, 돌아가. 데리러 올 필요 없어. 알아서 돌아갈 테니."

하인은 기다리지 않아도 되어 오히려 홀가분하다는 듯 넙죽 고개를 숙였다가 곧 마차를 몰고 사라졌다.

창밖으로 마차가 보이지 않게 된 것을 확인하자마자, 나는 노라 쪽을 향해 휙 뒤돌았다. 노라는 쌓인 가방을 보고 심란한 표정을 짓고 있었다.

"미안해요, 노라 양. 아침부터 이렇게 소란을 피워서."

나는 일단 진심을 담은 사과부터 했다. 노라는 화들짝 놀라 눈을 커다랗게 떴다.

마음의 소리는 안 들렸지만, 그 반응을 보니 알 것 같다. '사과? 지금 사과를 했어? 그 마르시아 블리크가?', 딱 요런 표정이니까.

"아. 저. 그……"

"이렇게라도 하지 않으면…… 정말 다른 방법이 없었어요. 저, 사실 지금 가출했거든요."

"예?"

노라는 입을 다물지 못했다.

-뜬금없이 도대체 무슨 소리야. 가출이라니, 배가 불렀나. 이런 데 잘못 엮였다간 끝장이야.

아, 무슨 생각을 하는지 들리는 게 좋을 때도 있네. 언제 완급 조절을 해야 하는지 알기 쉬우니까.

지금은 빌어야 할 때였다. 나는 바닥에 무릎부터 꿇고 노라에게 매달렸다.

"제발 부탁이에요. 절 좀 도와주세요."

"이, 이, 이러지 마세요, 영애! 누가 보면 어쩌려고……"

효과는 굉장했다! 귀족이 무릎을 꿇었다는 사실에 노라는 겁부터 먹었던 것이다.

나는 얼른 준비했던 스토리를 늘어놓았다.

만나는 사람이 있는데, 집에서 반대해서 둘이서 몰래 도망치기로 했다. 그런데 감시가 너무 심해서 망가진 드레스 핑계가 아니면 나올 수조차 없었다. 아까 그 하인도 저택으로 돌아간 척했지만, 실은 이 근처에서 감시하고 있을 거다. 대충 이런 이야기였다.

"그러니 제발 몰래 마차 한 대만 불러주세요."

나는 잠깐 고개를 숙이고 혓바닥을 꽉 깨물었다. 아파서 눈물이 찔끔 나왔다. 그리고 일부러 그 눈물을 노라에게 보이도록 닦았다.

노라는 가만히 선 채로 나를 한참 쳐다보고 있었다. 아까부터 아무런 마음의 소리도 들려오지 않았다. 그래서 오히려 안심되었다. 적어도 부정적인 감정을 갖고 있진 않다는 얘기니까.

"혹시 누가 절 찾으러 오면, 그냥 옷을 맡기고 쇼핑하러 나가 버렸다고 해주세요. 그리고 여기."

나는 손가방에서 작은 주머니를 꺼냈다. 안에는 금화가 들어 있었다. 새 드레스를 열 벌은 맞출 수 있는 금액이었다. 그 금화를 주머니째로 노라의 손에 쥐여주었다.

"이건 감사의 표시로 받아주세요."

그녀는 움찔했지만 손을 빼지는 않았다. 망설이는 듯한 표정이었다.

'무게로 이미 얼마인지 알아챘을 텐데. 금액이 모자란가.'

나는 손가락에서 반지를 뺐다. 작은 루비가 조르르 박힌 가느다란 금반지를, 아침 햇살을 반사해 반짝거리도록 살짝 돌리면서 들어 보였다.

"노라 양, 손가락이 참 길고 예쁘군요. 루비가 잘 어울릴 것 같은데."

정확히 삼십 분 후, 의상실 뒷문으로 낡은 대여 마차가 도착했다. 그사이 노라는 날 돕겠다고 눈에 띄지 않는 값싼 드레스를 꺼내 와서 내 옷을 갈아입혀 주었다.

나는 가장 큰 가방과 가장 작은 가방, 이렇게 딱 두 개만 마차에 싣도록 했다.

"나머지는 알아서 처분해 주세요. 그동안 내 까다로운 요구 다 들어주어서 고마웠어요, 노라 양."

노라는 친절하게도 직접 마차 문을 닫아주었다. 머릿속으로 이렇게 생각해서 그렇지.

-사람이 죽을 때가 되면 변한다더니……

죽을 때가 삼 년 뒤로 다가오긴 했지만, 살려고 그러는 거거든.

아니, 그렇게 따지면 맞는 말인가? 나는 헛웃음을 지었다.

꽤 값나가는 드레스를 꽉꽉 눌러 담은 가방 다섯 개는 의상실에 고스란히 남겨졌다. 팔아서 돈을 챙길 수도 있고, 완벽하게 발을 빼려면 진짜로 수선해서 블리크가로 보낼 수도 있겠지. 그건 노라가 알아서 할 일이다.

나는 마차를 타고 조금 떨어진 옆 동네 번화가로 간 다음, 다른 마차로 갈아타는 것을 반복했다. 세 번째 마차는 일부러 번화가에서 조금 떨어진 후미진 장소에서 내렸다.

마차가 떠난 뒤, 주변에 아무도 없는 걸 확인하고 큰 가방을 열었다. 열린 가방 틈으로 반짝이는 은빛 머리카락이 보였다.

"괜찮아? 힘들었지?"

나는 가방 안에서 해쓱한 얼굴의 라리사를 끄집어냈다. 제대로 움직이지도 못하는 걸 보니, 하도 오래 웅크리고 있어서 몸이 굳은 모양이었다. 라리사는 내 도움으로 간신히 팔다리를 펴고 몸을 일으켰다.

그녀는 가방에서 나오자마자 두 손으로 눈을 가렸다. 작은 어깨가 가쁘게 오르락내리락했다.

'아차, 눈부시겠구나.'

지나가는 사람에게 들키기라도 할까 봐 커다란 나무 아래 자라난 관목 틈에서 가방을 열었다. 그나마 그늘이 져서 어두운 편이었는데. 조금 지나면 눈이 천천히 적응하겠지.

"괜찮아, 괜찮으니까 숨 쉬어. 크게 들이쉬고, 내쉬고."

나는 옆에서 일부러 소리를 내면서 같이 심호흡을 했다.

"이곳은 안전해. 아무도 없는 숲속이야. 봐봐, 발아래가 부드럽고 바삭바삭한 소리가 나지? 지금 우리는 오래된 낙엽 위에 서 있는 거야."

오 분 정도가 지나자 라리사의 호흡은 눈에 띄게 가라앉았다. 그녀는 천천히 눈에서 손을 뗐다. 여전히 눈이 부신지 제대로 눈을 뜨지는 못했지만, 적어도 어느 정도 진정은 된 것 같았다.

그녀는 새벽부터 벌써 몇 시간이나 좁은 가방 안에 갇혀 있었다. 거기다 어젯밤에 맞은 곳이 아직 아플 텐데도, 군소리는커녕 아무 마음의 소리조차 들려오지 않았다.

내가 들을 수 있는 건 부정적인 생각뿐이다. 즉, 라리사는 지금 불안해하지도 않고, 불평도 없는 것이다.

'어휴, 이런 어린아이가 어쩜……'

짠한 마음으로 라리사를 내려다보곤, 얼른 옷차림을 살폈다. 라리사가 입고 있는 것은 마르시아가 어릴 때 입었던 것이었다.

'버린 줄 알았는데.'

아버지는 라리사에게 굳이 새 옷을 사주어 돈을 낭비하고 싶지 않았던 모양이다. 그렇다고 명색이 딸인데 하층민들이나 입는 옷을 입힐 수는 없으니, 마르시아의 옷을 지하실로 가져다준 거겠지.

처음에야 좋은 옷이었지만 이제는 낡고 얼룩덜룩했다. 유행에 뒤처진 데다, 소매는 짧아서 앙상한 팔목이 다 드러났다.

'차라리 잘됐어. 이런 옷차림이면 귀족 소녀로는 안 보일 테니까.'

덕분에 그다지 눈에 띄지는 않을 것이다.

나는 쓰고 있던 보닛을 벗어 라리사의 머리에 씌웠다. 성인용 보닛은 몸집이 작은 라리사에게는 조금 커서 머리가 쏙 들어가며 얼굴이 가려졌다. 보닛의 챙이 얼굴에 그늘을 만들어주었다. 이걸로 눈도 좀 덜 부시겠지. 선글라스 같은 게 있으면 좋을 텐데.

라리사는 눈을 내리깔고 인형처럼 얌전히 미동도 없이 서서 내가 하는 대로 가만히 있었다.

라리사에게 보닛을 주고 드러난 내 머리에는 스카프를 둘러서 얼굴을 가렸다. 그러곤 라리사가 숨었던 가방을 끌어다가 풀숲에 적당히 던져 버렸다.

"걸을 수 있겠어?"

내 질문에 라리사는 고개를 끄덕였다. 나는 조심스럽게 라리사의 손을 꼭 잡았다.

한 시간쯤 걷자 변화가 나타났다. 마차에서 계속 지도를 보며 확인한 바로는 작은 도시였다.

그리고 여기서부터는 로랑 대공의 영토다. 거의 끄트머리지만. 마차를 한 번만 더 갈아타면 대공가로 향하는 기차역으로 갈 수 있다.

기차는 이제 겨우 퍼지기 시작한 새로운 발명품이었다. 블리크가의 영지 같은 시골구석에서 기차는 꿈에서도 꿀 수 없는 신문물인 것이다.

마차를 타고 대공가의 저택까지 가려면 삼 일은 걸리지만, 기차를 타면 세 시간이면 된다. 그래서 내 목표는 기차를 타는 거였다.

'하지만 그전에 배부터 채우는 게 좋겠어.'

새벽부터 난리를 치느라 아무것도 못 먹었다. 라리사도 마찬가지였다.

안 그래도 별로 좋지 않던 라리사의 안색은 점점 더 나빠지고 있었다. 평생을 거의 갇혀만 있던 아이가 한 시간이나 자기 발로 걸었으니 오죽 힘들까.

나는 얼른 우리가 갈 만한 음식점을 찾기 위해 주변을 훑었다.

음식을 사서 마차에서 먹는 방법도 있다. 하지만 잠시 쉬기도 하고 화장실도 이용할 겸, 앉아서 제대로 먹기로 했다.

두세 군데 보이는 음식점 중 제일 구석에 있는 곳을 골랐다. 허름하고 간판도 별로 눈에 띄지 않아 처음에는 음식점인 줄도 몰랐다. 도망치는 중이니까, 눈에 띄지 않으려면 역시 이런 데서 먹어야겠지?

"맛이 있든 없든 일단 배부터 채우자."

나는 앞장서서 음식점의 문을 열고 안으로 들어갔다. 문에 달린 작은 종이 소리를 냈다. 문을 잡고 기다리니 곧 라리사가 머뭇거리며 따라 들어왔다.

"어서 오세요! 아무 데나 앉으세요."

서른 중반쯤으로 보이는 여자가 앞치마에 손을 닦으며 우리를 맞이했다.

음식점은 아주 작았다. 안에는 테이블이 세 개밖에 없었기 때문에 아무 데나 앉으라 했어도 선택지는 두 개뿐이었다. 제일 안쪽 테이블에는 남자 둘이 앉아 식사를 하고 있었으니까.

'아예 손님이 아무도 없었으면 더 좋았을 텐데. 할 수 없지.'

나는 곁눈질로도 다른 손님들과 눈이 마주치지 않게 얼른 모른 척 반대쪽으로 고개를 돌렸다. 우리는 가운데 테이블을 비워놓고 남자들과 그나마 먼 자리를 골랐다.

한쪽으로 기우뚱한 테이블에는 용케도 바닥까지 내려오는 테이블보가 덮여 있었다. 테이블보는 낡은 데다 조금 얼룩덜룩하기까지 했다. 하지만 불평할 때가 아니지.

"뭐 먹고 싶어?"

자리에 앉으면서 라리사에게 물었다. 사실은 물으나 마나였다. 벽에 붙은 나무판에는 메뉴가 달랑 두 개뿐이었다.

그래도 일부러 라리사에게 한마디라도 더 붙이려고 하는 중이었다. 한집에 살았지만 거의 만난 적도 없는 언니 하나 달랑 믿고 함께 가출한 셈이니까.

'얼마나 불안할까.'

처음 봤을 때부터 라리사는 한마디도 하지 않았고, 그 외에도 의사소통을 거의 하려고 하지 않았다. 그래서 괜히 더 짠했다.

아마 말을 못 해서 안 하는 건 아닐 거다. 다만 오랫동안 지하실에 혼자 갇혀 있었으니 대화 자체를 할 기회가 별로 없었을 테고, 그래서 더욱 말을 안 하는 게 아닐까.

지금도 내 질문을 듣기는 했는지, 꼼짝도 하지 않고 의자에 앉아서 테이블 모서리만 내려다보고 있었다. 내버려 두면 인형처럼 보일 지경이었다. 아닌 게 아니라 보닛 아래로 흘끔 보이는 얼굴이 너무 예뻐서, 옷만 화려한 걸로 갈아입히면 정말 도자기 인형으로 보일 것 같았다.

"그럼 저거 하나씩 시킬까? 나눠 먹자."

"……."

"못 먹는 건 없지?"

"……."

음. 혼잣말하는 기분인걸.

그래도 어젯밤처럼 내가 조금만 움직여도 움츠러들지는 않는 게 그나마 다행이었다.

주문을 받은 여자가 곧 부엌으로 사라졌다. 부엌은 트인 구조라, 홀 쪽에서도 들여다보였다. 요리도 직접 하는 모양이었다.

'혼자 가게를 차려서 요리도 하고, 손님도 받고. 할 수만 있다면 나쁘지 않은데?'

나 역시 라리사를 대공가에 데려다준 후에는 혼자서 살아남아야 한다. 만약 보석을 팔아 가게를 차리게 되면, 여주인처럼 저렇게 혼자 꾸려 나가는 가게도 좋을 것 같았다.

그런 생각을 하며 입으로는 계속 라리사에게 말을 걸었다.

"닭 구운 것하고 감자 요리야. 맛있겠다, 그렇지? 야채가 좀 곁들여 나오면 좋을 텐데. 그러면 적당히 균형 잡힌 식사가 될 것 같아. 닭 좋아하니?"

"……."

라리사는 여전히 미동도 없었다. 마음의 소리가 들려오지 않는 걸로 봐서는 적어도 닭을 싫어하지는 않는 거겠지?

"일단 잘 먹어둬야 하니까, 먹을 수 있는 만큼 먹어봐. 참, 나는 닭 좋아해. 역시 닭은 튀긴 게 제일 맛있는 것 같아. 그렇지 않니?"

아, 그런데 얘는 치킨을 먹어봤을까?

라리사에게 늘 식사를 가져다준 것은 유모였다. 지금까지 마르시아는 라리사에게 관심을 가진 적이 없어서, 식단에 대해서도 아는 바가 없었다. 기억나는 건 지하실의 이중문 중, 안쪽 문 아래쪽에 작은 창문 같은 게 달려 있었다는 것뿐. 음식 접시를 밀어 넣기 위한 걸 거다.

'그래도 설마 그 집 아가씨인데, 식단이 나쁘지는 않았겠지.'

적어도 그렇게 믿고 싶기는 한데…… 얘는 왜 이렇게 빵 한 조각도 제대로 못 얻어먹은 것처럼 마르고 작은 걸까. 괜히 눈시울이 뜨거워졌다.

"내가 아무 데로나 도망치는 것 같아 보일 수도 있지만, 사실은 아니야. 지금 일부러 마차 하나 탈 때마다 지그재그로 가고 있거든? 우리의 최종 목적지는 로랑 대공가야."

나는 조그맣게 목소리를 낮추고 말을 이어갔다.

"거기 널 구원해 줄 사람이 있어."

나는 조금 자신 없는 투로 말을 설명을 덧붙였다.

"음…… 아마 있을 거야. 그 사람만 만나면 먹을 걱정은 안 해도 돼. 그 정도가 아니라 평생 먹고 싶은 것만 골라 먹어도 될걸. 모르긴 몰라도 대단히 부유한 가문일 거야."

말하다 보니 점점 진심이 나왔다.

라리사의 남편은 부자여야만 한다. 그냥 부자가 아니라 엄청난 부자. 작위도 있어야 하고, 콧대와 자존심도 높아야 했다. 그쯤 되어야 다이아몬드 한두 방울에 연연하지 않을 테니까. 굳이 아내를 때릴 필요도 없을 테고.

물론 그전에, 이 나라 국왕이 와도 절대 그 비밀을 알려주지 않을 거지만.

"가진 게 많으면 굳이 더 필요하지도 않을 거야. 누굴 괴롭힐 필요
도 없을 거고. 작위도 없는 우리 집하곤 딴판……."

응? 말하다 보니 왠지 얼굴 옆쪽이 대단히 간지러웠다. 나는 말을
멈추고 그쪽을 획 돌아보았다.

옆옆 테이블에 앉아 있던 남자들의 손이 멈춘 채 우리를 쳐다보고
있었다. 그들은 나와 눈이 마주치자마자 얼른 자기 접시로 시선을 돌
리더니, 아무 일도 없었던 양 다시 음식을 먹기 시작했다.

그러나 그 짧은 순간, 나는 상대의 얼굴을 볼 수 있었다.

'헉, 완전 잘생겼어……!'

그들은 먼지 구덩이에서 구르기라도 한 것처럼 온통 지저분했다.
하지만 구석에 앉은 남자의 외모는 지저분한 차림새로는 가려지지 않
았다.

조각상이 더러워져 봤자 조각상이지. 얼굴에 덮인 흙먼지를 뚫고
잘생김이 뿜어 나왔다. 이목구비는 단정하고 선이 굵었는데, 어딘가
상대의 등골을 서늘하게 하는 강렬하고 짜릿한 분위기가 있었다.

아, 정말 이런 말은 하고 싶지 않지만, 나는 웬만한 외모에는 면역
이 있다. 요정의 피를 이은 덕에 나 자신도 견줄 사람을 찾기 힘든 미
모를 가지고 있었고, 오빠인 빌레인도 딱 그만큼 잘생겼기 때문이다.
늘 보는 얼굴들이 그랬으니 내 눈에 차는 외모를 찾기란 쉽지 않았다.

그런데 저 남자는 내 눈에도 잘생겨 보이는 것이다! 심지어 흙투성
이인데도.

덕분에 나는 잠시 내가 무슨 말을 하고 있었는지 잊어버렸다.

'그런데 방금 눈 마주친 거 맞지?'

왜 쳐다본 거지?

잘생긴 건 잘생긴 거고. 뭘 쳐다보냐고 쏘아주려다가 마음을 고쳐 먹고 그냥 고개를 돌렸다. 괜히 말싸움을 벌였다가 눈에 띄는 건 사양이었다.

그 순간 누군가의 마음의 소리가 들려왔다.

-이 미친년이⋯⋯.

욕은 아무리 들어도 새롭다. 가슴이 철렁했다.

방금 잘생겼다고 감탄했는데, 이럴 수가. 나는 어깨를 움찔하며 다시 남자들 테이블 쪽을 돌아보았다. 둘은 포크를 놀리며 자기들끼리 뭐라고 낮게 이야기하고 있었다.

그때, 마음의 소리가 또 들려왔다.

-제길, 이 배은망덕한 것이 어디로 간 거야! 찾기만 하면 당장 갈아 마시고 만다.

그건 식당 안에서 들려오는 소리가 아니었다. 들어본 적 있는 소리.

이고르였다.

'어떻게 이렇게 빨리?'

몸에서 피가 싸악 빠져나가는 것 같았다.

마음의 소리가 들린다는 건, 그렇게 멀지 않은 곳에 이고르가 있다는 뜻이었다. 아니나 다를까, 문밖에서 다급한 발소리가 들렸다.

'어쩌지?'

출입문으로는 도망칠 수 없다. 부엌 쪽으로 향하는 문은 너무 먼 데다, 홀에서도 안쪽이 들여다보였다.

생각할 겨를이 없었다.

"라리사, 이리 와!"

나는 라리사를 붙들고 테이블 아래로 뛰어 들어갔다. 더러운 테이블보가 우리를 가려주기를 바라면서, 라리사를 꼭 끌어안았다.

우리가 테이블 아래에 몸을 숨긴 것과 동시에 문에 달린 종이 울렸다. 뚜벅뚜벅 울리는 발걸음 소리가 가게 안으로 들어왔다. 걸음걸음마다 심장을 짓밟는 것 같다.

나도 안다. 옆 테이블 남자들이 우리가 이러는 꼴을 다 봤다는 거. 결국 풀숲에 머리만 처박고 몸통은 내보인 셈이라는 거. 그런데 달리 도망칠 구석이 없었다.

"어서 오세요! 잠시만 기다려 주세요!"

부엌 안에서 달그락거리는 소리와 함께 다급하게 외치는 소리가 들렸다. 내가 주문한 요리 때문에 바빠서 홀로 나오지 못하는 모양이었다.

"거기 신사분들."

거친 남자의 목소리였다. 익숙한 목소리. 이고르가 맞았다. 그는 급히 뛰어다닌 듯, 숨을 헐떡이고 있었다.

"혹시 여자애 둘 못 보셨소? 하나는 열세 살이고 다른 하나는 열일곱쯤이오. 작은 애는 은발에 이만한 키고, 큰 애는 금발인데, 내 딸들이라오. 둘이 같이 행방불명이 되었소."

심장이 목구멍 밖으로 튀어나올 것 같았다.

라리사의 몸이 경련이 온 것처럼 벌벌 떨리기 시작했다. 아버지 목소리를 듣는 것만으로 반사적으로 몸이 떨리는 것이다.

나는 숨을 죽이고 라리사를 안은 팔에 힘을 주었다.

"특히 작은 애는…… 몸이 별로 좋질 않아서. 주치의가 처방해 주는 약을 먹지 않으면 목숨이 위험하오. 한시라도 빨리 찾아야 되오."

처방약? 처음 듣는 말이었다. 나는 라리사를 쳐다보았다. 라리사는 격하게 머리를 흔들었다.

거짓말, 거짓말이다.

이고르의 목소리가 제법 애처롭게 들렸다. 약 어쩌고는 거짓말이지만 한시라도 빨리 찾고 싶다는 부분은 진심일 것이다. 나야 없어지든 말든 별로 상관없겠지만, 라리사는 반드시 되찾아 평생 가둬두고 싶을 테니까.

아까 그 남자들이 눈짓으로 이 테이블을 가리키기만 해도 끝장이었다. 나는 얼른 뭘 해야 할지 생각하기 시작했다.

발소리로 판단하건대, 이고르는 아마도 혼자일 것이다. 하지만 그렇다 해도 성인 남자다.

체격으로 당할 수가 없는데 어쩌지? 그래도 악착같이 덤벼들어서 매달리면 뿌리치기 힘들지 않을까? 적어도 라리사가 혼자 도망갈 시간은 벌 수 있으려나?

설마 라리사를 탈출시켰다고 날 죽이진 않겠지?

'……아니, 진짜 죽일지도.'

다이아몬드 광산이 발이 달려서 눈앞에서 도망치는 걸 보면.

그렇게 라리사가 무사히 도망친다고 해도, 그다음부터 혼자 살아남을 수 있을 리가 없었다. 평생을 갇혀 있기만 했으니까. 나는 헛웃음을 지었다.

'이고르가 테이블보를 들추기라도 하면, 그 순간 저거 다 거짓말이라고, 살려달라고 외치는 게 낫겠어.'

가방에서 보석을 한 줌 꺼내서 저 지저분하고 잘생긴 남자들 쪽으로 집어 던지면 우릴 도와줄지도 모른다. 돈 앞에서 제정신을 유지하는 사람은 별로 없으니까.

라리사에게는 미안하지만, 소매를 걷어서 학대의 흔적을 보여주고 저놈이 우릴 때려죽이려고 했다고 호소하면 조금 더 효과가 있을지도……. 돈으로 안 움직이는 사람이라도 윤리나 인정으로는 움직일지도 모르지.

나는 팔을 뻗어서 장신구와 보석이 담긴 가방을 가까이 끌어당겼다.

"그런 여자애들이라면……."

"못 봤소만."

조금 높고 낮은 두 사람의 목소리가 동시에 들렸다.

잠시 홀에 정적이 흘렀다. 낮은 목소리 쪽이 다시 한번 단호하게 말했다.

"못 봤소. 여긴 우리뿐이오."

"이 음식점 밖에서라도 혹시 못 보셨소? 사람들이 이쪽으로 왔다고 하던데. 딸들이 어디 잘못되기라도 한다면 난 미쳐 버릴 거요. 잘 생각해 봐요, 정말 본 적 없소?"

이고르가 끈질기게 물었다. 남자는 좀 전과 똑같이 대답했다.

"거 안됐군요. 그런데 못 봤소."

말은 안됐다고 하는데, 실은 조금도 안된 것 같지 않다는 듯한 말투였다.

왜 우릴 도와주는 걸까? 고맙긴 하지만.

나는 조금 마음을 놓으며 라리사의 등을 천천히 쓸어주었다.

그때였다. 음식 냄새가 확 풍겼다. 구운 닭과 감자 냄새.

"어머?"

당황한 듯한 여자의 목소리가 들렸다.

나는 숨을 죽였다. 하필 지금 막 우리가 주문한 요리가 나온 것이다. 그런데 음식을 주문한 손님들은 사라졌고, 새로 온 손님은 자리에 앉기는커녕 다른 손님들하고 말싸움이라도 하려는 것 같은 분위기인 거다.

　'끝이다.'

　나는 눈을 질끈 감았다.

　"혹시 여기……."

　그때 주인의 말을 막으며 남자가 딱딱한 말투로 말했다.

　"아, 드디어 나왔군. 기다리느라 힘들었소. 여기, 내 접시 옆에다 놔 주게."

　"예?"

　"어서 가져오지 않고 뭘 하나?"

　곧이어 식기가 달각거리는 소리가 났다. 주인이 음식을 남자들 테이블에 가져다 놓은 것이다.

　"신사분들 테이블에는 이미 음식이 있는데?"

　이고르가 수상쩍다는 듯한 목소리를 냈다. 다른 남자가 쯧, 하고 혀를 찼다.

　"이보쇼, 우리 몸집을 봐요. 한 사람당 한 접시 가지고는 성에 차질 않으니 추가 주문을 한 겁니다."

　"예, 맞아요. 이분들이 음식을 더 시키셨어요."

　여자 목소리가 얼른 맞장구를 쳤다. 낮은 목소리가 뒤를 이었다.

　"그보다 지금 여기서 시간 낭비하지 말고 빨리 나가보는 게 어떻겠소? 얼른 딸들을 찾지 않으면 안 될 텐데. 이 동네가 어떤 곳인지 잘 모르시나?"

낮게 위협이라도 하는 듯한 말투였다.

"그…… 알겠소. 혹여 나중에라도 내 딸을 보면 바로 연락 주시오. 아주 후하게 사례할 테니. 노스트랜드에서 온 블리크가의 이고르요."

이고르는 그 말을 남겨놓고 나가 버렸다. 속으로만 내뱉는 욕설과 함께 발소리가 문밖으로 사라졌다.

발소리가 더 이상 들리지 않게 되자, 묵직한 남자의 목소리가 조용히 이어졌다.

"아가씨들, 이제 나와도 됩니다."

라리사는 여전히 덜덜 떨고 있었다. 등을 토닥여 주면서 보니, 한 손으로 내 드레스 자락을 꼭 쥐고 있었다.

"갔어. 괜찮아."

나는 조그맣게 속삭여 준 다음, 일부러 보라는 듯 테이블보를 조금 들어 올려서 바깥을 살펴보는 시늉을 했다. 그러고 나서 천천히 테이블 아래에서 나왔다.

반대쪽에 앉은 남자 둘과 그 옆에 서 있던 음식점 주인이 동시에 나를 쳐다보았다. 잘생긴 남자가 입을 열었다.

"여기, 주문하신 음식에는 손 안 댔으니 가져가서 드시면 되겠군요."

그러자 주인이 얼른 닭과 감자가 올라간 접시를 집어 들어 우리 테이블 쪽으로 가져왔다.

잘생긴 남자의 목소리는 낮은 쪽이었다.

'우리를 도와준 쪽이 이 사람이었구나.'

이곳은 여자가 남자의 소유물이나 마찬가지인 것이 당연한 세상이었다. 아내는 남편 것이고, 딸이라면 아버지 소유였다. 그런데 잘 알지도 못하는 여자들 편을 들어주다니.

나는 조금 감동했다.

역시 잘생긴 얼굴에 친절한 마음이 깃드는 법인가 봐.

이렇게 보니까 더 잘생긴 것 같았다. 자기들 입으로 덩치를 언급할 만도 한 것이, 앉아 있는데도 키가 크고 팔다리가 긴 것이 확 느껴졌다. 군데군데 찢어진 옷으로도 가리지 못하는 저 넓은 어깨며 탄탄한 가슴팍은 어떻고.

"정말 감사합니다."

나는 진심으로 고마워하며 가볍게 고개를 숙여 보였다. 그러자 남자는 차가운 눈으로 나를 잠시 쳐다보다가, 자기 접시로 고개를 돌리며 말했다.

"소란스러운 게 싫었을 뿐입니다. 눈앞에서 어린애들이 질질 끌려가는 걸 보고 싶지도 않았고. 쓸데없이 돌아다니지 말고 얼른 식사나 마치고 집으로 돌아가시죠."

"……뭐라고요?"

내가 지금 무슨 말을 들은 거야? 지금 자기가 밥 먹는데 시끄러워지는 게 싫었을 뿐이라고 한 거야?

게다가 나까지 어린애 취급했다. 우리 동네 사교계에서는 내 손 한 번 못 잡아 안달인 청년이 한둘이 아닌데!

"시끄럽게 굴면 아까 그 남자를 다시 부를 겁니다. 조용히 앉아서 식사나 하세요."

그는 이쪽은 쳐다보지도 않은 채 포크를 놀리기 시작했다. 그러자 맞은편에 앉은 안경을 쓴 남자도 조용히 자기 몫을 다시 먹기 시작했다.

'뭐 저런 게 다 있어?'

나는 화를 내려다가 뒤를 돌아보았다. 라리사는 아직도 테이블 아래에서 나오지도 못하고 있었다.

쟤를 봐서 참는다, 내가.

"그럼 필요한 게 있으면 부르세요."

주인은 아무 일도 없었다는 듯 태연하게 말하고는 부엌으로 사라졌다.

나는 한숨을 쉬고는 라리사를 테이블 밖으로 데리고 나왔다. 그리고 작은 손에 포크를 쥐여주었다.

"자, 얼른 먹자. 다 먹고 나면 다시 마차를 탈 거야. 오늘 안에 기차를 타야 하거든."

하도 놀라서 입맛이 싹 사라진 건 나도 마찬가지였다. 하지만 잘 도망치려면 잘 먹어야 한다. 나는 나이프로 닭 다리 살을 발라 라리사의 접시에 놓아주고, 내 입에도 감자를 크게 한 입 잘라 넣었다.

우리가 식사하는 사이, 남자들은 식사를 마치고 사라졌다. 밥을 다 먹을 때까지 다른 손님은 들어오지 않았다.

나는 주인에게 마차를 한 대 불러줄 수 있는지 물었다.

"이 길 끝에 대여 마차가 모이는 곳이 있어요. 아마 그곳에 가시면 지붕이 있는 마차를 빌릴 수 있을 거예요. 저는 가게를 비울 수가 없어서……."

주인이 길 끝을 손으로 가리키며 미안하다는 듯 말했다. 혼자 보는 가게니 어쩔 수 없지. 감사의 표시로 음식값을 세 배로 지불하고 가게를 나섰다.

이고르가 우리에 대해 했던 설명은 키와 나이, 머리 색이 전부였다. 키는 감출 수 없지만 머리 색이라면 숨길 수 있었다.

식당을 나서기 전, 나는 라리사의 머리에 손수건을 두르고 그 위에 보닛을 씌워 단단히 고정했다. 내 머리에는 시장을 가는 아낙들이 하듯이 스카프를 꼼꼼하게 둘렀다.

'상대가 먼저 우리를 눈여겨보지 않는다면 괜찮을 거야.'

나는 주변 사람들이 생각하는 걸 들을 수 있으니까, 운이 좋으면 미리 대비할 수도 있었다. 물론 부정적인 생각에 한해서지만.

나는 주변에서 들려오는 소리에 귀를 기울이고, 최대한 두리번거리지 않으면서 목적지를 향해 걸었다. 한 손에는 가방을 들고, 다른 손에는 라리사의 손을 꼭 잡았다.

그렇게 한참을 걷던 중이었다.

-무서워. 정말 이래도 되는 걸까?

응?

예상치 못한 소리에 나는 눈을 크게 떴다. 누군가의 마음의 소리였다.

라리사의 것은 아니다. 혹시나 해서 얼른 내려다보니, 라리사는 무표정하게 그저 다리만 총총 움직여 열심히 걷고 있을 뿐이었다.

마음의 소리는 사람마다 다르긴 하지만 목소리처럼 단번에 구분하기 어려웠다. 귀로 들리는 소리가 아니라 가슴에 바로 꽂히는 소리라고 해야 되나.

'모르는 사람 소리인데, 굳이 신경 쓰지 않아도 되겠지.'

안 그래도 갈 길이 바빴다. 나는 그 소리를 무시하고 발걸음을 재촉하려 했다. 그런데 누군지 몰라도 좀 전과 같은 사람에게서 마음의 소리가 또 들려왔다.

-이런 걸론 사람 못 죽여. 그러니까 죽지는 않을 거야. 마음 놓고 그냥 한 번 찌

르고 튀면 돼.

극도로 불안에 싸인 소리였다. 불안하고, 무섭고, 두려워서 내는 마음의 소리였다.

나는 얼굴을 찡그렸다. 저택과 파티만을 오가는 생활을 할 때는 이런 극단적인 소리까지는 들을 일이 없었는데. 집 밖으로 나오자마자 이 모양이었다.

아무 소리도 못 들었으면 그냥 조용히 지나칠 수 있지만, 사람을 죽이네, 마네 하는 소리까지 듣고 나니 도저히 모른 척할 수가 없었다. 나는 무심코 소리가 들려온 쪽을 흘끗 쳐다보았다.

거기 있는 건 고작 라리사 또래의 어린 소년이었다. 옷차림을 보니 비렁뱅이였다. 머리에는 낡아 빠진 줄무늬 모자가 간신히 얹혀 있었다. 한 손에는 구걸용으로 쓰는 나무 그릇을 들고 다른 손은 주머니 속에 넣은 채 어느 한 곳을 뚫어져라 쳐다보고 있었다.

-깊이 찌르지 않아도 돼. 그냥 피만 나면 된댔어. 나는 저 사람을 죽이려는 게 아냐. 그대로 시키는 대로만 하면 오늘은 굶지 않아도 되니까…… 괜찮아, 괜찮은데 왜 이렇게 무섭지?

소년은 끊임없이 스스로를 위로하려는 듯, 마음속으로 중얼거렸다.

사람들 마음의 소리에 일일이 신경 쓰다간 내 삶이 망가진다. 마르시아가 그런 식으로 악녀가 되었고, 그건 내 기억에도 생생하게 살아 있었다.

그래서 그냥 모른 척하고 지나가려고 했다.

그 소년이 겁에 질린 얼굴로 노려보는 게 아까 식당에서 우릴 구해 준 남자들만 아니었다면 말이다.

'왜 하필……'

나는 지끈거리는 관자놀이를 꾹꾹 눌렀다.

소년이 쳐다보고 있는 건, 확실히 그 두 남자였다. 잘못 볼 수가 없었다. 군데군데 찢어진 옷을 입은 거대한 남자 둘. 그중 한 명은 흙투성이 얼굴에서도 빛이 뿜어져 나오는 것 같고, 다른 한 명은 안경을 썼다.

두 남자는 마차인지 뭔지, 반쯤 부서진 탈것을 두고 한참 이야기를 나누고 있었다.

남자들의 앞에 있는 마차를 보고 순간 내 눈을 의심했다.

'어, 자동차?'

나는 눈을 비볐다. 이 세계에 자동차가 있단 말이야?

그건 지붕이 없는 2인승 마차처럼 생긴 무언가였는데, 눈을 씻고 봐도 말 같은 건 없었다. 그리고 운전대 같은 것이 달려 있었다. 자동차의 조상 비슷한 것인 모양이다.

'하긴, 기차도 있는데, 자동차도 슬슬 나올 때가 됐지. 저걸 탔다가 사고라도 났나 보네.'

딱 보니, 시제품 같은 걸 탔다가 사고가 나서 차는 부서지고 사람들은 옷이 찢어지고 흙먼지로 뒤덮인 게 뻔했다.

'그럼 사고를 당한 다음에 식당에 들어가서 밥부터 먹었단 말이야?'

어이가 없어서 나도 모르게 고개를 절레절레 젓고 말았다. 하긴, 옷은 찢어졌어도 사람은 다친 곳 없이 멀쩡해 보이긴 했다.

그건 그거고, 둘이 열심히 이야기를 나누는 꼴을 보아하니 비렁뱅이 소년이 작정하고 달려들면 미처 피하지 못하고 칼 맞기 딱 좋게 생겼다.

'그래, 은혜 갚는 셈 치자.'

나는 일부러 들으라는 듯이 말했다.

"거기 너!"

소년이 어깨를 움찔거렸다. 그러나 아이는 용케도 이쪽을 쳐다보지 않았다.

"너 말야, 너. 줄무늬 모자. 지금 내 말 들었잖아. 딱 보면 알거든? 이리 좀 와보렴."

일부러 특징을 콕 집어 말했다. 그렇게 되면 모른 척할 수가 없게 된다.

소년이 주춤거리며 날 쳐다보았다. 빌어먹을, 하고 중얼거리는 마음의 소리가 들렸다.

나는 웃음이 나오려는 걸 참았다. 빌어먹는 소년의 욕설이 빌어먹을, 이라니.

"뭐 해, 이리 오라니까?"

짐짓 목소리를 높였다. 내 목소리가 들렸는지, 망가진 차 옆에 서 있던 남자들이 대화를 멈추고 이쪽을 쳐다보았다. 거지 소년도 그걸 본 것 같았다.

'이제 몰래 덤벼들기는 틀렸을걸.'

소년은 어깨를 축 늘어뜨리고 내 쪽으로 천천히 다가왔다. 나는 라리사를 내 등 뒤로 감추고 한 발 앞으로 나섰다.

"이걸로 빵이라도 한 조각 사 먹으렴."

느긋하게 지갑에서 구리 동전을 하나 꺼내자, 소년이 억눌린 소리를 냈다.

"고, 고맙습니다."

"응, 그래. 그런데, 한 손은 주머니에 넣은 채로 적선을 받을 셈인가? 거지 주제에 건방진데."

나는 보란 듯이 동전을 쥔 채 일부러 마르시아가 즐겨 쓰던 빈정대는 말투를 썼다.

"주머니에서 손 안 빼? 빵 따위는 별로 먹고 싶지 않은가 봐?"

일부러 '주머니'를 강조했다. 이쯤 됐으면 알아들었겠지. 이 소년도, 저기 남자들도.

소년은 주머니에 감춘 손을 천천히 빼고는 나무 사발을 두 손으로 쥐었다. 나는 거기에 동전을 떨어뜨렸다. 달그락, 하는 소리가 났다.

나는 소년을 불쌍히 여겨 동전을 한 개 더 꺼내 주었다. 그리고 남자들 쪽은 쳐다보지도 않고 발길을 돌렸다.

이 정도면 아까 일의 은혜는 갚은 셈이다. 빨리 갚을 수 있어서 다행이었다. 빚지는 건 질색이니까.

그런데 뒤통수가 따가웠다. 누군가 내게 또 욕을 했다.

-저 재수 없는 여자 때문에 일을 다 망쳤잖아! 무사히 해치우고 나면 저 꼬마 놈도 없애 버리려 했더니, 온 거리 사람들에게 다 들켰군. 빌어먹을.

거지 소년에게 칼을 건네준 사람일 테지. 어딘가에서 지켜보고 있었던 모양이었다. 어쩌면 소년은 그런 간단한 일도 못 해치운다며 얻어맞을지도 모른다.

앗, 소년에게서도 욕이 들려왔다. 욕의 이중창 탓에 머리가 핑 돌았다.

'빌어먹는 꼬마야, 나는 네 목숨을 살려준 거란다. 그 말도 안 되는 계획대로 했으면 너는 저 덩치 큰 남자들에게 죽거나, 아니면 네게 그 칼을 쥐여준 사람에게 입막음 조로 살해당했을걸.'

나는 머리를 마구 흔들었다. 욕은 욕일 뿐이다.

'아무리 속으로 떠들어봤자 나를 해치지 못해.'

그보다 내 목숨부터, 라리사의 목숨부터 챙겨야 했다.

나는 라리사의 얼굴이나 머리카락이 보닛에 잘 가려져 있는지 확인하고, 내 스카프를 잡아당겨 얼굴에 그늘을 만들었다. 더 이상 이목이 쏠리는 건 사양이었다.

저 앞쪽에 대여 마차가 몇 대 서서 손님들을 기다리고 있는 것이 보였다. 나는 이고르가 우릴 못 봤기를 바라면서 발걸음을 빨리했다.

마차에서 내려서 본 기차역은 단출했다. 거대하고 아름다운 건물, 연기를 내뿜는 시커먼 증기 기관차, 바쁘게 오가는 사람들. 내심 그런 장면을 기대했는데, 이곳은 평범하고 작은 시골 기차역이었다.

'사람들이 생각보다 적네.'

나는 혹시나 이고르가 어딘가 숨어서 지켜보는 게 아닐까 걱정돼 주변을 두리번거렸다. 딱히 우리를 쳐다보는 사람은 없는 것 같았다. 나는 재빨리 매표소 창구로 다가갔다.

"디에프역, 두 장 주세요. 제일 빨리 출발하는 걸로요."

"오늘치 표는 매진입니다."

"매진이라고요?"

생각지도 못한 말에 놀라 말소리를 높이고 말았다. 매표소에 앉아 있던 직원이 하품하며 말했다.

"원래 우리 역은 기차가 잘 안 서는 역이라 표가 금방 나가요. 내일 이 시간에 출발하는 게 있는데, 그걸로라도 드릴까요?"

내일 오후라고? 여기서 하루 늦어졌다가는 금세 도로 붙잡힐지도 모른다.

'차라리 마차를 타고 이 앞 역이나 다음 역으로 가볼까?'

그러나 마차는 기차의 속도를 따라잡을 수 없다. 이 역에 없는 자리가 다음 역에 나리란 보장이 있을까?

나는 눈썹을 찌푸렸다.

그때 등 뒤에서 목소리가 들려왔다.

"그럴 필요 없습니다."

나는 깜짝 놀라 뒤를 돌아보았다. 눈앞을 가로막은 것은 웬 남자의 가슴팍이었다. 고개를 들자 그 꼭대기에서 조금 익숙해진 얼굴이 나를 내려다보았다.

아까 음식점에서 만났던 그 남자였다.

얼굴은 대충 손수건으로 문질러 닦기라도 했는지, 아까처럼 심한 흙투성이는 아니었다. 검은 곱슬머리, 고상한 이마선, 날카로운 콧날에 강인한 턱선이 남성미를 풍겼다. 그 가운데서 붉은빛으로 빛나는 두 눈동자가 나를 뚫어질 듯 쳐다보았다.

'어? 붉은색 눈동자?'

아까 식당 안에서 봤을 땐 몰랐는데. 아무래도 어두운 구석 자리에 앉아 있어서 그랬던 게 아닐까?

이렇게 밝은 햇빛 아래에서 보니 확실히 붉은색이었다. 그것도 새빨간 색.

'사람 눈동자가 붉은색일 수도 있나? 갈색인데 빛이 비쳐서 저런 색으로 보이는 걸까?'

나는 잠시 말문이 막혔다.

남자가 가만히 나를 내려다보다가 입을 열었다.

"디에프역까지 가는 기차표를 구하시는 모양이지요?"

"그, 그런데요."

"저희와 함께 가시지요."

"예?"

표가 없는데 가긴 어떻게 가?

잠깐 이해할 시간이 필요해 나는 눈을 깜박거렸다. 그러자 붉은 눈의 남자 옆에 서 있던 안경을 쓴 일행이 설명을 덧붙였다.

"우연히도 저희가 산 표는 일등급입니다. 아시다시피 객실 한 칸을 빌리는 거라 두 분이 앉으실 자리도 충분합니다. 보통 여섯 명까지는 앉을 수 있으니까요."

"그렇습니다. 정말 우연입니다만, 저희도 디에프역까지 갑니다."

붉은 눈의 남자가 안경 남자의 말에 재빨리 동의하며 고개를 끄덕였다.

"자리가 남으니 저희와 함께 가시는 게 어떻겠습니까?"

두 사람은 갑자기 덤벼들듯이 우연을 강조해 댔다. 뭐야, 그러니까 왠지 수상하잖아?

"고맙지만 괜찮아요. 마차를 빌려서 다음 역으로 가볼 생각이니까요."

나는 한 발 물러서며 말했다. 한 손으로는 라리사의 손을 꼭 쥐면서.

"노스트랜드에서 온 이고르 블리크 씨."

붉은 눈의 남자가 아버지의 풀네임을 나지막하게 말했다. 라리사가 순식간에 얼어붙었다.

"……쫓기고 계시지 않습니까? 다른 역까지 가볼 여유가 없으실 텐데요."

뭐야, 협박이야? 그런데 뭣 때문에?

나는 입술을 깨물었다. 그러자 안경을 쓴 쪽이 팔꿈치로 남자의 옆구리를 퍽 쳤다.

"그러지 마세요. 경계하시잖습니까."

안경 쓴 남자의 말에 붉은 눈의 남자는 헛기침을 하더니 말투를 바꾸어 정중하게 다시 물었다.

"이래 봬도 아까 저희를 구해주신 데 대해 굉장히 감사하게 생각하고 있습니다. 그 감사의 의미로 생각해 주시면 안 되겠습니까?"

구해주다니, 아까 그 거지 꼬마 이야긴가? 그건 그냥 빚지고 가만히 있기 좀 그래서 나선 것뿐인데.

'그런데 위험을 눈치채긴 했었구나.'

내가 힌트를 주긴 했지만, 눈치가 썩 빠른 모양이었다. 어쩌면……
'그런' 일이 종종 있었기 때문에 익숙하거나.

나는 가만히 눈앞의 남자들을 관찰했다.

붉은 눈을 가진 남자의 미모에 눈이 멀어 제대로 눈여겨보지 못했는데, 안경을 쓴 남자 또한 제법 준수한 미남이었다. 부드러운 갈색 머리에 갈색 눈동자. 키도 붉은 눈 남자와 막상막하로 컸다.

안경을 쓰고 있어도 잘생긴 사람은 잘생긴 법이었다. 잘생긴 남자 둘이 정중하게 권해오니 마음이 조금 녹았다.

무엇보다, 두 사람에게서는 아무런 부정적인 마음의 소리가 들려오지 않았다.

'우리를 해칠 의도는 없다고 봐도 되겠지.'

게다가 다른 방법이 없기도 했고. 설마 무슨 일 나겠어?

"그렇다면 감사히 받아들일게요."

일등석이라더니, 안내받아 간 객실은 제법 호화로웠다. 큰 마차만 한 객실에는 여섯 명이 앉아도 넉넉할 만한 넓은 좌석에, 작은 테이블까지 놓여 있었다.

나는 라리사부터 창가에 앉혔다. 혹시나 해서 열차가 출발하고 역이 보이지 않게 된 후에야 커튼을 걷어주었다. 라리사는 창밖 풍경이 신기한지 눈을 떼지 못하고 아예 창 쪽으로 돌아앉았다.

'창가에 앉히길 잘했네.'

나는 픽 웃으며 맞은편 좌석으로 시선을 돌렸다.

"도와주셔서 감사합니다. 은인의 이름도 못 들었네요. 저는 마르시아예요. 이 애는 라리사고요."

두 남자에게 다시 한번 감사 인사를 했다.

일부러 성은 말하지 않았다. 어차피 아까 이고르가 자기 이름을 말했으니, 우리 성이 블리크라는 것은 알아챘겠지. 이고르가 했던 말을 믿는다면 말이지만.

남자들은 잠시 서로를 쳐다봤다. 그러더니 붉은 눈의 남자가 먼저 말했다.

"아르노입니다."

간결했다. 마찬가지로 성을 말하지 않았다.

"포라고 불러주십시오."

안경을 낀 남자도 이름인지 성인지 알 수 없는 이름을 말했다.

나는 잠시 그들을 빤히 쳐다봤다.

내 쪽에서 먼저 성을 말하지 않았는데 상대에게 풀 네임을 묻는 건 어쩐지 예의가 아닌 것 같았다. 그래서 그냥 고개를 작게 숙여 보이고는 라리사의 옆자리에 앉았다.

그러자 기다렸다는 듯 아르노와 포도 맞은편 자리에 앉았다.

"……."

"……."

곧 객실 안에 정적이 내려앉았다. 하지만 아무도 불편한 기색은 보이지 않았다. 라리사는 창밖을 내다보는 자세로 꼼짝도 하지 않았고, 포는 가방에서 작은 책을 꺼내더니 읽기 시작했다. 아르노는 아예 눈을 감아버렸다. 자려는 것은 아닌 것 같지만 대화를 나누고 싶지도 않은 모양이었다.

'아무도 말을 하지 않아 어색한 건 나뿐인 것 같네.'

어쨌거나 기차는 아주 편안했다. 일등석이라 그런 걸까, 아니면 아까 우릴 도와줬던 몸집 커다란 남자 둘이 동행이어서 그런 걸까. 타고 있는 내내 불안했던 마차에는 비할 수도 없었다.

덕분에 느긋하게 새 동행인들을 관찰할 수 있었다. 나는 눈을 가늘게 뜨고 그들을 훑어보았다.

아르노와 포가 입은 옷은 찢어지고 더러워졌지만 제법 값나가는 것들이었다. 최신 유행에는 살짝 뒤떨어지는 편이었지만, 둘 다 키가 아주 큰 데도 소매며 어깨가 꼭 맞는 것이 맞춘 것이 틀림없었다.

게다가 다른 사람들과 같이 앉아 갈 수도 있는데 굳이 일등석 표를 살 정도의 재력이 있는 사람들이다.

'그리고 목적지가 로랑 대공령의 최심부라…….'

이름을 말해주지 않아도 대충 그들이 어떤 사람들인지 알아챘다.

로랑 대공저 근처에는 왕국의 수도와 마찬가지로 사교계가 형성되어 있었다. 틀림없이 대공령 내 지체 높은 귀족들의 저택이 모여 있을 것이다. 분명 저들은 그 귀족 중 하나이겠지.

옷차림이 최고급이 아닌 걸로 봐서는 아마도 중간 계급 정도의 귀족 자제거나, 신흥 귀족인 게 아닐까?

떠올려 보면 자기들끼리 이야기를 나눌 때 아르노는 반말을, 포는 존댓말을 썼다. 어쩌면 아르노가 포보다는 신분이 높은 사람일지도 모르겠다.

'굳이 이름을 밝히지 않은 건, 굴러서 너덜너덜해진 꼴이 민망해서 일 수도 있겠네.'

꿍꿍이가 있어서 우릴 도와주려 한 게 아닌 건 틀림없었다. 만약 그 랬다면 뭐라도 말을 걸어 정보를 캐내려고 하겠지.

'아까 식당에선 시끄러운 게 싫어서 도와준 거라더니, 정말인가?'

그런데 정말 대화를 나눌 의지가 전혀 없어 보이네.

"뭘 그렇게 쳐다보십니까?"

갑작스럽게 들려온 낮은 목소리에 나는 화들짝 놀랐다.

아르노가 어느새 눈을 뜨고 나를 쳐다보고 있었다. 루비처럼 붉게 빛나는 눈이 꿰뚫을 듯 마주쳐 왔다.

뒤늦게 정신을 차리고 보니 나도 모르게 턱밑에 손까지 괸 채로 느긋하게 그를 관찰하고 있었던 것이다.

'이런, 예의라곤 하나도 없는 사람으로 보였겠네.'

나는 얼른 손을 끌어내려 무릎에 내려놓았다. 은인이니까 예의를 차려줘야지.

"아무래도 두 분은 귀족인 것 같은데 옷이 그렇게 더럽혀졌길래 사고라도 당했나, 하고 생각하던 중이었어요. 역시 자동차 사고였나요?"

옆에서 탁, 하고 둔탁한 소리가 났다. 여태까지 책에서 시선을 떼지 않던 포가 갑작스레 책을 덮은 것이다. 그는 믿을 수 없다는 말투로 내게 되물었다.

"……자동차라고요?"

"……아닌가요?"

마찬가지로 눈을 휘둥그레 뜨고 날 쳐다보던 아르노가 포에게 말했다.

"괜찮은 이름인데. 말 없이, 자동으로 가는 차니까."

"그러네요. 단번에 알기도 쉽고. 상품명을 자동차로 하는 것도 괜찮겠는데요."

"성공하기만 한다면 말이지."

다소 흥분한 두 사람의 목소리가 높아졌다. 아르노가 내 쪽을 보며 상황을 설명했다.

"그 물건은 아직 이름이 없지만, 아까 보신 거라면 말씀하시는 게 맞을 것 같군요. 실례지만, 그게 뭔지 어떻게 아셨습니까?"

'……지금까지 이름도 없는 물건이었단 말이야?'

그럼 아까 그건 시제품의 시제품인가.

나는 그냥 아르노가 했던 말을 조금 바꾸어 되풀이했다.

"……마차처럼 생겼는데 말은 없었으니까요?"

"그럼 단순히 추측하신 거란 말씀입니까?"

아르노가 눈을 가늘게 떴다.

내가 봐도 말도 안 되는 소리긴 했다. 이 세상에 아직 존재하지 않는 물건에 대해 아는 척을 했으니까. 산업스파이처럼 보였으려나?

"그냥 그럴 것 같아서 해 본 말이에요. 그보다 아까 '성공한다면'이라고 하셨는데, 아직 개발 단계인가 보지요? 성공이 불투명한가요?"

나는 눈을 굴리며 얼른 말을 돌렸다. 포는 입을 꾹 다물었지만, 아르노는 그를 한 번 쳐다보더니 입을 열었다.

"그렇습니다. 지금은 그저 신기한 발명품, 딱 그 정도지요. 실은 그 물건…… 그러니까, 자동차 개발에 흥미가 있어 제가 개인적으로 투자금을 좀 보탰습니다."

그는 '자동차'라고 말하며 슬며시 입 끝을 끌어 올렸다. 그 이름이 마음에 드는 모양이었다. 미소 비슷한 게 걸리자 얼굴이 몇 배는 환해 보였다. 온몸을 감싸고 있던, 어딘가 무서운 듯한 분위기도 어느새 사라졌다.

"오늘은 시제품을 테스트하러 왔던 거지요. 비록 백 피트도 못 가서 망가진 데다 제동장치가 없어 운전자와 동승자를 땅에 메다꽂았지만 말입니다."

포가 눈썹을 찌푸리더니 고개를 끄덕였다. 지금 보니 그의 이마에는 파르스름하게 멍이 들어 있었다.

자동차 사고가 나서 땅에 처박혔는데 옷이 좀 찢어지고 멍이 드는 정도로 끝나다니.

'어지간히도 튼튼한가 보네.'

나는 내가 당한 사고를 떠올리며 몸을 부르르 떨었다.

포가 투덜거리듯 말했다.

"웬만한 마차보다는 빨리 달릴 수 있을 거라더니, 그런 물건에 제동장치가 없다니 이게 말이 됩니까? 이런 작자를 어디까지 믿고 투자를 해야 할지 모르겠습니다."

"무조건 투자하셔야죠!"

앗, 나도 모르게 흥분해 말이 튀어나왔다. 두 남자의 눈이 동시에 내게 쏠렸다.

저쪽 세상의 기억 덕에 나는 자동차가 얼마나 큰 산업이 되는지 잘 알고 있었다.

'자동차 산업이라면 투자금을 뽑고도 남을 텐데!'

세상에 도움이 되는 발명이기도 하고.

"오히려 제가 투자하고 싶은 심정인걸요."

"흠, 그러시군요."

아르노가 팔짱을 끼며 등받이에 몸을 기댔다. 방어적인 자세를 취하며 나를 위아래로 훑었다.

"흥미롭네요."

아차, 실수인가? 이 세계에서 사업이나 투자 같은 일들은 철저히 남자들의 영역이었다.

'괜히 특이한 사람으로 찍혀서 오랫동안 기억에 남고 싶지는 않은데.'

나는 서둘러 변명했다.

"아, 제가 사업에 대해 잘 알아서 그런 건 아니에요. 그냥 아직 세상에 없는 물건이라면 투자할 가치가 있다고 생각했을 뿐이죠."

"대공가에는 왜 가려고 하시는 겁니까?"

아르노가 생각지도 못했던 질문으로 갑자기 훅 치고 들어왔다.

그는 턱을 쳐들고 다소 방만한 자세로 앉아 있었는데, 본의인지는 모르겠지만 꼭 나를 내려다보는 것 같은 자세였다.

나는 그게 어쩐지 고까워서 새침하게 말했다.

"대공가에 간다고 한 적 없는데요?"

"했습니다."

"제가 언제요?"

"아까 음식점에서요."

내가 언제 그런 말을 했지?

나는 눈썹을 찌푸리며 무슨 말을 했는지 기억해 보려고 애썼다.

'어디 보자. 이고르가 쳐들어온 후에는 혼비백산해서 신경이 온통 그쪽으로 쏠렸었고…….'

그전에는 라리사가 괜찮은지 그 애만 신경 쓰고 있었다.

'……아, 라리사에게 앞으로의 계획을 간단히 말해줬었구나.'

분명 조심한다고 목소리를 낮췄었는데. 나는 뾰족한 말투로 그를 질책했다.

"신사답지 못하시군요. 사적인 대화를 엿듣다니요. 들으셨어도 모른 척하시는 게 미덕 아닌가요?"

"그래서 아니라는 겁니까? 대공가가 아니라면 어디로 가시는 겁니까?"

"그건……."

말문이 막혔다. 남이 목적지를 물어볼 거라고는 생각을 하지 못해서, 변명도 생각해 두지 못했다.

으, 이렇게 된 거, 일단 대충 웃어넘기자. 나는 일부러 크게 소리 내서 웃었다.

"사실 맞아요. 대공 전하를 만나러 가는 거거든요."

"로랑 대공 말씀입니까? 무슨 일로 가시는 겁니까?"

그게 무슨 상관이람. 어차피 내가 진실을 말해도 믿어주지 않을 테니, 나는 아예 아주 가벼운 말투로 농담처럼 말했다.

"여기 우리 라리사는 장차 전하의 약혼녀가 될 아이거든요. 아마 한

눈에 알아보실걸요."

프린스, 즉 대공은 라리사에게 실제로 삼 년 뒤면 첫눈에 반할 사이니까. 삼 년 이르다고 안 반하고 그러지는 않았으면 좋겠는데.

내 말에 아르노는 눈을 크게 떴다가, 곧 소리 내어 웃기 시작했다. 정말 재미있다는 듯한 웃음이었다. 옆에 앉은 포도 어딘가 어색한 웃음을 얼굴에 띠었다.

"그, 그렇습니까?"

거짓말이라곤 요만큼도 안 했지만 아주 재미있는 농담으로 들린 모양이다. 아르노가 하도 신나게 웃어서, 나도 모르게 따라 웃고 말았다.

그렇게 웃다가 무심코 옆을 돌아보았다. 세 사람이 웃고 있는데 라리사는 아까 창밖을 내다본 자세 그대로 꼼짝도 하지 않고 있었다. 대화 중에 자기 이름이 언급되었는데도.

창밖 구경이 그렇게 재미있나?

"잠시 실례할게요."

나는 남자들에게 양해를 구하고 라리사 쪽으로 돌아앉았다.

"라리사, 기분은 좀 어때?"

다행히 라리사는 내 말까지 무시하진 않았다. 창틀에 괴고 있던 팔을 내리며 슬그머니 고개를 내 쪽으로 돌렸던 것이다.

"기차는 탈 만하니? 머리가 아프거나 속이 메스껍지는 않고?"

내가 이어서 나지막하게 묻자, 라리사는 눈동자를 굴려 나를 쳐다보았다. 그녀는 눈을 두어 번 깜박이더니, 도로 창밖으로 시선을 돌렸다.

'음. 이런 반응에 익숙해져야겠지.'

그래도 마음의 소리가 안 들려오는 동안은 괜찮은 것일 테다.

나는 부드럽게 속삭이듯 덧붙였다.

"혹시나 화장실 가고 싶어지거든 바로 말해. 말하기 힘들면 그냥 내 팔을 톡톡 쳐. 그러면 내가 같이 가줄게."

유리창에 비친 라리사의 얼굴은 얼어붙은 듯 무표정하기만 했다. 나는 보닛을 쓴 라리사의 동그란 뒤통수를 보면서 가볍게 한숨을 쉬었다.

'머리 쓰다듬어 주고 싶은데. 안 되겠지.'

잘못 건드렸다가는 소스라치게 놀라거나 겁먹을지도 모른다. 과자가 담긴 손수건을 가리킨다고 손을 들었을 뿐인데 겁을 먹어 덜덜 떨던 것이 겨우 어젯밤 일이니까.

"동생을 많이 아끼시는 모양입니다."

문득 포가 말했다. 돌아보니 안경 너머로 보이는 그의 갈색 눈동자에 뭔가 따뜻한 기운이 어려 있었다.

뭐라고 대답해야 할지 알 수가 없었다.

아마 내 표정은 좀 이상했을 거다. 마르시아는, 그러니까 나는 라리사를 아낀 적은 없다. 사실 만난 적도 거의 없었다. 사람을 보내서 눈물을 쏟을 때까지 때리긴 했지.

원래 내 계획은 나 혼자 탈출해서 혼자 소소하게 잘 먹고 잘사는 거였다. 하지만 이렇게 어린아이가 앞으로 삼 년이나 더 학대당할 게 너무 불쌍하고 안쓰러워서, 충동적으로 데리고 나왔을 뿐이다. 그리고 미래의 남편에게 떠넘길 예정인데…….

내가 대답이 없자, 포는 부드러운 눈길로 라리사를 보며 말했다.

"낯을 많이 가리는 아이인 듯하군요."

"조금 아파서 그래요."

그렇게 말했다가, 아까 이고르가 했던 거짓말을 떠올리고 덧붙였다.

"매일 약을 먹어야 하는 불치병 같은 건 아니에요. 그저 마음에 큰 충격을 받아서…… 그래서 보살핌이 조금 필요한 것뿐이에요. 조금만 지나면 괜찮아질 거예요."

하지만 정작 말하고 있는 나도 솔직히 좀 믿기 힘들긴 했다. 심각한 트라우마에서 벗어나는 데 몇 년이 걸릴지, 혹은 몇십 년이 걸릴지 조금도 알지 못하니까.

내가 믿을 수 있는 건 원작의 결말뿐이었다.

'결국엔 왕자님과 결혼한 후 영원히 행복하게 살게 될 거야.'

동화에 그렇게 나와 있었으니까. 그러니 몇십 년까지 걸리지는 않겠지.

아마 라리사에게 필요한 건 왕자님의 사랑이 아닐까. 원작대로 로랑 대공이 잘 감싸주겠지. 적어도 그렇게 믿고 싶었다.

"하여튼, 대공 전하를 만나면 곧 나을 거예요."

나는 농담 삼아 덧붙였다. 그러자 아르노의 얼굴이 묘하게 일그러지더니, 턱을 꽉 사리물었다. 웃음을 참는 것처럼 그의 목소리 끝이 조금 떨렸다.

"실례했습니다. 사과의 의미로, 대공저에 도착하면 안으로 들어가는 걸 도와드리지요."

"하하, 고마워요."

옆에서 포가 대신 말을 보탰다.

"아니, 농담이 아닙니다. 정말로 도와드릴 겁니다."

응? 아까 내가 했던 추측이 틀렸나? 귀족이 아니라 대공저에서 일하는 사람들인가?

"굉장히 쉽게 말씀하시네요?"

"대공가에서 나름대로 요직을 맡고 있습니다. 정문 통과 정도는 시켜 드릴 수 있습니다."

와, 한시름 놓을 수 있겠네. 저 말이 진짜라면 좋겠는데.

안 그래도 대공저로 간다는 데까지만 생각했지, 안으로 어떻게 들어갈지, 어떻게 대공을 만날지는 그다지 생각해 두지 않았다. 계획을 제대로 짤 시간이 없었기 때문이다.

어떻게든 제대로 도착만 하면 길이 생기겠지, 했던 건데 정말로 길이 생겼다. 안으로 들여보내 줄 수 있다니!

"그럼 두 분은 대공 전하를 만나본 적이 있겠네요. 어떤 분인가요?"

그러자 포가 아르노를 쳐다보았다. 아르노는 붉은 눈동자를 데굴굴리더니 조금 더듬으며 대답했다.

"음, 어떤 분이냐면…… 기본적으로는 좋은 분이십니다. 인자하신 편이고요."

'기본적으로는' 좋은 사람이라니. 아랫사람들에겐 까다롭게 구는 편인가?

그러고 보니 한 가지 걱정되는 게 있었다.

"혹시 전하께서는 여행을 자주 다니시나요? 지금 저택을 비우신 건 아니겠죠?"

원작 동화에 의하면, 삼 년 후 왕자님이 라리사를 만나는 건 블리크 영지 근처를 여행하다가였다. 왕자님이 우리 저택에 들르게 되는 것은 순전히 우연이었다. 혹시나 평소에도 여행을 자주 다녀서 지금 대공저를 비우진 않았을지 조금 걱정이 되었다.

다행히 아르노가 고개를 저었다.

"여행은 원래 즐기시는 편도 아닐뿐더러, 다니지 않으신 지 이미 몇 년은 된 것 같군요. 저택에 계실 겁니다. 그런데 만나러 가신다더니, 미리 방문 연락도 없이 무작정 가시는 겁니까?

"사정이 있어서요. 인자하시다면서요, 만나주시겠죠."

만나기만 하면 라리사에게 반할 테니까 게임 끝, 해피 엔딩이다.

나는 생긋 미소 지어 보였다. 그러자 아르노가 또 쿡쿡 웃었다. 뭐가 그렇게 웃긴 건지.

'그나저나 신기하네. 여행을 즐기지 않는 사람이라니, 그럼 삼 년 뒤에는 무슨 사정이 생겨서 갑자기 여행을 하게 되는 걸까?'

나는 창밖을 내다보며 생각에 잠겼다.

대공가로 향하는 길은 아름다웠다.

기차는 중간에 기나긴 숲을 가로질렀다.

"모두 대공가 소유의 사냥터입니다. 허가 없이는 함부로 들어갈 수 없죠."

그렇게 말한 포는 뒤이어 자잘한 설명을 덧붙였다. 누구도 감히 허가를 받을 생각조차 하지 못해, 실제로는 거의 아무도 들어가지 않는 숲이라고.

그 외에 우리는 더 이상 대화를 나누지 않았다. 아르노는 숲에 접어들면서부터 아예 입을 다물어 버렸다. 나는 창을 내다보거나, 가끔 라리사가 괜찮은지 살피면서 시간을 보냈다.

다행히 대공저에 들여보내 주겠던 말은 빈말이 아니었다. 디에프 역에 도착하니 대공가의 문장이 박힌 마차가 그들을 기다리고 있었던 것이다.

붉은색과 흰색의 방패, 그 뒤의 칼 두 자루, 방패를 둘러싼 가시덩굴. 동화책에서 봤던 바로 그 문장이었다.

'맞게 가고 있구나!'

나는 내심 희열감에 들떴다. 어쩜, 대공가쯤 되니 문장도 고풍스럽고 우아하기 그지없었다. 참고로 블리크가의 문장은 밀과 보리 이삭이 교차하는, 참으로 소박한 것이다.

아르노와 포는 별말도 없이 우리를 대공가의 마차에 태웠다.

'세상에, 마차도 최고급이네.'

지금껏 단 한 번도 구경하지 못한 부드럽고 폭신한 쿠션에, 두 남자는 조금도 망설이는 기색 없이 흙투성이 엉덩이를 붙이고 앉았다.

그때부터였을까, 뭔가 잘못되어 가고 있다는 느낌이 든 것은.

잠시 후, 멀리서 보이기 시작한 대공저는 블리크가의 저택에 비하면 성채와도 같은 크기였다. 그런 저택의 정문을 통과하는데, 그 누구도 아무런 제재를 가하지 않았다. 마차는 속도도 늦추지 않고 달려 몇 개나 되는 문을 통과해 나갔다.

'이 사람들, 생각보다 더 높은 사람들인가?'

그런 생각이 들었을 무렵엔 이미 대공저의 제일 안쪽, 커다란 건물 앞에 도착해 있었다.

아르노가 입을 열었다.

"다 왔군요. 로랑 대공저에 오신 것을 환영합니다."

응? 환영이라니?

뭐라고 묻기도 전에 그는 곧바로 마차에서 내렸다. 포가 우리를 에스코트해 마차에서 내리도록 도와주었다.

'아야……'

나는 마차에서 내리다가 다리가 아파서 얼굴을 조금 찡그렸다.

'아직 덜 나아서 조심해야 하는데.'

다행히 포가 내 손을 잡아준 덕분에 비틀거리지 않고 땅에 설 수 있었다. 아르노는 나와 라리사가 내리는 것을 확인한 후, 성큼성큼 먼저 걸어가 저택 건물로 향했다.

그런데 문 앞에 대기하고 있던 사람들이 아르노에게 허리를 깊이 숙여 인사를 하는 게 아닌가? 그런 인사를 받으면서도 그는 고개만 가볍게 까딱하며 안으로 들어갔다. 아주 자연스럽게.

'설, 설마……. 아르노가 대공 전하인 건 아니겠지……?'

나는 한 손으로 입을 틀어막았다. 기차에서 했던 말이 떠올랐던 것이다.

'라리사가 대공의 신부가 될 거라고 큰 소리로 떠들었는데…….'

아르노가 그렇게 대놓고 웃었던 것도 설마 그래서?

얼굴이 확 달아올랐다.

'둘 다 가명인 것 같다고 생각도 했으면서!'

아, 하지만 대공에 대해 말할 때는 진짜 다른 사람 이야기를 하는 것 같았는데.

머릿속이 온통 혼란스럽고 어지러웠다.

그때 포가 우리에게 말했다.

"자, 안으로 들어가시지요."

일단 들어가고 봐야겠지? 맞게 오긴 했으니까…….

그의 안내를 받으며 나는 라리사의 손을 꼭 잡고 저택 입구의 계단을 올랐다. 계단 끝에는 검은 정장을 말쑥하게 차려입은 초로의 남자가 서서 우리를 기다리고 있었다.

"마르시아 님, 라리사 님. 로랑 대공저에 잘 오셨습니다. 전하를 뵈러 오셨다고요? 응접실로 안내해 드리겠습니다."

아르노는 어느새 저택 안 어딘가로 사라져 보이지 않았다. 나는 눈을 크게 뜨고 포를 돌아보았다.

"……혹시 아르노 님이 대공이신가요?"

포가 입술을 깨물었다. 그의 어깨가 들썩거렸다.

"큼, 흠흠. 실례했습니다. 질문에 대답하자면, 아닙니다."

"아니라고요? 그렇담 혹시 포 님이?"

"……곧 알게 되실 겁니다. 집사를 따라가십시오."

포가 또다시 웃음을 참느라 괴상해진 얼굴로 한 발 물러서자, 집사가 근엄한 표정으로 우리에게 손짓했다.

"이쪽입니다."

그가 향하는 쪽에는 위층으로 향하는 계단이 있었다. 응접실이 이층에 있는 모양이었다. 붉은 카펫이 깔린 계단 양쪽으로 대리석 조각이 위용을 뽐내고 있었다.

'역시 대공가쯤 되면 부의 급이 다르구나.'

두리번거리다 집사를 따라 발을 옮기려는데, 어쩐지 손이 허전했다. 주변에 정신이 팔려 라리사의 손을 놓친 모양이었다. 뒤를 돌아보니 라리사가 따라 걸을 생각을 하지 않고 제자리에 못 박혀 있었다.

"왜 그래?"

얼른 다가가 보니, 라리사는 얼굴이 새파랗게 질려서 덜덜 떨고 있었다. 손등이 하얘지도록 치맛자락을 꽉 쥐고 시선은 어딘가에 고정되어 있었다. 라리사의 눈길을 따라 고개를 돌리자 한쪽 구석, 아래층으로 통하는 계단이 보였다.

누군가 그 계단을 올라오고 있었는데, 하필 금발의 남성이었다.

'아, 이런.'

순간 나조차도 멈칫했다. 빌레인인가, 하고.

내가 숨을 들이켠 순간, 라리사의 마음의 소리가 들려왔다.

-안 돼. 싫어. 무서워. 때리지 말아요, 제발 그만, 때리지 마세요. 아파요, 아파요…….

울부짖는 듯한 소리가 머리를 찔렀다. 빌레인을 닮은 남자를 보자마자 지하실에서의 기억이 떠오른 것이다. 라리사의 공포는 맥락이 없었고 뒤죽박죽이었다.

나는 얼른 라리사의 앞에 쪼그려 앉아 눈높이를 맞추며 그녀의 시야를 내 얼굴로 가로막았다.

"아니야, 라리사. 우리는 그쪽으로 가는 게 아니야. 날 봐."

라리사의 흔들리던 눈동자가 나를 향했다.

마르시아가 평소 자신이 직접 지하실로 내려가지 않아서 그나마 다행이라고 해야 하나. 적어도 내 얼굴은 그녀를 학대한 사람으로 기억되지 않았을 테니.

"봐봐, 라리사. 내가 여기 있잖아. 내가 같이 있을 거야. 우리는 아래층이 아니라 위층으로 올라갈 거야. 거기 네가…… 아니, 우리가 만나야 하는 사람이 있어."

그곳엔 회초리도 없고, 널 때릴 사람도 없어.

나는 마음속으로만 그렇게 말했다. 그런 말을 자칫 잘못 꺼냈다가는 이 작은 아이를 더 자극할지도 모르니까.

"자, 가자. 내 손 잡아. 내가 손을 꼭 잡고 있을게."

라리사가 내 손을 잡고 같이 걷기 시작할 때까지는 상당한 시간이 걸렸다. 집사는 아무 말 없이 기다려 주었다.

다행히도 응접실은 한쪽 벽이 커다란 창으로 되어 있었다. 꽤 늦은 시간이라 낮아진 해의 햇살이 창을 통해 길게 들어와 응접실 전체를 채웠다. 나는 몰래 안도의 한숨을 쉬었다.

"어머, 이것 봐, 햇살이 잘 드는 곳이네. 우리 저기 의자에 앉을까?"

나는 두 살짜리 조카를 대하듯이 라리사의 관심을 끌었다.

"전하께서 잠시 기다려 달라고 하셨습니다. 마실 것을 준비해 드릴까요?"

집사는 라리사가 자리에 앉을 때까지 기다렸다가 내게 정중하게 물었다. 부탁드린다고 대답하자, 얼마 안 있어 응접실로 따뜻한 차와 부드럽고 달콤한 과자가 날라져 왔다.

'그러고 보니 얠 뭐라고 소개하지?'

아무리 정신없이 탈출했다고는 해도, 정말 아무 대책도 없이 온 건 좀 심했나. 그래도 삼 년 후에 첫눈에 반할 사이니까, 지금이라도 첫눈에 호감 정도는 갖지 않을까? 그렇지 않더라도 아주 예쁜 아이니까 생긋 웃기라도 하면 누구든 호감을 느낄 텐데.

그런 생각을 하며 내 옆에 앉은 라리사를 돌아보았다. 라리사는 아직 마음을 놓지 못했는지, 고개를 푹 처박고 자기 무릎만 내려다보며 어깨를 가늘게 떨고 있었다.

나는 가볍게 한숨을 쉰 다음, 접시에 놓인 과자를 집어 들어 과장된 동작으로 한 입 먹었다.

"음! 정말 맛있네! 입에서 살살 녹잖아? 어휴, 맛있어. 라리사, 너도 좀 먹어봐. 자."

그리고 라리사의 손에 과자를 쥐여주었다. 라리사는 동그래진 눈으로 나와 과자를 번갈아 보다가 조심스럽게 과자 끝을 깨물어보았다.

잠시 후, 라리사의 떨림이 멎었다. 그녀는 양손으로 과자를 쥐고 내 눈치를 보다가 겨우 조금씩 갉아먹기 시작했다.

'휴. 애 먹이기 한번 힘드네.'

나는 찻잔의 차가 적당하게 식을 때까지 호호 분 다음, 그것도 라리사의 손에 쥐여주었다.

"자, 목 막히니까 차도 마셔야지."

라리사는 차도 과자도 신기해하며 먹었다.

혹시 갇혀 있는 동안 과자나 간식 같은 건 전혀 먹지 못한 걸까? 평소 지하실에 내려가긴커녕 라리사에게 관심을 가진 적이 전혀 없으니, 알 수가 있나.

라리사에 대해 아는 것은 다이아몬드 눈물을 흘린다는 것뿐이었다. 요정의 피를 물려받았기 때문에.

우리 삼 남매의 어머니는 요정이었다. 인간인 아버지와는 이종족인데도 서로 죽고 못 사는 사랑을 했다고 들었다. 어머니는 라리사를 낳자마자 돌아가셨기 때문에 나는 어머니에 대한 기억이 전혀 없었다.

'사실 기억이 있다고 해도 좋은 기억일 수는 없었을 텐데.'

남의 고통과 불만과 괴로움만을 듣는 내 능력 때문에, 나는 어머니를 원망하며 자랐으니까.

'그건 아마 이 아이도 마찬가지겠지……?'

나는 내 몫의 차를 마시며 창백한 라리사의 옆얼굴을 바라보았다. 그 얼굴에 어린아이다운 천진함이라고는 조금도 보이지 않았다. 아니, 천진함이 문제가 아니라, 아예 표정이 전혀 없어 인간조차 아닌 것처럼 보일 지경이었다.

'불쌍한 것……'

들기로 요정들은 보석으로 된 눈물을 흘린다고 했다.

인간의 욕심 때문에 요정이 멸종되다시피 한 것은 이미 오래전 이야기였다. 살아남은 요정들은 인간계를 벗어났다고 했다.

라리사를 괴롭히는 그 눈물이, 실은 그녀가 우리 중 요정의 피를 가장 진하게 물려받았다는 증거였다. 그 덕분에 이 작은 아이는 가련한 옛 요정들의 삶을 되풀이하고 있었다.

요정의 피를 잇지 않았더라면 우리는 지금쯤 서로 아주 친한 사이였을지도 모르는데.

그때 노크 소리가 들려왔다. 나는 상념에서 깨어났다. 곧 집사가 응접실 안으로 들어왔다.

"대공께서 오셨습니다."

나는 자리에서 벌떡 일어섰다. 드디어 라리사를 구원해 줄 왕자님의 등장이었다.

집사의 뒤를 따라 들어온 것은 두 사람이었다. 한 명은 하인이었는데, 휠체어를 밀고 들어왔다. 내 시선은 자연스럽게 휠체어에 앉은 사람에게 향했다.

휠체어에 앉아 있는 사람은 백발이 성성한 노인이었다.

'어? 노인……?'

나는 예의도 잊고 입을 조금 벌린 채 눈만 깜박거렸다.

근엄하게 생긴 노인이 곧 입을 열었다.

"그래, 날 보자고 한 게 그대인가?"

설마.

"대…… 대공 전하? 대공이신가요?"

"그러하다만."

왜 내가 하는 일은 다 이 모양인가.

'미친…… 작가 누구야?'

무슨 동화가 이따위야!

나는 소리 없이 절규했다.

'이럴 리가, 이럴 리가 없어. 동화에 빙의한 건 확실한데……. 분명 라리사의 눈물이 보석이 되어 떨어지는 걸 내 눈으로 봤단 말이야!'

내가 뭘 잘못 생각한 걸까?

왕자님이 등장해 라리사를 구해주는 건 확실하다. 그런데 이 나라의 왕자는 유부남에 애가 딸렸다. 그런 남자가 동화책의 '왕자님'일 수는 없다. 그 외에 프린스 호칭이 붙은 사람은 로랑 대공뿐인데…….

그렇다면 설마 이 호호 할배가 정말로 라리사의 미래의 남편이란 말이야?

'안 돼. 허락할 수 없어!'

마르시아가 아닌, 마르시아의 몸에 깃든 내가 라리사의 언니가 된 지 이제 겨우 오 일째다. 하지만 며칠이 됐든 이 애의 언니로서 이 결혼은 반댈세!

나이 차이가 여덟 살이 아니라 여든 살은 나게 생겼다. 어딜 봐도 동화가 아니잖아! 허락할 수 없어, 허락할 수 없다고!

설마 대공이 이런 노인일 줄이야.

나는 휠체어 위의 노인을 똑바로 바라보았다.

그는 자기 다리로 설 수 없을 만큼 나이를 먹었음에도 불구하고, 확실히 잘생긴 사람이었다.

그러니까, 미노년이었다.

얼굴은 비록 주름투성이지만 이목구비가 시원시원했다. 눈빛은 깊었으며, 마디가 굵은 손은 커다랗고, 무릎 담요를 덮은 다리는 길쭉했다. 오십 년 전이라면, 아니, 삼십 년만 거슬러 올라가도 눈이 번쩍 뜨일 만한 미남이었을 것이다.

그, 그래, 왕자님이면 저 정도는 생겨야지. 나이가 문제라서 그렇지!

'……하지만 가계도에 분명 스물한 살이라고 쓰여 있었는데.'

혹시 무슨 저주에라도 걸려서 겉모습만 노인이 된 왕자님인 건 아닐까? 개구리 왕자처럼 키스를 해주면 젊고 잘생긴 모습으로 되돌아온다든가…….

"저, 저주……."

뭔가에 홀리기라도 한 듯 저주에 걸린 게 아니냐고 물으려다가, 얼른 입을 다물었다. 아무리 그래도 할 말 못 할 말은 구분할 줄 알지, 내가.

"음?"

대공이 한쪽 눈썹을 들어 올렸다.

나는 머릿속에 휘몰아친 폭풍 속에서 절망적인 심정으로 다시 한번 확인했다.

"파비안 로랑 대공 전하……?"

"뭐라고 했나? 파비안 로랑 대공?"

"아, 아니세요?"

나는 말을 더듬고 말았다.

잠시 뭔가를 고민하던 노인이 휠체어 뒤에 서 있던 하인에게 말했다.

"파비안을 불러와라."

"알겠습니다."

하인이 부리나케 응접실을 달려나갔다.

나이 많은 사람 특유의 혼탁하면서도 물기 어린 눈동자가 날카롭게 나를 바라보았다. 노인은 입을 우물거리며 말했다.

"그 애는 아직 대공이 아니야. 내가 죽기 전까지는 어림없지. 그런데 자네 이름은 뭔가?"

"마, 마르시아 블리크입니다. 이 아이는 제 동생, 라리사 블리크이고요."

나는 황급히 양손으로 드레스 자락을 쥐고 가볍게 무릎을 굽혀 인사했다.

"모셔왔습니다."

멀리 있지 않았는지, 하인은 금세 돌아왔다. 나는 응접실 입구로 고개를 돌렸다.

거기에는 노인과 닮은, 훤칠한 젊은 남자가 서 있었다.

살짝 물기가 어린 검은 고수머리, 붉은 눈동자. 백옥처럼 희고 깨끗한 피부. 어느새 씻고 옷을 갈아입어, 자칫 잘못 보면 다른 사람처럼 보일 지경이었다.

눈이 부실 정도로 잘생긴 남자의 입가에는 웃겨 죽겠다는 듯한 미소가 걸려 있었다.

"아르노라면서요!"

나는 반쯤 비명을 지르다시피 했다. 그가, 아니, 아르노였던 남자가 침착한 말투로 대답했다.

"정식 이름은 파비안 로랑이지만, 아르노도 틀림없이 내 이름 중 하나입니다. 어린 시절의 아명이지요. 대공가와 관련되지 않은 개인적인 사업에 관해선 아명을 쓰고 있습니다, 마르시아 양."

그는 나를 블리크 영애가 아닌 마르시아 양이라고 불렀다. 너도 네 이름 제대로 말하지 않았잖아? 라고 돌려 말한 것이나 다름없었다.

아니, 그건 그렇지만, 맞긴 한데 그래도 속은 것 같잖아!

파비안 로랑이라니, 파비안 로랑이 아르노였다니.

순간 벼락 맞은 것처럼 깨달음이 스쳤다.

'그래, 이 사람이 진짜 왕자님이었어!'

결국 나는 맞게 찾아온 거였다.

삼 년 후면 스물네 살이 될 젊은 대공. 프린스라는 호칭에, 잘생기고 부유하고, 못 가진 게 없는 남자. 이 남자라면 동화 속 왕자님의 자격이 있다. 단지, 아직 작위를 물려받지 못했을 뿐.

전대 대공이, 아니, 현 대공이 살아 있으니까.

나는 곧 내가 했던 실수가 뭔지 깨달았다.

귀족 인명록을 볼 때, 대공가의 적자를 확인하고 그 윗대까지 자세히 살펴볼 생각은 하지 않았던 거였다. 파비안의 부모가 사망한 걸 보고 조부의 생사 여부는 따로 알아보지도 않았다.

'아니, 부모가 사망했는데 조부가 살아 있을 거라고 누가 생각하겠냐고.'

하지만 난 철저히 확인했어야 했다. 현실엔 그런 일이 많으니까.

'으아, 이 멍청아.'

머리를 쥐어뜯고 싶은 걸 간신히 참았다.

아르노는, 아니, 파비안은 웃으며 성큼성큼 방을 가로질러 휠체어 쪽으로 다가갔다.

"부르셨습니까, 할아버지?"

"오냐, 파비안, 네 손님이구나. 장난은 적당히 치거라."

대공은 귀찮다는 듯 손을 들어 올렸다. 그러자 하인이 얼른 다가와서 휠체어를 밀기 시작했다.

"나는 피곤해서 먼저 실례하지. 블리크 영애, 그럼 편안히 지내다 가시오."

"앗, 예, 감사합니다."

나는 대공을 향해 꾸벅 인사를 했다.

파비안이 웃으면서 날 지켜보는 시선이 느껴졌다. 대공의 휠체어가 시야에서 사라지자마자 나는 휙 돌아서서 그를 노려보았다.

"일부러 이름을 말 안 한 거군요?"

"그래요."

그는 웃으며 순순히 인정했다.

알 만했다. 음식점에서 우리가 대공저로 가려고 한다는 걸 들었으니 관심이 갔겠지. 밥 먹다 말고 우릴 쳐다본 것도 그래서였을 거고. 생판 모르는 여자애 둘이 자기 집에 간다고 하니까 엄청 수상해 보이긴 했을 거다. 거기다 딸들이 가출했다고 주장하는 아버지까지.

그래, 인정한다. 나 같아도 정체를 밝히고 싶지 않았을 거다. 그런데 왜 이렇게 화가 나지?

울컥했지만 그 심정을 억누르고 마음속으로 되새겼다.

'잊지 마. 여긴 동화 속이라는 걸.'

서로 첫눈에 반한 왕자님과 아름다운 소녀는 이제 영원히 행복해질 것이다. 그게 동화의 엔딩이고, 나는 엔딩을 조금 앞당긴 것뿐이다.

이제 라리사의 손을 왕자님에게 넘겨줄 차례였다. 그러고 나서 나는 내 인생을 살러 가면 되는 것이다.

나는 얼어붙은 채 꼼짝도 하지 않는 라리사를 한 번 돌아보고, 다시 파비안을 쳐다보았다. 아주 꼼꼼히.

'음…….'

……아무리 봐도 저 얼굴은 사랑에 빠진 표정이 아닌데.

"저기, 혹시 갑자기 결혼하고 싶거나 그러지 않아요? 막 한눈에 반한 것 같지는…… 않구나…….."

용기 있게 말을 꺼냈지만 말꼬리가 점차 사그라들었다. 그가 눈을 가늘게 뜨며 되물었다.

"기차에서 한 말, 농담이 아니었습니까? 게다가 나는 대공도 아닌데 말이죠."

그래, 내가 농담처럼 말하긴 했는데…….

현 대공 전하가 아니라 가까운 시일 내에 대공이 될 당신이 미래에 라리사에게 반할 거라고, 그런 말을 어떻게 한단 말인가.

나는 우물쭈물하며 제대로 대답하지 못했다. 그러자 나를 쳐다보는 파비안의 눈길이 조금씩 차가워졌다. 어느새 식당에서 처음 봤을 때처럼 어딘가 위압적인 분위기로 돌아왔다.

-정말로 저렇게 어린 동생을 할아버지께 팔아넘기려는 건가? 질 나쁜 농담이 아니라?

아, 들렸다. 마음의 소리가 들리고 말았어.

나는 좌절했다. 오늘 온갖 일을 겪고 같이 기차며 마차를 갈아타고 오면서도 한 번도 듣지 못했던 파비안의 마음의 소리였다.

나를 경멸하는 소리.

'삼 년이 그렇게 긴 시간인가……?'

탄식이 절로 나왔다. 삼 년이나 일찍 와버려서 라리사를 봐도 아무런 감흥이 없는 건가? 혹시 바로 대공저에 찾아올 게 아니라 삼 년간 라리사를 먹이고 입혀 잘 키워서 데리고 왔어야 했나.

하지만 후회해도 이미 늦었다.

나는 라리사가 고통에 겨워 내지르는 마음의 소리를 듣고 말았고, 그런 소리를 듣고도 그 애를 지하실에 내버려 둘 수는 없었다.

'그래, 이렇게 된 거, 까짓거 앞으로 삼 년 동안 내가 돌봐주지 뭐.'

잘됐네. 이 세계에 아는 사람도 없는데, 혼자 쓸쓸하게 적응하고 사느니 귀여운 동생 하나 돌보는 것도 괜찮지.

나는 그렇게 스스로를 위로했다. 이고르와 빌레인으로부터 잘 도망치기만 하면 괜찮을 거다. 보석을 잔뜩 들고 나왔으니까. 자고로 돈으로 안 되는 일은 없는 법이다.

'그런데 이제 어디로 가지?'

대공저에서 나가면 어디로 도망쳐야 할까 고민하는데, 파비안이 조용히 말했다.

"다리 다치셨지요? 방을 하나 내어드릴 테니, 거기서 며칠 묵고 가십시오."

"……네?"

뭐지? 이 남자 왜 갑자기 친절한 척이야? 다리 다친 건 또 어떻게 알았지?

"모처럼 추적에서 벗어나도록 도와주었는데 도로 잡혀가는 꼴을 보고 싶지 않을 뿐입니다."

파비안이 나를 쳐다보며 눈썹을 가볍게 찌푸렸다. 아, 잘생긴 남자는 찡그린 얼굴도 매력적이었다. 말만 예쁘게 하면 더 좋을 텐데.

"내뱉는 말이 죄다 거짓말인 게, 아버지란 작자도 대단히 수상하던데요. 여기서 잠시 머물다가 그가 추적의 끈을 놓치거든 그때 나가시는 게 좋겠습니다."

나한테 경멸의 소리를 보낸 것치고는 대단히 친절한 제안이었다.

"그 사람 말이 거짓말인 건 어떻게 아셨어요?"

"그런 건 딱 보면 압니다."

그는 단언하듯 대답하고는, 라리사를 흘끗 쳐다보았다. 그가 쯧, 하고 가볍게 혀를 찼다. 얼굴 근육이 조금 풀어지는 것 같았다.

그건 연민의 시선이었다.

'······오호라?'

연민으로 시작해서 사랑이 될 수도 있지.

나는 희망의 불씨가 살아나는 걸 느꼈다. 하지만 그것도 잠시.

-저런 이상한 언니를 둔 아이도 참 안됐군.

"······."

그래, 생판 남이 갑자기 찾아와 웬 여자애를 보고 당신 미래의 배우자라고 하니 이상하게 느껴질 수도 있기는 하지.

하지만 그건 내가 이상한 게 아니라 그쪽이 원작 동화를 안 읽어봐서 그런 것뿐이라고!

내가 자기를 쳐다보고 있다는 걸 느꼈는지, 파비안이 나를 휙 돌아보았다. 그가 표정을 딱딱하게 굳히며 말했다.

"한눈에 반하고 그런 거 아닙니다. 다리가 다 낫거든 바로 라리사 양을 데리고 나가십시오."

흥, 그건 앞으로 보면 알지. 대공저에 신세 지는 동안이 진짜 승부다.

'라리사한테 반하는지 안 반하는지 보자고.'

우리에게는 호화로운 저녁 식사와 침실이 서로 연결된 방 두 개, 욕조와 갈아입을 옷까지 모든 것이 제공되었다.

침실은 따로였지만 라리사가 혼자 자고 싶지 않아 하는 것 같아 나는 잠옷으로 갈아입고 라리사의 침실에서 자기로 했다.

별로 친한 사이도 아닌데 한 침대에서 같이 자는 건 좀 아닌 것 같지……? 그래서 라리사는 침대에서 자도록 하고 나는 베개와 이불을 가져다가 소파에 잠자리를 마련했다.

"오늘 고생 많았어, 라리사. 꼼짝없이 노숙이라도 하게 되는 건 아닌가 걱정했는데, 이렇게 편안하게 침대에서 잠들 수 있게 되어서 정말 다행이다. 그렇지?"

"……."

당연하게도 라리사에게서는 답변이 돌아오지 않았지만, 나는 나지막하게 잘 자라고 인사하고 눈을 감았다.

몸은 피곤했지만 잠은 쉽게 오지 않았다. 아까 잠깐 만났던 대공이 자꾸 생각났던 것이다.

'앞으로 삼 년 안에 대공위가 넘어가게 되는 거겠지?'

삼 년 안이라지만, 삼 년을 꽉 채운 후일 수도 있고 당장 내일 아침

일 수도 있다. 핵심은 삼 년 뒤에는 아르노, 아니, 파비안이 대공이라는 거니까.

그 할아버지 대공에게 무슨 일이 생기는 걸까.

'역시 노환이려나······?'

아무리 오늘 처음 만난 사람이고 노인이라지만, 다른 사람의 남은 수명을 알게 되니 어쩐지 꺼림칙했다.

'······좀 안됐네.'

그래 봐야 내가 뭘 할 수 있는 것도 아니지만.

나는 눈을 꼭 감고 억지로 잠을 청했다.

얼마나 잤을까, 바깥에서 들려오는 소리에 깼을 때는 이미 한밤중이었다. 침실 밖에서 이리저리 뛰어다니는 발소리가 들렸고, 저택 전체가 소란스러웠다.

'무슨 일이지?'

나는 눈을 비비며 문으로 다가갔다.

그때, 멀리서 누군가가 외치는 소리가 희미하게 들렸다.

"대공 전하께서 위독하시네! 어서 주치의를 모셔와!"

그 휠체어에 앉아 있던 할아버지가?

'아까까지는 멀쩡해 보였는데?'

잠이 확 달아났다.

2장

결혼 선물은 이혼 서류입니다

파비안은 진저리치며 눈을 떴다.

'깜빡 잠들었었나…….'

조금 전까지 무슨 꿈을 꾸고 있었던 것 같은데, 기억이 전혀 나지 않았다. 악몽의 끝자락에서 느껴지는 찝찝함만 남아 있을 뿐이었다.

침대 옆에서 대기하고 있던 하녀가 대공 이마의 얼음주머니를 갈아주는 것이 눈에 들어왔다. 가문의 주치의는 심각한 얼굴로 대공을 내려다보며 노트에 뭔가를 적고 있었다.

"벨만 선생, 할아버님께서는 좀 어떻지?"

"발작은 멎으셨지만 여전히 고열이 심하십니다. 조금 전에 조수를 보내 제 약상자를 가져오게 했습니다만……. 발작이 한 번 더 오면 그때는 마음의 준비를 하셔야 할 겁니다."

파비안은 답답한 마음에 한 손으로 마른세수를 했다.

지난밤, 대공은 갑자기 발작하며 쓰러진 이후로 계속 혼수상태였다. 파비안은 급히 달려와 할아버지를 침대에 눕히고 주치의를 불렀다. 무사히 깨어나길 바라며 밤새 곁을 지켰지만, 주치의는 대공이 쓰러진 원인조차 알아내지 못하고 전전긍긍하며 기본적인 처치만 해주었을 뿐이었다.

대공은 나이도 지긋했고, 젊은 시절 부상당한 다리가 악화되어 최근에는 휠체어 신세를 지고 있었다. 그러나 이렇게 갑자기 쓰러질 정도로 건강이 나쁘지는 않았다. 적어도 파비안은 그렇게 생각했다.

자꾸 누가 무슨 수를 쓴 게 아닌가 하는 생각이 들었다. 물론 의심되는 자도 있었다.

'하지만 아무런 증거도 없지.'

결국 그가 할 수 있는 일은 대공의 곁을 지키는 것뿐이었다.

날이 서서히 밝기 시작했을 무렵에는 아예 서류 더미를 가져오게 해서 급한 일도 처리하기 시작했다. 대공의 대리로 일한 지 꽤 되어서 능숙하게 처리할 수 있었다. 그는 방에서 한 걸음도 나가지 않으며 한 눈으로는 계속 대공을 살폈다.

오후가 되자 집사가 별로 달갑지 않은 소식을 들고 나타났다.

"발레리 님과 도미닉 님 내외분, 그리고 자녀분들께서 오셨습니다."

"고모님과 숙부님께서?"

파비안이 자리에서 일어나기도 전에 대공의 침실 문이 열리며 친척들이 와르르 쏟아져 들어왔다. 그의 날카로운 시선이 문가로 향했다.

'저 중에 있겠군.'

대공을 해치려 한 자. 병문안을 핑계로 들어와 회심의 미소를 지을 누군가가.

현 로랑 대공 프레데릭은 슬하에 세 자식을 두었다. 그중 세상을 떠난 파비안의 부친을 제외한 두 사람, 발레리와 도미닉이 가장 의심스러운 자들이었다. 물론 그들의 자식들 또한 의심 선상에서 쉽게 배제할 수는 없었다.

파비안은 의혹이 서린 눈으로 친척들이 들어오는 것을 지켜보았다. 누구 하나 서로에게 반갑게 인사하는 자가 없었다.

"어머, 벨만 선생. 아버지는 그냥 잠드신 것 같아 보이는데? 멀쩡하시잖아."

침대로 다가가 호들갑을 떠는 중년 여자는 발레리 콘라트 후작 부인으로, 대공의 딸이자 파비안의 고모였다.

뒤이어 발레리를 따라 결 좋은 갈색 머리를 한껏 말아 늘어뜨리고 아름답게 치장한 소녀가 들어왔다. 발레리의 딸 엘로이즈 콘라트였다. 엘로이즈는 대공이 누운 침대는 쳐다보지도 않고 곧바로 파비안에게 다가왔다.

"잘 지내셨나요, 파비안 오라버니?"

그녀는 장밋빛으로 뺨을 붉히며 인사해 왔다.

열여덟 살, 소녀 티를 벗기 시작한 엘로이즈는 미모에 물이 오르고 있었다. 그것을 스스로도 잘 알고 있는 듯, 보석으로 반짝거리게 치장한 차림새였다. 얼핏 봐도 병문안을 오는 사람의 차림은 아니었다.

파비안이 그녀의 인사에 대답하기도 전에 기차 화통을 삶아 먹은 것 같은 목소리가 그를 가로막았다.

"반쪽짜리가 무슨 자격으로 아버지 침실에 와 있지?"

대공의 막내아들, 파비안에게는 숙부인 도미닉 로랑 백작이었다.

파비안은 눈썹을 찌푸렸다.

"편찮으신 분 앞입니다. 목소리를 낮추시지요."

"아버지 아니었으면 어디 길거리에서 비렁뱅이나 되었을 놈이, 어디서 내게 이래라저래라 하는 거야?"

도미닉은 파비안을 밀치고 침대로 다가갔다. 그는 주치의에게 삿대질하며 왜 대공이 이 지경이 되도록 내버려 두었냐며 질책을 하기 시작했다.

"도미닉 숙부님은 언제나 예의라는 걸 모르는 사람 같아요. 유서 깊은 로랑 대공가에서 어떻게 저런 인물이 나왔을까 몰라요."

엘로이즈가 부채를 파닥거리며 파비안에게 속삭였다. 부채 바람에 짙은 향수 냄새가 실려 왔다. 파비안은 자연스럽게 고개를 돌려 피하며 고모와 숙부에게 말을 걸었다.

"어떻게 이렇게 빨리들 오셨습니까?"

"요즘은 기차를 타면 금방인걸. 어젯밤에 듣자마자 바로 출발했으니까."

발레리가 짜증을 섞어 말했다.

"숨이 곧 끊어질 것 같다길래 우리 엘로이즈까지 데리고 왔는데, 공연히 헛걸음한 건 아닌가 모르겠네."

파비안이 바람 빠지는 소리로 헛웃음을 터뜨렸다.

"소식은 어찌 그리 빨리 들으셨습니까?"

발레리 대신 대답한 것은 도미닉이었다.

"나도 이 집 아들이다. 급한 연락을 넣어주는 사람쯤은 얼마든지 있어. 아버님께서 돌아가실 지경인데, 하나 남은 아들이 자리를 지켜야 하지 않겠냐?"

거만한 말투였다. 그러나 파비안에게는 그의 속내가 빤히 보였다.

유산 생각이 나 부리나케 달려온 것이 틀림없었다. 대공이 세상을 떠나면 관 뚜껑을 덮기도 전에 유언장부터 확인할 자들이었으니까.

"그렇다고 해두죠."

파비안은 한쪽 입꼬리를 끌어 올리며 웃었다. 그러나 이어지는 말에는 가만히 웃고만 있을 수가 없었다.

"정정하던 노인네가 이렇게 갑자기 쓰러지다니, 네놈이 음식에 독이라도 탄 것 아니야?"

"억측은 그만두십시오."

파비안이 얼굴을 굳히자, 엘로이즈가 얼른 그와 팔짱을 끼며 애교스러운 말투로 끼어들었다.

"어머, 숙부님. 파비안 오라버니가 왜 그런 짓을 하겠어요? 할아버님께서 돌아가시면 어차피 숙부님께서 대공이 되실 텐데, 오라버니에게 돌아가는 이득이 전혀 없지 않아요?"

파비안이 눈살을 찌푸렸다. 그가 팔을 빼기도 전에, 발레리가 득달같이 달려와 엘로이즈를 잡아끌었다.

"엘로이즈, 진짜 귀족도 아닌 놈한테 가까이 가지 말라고 하지 않았니? 사교계 데뷔도 마쳤으니 이제 어엿한 레이디인데 몸가짐을 바르게 해야지."

"하지만 어머니, 우린 사촌이잖아요. 파비안 오라버니 마음이 상하겠어요."

"오라비라 부르지도 말거라."

사람을 눈앞에 두고 무시하듯 말하는 처사에도 파비안은 눈 하나 깜짝하지 않았다. 한두 번 있는 일도 아니었으니까. 그는 그저 이 귀찮은 친척들이 빨리 입을 닥치고 조용히 해주었으면, 하고 생각할 뿐이었다.

발레리는 엘로이즈를 파비안에게서 먼 의자에 앉히고는 지나가는 듯한 말투로 중얼거렸다.

"그나저나 유언은 어쩐담?"

그 말을 듣자 도미닉의 눈이 번들거렸다. 그는 구석에 조용히 서 있던 집사에게 말했다.

"그래, 이제 유언장 봐도 되지 않나? 노인네가 도로 일어날 것 같지도 않은데. 어차피 다들 아는 내용, 쓸데없이 시간 낭비하지 말고 빨리 공개하고 파비안 저 자식 내쫓아 버리지."

그는 서슴없이 대공을 노인네라 칭했다. 원체 타고난 목소리가 큰 사람인 터라 그의 목소리는 침실 안에 쩌렁쩌렁하게 울렸다. 그러나 이어지는 집사의 대답은, 조용했음에도 불구하고 도미닉의 것을 압도했다.

"대공 전하께서는 최근에 유언장을 새로 작성하셨습니다, 도미닉 님. 평소에 당부해 두신 바, 돌아가신 게 확인되기 전까지는 그 내용에 대해 발설할 수 없습니다."

순식간에 방 안이 조용해졌다.

놀란 것은 파비안도 마찬가지였다. 그 역시 유언장이 최근에 새로 작성되었다는 것을 전혀 알지 못했다.

사람들이 할 말을 잃은 틈을 타, 대공을 조심스레 살피던 주치의가 외쳤다.

"볼일 다 보셨으면 모두 나가십시오. 파비안 님도 마찬가지입니다. 대공 전하께는 절대 안정이 필요합니다."

친척들이 모두 나가고, 파비안이 가장 마지막으로 대공의 침실을 빠져나왔다. 침실 밖에는 익숙한 인영이 그를 기다리고 있었다.

"포투스."

파비안이 부르자 포, 그러니까 포투스가 얼른 가까이 다가왔다. 파비안은 그에게 안에서 급하게 처리했던 서류 더미를 넘겨주었다.

"일단 이 건부터 마저 처리해 둬. 나는 사랑스러운 친척들에게 가 봐야 할 것 같군."

"알겠습니다."

파비안은 그에게 눈짓으로 감사의 표시를 했다. 급히 응접실로 가려던 찰나, 포투스가 입을 열었다.

"정신이 없으실 것 같아 말씀드리지 말까 했는데, 역시 아셔야 할 것 같습니다. 블리크 영애께서 붕대와 약을 달라고 하셔서 내어드렸습니다."

파비안이 한쪽 눈썹을 들어 올렸다. 붕대와 약이라고?

"마르시아 양 말인가? 다리를 살짝 절긴 했지만 그리 큰 부상 같지는 않아 보였는데. 다친 것은 동생 쪽인가?"

"누구라고는 말씀하지 않으셨습니다. 의사를 불러달라고 하지는 않았지만, 요청한 붕대와 약의 양이 심상치 않아서 말씀드리는 겁니다."

"심상치 않다고? 달라고 한 건 무슨 약이지?"

"외상 치료를 위한 거라면 뭐든지 좋으니 달라고 하셨습니다."

파비안은 눈썹 사이에 가볍게 주름을 잡았다.

다친 것이 언니 쪽이든 동생 쪽이든 상당한 부상을 입은 모양인데, 어젯밤까지만 해도 그들은 아픈 티를 내지 않았다.

하룻밤 사이에 다치기라도 했단 말인가?

'그게 아니라면 아픔을 참고 있었던 것일 텐데.'

의사를 불러달라고 말하지 않은 것은, 아무래도 이 저택 주인의 목숨이 경각에 달렸다는 이야기를 들었기 때문일 것이다. 대공의 목숨을 연장시키는 데 모든 의료진이 달라붙을 걸 짐작했겠지.

'아비란 자가 그리도 급히 딸들을 찾으려 했던 것과 관련이 있는 건가.'

예감이 별로 좋지 않았다. 그는 가볍게 혀를 차고는 물었다.

"그 외 특이 사항은?"

포투스가 고개를 저었다.

"간밤에 붙여둔 감시에 의하면, 두 아가씨 다 손님방 밖으로는 한 걸음도 나서지 않았습니다. 방으로 아침 식사를 보냈을 때야 겨우 붕대와 약 이야기를 꺼냈습니다. 수상한 움직임은 전혀 없었습니다."

"그렇군."

아주 잠시, 혹시나 해서 마르시아를 의심했던 파비안은 찌푸렸던 미간을 폈다.

사실 그가 낯선 자매에게 잠자리를 제공한 것은, 순수한 호의도 있지만 의심 때문이기도 했다. 그냥 보내기엔 마르시아의 언행이 수상하고 목적도 불분명한 터라, 친절을 핑계로 가까이에 두고 조사하려 했다.

하지만 어제까지만 해도 대공이 누구인지도 몰랐던 여자다. 이번 일에 연관되어 있을 리는 없었다.

"벨만 선생은 힘들 테고, 바깥에서 다른 의사를 하나 불러다 붙여주게."

"알겠습니다."

"그리고 만약을 위해 뒷조사를 해둬."

"이미 사람을 하나 보내두었습니다."

"좋아. 가보게."

포투스가 고개를 가볍게 숙이고 물러났다. 파비안도 발걸음을 돌렸다.

그런데 응접실로 향하는 복도 저 앞쪽에서 그의 길을 가로막고 서 있는 사람이 있었다.

리샤르 로랑이었다.

숙부 도미닉의 아들인 그는 이제 막 열다섯 살이 되었는데, 검은 고수머리에 푸른 눈을 가진 잘생긴 소년이었다. 로랑가의 피를 진하게 물려받은 것이 틀림없었다. 쭉쭉 뻗은 팔다리와 나이에 비해 제법 큰 데도 아직 성장 중인 키가 그 증거였다.

"안녕? 그 인간 같지도 않은 새빨간 눈은 여전하네."

리샤르가 건들거리면서 말을 걸었다. 파비안은 그를 한 번 힐끗 쳐다보고는 무시하고 지나쳤다.

"마녀의 자식이 진짜 손자인 척하는 거, 꼴 같지도 않아서 원. 마력이라도 있었으면 써먹을 데라도 있지."

리샤르가 그의 등에 대고 비아냥거렸다.

"우리 아버지를 제치고 대공이 되려는 속셈을 내가 모를 줄 알아? 보아하니 노인네를 꼬드겨 유언장도 고쳐 쓰게 한 모양인데, 운 좋게 성공하더라도 목을 조심하라고, 형님."

파비안은 뒤를 돌아보지도 않은 채 말했다.

"다 떠들었으면 입 다물고 조용히 들어가서 할아버지 얼굴 한 번이라도 더 봐둬. 앞으로는 그럴 기회마저 없을지도 모르니까."

리샤르는 성큼성큼 걸어 응접실 쪽으로 사라지는 파비안의 등을 쳐다보다가 어깨를 으쓱했다.

로랑 대공은 결국 그날 밤을 넘기지 못했다.

그는 운 좋게도 자식들과 손주들에게 둘러싸여 잠들었지만, 그를 걱정하거나 안타까워한 사람은 없었다. 전부 차기 대공이 누가 될 것인지, 유산은 어떻게 배분될 것인지에만 관심이 쏠려 있었다.

"유언장은 내일 오전에 가문의 변호사가 와서 발표할 것입니다."

집사의 말에 친척들은 욕설을 내뱉으며 방을 나갔다.

세상을 떠난 대공의 얼굴을 내려다보며 잠시나마 가슴이 뜨거워졌던 사람은 파비안뿐이었다. 그는 할아버지를 오랫동안 미워했지만, 동시에 그동안 정들었다는 것을 깨달았다.

그가 조용히 마음속으로 속삭였다.

'할아버지, 죄송합니다만 저는 무슨 수를 써서라도 대공이 되어서 이 집안을 망가뜨리고 말 겁니다.'

그는 잠시 잠든 듯 평온한 대공의 얼굴을 쳐다보다가 한마디를 덧붙였다.

"설령 제 손에 피를 묻히게 되더라도 말이죠."

다음 날, 대공가의 변호사가 저택에 도착하자마자 로랑가 사람들은 모두 대공의 집무실로 모여들었다. 대공의 유언을 발표하는 자리였다.

발레리는 딸 엘로이즈를 옆에 꼭 끼고 앉아 상기된 얼굴에 연신 부채질을 해댔다. 도미닉의 부인인 엠마 로랑 백작 부인도 한자리 차지하고 앉아 있었다. 그녀는 늘 몸이 좋지 않아 어제도 도착하자마자 피곤하다는 핑계로 대공의 침실에는 코빼기도 비치지 않았다.

로랑 백작 부부의 아들 리샤르는 아직 법적으로 성인이 아니기 때문에 이 자리에 있을 자격이 없었지만, 당당하게 부부 사이에 앉아 있었다. 그의 아버지 도미닉이 장차 집안을 물려받을 장자라는 점을 들어 집무실에 들어오도록 우겼기 때문이었다.

파비안은 한쪽 벽에 기대어 서서 친척들이 모두 의자에 자리를 잡고 앉은 것을 지켜보았다. 엘로이즈를 제외한 친척 모두가 어딘지 불안한 기색이었다.

"저 자식을 애초에 아카데미에 보내게 내버려 둔 것부터가 실수였어. 다시는 돌아오지 않을 줄 알았더니……."

도미닉이 중얼거렸다. 시선은 부인 엠마에게 향하고 있었지만, 엠마가 귀 기울여 듣지 않았기 때문에 사실상 혼잣말이나 마찬가지였다.

십여 년 전, 파비안이 로랑가의 일원으로 받아들여지지 않고 아카데미로 내쫓겼을 때만 해도 아무런 문제가 없었다.

하지만 그가 아카데미를 졸업하고 대공가에 돌아왔을 때는 모든 것이 달라졌다. 엄한 목소리로 꾸짖어 파비안을 수도로 내쫓았던 대공은 어디 가고, 손자가 하는 일이라면 뭐든 내심 기특해하는 할아버지만 남았던 것이다.

친척들 모두가 그것을 알고 있었다. 다들 신경을 곤두세우고 있는 것은 그래서였다. 새 유언장의 내용이 어떨지 몰라 초조한 것이다.

파비안은 변호사를 흘끔 쳐다보았다. 가문의 변호사는 경관까지 데려와 집무실 바깥에 대기시켜 두었다. 그러고도 영 침착하지 못한 기색이다. 그것이 모두를 더욱 불안하게 했다.

곧 변호사가 가방에서 봉투를 하나 꺼냈다. 그는 봉투를 봉한 밀랍

인장이 죽은 대공의 것이며 밀봉된 채 열린 적이 없다는 것을 모두에게 확인시켰다. 그리고 봉투에서 유언장을 꺼내 읽기 시작했다.

"나 프레데릭 로랑은 17대 로랑 대공으로서 이 문서가 내 마지막 유언임을 선언한다. 이 문서 이전에 작성된 것은 모두 무효이며, 이 문서의 집행은……."

변호사의 낭랑한 목소리가 집무실 안에 울려 퍼졌다. 로랑가 사람들은 긴장한 얼굴로 변호사가 쥔 종이만을 뚫어져라 쳐다보았다. 쏟아지는 법률 용어에도 질린 표정을 하는 사람은 아무도 없었다.

유언장 낭독은 얼마 후, 모두가 궁금해하던 항목에 이르렀다.

"……18대 대공의 자리는 장남 자비에의 아들, 파비안에게 넘긴다."

"뭐라고!"

도미닉이 울부짖으며 자리에서 일어섰다. 그도 그럴 것이, 이전 유언장에는 다음 대공 자리에 파비안의 이름 대신 그의 이름이 들어가 있었기 때문이었다.

"이건 무효야! 치매 걸린 노인네의 헛소리……."

"정숙하십시오. 아직 다 읽지 않았습니다."

변호사는 한마디로 도미닉을 도로 의자에 앉혔다. 도미닉은 씨근거리며 입을 꽉 다물었다.

"계속 읽겠습니다. ……파비안에게 넘긴다. 단, 이 유언장이 발표된 지 일 년 안에 파비안이 혼인할 경우에 한하며, 상대 여성은 귀족이어야 한다. 이 조건이 성립되지 않을 시, 대공의 자리는 차남 도미닉이 이어받도록 한다."

아무도 짐작하지 못한 내용이었다.

도미닉이 의자를 내팽개치고 자리에서 일어나 파비안을 노려보았다. 그의 얼굴은 시뻘게졌고, 목에는 핏줄이 불거져 있었다.

"네놈, 아버지께 무슨 짓을 한 거야! 그런 더러운 핏줄을 타고난 주제에 대공 자리로 모자라 감히 귀족 여성까지 넘보느냐?"

변호사는 이럴 줄 알았다는 듯, 피곤한 음성으로 도미닉에게 경고를 했다.

"로랑 백작, 한 번만 더 일어나시면 문밖의 경관을 부를 겁니다. 끝까지 듣고 싶으시면 제발 가만히 앉아 계시기 바랍니다."

그러나 변호사의 경고는 소용없었다. 경관을 부를 새도 없이 도미닉이 파비안에게 주먹을 휘두른 것이었다.

파비안은 도미닉의 주먹을 아슬아슬하게 피했다. 거구의 주먹이 파비안의 머리카락을 스치고 그 뒤의 가구에 가서 꽂혔다. 콰직, 하고 고풍스러운 가구에 구멍이 생겼다.

"이 쥐새끼 같은 놈!"

애꿎은 가구만 부순 도미닉은 피가 맺힌 주먹을 털며 뒤를 돌아보았다. 리샤르는 자기 아버지를 말리기는커녕, 몇 발짝 떨어진 곳에서 소리 내어 웃고 있었다.

엘로이즈는 가만히 앉아 그 꼴을 보고 있다가, 입가에 미소를 올리며 말했다.

"제게 좋은 생각이 있어요. 저와 결혼하면 모든 게 해결되네요, 파비안 오라버니."

"그, 그게 무슨 소리니, 엘로이즈!"

이번엔 발레리가 목소리를 높였다.

"저런 반쪽짜리에게 널 시집보낼 생각은 조금도 없단다! 거기다 너희는 사촌이잖니!"

"하지만 어머니, 귀족에게 사촌 간 결혼은 그리 드물지도 않은걸요. 게다가 제게 어울리는 자리가 대공비 외에 또 있나요?"

엘로이즈는 눈웃음을 치며 파비안을 바라보았다.

"후작가의 외동딸이야말로 대공비에 적격이죠. 후작가의 손자가 대공의 자리를 잇게 되는 거예요."

발레리는 잠시 말문이 막힌 듯했다. 그녀의 분노는 딸이 아닌 파비안에게 퍼부어졌다.

"조카님, 목숨 조심하셔야겠네. 그 꼴 나는 거, 내 눈으로 보고도 가만있을 것 같아?"

"그럼요, 발레리 고모님. 그런 일이 생길 일은 없을 겁니다."

발레리의 협박에 대답한 것은 리샤르였다. 그는 다리를 꼬고 한쪽 팔을 비스듬히 등받이에 올린 거만한 자세로 앉아서 이쪽을 쳐다보고 있었다.

"앞으로 일 년 동안 파비안 형님이 결혼만 못 하면 되는 거 아닌가요? 제정신인 귀족 여성이라면 마녀의 자식과 혼담이 오가는 것부터가 모욕일 텐데요."

리샤르의 얼굴에는 비웃음이 떠 있었다. 엘로이즈가 홱 돌아서서 그를 노려보았다.

"지금 감히 나더러 제정신이 아니라는 거니, 리샤르?"

"하, 그럼 진심이었어? 이젠 로랑가뿐 아니라 콘라트가의 혈통까지 진창에 처박으시겠다?"

대공의 집무실 안은 고상한 욕과 협박이 오가며 난장판이 되었다.

파비안은 한 손으로 이마를 짚었다. 할아버지의 유언장 하나 끝까지 다 듣지도 못하게 될 줄은 몰랐다.

"가장 중요한 부분은 들은 것 같군요. 나중에 유언장 사본을 하나 보내주시면 천천히 읽어보겠습니다."

파비안은 변호사에게 한마디를 남기고 집무실을 벗어났다.

'고작 삼 년 사이에…….'

파비안이 대공저에 들어와 할아버지와 함께 산 것은 고작 삼 년뿐이었다. 그 삼 년의 세월이 꼬장꼬장했던 대공을 바꿔놓았다. 유언장을 새로 쓸 정도로.

어차피 손에 피를 묻혀서라도 대공 자리를 손에 넣으려던 참이었다.

'……그런데 결혼이라니.'

파비안은 낮게 조소했다.

귀족과 결혼하라는 조건.

혈통은 파비안의 유일한 약점이었다. 그의 아버지는 대공가의 장남이었지만 어머니는 평민이었기 때문이었다.

아니, 단순한 평민도 아니었다. 그의 어머니는 세간에서 흔히 일컫는 마녀였다. 사특한 마법으로 선량한 사람들의 마음을 어지럽히는 마녀는 발견 즉시 엄중한 법의 심판을 받게 되어 있었다. 즉, 화형대로 보내진다는 말이었다.

마녀의 피를 물려받은 남자에게 딸을 시집보내고 싶어 하는 귀족은 단 한 명도 없었다.

그래서 더더욱 대공은 유언장에 귀족과 결혼하라는 명령을 남긴 것이었다. 혈통에 문제가 있는 손자가 강력한 가문과 결혼해서 대공 지위를 공고히 하기를 바랐던 것이다.

파비안은 한 손으로 얼굴을 쓸어내렸다.

'일단 누가 됐든 결혼부터 해야겠군.'

모처럼 피를 보지 않고도 원하는 것을 얻을 기회가 주어졌다.

물론, 사촌과 결혼할 생각 따위는 조금도 없었다. 그는 엘로이즈를 떠올리기만 해도 어딘가 속이 불편한 기분이 들었다.

엘로이즈는 그에게 지나치게 들러붙었고, 그러면서도 은근히 그를 무시했다. 그녀의 어머니인 발레리는 그를 대놓고 무시했다. 엘로이즈와 혼인했다가는 모녀가 합심해서 그를 휘두르려 할 것이 분명했다.

'쉽게 휘둘릴 생각은 없지만, 귀찮은 일은 처음부터 피하는 편이 낫지.'

생각에 빠져 복도를 걷다가 문득 멈춰보니 어느새 대공의 초상화 앞에 서 있었다.

파비안은 대공의 젊은 시절 모습이 담긴 초상화를 올려다보았다. 그 옆에는 그의 형제들의 초상화가 몇 점 나란히 걸려 있었는데, 모두 대공의 손에 죽임을 당한 자들이었다. 프레데릭 또한 대공 자리를 손에 넣기 위해 형제들을 해치웠던 전적이 있었다.

'서로 적대시하지 말고 얌전히 결혼해서 평화롭게 뒤나 이으란 말이지.'

할아버지의 뻔한 속내를 짐작하며 파비안은 조소했다.

'대공 전하, 저는 당신의 뜻을 따를 생각이 없는데 어쩌죠?'

그는 대공이 되려 했지만, 단순히 가문을 잇기 위해서는 아니었다.

그는 대공가에 거대한 엿을 먹이고 싶었다. 그 고귀한 귀족 혈통을 자신의 피로 더럽히고, 아예 끊어버리는 것이 그의 목적이었다.

파비안은 대공의 초상화 앞에 잠시 서 있다가 가볍게 고개를 숙이고는 자신의 서재로 되돌아갔다.

곧 서재에 포투스가 모습을 드러냈다.

"부르셨습니까?"

"할아버지께서 나더러 대공 자리에 앉으라더군."

대뜸 내뱉은 충격적인 말에 포투스가 숨을 삼켰다. 그도 이전 유언장의 내용에 대해서는 대충 알고 있었다. 찰나의 침묵 후에 그는 고개를 끄덕였다.

"당연한 결과입니다. 도미닉 백작님은 아무래도 다혈질에 아둔하신 편이라 대공에 어울리는 인재는 아니니까요."

"조건이 붙었어."

"뭡니까?"

"일 년 이내에 귀족 여자하고 결혼하라고 하더군."

포투스도 대공의 속내를 금세 짐작했다. 그의 입가에 웃음이 떠올랐다.

"재미있네요. 당하셨군요."

"그래."

파비안은 쓴웃음을 지었다. 그는 의자 팔걸이에 몸을 기대며 나지막하게 말했다.

"급히 나랑 결혼하겠다는 여자를 찾아줘야겠어. 귀족 혈통이기만 하면 돼. 작위는 필요 없어."

잠시 뭔가를 생각하던 파비안이 말을 정정했다.

"아니, 없는 쪽이 더 좋겠군. 돈이 없거나 이쪽에서 약점을 쥘 수 있는 여자가 좋아."

포투스가 눈썹을 찌푸리며 안경을 밀어 올렸다.

"위험한 자리로군요."

"그래. 도미닉 숙부가 가만있지 않을 거야. 물론 나도 가만있지는 않을 테지만. 그걸 감수하고서라도 대공비가 되려는 여자를 찾아야 해. 가능한 한 빨리."

파비안의 말에 포투스는 입을 다물었다. 그는 잠시 눈을 굴리며 뭔가 생각하다가 피식 웃으며 말했다.

"그런 여자라면 지금 대공저에 있는 것 같은데요."

파비안이 눈을 크게 떴다.

"뭐? 아⋯⋯!"

한발 늦게 깨달음이 찾아왔다. 대공이 자기 동생에게 한눈에 반할 것이라고 주장하던 여자가 지금 이 저택에 머물고 있었다.

"블리크라는 성이 있으니 귀족일 것이고, 아버지라는 자가 자기 이름을 말할 때 작위를 말하지 않았으니 혈통만 남아 있겠군. 학대를 받아 집에서 도망친 것 같은 정황에, 갈 곳은 딱히 없는 것 같고, 대공비 자리에 관심이 있다⋯⋯."

파비안이 생각에 잠겨 작게 중얼거렸다.

나는 거울 앞에 앉아 수건으로 라리사의 젖은 머리를 말려주고 있었다. 거울 너머로 내 얼굴과 똑 닮은 라리사의 얼굴이 비쳤다. 둘 다 내가 봐도 황홀할 정도로 아름다웠다.

그러나 라리사의 눈은 초점 없이 허공을 바라볼 뿐이었다.

나는 허리까지 내려오는 결 좋은 은발을 정성껏 감겨주고, 감기라도 걸릴까 봐 수건을 여러 장 써서 잘 말려주었다. 그러면서 끊임없이 말을 걸었다.

비록 일방적이긴 하지만 이렇게 수다도 떨고, 돌볼 상대가 있다는 건 나쁘지 않은 일이었다. 방 안에만 있다 보면 아무래도 심심하니까.

나는 오늘 오전부터 목욕은커녕 세수조차 할 생각이 없어 보이는 라리사를 두 살짜리 조카 씻기듯 얼굴을 씻어주고 머리도 감겨주었다. 라리사는 가만히 인형처럼 내가 하는 대로 몸을 내어주었다.

"어때, 라리사? 기분 좋지 않니? 어서 몸이 다 나아야 더 즐거운 일을 많이 해 볼 텐데. 따끈한 목욕물에 몸을 푹 담그면 그게 얼마나 좋은지 몰라. 나는 노곤해져서 가끔 깜빡 잠들어 버리기도 하거든."

말을 하지 않으니까 진실은 알 수 없지만, 감히 짐작해 보건대 라리사는 커다란 욕조에 몸을 담근 적이 없었을 것이다. 이고르나 빌레인이 데운 목욕물을 들고 지하실에 내려가는 모습은 상상도 할 수 없다.

거기다 라리사의 몸에는 상처가 지나치게 많았다. 한 번 상처가 생기면 나을 때까지는 물이 닿으면 안 될 텐데, 낫기 전에 그 위에 또 다른 상처가 생겼을 테니 목욕은 더더욱 힘들었을 거다.

'그러고 보니 어제 의사가 라리사의 상처를 상당히 수상하게 여겼었지.'

라리사의 상처를 돌본다고 붕대와 약을 요청했더니, 어떻게 알았는지 대공저에서 의사를 한 명 보내주었다. 안 그래도 저택의 주인이 위독하다고 해서 약을 달라는 것마저 조심스러웠던 참이라, 나는 호의를 감사히 받기로 했다.

의사가 상처를 봐야겠다며 라리사의 옷을 걷었을 때, 놀란 것은 의사만이 아니었다. 나도 마찬가지였다. 상처가 있을 것이라고 짐작은 했지만, 이 정도일 줄은 몰랐던 것이다.

탈출하기 전날 밤 유모가 가볍게나마 처치를 해놓은 탓에 라리사의 옷 아래는 붕대투성이였다. 그 붕대마저도 상처에서 배어 나온 피로 얼룩덜룩했다.

조심스럽게 붕대를 풀자, 작은 몸을 뒤덮은 상처 외엔 눈에 들어오는 것이 없을 지경이었다.

충격을 받은 의사가 나에게 물을 정도였다.

"……설마 노예입니까? 외람되오나 노예제도가 폐지되었다는 건 잘 알고 계시겠지요?"

"아니에요. 이 아이는 제 동생이에요."

"하지만 이건 아무리 봐도 매질 자국인데……."

의사는 수상하다는 듯한 표정으로 나와 라리사를 번갈아 쳐다보았다. 그의 마음의 소리를 들어보니, 라리사의 상처에 내가 보탠 것도 있다는 건 꿈에도 생각 못 하는 듯했다. 오히려 그는 내 몸에도 그런 상처가 있는 건 아닐까 의심하고 있었다.

나는 그냥 아무 말도 하지 않았다.

침착한 것은 라리사뿐이었다. 약이 닿을 때마다 반사적으로 몸을 움찔했을 뿐, 그 외에는 다른 반응을 보이지 않았다.

처치를 끝내고, 의사는 상처에 절대 물이 닿지 않게 하라고 신신당부했다. 매일 와서 상처를 봐주겠노라고도.

나는 어제 의사가 돌아가자마자 라리사와 약속을 하나 했다.

"다 나을 때까지는 내가 머릴 감겨줄게. 당분간 목욕은 못 해도, 어느 정

도 나으면 따뜻한 물수건으로 살살 닦는 건 괜찮을 거야."

그리고 지금, 대공저의 하녀들이 목욕 시중을 들겠다는 걸 거절하고 그 약속을 지키는 중이었다.

"자, 이리 와. 우리 창가에 앉아서 머리 빗자. 햇볕 쬐면서 빗으면 나머진 금방 마를 거야."

"……."

"매일 햇볕을 쬐는 건 아주 중요한 일이야. 몸에 필요한 비타민도 합성되고, 또 기분도 많이 좋아지거든. 우울할 때는 해를 꼭 봐야 한다더라."

내 평생 혼잣말을 이렇게까지 많이 한 건 처음이었다. 나는 얌전히 따라오는 라리사를 창가 소파에 앉히고, 그 뒤에 서서 머리카락을 천천히 빗겨주기 시작했다.

촉촉한 머리카락은 정말 비단처럼 부드러웠다. 차르르 윤기가 흐르는 은발은 빗겨줄수록 황홀한 느낌이었다.

'어쩜 머릿결도 이렇게 좋을까? 타고났나 봐.'

볕도 못 쬐고 음식도 부실했을 텐데. 이제부터라도 매일 햇볕을 쬐게 하고 식단도 내가 신경 써줘야지. 잘 먹어서 포동포동해진 뺨에 혈색이 돌면 얼마나 더 예쁠까.

어느 순간부터 생각에 빠져 빗질하는 손놀림이 조금씩 느려졌다.

'대공을 만나기만 하면 모든 일이 일사천리로 풀릴 줄 알았는데……'

우리가 이곳에 찾아온 바로 그날 밤, 갑자기 대공은 위독해졌다. 그리고 그다음 날, 그러니까 어제 그는 세상을 떠나고 말았다.

'만약 내가 하루만 늦게 탈출했다면 우리는 대공저에 아예 들어올

수도 없었겠네.'

갑작스러운 대공의 죽음으로 온 저택이 난리가 났을 테니까.

하루 일찍 이곳에 찾아와서 동화 속 왕자님이 누군지 알게 되고, 운 좋게 잠시 머물러도 좋다는 허락을 받은 것까지는 정말 좋았다. 중간에 조금 헛다리를 짚긴 했지만.

하지만 바로 다음 날 대공이 목숨을 잃을 줄 누가 알았겠는가?

아무도 우리에게 상황을 설명해 주지 않았지만, 나는 바깥에서 들려오는 혼란스러운 마음의 소리를 듣고 대공이 세상을 떠났다는 걸 알았다.

그리고 그와 동시에 파비안의 마음을 얻는 걸 포기했다.

세상 어느 누가 집안 어른이 돌아가셨는데 여유롭게 연애나 하고 있겠는가? 우리 존재를 기억하기나 하면 다행이지.

나는 눈에 띄지 않게 한숨을 쉬었다.

"있잖아, 라리사. 어쩌면 내 생각이 틀렸을지도 몰라. 난 여기 오기만 하면 네가 바로 행복하게 지낼 줄 알았거든."

나는 천천히 라리사의 머리를 빗으며 나직하게 말했다. 라리사의 머리카락이 햇살을 받아 반짝거렸다. 머리는 이제 거의 다 말라 있었다.

"그래도 걱정 마. 네가 성인이 될 때까지는 내가 책임질 테니까."

지하실에 그대로 갇혀 있었다면 삼 년 뒤, 성인이 될 무렵 왕자님을 만날 수 있었을 거다.

그저 왕자님을 만나는 것만이 아니다. 왕자님은 라리사의 비밀을 알고 있는 가족들을 모조리 처형시켜 후환까지 없애준다.

하지만 왕자님을 만나기 전에 도망쳐 나왔으니 이고르와 빌레인은 분명 세상 끝까지라도 쫓아와 라리사를 찾아내겠지. 처형당하기 전까지.

가만히 내버려 두었으면 될 걸, 억지로 끌어내 일을 망친 건 나였다.

'내가 책임져야 해.'

이고르와 빌레인을 떠올렸더니 등줄기에 소름이 돋았다. 나는 다시 빗을 놀리며 짐짓 밝은 목소리로 말했다.

"일단 적당히 몸이 나을 때까지만 여기 더 신세 질까 봐. 저쪽에서도 그러라고 했으니까. 다 나으면 어디 멀리 가자. 혹시 가보고 싶은 곳 있어?"

라리사는 여전히 대답이 없었다.

그때 웬 노크 소리가 들렸다.

'누구지? 의사가 올 때가 됐나?'

나는 빗을 내려놓고 가서 문을 열었다. 문밖에 서 있는 것은 파비안이었다.

"실례합니다. 잠시 들어가도 되겠습니까?"

생각지도 못한 인물의 방문에 나는 당황하며 고개를 끄덕였다. 안으로 들어서는 파비안의 표정은 예상외로 담담했다. 며칠 마음고생을 했는지 얼굴빛이 조금 나빠 보였지만 그게 다였다.

"블리크 영애, 부상은 좀 어떻습니까?"

내가 조부에 대한 위로의 말을 꺼내기도 전에 그는 내 안부부터 물었다. 그저 예의를 차린 거겠지만, 갑작스러운 상으로 정신이 없을 텐데 굳이 우리 방까지 찾아와서 안부를 묻는 건 대단한 일이었다.

"경황이 없으셨을 텐데도 의사를 보내주셔서 감사해요. 그리고 저…… 부고는 들었습니다. 상심이 크시겠어요. 삼가 조의를 표합니다."

나는 가볍게 허리를 숙였다. 감사와 조의의 표시였다.

"따뜻한 말씀 감사합니다."

파비안도 마주 고개를 숙였다.

잠시 후 그가 고개를 들었을 때는 어딘가 표정이 달라져 있었다. 어쩐지 긴장한 표정에 가까워 보였다.

응? 무슨 일이라도 있나? 안부를 살피러 온 것이 아니라 긴히 할 말이 있어서 찾아온 것 같은데.

아니나 다를까, 그는 조심스러운 말투로 내게 물었다.

"잠시 드릴 말씀이 있는데, 괜찮으시겠습니까?"

"네, 괜찮아요."

"여기서 하긴 어려운 이야기입니다. 장소를 옮겨도 되겠습니까?"

라리사가 들어서는 안 되는 이야기인 걸까?

나는 힐끔 뒤를 돌아보았다. 라리사는 멍하니 창가에 앉아 바깥을 내다보고 있었다.

"괜찮으시다면 옆방으로 가도 될까요? 동생에게서 멀리 떨어져 있고 싶지 않은데요."

"좋습니다."

라리사를 혼자 두는 건 어째 좀 불안하지만 그래도 연결된 옆방에 있는 거니까 괜찮겠지.

나는 라리사에게 다가가서 조심스럽게 말했다.

"라리사, 나는 잠시 이분하고 이야기를 나누어야 해서 옆방으로 갈 거야. 아무 일도 없을 테지만, 그래도 불안하거나 무슨 일이 생기면 바로 내가 있는 방으로 오면 돼. 알겠지?"

라리사는 미동도 없었지만, 나는 그 애가 들었을 거라고 확신했다. 이건 그저 내가 일방적으로 허락을 구하는 거나 마찬가지다. 언젠가는 쌍방향으로 소통하는 날이 오겠지?

라리사를 잠시 쳐다보고, 그 애의 낯빛이 변하지 않는 걸 확인한 후에 옆방으로 건너왔다.

파비안도 함께 따라 들어왔다. 그는 두 방 사이의 문을 조심스레 닫았다.

도대체 무슨 말을 하려는 거지? 어쩐지 불길한 예감이 드는데…….

"하실 말씀이 뭔가요?"

나는 조심스레 말을 꺼냈다.

파비안은 나한테서 겨우 서너 걸음 떨어진 자리에 서서 나를 내려다보고 있었다.

나도 작은 키는 아닌데, 파비안은 정말 컸다. 이렇게 가까이 서 있으니 그의 얼굴을 보려면 고개를 들어야 했다.

'어? 얼굴이 점점 내려가잖아……?'

그의 눈을 바라보고 있던 내 시선도 덩달아 내려갔다.

그러니까, 파비안이 내 앞에 한쪽 무릎을 꿇은 것이다!

감전이라도 된 것처럼 불길한 느낌이 척추를 타고 흘렀다.

'안 돼, 이건 설마…….'

나는 그대로 얼어붙었다.

신분이 높은 남자가 자기보다 신분이 낮은 여자에게 한쪽 무릎을 꿇을 일은, 내가 아는 한 딱 한 가지밖에 없다.

"블리크 영애, 나와 결……."

"안 돼요!"

나는 거의 비명을 지르며 그의 말을 가로챘다.

안 돼, 이건 아니야. 당신 상대는 내가 아니라 라리사란 말이야!

파비안은 한쪽 무릎을 꿇은 채 헛웃음을 터뜨렸다.

"'싫어요'가 아니라 '안 돼요'입니까?"

"이거나 그거나죠."

지금 그게 문제야? 프러포즈 상대를 잘못 골랐다고!

"본인이 대공비가 되고 싶은 생각은 없으십니까?"

없다. 전혀. 요만큼도.

애초에 나를 그 자리에 넣어 생각해 본 적도 없고, 만난 지 겨우 이 삼 일 된 남자와 결혼하겠다고 마음을 먹을 만큼 나는 동화적인 사람이 아니라고.

무섭도록 잘생긴 건 인정하지만.

돈도 많지…….

나는 세차게 고개를 흔들었다. 그리고 단호하게 말했다.

"라리사에게 청혼해 보세요. 성인이 되기까지 삼 년 남았으니, 약혼 기간이 좀 길어지겠지만요. 저한테 반한 것도 아니잖아요?"

파비안은 나를 잠시 뚫어질 듯 쳐다보다가, 몸을 일으켜 자리에서 일어났다.

"나는 지금 당장 아내가 필요합니다. 당신 조건이 뭐든지, 무조건 들어드리죠. 이 나라 유일무이한 대공비가 되는 겁니다."

그런 말을 하는 파비안의 눈에서는 어느새 긴장한 듯한 빛이 사라져 있었다.

이건 결혼 신청을 하는 수줍은 청년이라기보다 사업가의 말투에 가까운 것 같은데? 지금 협상을 하자는 건가?

나는 팔짱을 꼈다.

"조건이라고요? 올바른 프러포즈의 자세가 아닌 것 같은데요. 거기다 꼭 제가 아니어도 되는 모양이네요. 그렇게 급하시다면 다른 사람을 찾아보는 게 어때요?"

내가 배짱을 부리자 그는 눈을 가늘게 뜨며 미소를 지었다.

"돈은 얼마든지 마음대로 쓰셔도 좋습니다. 상상할 수조차 없는 사치를 부리셔도 좋습니다. 뭐든지 내키는 대로 하셔도 됩니다."

파비안의 입술 끝이 가볍게 말려 올라갔다.

"대공비의 이름을 더럽혀도 상관없습니다."

그의 말투는 상관없다기보다 오히려 그렇게 해달라는 것처럼 들렸다.

하지만 사치고 대공비고 뭐고, 나는 전혀 관심이 없었다.

내가 바라는 건, 삼 년 후에도 내 목이 몸에 잘 붙어 있는 것뿐. 무엇보다 라리사와 결혼해서 내 목을 치는 건 바로 눈앞의 이 남자란 말이다. 그래서 지금부터 최대한 라리사에게 잘 보이려고 하는 중인데 그깟 돈 따위로 날 낚으려고 하지 말라고!

"돈이라면 저 혼자 먹고살 만큼은 충분히 갖고 있어요."

나는 싸늘하게 말했다. 그러자 파비안이 양손을 가볍게 들어 올렸다.

"좋아요. 항복입니다. 대신 내가 처한 상황에 대해서 말씀드려도 되겠습니까?"

나는 잠시 고민하다 고개를 끄덕였다. 도대체 무슨 상황이기에 대공이 세상을 떠나자마자 후계자가 나한테 와서 청혼하는 건지 들어나 보자.

"오늘 아침에 대공 전하의 유언장이 발표되었습니다. 간단히 말씀드리면, 나는 한 가지 조건을 지키기만 하면 차기 대공이 됩니다."

"설마 그게 결혼인가요?"

"그렇습니다. 귀족 혈통인 여성이면 됩니다. 오늘로부터 일 년 이내에 결혼을 해야 하지요."

"못 하면요?"

"내 숙부에게 대공 자리가 넘어갑니다."

나는 입을 딱 벌렸다. 그런 건 처음 듣는데?

잠깐, 다른 사람이 대공이 될 수도 있는 거라면 왕자님은 파비안이 아닐 수도 있는 거잖아?

"숙부라고요?"

"대공 전하의 차남인 도미닉 로랑 백작입니다."

"실례지만 그분은 몇 살이시죠?"

내 질문에 파비안이 실소를 흘렸다. 내 목적을 알고 있으니까 당연하겠지.

이왕 속내를 들킨 거, 당당하게 질문했을 뿐이다. 솔직한 게 서로 편하니까.

그는 내가 알고 싶어 하는 걸 꼭 짚어 대답했다.

"올해 아마도…… 마흔하나이실 겁니다. 참고로 혼인은 오래전에 하셨고 내년에 성년이 되는 아들도 있습니다."

잠깐, 잠깐만. 이건 아니지. 애 딸린 유부남은 왕자님의 조건에서 벗어나도 한참 벗어난다고. 그럼 역시 왕자님은 파비안인가?

앗, 잠깐. 다른 가능성도 있었다.

만약 눈앞의 이 남자가 결혼을 못 해서 일 년 뒤 숙부라는 사람이 대공이 된다면, 그리고 그 후 이 년 안에 무슨 일이라도 생겨서 숙부가 목숨을 잃는다면. 이제 곧 성년이 된다는 그 숙부의 아들이, 그러니까 파비안의 사촌이 그 자리를 물려받게 되지 않을까?

삼 년 뒤면 라리사가 열여섯이고, 파비안의 사촌은 열여덟이다.

'이 정도면 동화 속 왕자님으로 손색이 없는데?'

나는 거기까지 생각했다가 눈을 들어 내 앞에 서 있는 남자를 바라보았다. 그리고 고개를 내저었다.

저렇게 생긴 남자가 결혼을 못 할 리가 없지. 그냥 눈만 마주쳐도 심장이 녹아내릴 것처럼 생겼는데. 잘생긴 것뿐만 아니라 젊고 돈도 많고, 결혼하기만 하면 얻게 될 지위도 까마득하게 높았다.

그러나 파비안이 지금부터 일 년 내에 결혼하면 그건 그것대로 문제였다. 결혼할 수 있는 나이는 성년인 열여섯부터다. 그러니까 상대가 라리사가 아니란 소리였다.

라리사를 위한 동화 속 왕자님을 찾는 게 이렇게도 힘든 일일 줄이야. 나는 한숨을 쉬었다.

"도대체 왜 하필 저죠? 마음만 먹으면 그 누구하고도 쉽게 결혼하실 수 있지 않나요? 저희 가문은 말만 귀족이지 작위도 없는걸요."

자포자기하듯 뱉은 말에, 파비안은 미소를 지었다.

"바로 그 점입니다, 블리크 영애. 그 점이 가장 마음에 들었습니다. 아까 말씀드렸지요, 대공비의 이름을 더럽혀도 좋다고. 나는 강력하고 고귀한 가문의 아가씨를 원하지 않습니다."

파비안의 눈동자가 유난히 더욱 붉게 보였다. 내가 전에 잘못 본 게 아니라, 그의 눈동자는 정말로 새빨간 색이었다. 루비처럼, 불꽃처럼 새빨갛게 일렁거렸다. 유혹적인 색이었다.

"뭐든, 내키는 대로 하시면 됩니다."

나도 모르게 마른침을 삼켰다.

그가 하지 않은 말을 대충 추측할 수 있었다. 그는 가문을 자기 손아귀에 확실히 넣고 싶은 것이다. 그 과정에서 강력한 힘을 가진 부인의 친정은 방해가 될 뿐이다.

'그러니까, 결혼은 그에게 그냥 버리는 패인 셈이구나.'

그저 대공이 되기 위한 수단일 뿐. 그리고 그때 딱 운 좋게도 내가 옆에 있었던 것이다.

그에게 결혼이 수단이라면, 그래서 내가 그에게 딱 맞는 상대라면, 내가 쥘 수 있는 수단도 한 가지쯤은 있었다.

나는 그의 눈을 똑바로 쳐다보며 물었다.

"그렇다면 이혼은 어때요? 그것도 제 맘대로 할 수 있나요?"

라리사가 결혼할 수 있게 되는 건 삼 년 후. 그러나 파비안은 당장 일 년 이내에 결혼해야 한다.

그렇다면 누군가와 임시로 결혼했다가 이혼하는 것도 하나의 방편이 될 수 있잖아?

내 대담한 질문에도 파비안은 눈썹 하나 까딱하지 않았다.

"필요하시다면 이혼 서류에 미리 사인해서 드리죠. 언제든 원하실 때 사용하시면 됩니다."

"정말요? 제가 원하면 아무 때나요?"

"그렇습니다. 단, 앞으로 일 년간은 안 됩니다. 유언장에는 최소 일 년 이상 결혼을 유지해야 한다는 조건도 있으니까요."

"그 부분은 걱정하지 마세요. 삼 년은 유지할 생각이니까요. 만약 한다면요."

"내가 라리사 양에게 반할 테니까?"

파비안이 입가에 슬며시 웃음을 띠며 말했다. 나는 웃음기 하나 없이 진지한 말투로 대답했다.

"그때가 되면 이혼 못 해서 안달복달할 건 당신 쪽일걸요."

이 세계가 내가 읽은 동화책 속이라는 걸, 나는 확신한다. 내가 본 라리사가 동화책 속 여주인공과 한 치도 다르지 않았으니까.

눈물이 다이아몬드로 변하는 바람에 지하실에 갇혀 평생을 맞고 자란 소녀. 이런 조건이 흔할 리가 있나, 당연히 그 동화책뿐이지.

따라서 파비안이 이 세상의 왕자님이라면, 그가 라리사에게 반하지 않는다는 건 있을 수 없었다. 원작대로의 전개라면 말이지.

하지만 내가 원작을 좀 비틀어 버렸다. 살아남고 싶어서. 그리고 라리사가 불쌍해서.

물론 거기에 대해서는 한 점 후회도 없었다.

원작과 전개가 달라져서 파비안과 라리사가 삼 년 일찍 만나 버렸으니, 어쩌면 후에 파비안은 라리사에게 반하지 않을지도 모른다. 그러면 내가 이혼하더라도 라리사와는 결혼하지 않을 수도 있었다.

나는 입술을 깨물며 생각했다.

'그래도 상관없어.'

삼 년은 짧다면 짧고, 길다면 긴 기간이다. 그 시간 동안 라리사를 잘 보살핀다면 많이 회복될 테지. 그리고 나는 대공비로서 한 재산 잘 모아두고, 이혼 후에 전부 챙겨서 라리사와 함께 이 저택을 나서면 된다.

지금 내가 가진 보석만으로는 두 사람이 먹고살기 빠듯하지만, 대공비로 지내면서 착실하게 돈을 빼돌려 둔다면 평생 아무 문제 없이 살 수 있겠지. 호위를 고용해서 이고르나 빌레인으로부터 라리사를 지킬 수도 있을 거다. 라리사가 나와 함께 살고 싶지 않아 한다면, 그

동안 모은 재산을 충분히 떼어주면 될 테고.

물론 이혼 후에 라리사가 파비안과 결혼한다면 더할 나위 없다. 라리사는 왕자님과 결혼해서 행복하고, 나는 그동안 모은 재산 때문에 행복할 테니까.

'모두가 행복해지는 엔딩이지.'

어느 모로 가도 나는 살아남을 수 있다.

"한 가지 더 말씀드리고 싶은 게 있습니다."

문득 파비안의 낮은 목소리가 들려와 나는 생각을 멈추고 그를 올려다보았다.

"내 혈통에 관해서입니다."

파비안은 담담하게 자신의 혈통에 관해 말했다.

설명은 간략했지만 내용은 꽤 충격적이었다. 그는 대공가의 피를 잇긴 했지만 완벽한 귀족은 아니라는 거였다. 어머니가 평민이었다고, 그것도 보통 평민이 아니라 마녀였다고.

"나의 눈동자 색이 그 증거입니다. 마녀의 피를 이은 붉은색이죠."

그는 자기 눈가를 손가락을 톡톡 치며 말했다. 붉은 눈동자에는 뭐라 말하기 힘든 감정이 실려 있었다.

'알비노가 아니고?'

그 의문을 굳이 입 밖으로 내지는 않았다. 색소결핍증이라고 하던가? 알비노의 증세가 꼭 피부로 드러나는 건 아니라고 들은 적이 있었다. 그래서 그냥 알비노 증세가 눈동자로 드러난 게 아닌가, 생각했었는데.

어머니가 마녀였다니, 설마 그럼 화형을…… 당한 걸까?

나는 전에 봤던 귀족 인명록을 떠올렸다. 파비안의 부모는 둘 다 상당히 젊은 나이에 세상을 떠난 걸로 되어 있었다.

아버지는 몰라도, 어쩌면 어머니 쪽은 별로 좋은 최후는 아니었을지도 모른다.

하필 염색하거나 가릴 수도 없는 눈동자에서 마녀의 혈통이 드러난다니, 그의 성장 과정은 안 봐도 알 것 같았다. 분명 고달팠겠지.

왜 웃지 않고 가만히 있을 때면 어딘가 싸늘하고 무서운 분위기가 감도는지 알 것도 같았다. 적에게 둘러싸여 자랐으니 자기도 모르게 항상 가시를 세우고 있는 게 아닐까.

온갖 욕과 불평을 실컷 들으며 자라온 마르시아가 블리크 저택의 악녀가 되었듯이.

"간혹 붉은 눈을 가진 남자 중에 마법사가 섞여 있다고는 하지만…… 그들도 결코 좋은 취급을 받지는 않지요. 내 혈통을 문제 삼는 이가 많다는 건, 말씀드리지 않아도 아시겠지요."

"그래서 저한테 오신 거군요."

아까 파비안이 했던 말이 단번에 이해가 됐다.

혈통에 집착하는 자들은 파비안을 대공으로 인정하고 싶지 않을 것이다. 유언장이 발표되자마자 바로 나한테 와서 청혼한 이유도 뻔했다.

'일 년 동안 천천히 신붓감을 찾을 여유가 없는 거겠지.'

유언장 내용이 사람들에게 퍼진 후, 강력한 가문과 결혼했다가는 혈통을 문제 삼아 그 가문에 휘둘릴 수도 있을 테고.

아니, 어쩌면 모두 장례식이다 뭐다 바쁘고 정신없을 때 얼른 힘없는 가문의 여식과 결혼을 해치우고 대공 자리를 꿰차는 것이 이득이라고 생각한 게 아닐까.

나는 파비안을 향해 말했다.

"생각할 시간을 주세요."

"좋습니다. 내일 이 시간에 다시 찾아오겠습니다."

그는 가볍게 고개를 숙이고 방을 나갔다.

나는 팔짱을 낀 채 그 자리에 서서 생각에 잠겼다. 아직도 그가 동화 속 왕자님이 맞는지 확신이 서지 않았다.

'얼굴만큼은 왕자님이 확실한데 말이지.'

나는 한숨을 쉬고 도로 옆 방으로 건너갔다. 라리사가 알아듣든 아니든, 무슨 일이 있었는지 말해줘야 하니까.

라리사는 아까 머리 빗질을 하던 자세 그대로 소파에 앉아 멍하니 허공을 보고 있었다. 내가 파비안과 이야기를 나누는 동안 라리사는 아무것도 하지 않고 그대로 앉아 있었던 거다.

이 아이는 무슨 생각을 하고 있을까. 미동도 하지 않는 아름다운 소녀의 껍질 안에는 그래도 뭔가 일렁이는 것이 있을까?

한시도 가만히 있지 않던 두 살짜리 조카가 왜 자꾸 라리사와 겹쳐 보이는지 모르겠다. 닮은 데라곤 하나도 없는데.

나는 눈에 띄지 않게 살짝 한숨을 쉬며 라리사의 맞은편에 앉았다.

"있잖아, 라리사, 방금 저 방에서 무슨 일이 있었는지 알아?"

라리사는 눈을 내리깐 채 가만히 있었다. 나는 처음부터 천천히 설명하기 시작했다.

"내가 널 데리고 굳이 로랑 대공가로 온 건, 음…… 내가 예지몽을 꾸었기 때문이라고 말했지? 꿈에서 미래를 봤는데, 라리사 네가 로랑 대공과 결혼해서 아주 행복하게 살고 있었거든……."

미안, 라리사. 아무리 그래도 네가 동화 속 여주인공이라고 말해줄 용기까지는 안 나는구나, 흑흑.

그나마 꿈에서 봤다는 게 제일 만만할 것 같아서 그렇게 말해두었다.

"······그렇게 돼서 네가 성인이 되면 이혼할 생각인데······."

"······."

"하하······."

세상에, 내가 들어도 정말 말도 안 되는 소리였다. 한심하다고 생각하면 어쩌지.

"라리사, 너는 파비안 님에 대해 어떻게 생각해? 처음 딱 보고 뭔가 이 사람이다, 하는 느낌 같은 게 있었니? 내 꿈에선 두 사람이 서로를 보자마자 첫눈에 반했거든."

나는 나와 똑 닮은 라리사의 초록빛 눈동자를 가만히 들여다보았다.

아이는 두 주먹을 꼭 쥔 채 무릎에 올려두고, 고개를 들어 내 얼굴을 쳐다보았다. 두 눈동자는 잠시 흔들리다가 이내 다시 제 손 위로 떨어졌다.

'첫눈에 반하지 않은 건 파비안만이 아닌가 보네.'

조금이라도 관심 가는 사람이 생기면 사람들은 대개 눈빛부터 달라지는 법이다.

라리사의 반응을 보니, 아무래도 그를 마음에 들어 한다고 생각하기는 어려웠다.

"네가 싫다면 안 할 거야. 그러면 우린 그냥 여기 며칠만 머물다가 다른 곳으로 멀리 달아나면 돼."

혹시 모르니까 삼 년 뒤에 다시 한번 대공저에 찾아와 볼 수도 있겠지. 누가 됐든 귀족 여자와 결혼해야만 대공이 될 수 있다고 했으니까, 그땐 이미 다른 대공비가 있겠지만.

나는 의자에서 일어나 라리사를 자극하지 않도록 천천히 가까이 다가갔다. 그리고 그 앞에 쪼그리고 앉아 아이의 얼굴을 올려다보며 말을 이었다.

진심을 담아서.

"네가 싫지 않다면 일단 청혼을 받아들일까 해. 물론 삼 년 뒤에, 네가 성인이 되면 칼같이 이혼할 거고. 어디까지나 내 생각이지만, 네 미래를 생각하면 로랑가보다 더 나은 곳은 찾기 힘들 것 같거든."

정말로 그렇게 생각한다. 나와 함께 이곳을 떠나면 라리사는 여기서 사는 것만큼 풍족하진 못할 거다. 나도 두 사람어치 생계를 꾸리려면 결국엔 뭐가 됐든 일을 해야 할 테고.

하지만 여기 있으면 내가 무사히 이혼하는 것만 걱정하면 된다. 로랑가는 왕가 바로 다음으로 가장 부유하고 권세 높은 가문이니까.

이혼 전까지는 대공비의 동생으로 편안하게 지내면 되고, 그 후에는 본인이 대공비가 되는 것이다. 이보다 더 나은 조건은 아무리 생각해 봐도 없었다.

하지만 라리사는 대답이 없었다. 나는 그 무표정한 얼굴을 한참 쳐다보다가, 한숨을 쉬며 시선을 내렸다.

그때, 내 시선 끝에 라리사의 손이 들어왔다.

무릎 위에 얹은, 주먹을 꼭 쥔 두 손.

빈손인 줄 알았는데, 자세히 보니 라리사는 손안에 뭔가를 쥐고 있었다. 조금 삐져나온 끄트머리를 보니, 천 조각 같았다.

'아까 머리 감기고 빗겨줄 때는 분명 빈손이었는데?'

나는 눈짓으로 라리사의 손을 가리켰다.

"그게 뭐야?"

그러자 라리사는 화들짝 놀라며 두 손을 가슴께로 끌어당겼다. 금세 긴장한 표정을 짓는 것이, 얻어맞기라도 할까 움츠리는 것 같았다.

손가락 사이로 보이는 천 조각은 먼지라도 묻은 것처럼 얼룩덜룩했다.

"뭔지 모르겠지만 더러워졌네. 이리 줄래? 깨끗하게 빨아줄게."

내가 손을 내밀자, 라리사의 눈이 흔들렸다. 나는 조심스럽게 말했다.

"혼내거나 빼앗으려는 게 아니야. 하녀나 다른 사람에게 맡기지도 않을게. 방 안에 수도가 있으니까, 내가 직접 비누로 빨면 돼. 네가 옆에서 봐도 되고."

라리사는 내 손을 쳐다보며 한참을 가만히 있었다. 더러워져도 상관없는 물건이거나, 내게 보이기 싫은 것일까?

'그렇다면 할 수 없지.'

뭐가 됐든 별로 강요하고 싶진 않다. 나는 내밀었던 손을 거두어들였다. 막 포기하고 일어나려던 참이었다.

라리사가 머뭇거리듯 조심스러운 몸짓으로 두 손을 천천히 아래로 내렸다.

작은 두 손바닥 위에 놓인 것은 오랫동안 꼭 쥐고 있어 온통 다 구겨진 손수건이었다. 가장자리는 흙과 먼지가 묻어 더러웠고, 안쪽에는 조그만 부스러기 같은 것이 묻어 있었다.

"아, 이건……."

나는 숨을 들이켰다.

그건…… 내 손수건이었다. 탈출하기 전날 밤 라리사를 설득하기 위해 지하실로 내려갔을 때, 생강 쿠키를 몇 개 담아갔던 손수건.

그날, 나는 라리사에게 이렇게 말했다.

"여기서, 이 지하실에서 벗어나고 싶지 않아?"

잠시 기다렸지만, 라리사는 대답은커녕 미동도 하지 않았다. 그래서 그냥 내 할 말을 했다.

"나는 내일 아침 일찍 저택을 나가서 다시는 돌아오지 않을 거야. 만약 나와 같이 가고 싶다면 딱 한 가지 방법이 있어."

나는 육중한 철문을 흘끔 돌아보았다. 잠시 후 방으로 돌아갈 때, 일부러 지하실 문을 잠그는 걸 깜빡할 예정이었다.

"새벽에 몰래 나와. 문을 두 개 지나서 계단을 올라가면 구석에 커다란 가방이 하나 있을 거야. 그 안에 들어가 숨어 있어. 무슨 일이 있어도 절대 아무 소리도 내선 안 돼. 할 수 있겠어?"

여전히 라리사는 꼼짝하지 않았다. 그저 동그란 눈으로 나를 빤히 쳐다볼 뿐이었다.

"아, 꼭 가져가고 싶은 것이 있으면 한두 개 정도는 챙겨도 좋아."

그렇게 말했는데.
지하실 안에는 오래되고 낡긴 했어도 제법 여러 가지 물건이 있었다. 그중에 분명 애착이 가는 것이 있었을 것이다. 하지만 라리사는 아무것도 가지고 나오지 않았다. 아니, 그런 줄로만 알았다.

좁은 가방 안에 간신히 몸을 구겨 넣고 어디로 가는지도 모른 채, 몇 시간이나 숨죽여 참아야 했던 라리사. 가방 안에서부터 오늘까지 삼 일간 아이가 손에 꼭 쥐고 있었던 것은 내가 준, 쿠키를 담았던 손수건이었다. 그것이 라리사의 짧은 인생 전체를 지배했던 지하실에서 유일하게 가지고 나온 물건이었다.

가장자리에 묻은 흙먼지는 가방에서 나와 근처의 마을까지 걸을 때 묻은 것이겠지. 비포장 흙길을 한참 걸었으니까.

잘 알지도 못하는 언니란 사람을 무작정 따라나선 길이었다. 믿어도 되는지 알 수 없는 사람의 손을 잡고 걸으며, 그저 과자 몇 조각의 온기에 자신의 인생을 건 셈이었다.

목구멍이 뜨거워졌다.

생강 쿠키는 그날 밤 다 먹었을까, 아니면 가방 안에서 조금씩 아껴 먹었을까? 빛 한 줄기 들지 않는 답답한 가방 속에서 라리사는 손수건에 배인 쌉쌀하고 달착지근한 냄새를 맡으며 버텼을까?

나는 그제야 깨달았다. 이 조그만 소녀가 얼마나 큰 용기를 낸 것인지를. 그리고 나에게 얼마나 의지하고 있는지를.

이 아이는 그 지옥 같은 지하실에서 탈출하면서 내게 그 목숨을 걸었다.

"라리사……!"

내 눈앞에 있는 라리사는 그저 예쁘기만 한 동화 속의 인물이 아니었다. 자기 의지가 있는, 살아 있는 사람이었다.

눈시울이 뜨거웠다. 나는 눈을 깜빡이며, 당장에라도 라리사를 꼭 껴안고 싶은 것을 꾹꾹 눌러 참았다. 대신 손을 뻗어 손수건과 함께 라리사의 두 손을 살며시 쥐었다. 라리사의 어깨가 또다시 움츠러들었지만, 손을 빼지는 않았다.

지금까지 라리사의 얼굴은 무표정하거나 겁먹은 표정뿐이었다. 말이라고는 단 한 마디도 하지 않았다.

하지만 나는 비로소 라리사의 목소리를 들은 것 같았다. 내 손 안에 쏙 들어오는 작은 두 손은 무척 따뜻했다.

'무슨 일이 있어도 내가 널 지켜줄게.'

다시는 널 착취해서 눈물을 짜내는 놈이 나오지 않도록.

나는 가만히 손을 놓고, 라리사에게서 손수건을 받아 들었다. 자리에서 일어서면서 손을 내밀었다.

"이리 와, 라리사. 손수건 빠는 걸 보여줄게. 얼마 걸리지도 않아."

라리사는 손수건과 내 얼굴을 번갈아보다가 마침내 내 손을 잡았다. 우리는 함께 욕실로 향했다.

파비안은 약속한 대로 다음 날 같은 시간에 찾아왔다. 우리는 어제처럼 옆방으로 자리를 옮겼다.

나는 단도직입적으로 말했다.

"제안 받아들일게요. 대신, 제 쪽에서도 조건이 있어요."

나는 그에게 종이를 한 장 내밀었다. 밤새 생각해 보고 나서 쓴 것이었다.

[-라리사를 절대 울리지 말 것.

-라리사를 반드시 곁에 두고 지키며, 블리크가와 로랑가 양쪽을 포함한 다른 가족들에게 거취를 알려주지 말 것.

-마르시아의 몸에 손대지 않을 것.

-이혼을 요구하면 그 즉시 이행할 것.

-이혼하더라도 라리사와 마르시아를 해치지 않을 것.]

종이를 받아 든 파비안의 표정이 기묘해졌다. 웃는 것도 아니고 어이없어 하는 것도 아닌, 그 중간 어딘가의 미묘한 표정이었다.

"라리사 양에 대한 항목이 더 많군요."

"제일 중요한 것을 골라 쓴 거예요."

사실 한 가지 항목을 더 넣고 싶었다. 바로 '마르시아와 이혼한 후에는 라리사와 결혼할 것'.

마지막까지 고민하다가 결국 빼는 것으로 마음을 굳혔다. 혹시나 만에 하나라도 라리사가 파비안을 마음에 들어 하지 않을 경우, 그 항목이 라리사의 발목을 잡지 않았으면 하는 마음에서였다.

나는 턱을 치켜들고 파비안의 눈을 똑바로 쳐다보며 말했다.

"거기 쓰인 게 지켜지지 않는다면, 일 년이 지나건 말건 저는 바로 이혼할 거예요."

그러면 대공 자리를 유지할 수 없을 테니 몹시 곤란하겠지? 일 년간 저 항목을 지킬 사람이라면 더 길게도 지킬 수 있을 테고.

"아예 그걸 계약서 삼으면 어떨까 하는데, 어떠신가요? 제가 지켰으면 하는 조건이 있다면 그 밑에 써주세요."

파비안은 나를 잠시 쳐다보다가 다시 종이로 시선을 내렸다. 그는 내가 쓴 부분을 여러 번 다시 읽는 듯하더니, 곧 만년필을 집어 들고 뭔가를 쓰기 시작했다. 그가 덧붙인 것은 겨우 두 줄이었다.

[-위 사항이 전부 지켜질 경우, 최소 일 년간은 결혼 상태를 유지할 것.
-공석에서만큼은 대공비로서 행동할 것.]

공석이 아닌 곳이라면 정말 멋대로 지내도 상관없다는 말인가? 이름을 더럽혀도 상관없다는 게 정말인가 보네.

파비안은 계약서를 내려다보며 입을 열었다.

"한 가지, 더 말씀드릴 게 있습니다. 나는 앞으로 아이를 가질 생각이 없습니다. 대공가 바깥에서 영리한 아이를 데려와 양자로 삼을 생각이거든요."

그는 계약서의 한 대목을 짚었다. 내가 쓴 부분이었다.

[-마르시아의 몸에 손대지 않을 것.]

"그러니 이 부분은 걱정하지 않으셔도 좋습니다. 내 목표 중 하나는 대공가의 혈통을 끊는 것이니까요."

나는 파비안을 올려다보았다.

그 또한 마냥 해맑고 늠름한 동화 속 왕자님은 아닌 게 틀림없었다. 겉보기에는 완벽하지만 어딘가 알 수 없는 속내를 가진 자.

그래서 동화는 짧고 간결하게 쓰이는 건가. 등장인물들의 속사정이 어떤지 적나라하게 보이면 그것은 더 이상 동화일 수가 없으니까. 아이들에게 읽어줄 만한 이야기가 아니게 되니까.

'동화 속이든 아니든, 이제 와서는 다 상관없어.'

내 앞에 펼쳐진 것은 현실이었다. 나는 살아남을 거다. 라리사와 함께.

라리사, 이 언니가 네 신랑감 고이고이 맡아두고 있다가 돌려줄게. 손끝 하나 안 댈 테니까 걱정 마.

"좋아요. 받아들이죠."

그러자 계약서를 내려다보던 파비안이 고개를 들었다.

그는 내 눈동자에 눈을 맞추며 천천히 한쪽 무릎을 꿇었다. 그리고 주머니에서 작은 상자를 꺼냈다.

"마르시아 블리크 양."

그가 낮은 목소리로 내 이름을 불렀다. 어제와는 확연히 다른 무게가 실려 있었다. 반칙이었다.

'목소리가 너무 좋잖아.'

쓸데없이 가슴이 설렜다. 고요하게 가라앉은 붉은 눈동자를 쳐다보며 나는 다음 대사를 기다렸다.

"나와 결혼해 주시겠습니까?"

그가 작은 상자의 뚜껑을 열었다. 공교롭게도 안에 든 것은 그야말로 눈부신 다이아몬드 반지였다. 나는 이 반지를 쳐다볼 때마다 라리사를 떠올리겠지. 의도한 것은 아니겠지만, 정말이지 적절한 반지가 아닐 수 없다.

"좋아요."

나는 마른침을 삼키며 반지를 받아 손가락에 꼈다. 일부러 내 사이즈에 맞추기라도 한 것처럼 손에 착 감겼다.

"대대로 내려온 대공비의 반지입니다."

파비안이 자리에서 일어섰다.

"잠시 실례합니다. 내 보좌관을 들어오게 해도 되겠습니까?"

서로의 목적을 위한 계약 결혼이니만큼, 조금이라도 로맨틱한 풍경은 거기서 끝이었다.

내가 고개를 끄덕이자, 그는 복도로 통하는 쪽 문을 열었다. 문 앞에는 포투스가 기다리고 서 있었다. 포투스는 안으로 들어오더니, 옆구리에 끼고 있던 것을 파비안에게 내밀었다. 서류 봉투였다.

파비안은 봉투를 받아 안에 든 것을 꺼냈다. 하나는 결혼 서류, 다른 하나는 이혼 서류였다.

파비안은 내 눈앞에서 바로 이혼 서류부터 서명해 내게 내밀었다.

"결혼 선물입니다."

"고마워요."

나는 생긋 웃으며 이혼 서류를 받아 들었다. 이 결혼에서 내게 가장 중요한 물건이다. 서류를 받아드는 내 손이 묵직하게 느껴졌다. 손가락에 끼워진 커다란 다이아몬드 반지 때문일까.

곧이어 파비안은 결혼 서류에도 서명했다.

'결혼 서류보다 이혼 서류에 먼저 서명하는 결혼이라니.'

나는 쓴웃음을 지으며 그의 이름 아래에 내 이름을 썼다.

서명이 끝나자 파비안은 서류를 다시 봉투 안에 넣어 포투스에게 내밀었다.

"살아 돌아와라."

"삼 일 내로 돌아오겠습니다."

포투스는 봉투를 갈무리해 안주머니에 넣었다. 프록코트 안쪽으로 뭔가 금속성의 빛을 반사하는 게 보였다. 피스톨이었다. 어쩐지 가슴

속이 서늘해지는 것 같았다.

그는 내게도 가볍게 고개를 숙여 보이고는 방을 나갔다. 파비안은 나를 지그시 쳐다보며 말했다.

"블리크 영애, 이제 그대는 내 약혼자입니다. 포투스가 국왕 폐하의 서명을 받아 돌아오면 나의 아내가 되는 겁니다."

나는 침을 꼴깍 삼켰다.

모든 걸 너무 성급하게 치러 버린 건 아닐까? 이젠 돌이킬 수 없겠지? 문득 그런 생각이 들기 시작했다.

파비안은 내가 겁먹은 걸 아는지 모르는지, 천천히 낮은 목소리로, 그러나 단호하게 말했다.

"나는 이 결혼이 끝나는 순간까지 그대를 지킬 겁니다."

"……."

와, 순간 이 남자가 내 남자가 아니란 걸 잊을 뻔했네. 지킨다느니 내 여자라느니 하는 얘기를 들으면 '지키긴 뭘 지켜' 하면서 비웃곤 했는데, 이 남자가 하는 말은 무게가 달랐다.

그의 눈동자는 진심이었다.

게다가 나와 라리사는 지금 실제로 무서운 아버지와 정신 나간 오라비에게 쫓기는 상황이었다. 그래서인지 저 지켜주겠다는 말이 더욱 절실하게 들렸다.

"지금부터 포투스가 돌아올 때까지가 가장 위험할 수 있습니다. 내가 대공이 되는 건 결혼 서류에 국왕 폐하가 서명한 이후부터이니까요. 갑갑하시겠지만 앞으로 삼 일간, 방 안에서 나오지 말아주시겠습니까?"

나는 순순히 고개를 끄덕였다.

방 안에 갇혀 있는 건 좀 지루하긴 했지만 버틸 만은 했다. 파비안이 사람을 시켜 재미있어 보이는 책을 몇 권 가져다주어서, 나는 그걸 라리사에게 소리 내어 읽어주면서 시간을 보냈다. 책을 읽어주고 있자니 내 마음도 편안해졌다. 조카에게 동화책 읽어주던 기억도 나고.

라리사는 감정이 다 죽은 것 같아 보였지만, 그래도 식사는 그럭저럭 잘했다. 좋아하는 음식도 조금 알 것 같았다. 라리사는 달콤한 것과 새콤한 것을 좋아했다. 보이는 것이나 들리는 것보다 손이나 혀에 닿는 것에 더 큰 반응을 보였다.

나는 라리사가 복숭아 젤리를 먹는 걸 보며 생각했다.

'먹는 것부터 시작하면 치료 효과를 볼 수 있지 않을까?'

라리사는 단것은 천천히 조금씩 먹었다. 꼭 아껴 먹는 것처럼. 그 애는 젤리 한 컵을 벌써 삼십 분째 먹고 있었다.

"너무 많이 먹지는 마, 라리사. 이제 곧 점심시간이니까. 금방 하녀가 올 거야."

말은 그렇게 했지만, 내 입가엔 흐뭇한 미소가 올라 있었다.

'나중에 주방에 내려가서 간단한 걸 직접 만들어보게 하는 것도 괜찮을지 몰라.'

직접 요리를 한다니, 전혀 귀족다운 일은 아니지만. 그래도 본인이 흥미를 느낀다면 꽤 괜찮지 않을까. 게다가 양손을 다 써야 할 테니까 좋은 자극이 될 것 같았다.

아, 빨리 모든 일이 무사히 끝나서 같이 외출도 할 수 있었으면 좋겠다. 기차 여행할 때 봤던 공작가의 숲이 눈앞에 아른거렸다. 아름다운 자연 풍경 속을 거니는 것도 분명 치료에 좋은 효과를 줄 거다. 나도 즐거울 테고.

-아, 이걸 정말. 주제에 도련님이라고 욕을 할 수도 없고. 제발 좀 꺼져주면 안 되나?

그때, 문밖에서 들려오는 소리에 퍼뜩 생각에서 깨어났다. 누군가의 마음의 소리였다.

-우리 도련님도 아닌데 그냥 확 무시해 버려?

-……그랬다간 내 목이 떨어지겠지. 젠장, 젠장. 요즘 좀 평안하다 싶었는데, 대공 전하께서 갑자기 돌아가시질 않나, 친척분들이 몰려오질 않나……

마침 하녀가 식사를 가져다줄 시간이었다.

우리 도련님도 아닌 골치 아픈 도련님이 누구지? 어쩐지 별로 좋지 않은 일이 벌어질 것 같은 예감이 드는데. 나는 생각할 겨를도 없이 자리에서 벌떡 일어났다.

내가 갑작스럽게 움직이자 라리사가 움찔했다. 내가 때리기라도 할 것 같았을까.

"아냐, 라리사. 그런 게 아냐."

나는 조심스럽게, 하지만 빠른 걸음으로 다가가서 라리사의 손을 잡아 자리에서 일으켰다.

"좀 불길한 예감이 들어서 그래. 우리 라리사, 잠깐만 옆방에 가 있을까? 괜찮지?"

라리사의 손이 떨리는 것이 느껴졌다. 하지만 어쩔 수 없었다. 나는 덜덜 떨면서도 저항하지 않는 라리사를 얼른 옆방으로 데려가 앉히고, 그 손에 도로 복숭아 젤리가 담긴 컵을 쥐여주었다.

"아무 일도 없을 거야. 천천히 마저 먹고 있어. 금방 돌아올게."

젤리를 쥔 손을 가볍게 토닥이고 급히 원래 있던 방으로 돌아오자마자, 문밖에서 노크하는 소리가 났다.

"아가씨, 식사입니다."

"들어와요."

문이 열리자, 트롤리를 밀고 들어오는 하녀가 보였다. 그녀는 우리가 이 방에 머무는 동안 계속 식사를 날라 온 하녀였다. 그녀는 불안한 표정으로 힐끔 뒤를 돌아보았다. 자연히 내 시선도 그쪽으로 향했다.

하녀 뒤로 한 사람이 어슬렁거리며 방 안으로 들어서고 있었다.

하녀보다 한 뼘은 큰 키, 검은 고수머리의 소년이었다. 십 대 중반으로 보이는 소년은 하얀 피부에 파란 눈동자가 눈에 띄었다. 그는 눈을 굴리며 방 안을 훑어보았다.

'파비안하고 좀 닮았는걸?'

혹시 동생일까? 파비안은 자신이 외동이라고 한 적은 없었으니까.

그러다 곧 저 불청객이 파비안의 친동생일 리 없다는 걸 깨달았다. 파비안의 형제는 귀족 인명록엔 기록되어 있지 않았고, 하녀가 우리 도련님이 아니라고 생각했으니까.

'검은 머리엔 붉은 눈이 최고인 줄 알았는데, 파란 눈도 나쁘지 않네.'

그때 소년과 눈이 마주쳤다. 제법 잘생긴 소년의 파란 눈동자가 나를 훑으며 아래로 내려갔다가 다시 올라왔다.

"뭐야, 촌스러운 게. 무슨 할머니 같은 옷을 입고 있어? 이런 게 정말 파비안이 데려온 거라고? 딱 봐도 고귀한 신분은 아닌 것 같은데."

내가 누구냐고 묻기도 전에 그의 입에서 나온 말이었다. 그리고 그의 머릿속은 이렇게 생각하고 있었다.

-그 자식 안목도 알 만하네. 천한 피가 섞였으니, 그럼 그렇지.

이 자식, 십 초 전까지만 해도 잘생겼다고 생각해 줬는데 대놓고 시비를 거네?

하긴, 지금 내 옷차림이 별로 대단치 않기는 하다. 대공가에서 내준 잠옷이나 화장 가운 같은 실내복을 제외하면 내게 남은 옷은 대공저에 올 때 입었던 드레스가 전부였다. 의상실 노라가 준, 낡고 노란 드레스.

걸어오는 시비는 제대로 맞받아쳐 줘야 하는 법이지만, 나는 터져나오려는 비꼬기 스킬을 억눌렀다. 이 건방진 미소년이, 내가 파비안의 손님이란 걸 알고 있기 때문이었다.

그냥 손님이 아니라 약혼녀라는 걸, 그것도 결혼 서류에 사인까지 한 사이라는 걸 알게 되면 저택 전체가 뒤집힐 테지.

그러니 지금 당장은 절대 비밀로 해야 했다. 적어도 포투스가 결혼 서류에 국왕 폐하의 서명을 받아 돌아오기 전까지는.

오히려 이 낡은 옷차림이 도움 될지도 몰랐다. 어떻게 봐도 절대로 귀족처럼은 보이지 않는 차림이니까.

"누구시죠?"

나는 최대한 공손하게, 사근사근한 말투로 물었다.

"나는 이 집 손자고, 널 내쫓으러 왔는데?"

소년은 입술 끝을 비틀어 웃으며 말했다. 그 표정이 매우 얄미웠다.

'게다가 왠지 익숙한데.'

잘생긴 얼굴이 짓는 비웃는 표정. 오빠인 빌레인이 늘 하던 짓이었다.

나는 그 순간 사근사근한 태도를 집어치웠다.

"이 집 손자라니, 이상한 이름이네요."

"뭐야, 바보야? 그게 이름일 리가 없잖아!"

대답하는 거 봐라, 꼭 중2병 환자 같네. 나는 속으로 낄낄 웃으며 겉으로는 새침하게 말을 이었다.

"대공 전하의 손자라면 파비안 로랑 님인데, 아무리 봐도 파비안 님은 아니고. 그렇다면 그게 이름인 거 아니겠어요?"

내가 파비안의 이름을 들먹이며 놀리자, 그는 눈살을 찌푸리며 윽박질렀다.

"그 자식이 손자라고? 진짜 손자는 나뿐이야. 이 리샤르 님뿐이라고."

아, 설마 파비안이 말했던 숙부의 아들이라는 아이가 이 아이인가? 올해 열다섯이라던?

그러고 보니 파비안과 닮았을 뿐 아니라 나이대도 딱 그 정도로 보였다.

그런데 제 입으로 자기 이름에 '님' 자를 붙이는 녀석이라니. 파비안 편에 서길 잘했다. 이딴 애가 대공이 될 리도 없겠고, 설령 된다고 해도 삼 년 후에 라리사에게 넘겨줄 만한 녀석도 아니었다.

나는 만족감에 차 입가에 미소를 띠었다.

"아, 그러시군요."

"파비안하고는 무슨 관계야?"

리샤르는 생글생글 웃는 나를 노려보면서 꼭 아침 드라마 같은 대사를 내뱉었다.

응, 약혼 관계.

……라고 할 수는 없고.

'그보다 파비안이 나를 데려왔다는 걸 어떻게 알았을까?'

파비안이 직접 자기 입으로 말했을 리는 없으니, 분명 고용인들에게 전해 들은 것일 테다. 아마 고용인들이 본 것은 나와 라리사가 대공가의 마차에서 내리는 장면이었을 거다. 여기서 중요한 건 그 마차에 파비안과 포투스가 함께 있었다는 거지.

파비안이 직접 자기 손님이라고 하지만 않았으면 된다. 나는 그쪽에 걸어보기로 했다.

"파비안 님과는 아무 사이도 아니죠. 제 당고모 할머니의 사돈의 육촌의 손자가 그분의 보좌관이거든요. 아세요? 포투스라고."

리샤르는 포투스를 모르는지 고개를 살짝 기울이며 아리송한 표정을 지었다. 그러자 그나마 그 나이대 남자애 같아 보였다.

누군지 모르다니, 오히려 잘 됐다.

나는 태연하게 말을 이었다.

"전 파비안 님을 만나러 온 게 아니라, 친척 오빠를 만나러 온 거예요. 우연히 만나 다 같이 마차를 타고 왔지만 말이에요."

나는 포투스의 이름을 써먹었다. 자신의 성을 말하지 않았으니, 높은 확률로 평민일 것이다. 평민은 대체로 성이 없으니까. 평민의 먼 친척은, 물론 평민이지. 아니면 작위 없는 말단 귀족일 수도 있고.

나는 슬쩍 웃으며 덧붙였다.

"그리고 대공 전하께서 당분간 여기 머물러도 좋다고 허락하셨거든요. 전하의 손자라고 해도 마음대로 내쫓을 순 없을걸요."

그 말을 듣자 리샤르는 주머니에 양손을 꽂은 채로 몇 걸음 가까이 다가와 내 코앞에 자기 얼굴을 들이밀고 으르렁거렸다.

"대공 전하는 돌아가셨어. 설마 모르진 않겠지? 장례식이 이틀 뒤라고. 가족이 아닌 자는 좀 나가줬으면 좋겠는데, 응? 남의 재산 노리고 빌붙으러 왔나?"

아니, 그런데 왜 자꾸 반말이야?

'키도 작은 게 으르렁거려 봤자 안 무섭거든.'

나는 나보다 겨우 반 뼘 높은 곳에 있는 파란 눈을 마주 노려봐 주었다.

그런데 리샤르의 표정이 미묘하게 바뀌었다. 그는 눈을 가늘게 뜨더니, 의외라는 듯 내뱉었다.

"흠…… 옷이 하도 촌스러워서 몰랐네. 너, 얼굴은 꽤 괜찮다?"

하아, 두 살이나 어린 애한테 이런 이야기까지 듣고 있어야 하나. 그리고 내 얼굴은 그냥 괜찮은 정도가 아니거든. 나보다 예쁜 사람은 아직까지 딱 한 명밖에 못 봤단 말이야.

그때 리샤르의 속내가 들려왔다.

-얼굴만 반반한 평민 여자를 데려와서 숨겨둔 걸 보니 알 만하군. 명예를 모르는 짓이나 하고…… 정말이지 혈통은 숨길 수가 없단 말이야.

뭐라는 거야, 기껏해야 이제 중학생 정도인 녀석이. 도대체 가정교육을 어떻게 받고 큰 거야?

아까는 잘생겼다고 생각했던 얼굴이, 이제는 전혀 그렇게 보이지 않았다.

나는 아연해져서 일부러 좀 들으라고 조그맣게 중얼거렸다.

"뭐래, 오징어같이 생긴 게."

그는 찌푸린 눈썹 아래 눈을 커다랗게 뜨고 입을 벌렸다.

그럴 줄 알았다. 남의 기분은 생각하지도 않고 실컷 모욕하면서, 반대로 자신이 모욕을 당하면 되레 충격을 받는 타입이겠지.

"너 지금 나한테 반말했냐?"

응? 포인트가 그거야?

그는 잔뜩 화난 표정을 지었지만, 빌레인에게 단련된 나에게는 그냥 성격 나쁜 꼬마일 뿐이었다.

"……그런데 오징어가 뭐야?"

이건 조금 웃겼다.

"다리가 열 개 달린 물고기랍니다."

"뭐? 바보 아냐? 물고기에 왜 다리가 달려?"

나는 웃는 얼굴을 보이지 않도록 방 안의 테이블 쪽으로 몸을 돌렸다. 우리가 티격태격하는 사이, 하녀는 테이블에 이 인분의 음식을 차려 두고 사라졌다. 현명한 선택이었다.

'얘도 이제 좀 가줬으면 좋겠는데.'

슬슬 옆방에 혼자 앉아 있는 라리사가 걱정되기 시작했다. 음식이 식기 전에 먹고 싶은데.

"왜 이 인분이지?"

등 뒤에서 리샤르의 목소리가 들려왔다. 그도 테이블 위의 음식을 본 모양이었다.

"이 방에 누구 다른 사람이 올 건가 보지? 그게 파비안 아니야?"

아, 귀찮아.

"아니거든요? 전 성장기라 많이 먹어야 하거든요?"

"도대체 몇 살인데 성장기야? 게다가 식기가 두 벌이잖아!"

"어머, 지금 숙녀에게 나이를 묻는 건가요? 그리고 전 양손잡이랍니다."

"양손잡이라고 포크를 양손에 쥐고 먹는 건 아닐 거 아냐!"

"전 그렇게 먹는데요."

좀 가라.

노골적으로 귀찮아하며 대충 대답했지만, 리샤르는 좀처럼 방을 나설 기색을 보이지 않았다.

'어떻게 내쫓지? 실수인 척하면서 음식을 옷에 확 엎어버릴까?'

테이블 위에는 식사용 나이프도 놓여 있었지만, 그건 무시했다. 나보다 두 살 어리다고 해도 남자는 남자. 체력적으로 이길 수 있을 리가 없었다. 어설프게 무기를 휘두르다가 빼앗기느니, 차라리 음식을 집어 던지는 쪽이 나에게 안전하지 않을까.

나는 곁눈으로 테이블 위에 차려진 음식을 훑으며 뭘 집어 던져야 제일 치명적이면서도 덜 아까울지 가늠하기 시작했다.

'뜨거운 수프를 고간에 확……?'

뭘 어떻게 던질지 고민하는데, 문득 이상한 느낌이 들었다. 쓸데없는 소리를 해대던 리샤르가 갑자기 입을 꾹 다문 것이다.

'……설마.'

돌아보니, 그는 시선을 한곳에 고정한 채 그 자리에 굳어 있었다. 파란 눈을 커다랗게 뜨고서.

아, 왜 불길한 예감은 틀린 적이 없을까.

그의 시선 끝에는 라리사가 있었다. 한 손에 복숭아 젤리 컵을, 다른 손에는 작은 은 스푼을 쥔 채로.

"라리사!"

방에 혼자 남아 있어서 무서웠나? 아니면 배가 고팠을까? 어쩌면 그냥 젤리를 다 먹었을 뿐인 걸지도 모른다.

이 방 안에 있는 게 나 혼자였더라면 좋았을 텐데. 그럼 드디어 처음으로 스스로 움직였다고 호들갑 떨며 칭찬도 해줬을 텐데.

라리사는 문간에 서서 더는 움직이지 않았다. 그녀는 흘끔 나를 보았다가 곧 어깨를 움츠리며 눈을 내리깔았다.

"쟤 이름이 라리사야? 흐음…… 너네 닮았네?"

등 뒤에서 눈치 없는 목소리가 들려왔다. 나는 뒤돌아서서 라리사와 리샤르 사이를 가로막듯이 섰다.

"제 동생이니까요. 리샤르 님, 미안하지만 나가주지 않으시겠어요? 지금 동생은 감기에 심하게 걸려서 목소리도 안 나올 지경이거든요. 옮고 싶지 않다면 당장 나가시는 게 좋을 것 같네요."

"감기라니, 길거리 더러운 평민들이나 걸리는걸……"

아니, 귀족도 감기는 걸릴 텐데.

리샤르는 목을 쭉 빼고 내 어깨너머를 쳐다보려고 했다.

"그러니까, 지금 나가주세요. 이 아이 재채기 한 번에 평민들이나 걸리는 감기에 걸려서 고열에 시달리며 며칠 앓아눕고 목소리까지 잃고 싶지 않으시다면요."

나는 성큼성큼 빠른 걸음으로 그를 지나쳐 단호하게 복도로 향하는 문을 열었다.

"자, 빨리요."

"역시 천것들은 예의를 모르는군. 사람이 찾아왔으면 예의상 앉으라고 말이라도 해야 하는 것 아니야? 아니면, 아픈 사람이 있으니 나중에 오라고 하든가."

아니, 애초에 들어오라고 한 적도 없는데 멋대로 들어와 놓고 뭐라는 거야? 예의를 모르는 건 본인 아닌가?

다행히 그는 투덜거리면서도 순순히 문밖으로 나갔다. 조금 웃긴 건, 마음의 소리는 조금도 안 들렸다는 거다. 입으로만 천것이니 예의를 모른다느니 할 뿐이었다.

'이런 경우는 또 처음이네. 나름 신선한걸.'

내가 문을 닫기 전, 그는 휙 뒤돌아서서 말했다.

"의사를 보내주지. 그러니까……."

"이미 하루 한 번 왕진하시는 분이 있어서요. 그럼 이만."

나는 리샤르의 코앞에서 문을 닫았다.

의외로 그는 다시 문을 두드리거나 들어오려고 하지 않고 순순히 그 자리를 떠났다. 우리는 평화롭게 점심 식사를 마칠 수 있었다.

그걸로 무사히 끝날 줄 알았는데, 아니었다. 한 시간 뒤, 리샤르가 인편으로 초대장을 보내온 것이었다.

휘갈겨 쓴 듯한 초대장에는 이렇게 써 있었다.

[라리사 양과 그 언니를 내일 저녁 만찬에 초대함. 반드시 출석 요망.]

"그래, 어쩐지 이름을 물어보지 않더라니."

내 이름도 모르면서 잘도 만찬에 초대하네.

"거절하셔도 됩니다."

저녁에 잠시 들렀다가 자초지종을 들은 파비안이 말했다.

"만찬이라지만, 지금 저택에 머무는 로랑가 사람들끼리 저녁을 함께하는 것뿐입니다."

"저도 라리사를 내보낼 생각은 없어요. 가더라도 저 혼자서 갈 거예요. 하지만 우리 둘 다 안 나가면 오늘 밤에라도 이 방으로 찾아올 것 같아서요."

애초에 내겐 선택권이 주어지지 않은 초대장이었다. '반드시 출석 요망'이라는 부분이 특히.

그냥 찾아만 오면 괜찮지만, 찾아와서 감히 자기 초대를 거부했냐며 난동이라도 부리면 곤란했다.

'그렇다고 방문 앞에 호위를 세워달라고 할 수도 없지. 더더욱 수상해 보일 테니……'

"다른 방을 내어드리겠습니다."

파비안의 제안에 나는 고개를 저었다.

"이미 우리가 이 방에 머무는 것도 알아낸걸요. 분명 귀띔해 주는 고용인이 있는 거예요."

다른 방으로 옮기더라도 고용인들이 모르게 할 수는 없었다. 다른 방에 손님맞이 준비를 하는 것도, 우리 짐을 그 방으로 옮기는 것도, 그 방으로 식사를 날라주는 것도 다 고용인들이 하는 일이다. 리샤르는 원한다면 분명 우리가 어느 방으로 옮겼는지 바로 알아낼 거다.

"그냥 차라리 말석에 앉아 조용히 식사만 하다가 나오는 게 낫지 않을까 해요. 게다가 그 자리에는 파비안 님도 계실 거 아니에요?"

파비안이 가볍게 고개를 끄덕였다. 나는 생긋 웃으며 말을 이었다.

"제가 곤란한 질문을 받으면 적절히 화제를 넘겨주시면 될 거예요."

내일모레는 포투스가 떠난 지 삼 일째 되는 날이다. 내일 밤만 무사히 넘기면 국왕의 서명이 들어간 결혼 서류가 되돌아온다. 파비안이 대공이 되는 것이다.

그러고 나면 리샤르가 나나 라리사를 귀찮게 할 일은 없을 테지.

"얼굴만 비치고 오죠, 뭐. 내일만 무사히 넘기면 되니까요."

나는 가볍게 말하면서 파비안의 얼굴을 쳐다보았다. 그가 무표정하게 대답했다.

"원하신다면 그리하십시오. 대신 조금이라도 불편하시면 언제든 바로 몸이 안 좋다는 핑계를 대고 일어나십시오. 뒷일은 내가 알아서 할 테니까요."

내색하지 않으려 하는 것 같았지만, 파비안의 눈 밑이 거뭇거뭇했다. 잠은 제대로 자는 걸까?

"할 일이 많으신가 봐요?"

"예?"

"피곤해 보여서요."

"아닙니다."

파비안은 얼른 한 손으로 얼굴을 쓸어내렸다. 그는 곧 빈틈없는 표정으로 되돌아갔다. 다크서클은 감출 수 없었지만 더 이상 피곤한 기색은 보이지 않았다.

"이런 일에 휘말리게 해 죄송합니다. 고용인들 입단속을 시켰는데 철저하지 못했던 모양입니다."

"괜찮아요. 저는 라리사만 안전하면 되니까요."

그는 진심이냐고 묻는 듯한 표정으로 한쪽 눈썹을 치켜올렸다.

진심이고 말고. 게다가 그 건방진 중2병 소년은 별로 무섭지도 않거든.

혼자 저녁 식사를 해야 할 라리사에게는 조금 미안하지만, 나는 오히려 잘됐다고 생각했다. 며칠 뒤면 파비안의 친척들은 내 친척이 된다. 어떤 사람들인지 미리 한번 봐두는 것도 나쁘지 않겠지.

나는 싱긋 웃어 보였다.

파비안은 내 얼굴을 쳐다보다가 시선을 살짝 내렸다. 그의 시선이 내 상체에 잠시 머물렀다. 그는 굳은 표정으로 뭔가 생각하는 듯하다가, 이내 다시 내 눈을 보며 말했다.

"내일모레면 포투스가 돌아올 겁니다. 그때까지만 참아주십시오."

무사히 돌아와야 할 텐데. 떠나기 직전, 살아 돌아오라고 했던 파비안의 말과 코트 안쪽에 슬쩍 보이던 피스톨이 떠올랐다.

'설마…… 아무 일 없겠지.'

파비안이 돌아가고 나서, 나는 잠옷으로 갈아입고 라리사의 침대 옆 소파에 누우며 생각했다.

'입을 옷이 없구나.'

저녁 만찬에 입을 이브닝드레스 한 벌 없는 상황이라니, 진짜 마르시아가 통탄할 일이었다.

사이가 나쁜 친척들과 함께하는 저녁 만찬이라면 전쟁터일 테고, 그런 곳에서 옷차림은 갑옷이나 마찬가지다. 혈통과 말재주는 무기고. 나는 갑옷도 무기도 가진 게 없었다.

'지금 내세울 수 있는 건 얼굴뿐이네.'

나는 쿡쿡 웃으며 이불을 턱 끝까지 끌어당겼다. 어차피 내일 저녁 만찬의 목표는 튀지 않는 것이다. 아무것도 아닌 평민 나부랭이로 보여서 대화의 중심에서 빠지고, 미래의 대공비라는 걸 모르게 해야 한다. 그런 의미에서 노라가 준 드레스는 그럭저럭 괜찮았다. 대귀족의 만찬에 전혀 어울리지 않는 옷이니까. 자존심만 좀 구겨질 뿐.

'대공비가 되면 옷부터 백 벌 맞추고 말겠어.'

자존심은 일단 그 생각으로 달랬다. 내일은 그냥 그 낡은 드레스를 입고 나갈 작정이었다.

하지만 다음 날 점심 무렵이 되자 상황이 달라졌다. 커다란 상자가 여러 개 내 방으로 도착했기 때문이었다. 파비안이 보낸 것이었다.

산더미처럼 쌓인 상자 맨 위에는 카드가 한 장 놓여 있었다.

[지금까지 미처 신경을 못 써드렸군요. 대공가에서 포투스의 친척 동생들에게 보내는 작은 호의입니다. 부디 받아주시길.]

상자에는 예쁜 리본이 묶여 있었는데, 리본은 두 가지 색으로 나뉘었다. 내 이름이 쓰인 상자는 금색, 라리사의 이름이 쓰인 상자는 은색 리본으로 장식되어 있었다.

나는 금색 리본이 묶인 상자 중 제일 작은 것을 하나 열어보았다. 안에 든 것은 부드러운 가죽 장갑이었다. 디자인은 단순하고 색 또한 그저 깔끔한 상아색이었지만 가죽 자체는 최고급이었다. 어찌나 부드럽고 착 감기는지, 나는 장갑을 끼어보고 손에 느껴지는 감각에 감탄했다.

다른 상자에 담긴 것들도 대충 짐작이 갔다.

그제야 비로소 어제 파비안이 잠깐 들렀을 때, 그의 시선이 잠시 내 상체에 머물렀던 것이 기억났다.

'내 옷을 보는 줄도 몰랐는데.'

그 순간에는 아무 내색도 하지 않더니, 아무래도 마음에 걸렸던 모양이다.

"라리사, 이것 좀 봐. 파비안 님이 보내신 거야. 이건 네 거."

나는 라리사를 은색 리본이 달린 상자 앞으로 데려갔다.

"네가 열어보렴. 네 거니까."

상자에 담긴 것은 옷과 구두, 모자, 장갑, 장신구 일체였다. 옷도 구두도, 장갑과 마찬가지로 심플하고 유행을 덜 타는 디자인이면서도 재질만큼은 전부 최고급이었다.

파비안이 들른 것은 어제 저녁 식사 후였다. 꽤 늦은 시간이었는데, 도대체 어디 가서 이것들을 구해온 걸까?

'아끼는 부하의 친척 동생들에게 주는 선물이라.'

목적이 그거라면 아주 딱 알맞은 선물이었다. 진짜 평민 아가씨에게라면 완벽하게 어울릴 것들이다. 입었을 때 크게 눈에 띄지 않을 얌전한 디자인이면서도, 자세히 들여다보면 그 하나하나가 대단한 고급품이란 것을 알 수 있었다.

하지만 우리가 포투스의 친척 동생으로 있을 날은 오늘과 내일, 딱 이틀뿐이다. 고작 이틀 입으라고 머리끝부터 발끝까지 걸칠 걸 모두 최고급으로 챙겨주다니. 그것도 이렇게 여러 벌씩이나.

대공가답게 가격 따위는 고려하지 않은, 세심한 배려였다.

'이따가 만찬에는 이걸 입고 가면 되겠네.'

나는 노라의 낡은 드레스를 입지 않아도 되어 내심 안심했다. 한번 입어보려고 드레스를 상자에서 꺼내던 참이었다.

누군가 문을 두드렸다. 곧이어 들어온 것은 또 다른 상자 더미였다.

'왜 한 번에 가져오지 않았지?'

그렇게 생각하면서 상자 쪽으로 다가갔을 때였다. 상자 위에 놓인 카드를 보는 순간 나는 아연해졌다.

[선물.]

달랑 한마디 써 있는 카드는 리샤르에게서 온 것이었다.

세심하게 리본 색으로 선물 받을 사람을 구분한 파비안의 상자와는 달리, 리샤르가 보낸 상자에는 카드 외엔 아무런 표시도 없었다. 할 수 없이 아무거나 몇 개 열었더니, 그 또한 나와 라리사에게 보내는 옷이었다.

사이즈를 봤을 때 내 것으로 짐작되는 드레스를 집어 들었다. 이 또한 가격이 꽤 나갈 것 같은 드레스였다.

하지만 나는 드레스를 몸에 대보고 경악했다.

'어제 나보곤 할머니 같은 드레스를 입었다더니!'

이 무시무시한 색상은 뭐란 말인가. 꽃분홍과 진초록 새틴을 함께 쓴 파격적인 드레스였다. 게다가 이 엄청난 레이스…….

'돈이…… 많이 들긴 했겠네…….'

비싼 레이스를 아낌없이 썼으면 뭐 해. 도대체 이런 드레스는 어디서 구해 온 걸까?

만드는 사람이 있다는 것도 신기할 정도였다. 이걸 입었다간 만찬의 광대가 되고 말 게 뻔했다. 구경거리로 만들어 비웃을 속셈이었다면 아주 성공적인 선물이었다.

나는 드레스를 상자 안으로 도로 집어 던졌다. 그리고 리샤르에게서 온 상자들을 발로 밀어서 방구석으로 보냈다.

내가 돈이 없어서 드레스를 못 사 입는 것도 아닌데! 저딴 드레스를 걸치고 다른 사람들 앞에 나서느니, 차라리 노라의 낡은 드레스를 또 입겠다.

'나중에 돌려보내야지.'

지금 당장 돌려보냈다가는 괜히 문제가 될지도 모르니, 적어도 내일 장례식이 끝나고 나서.

"라리사, 새로 온 상자는 무시해도 되겠어. 은색 리본이 달린 것만 열어보자."

라리사는 그때까지 상자 더미 앞에 선 채로 가만히 있었다. 그래서 내가 라리사 손에 리본을 쥐여주고 직접 잡아당기도록 했다.

내 선물과 마찬가지로, 라리사의 상자 안에도 머리끝부터 발끝까지 걸칠 것이 모두 들어 있었다. 물론 여러 벌이다. 내 것과 다른 점은 단순하고 우아한 것이 아니라, 온통 사랑스러움과 귀여움을 강조한 디자인이었다는 거다.

"세상에, 이것 좀 봐! 얼른 입어보자, 라리사!"

나는 내 상자는 옆에 밀어놓고 얼른 라리사부터 갈아입혔다.

"허윽."

거울에 비친 라리사를 바라보니, 가슴에 통증이 왔다.

'너무 귀엽잖아!'

아직 어린 소녀를 위한 옷은 어느 부분도 몸을 옥죄지 않았다. 하늘하늘한 천이 작은 몸을 부드럽게 감쌌다.

활동성을 고려해 종아리 근처까지 올라간 치마는 한 걸음 걸을 때마다 팔랑팔랑 나부꼈고, 다리에는 섬세한 자수가 놓인 실크 스타킹을 신겼다. 코끝이 둥근 귀여운 부츠는 송아지 가죽을 사용한 것이었는데, 드물게도 옅은 장미색으로 물을 들여서 더욱 발랄한 느낌을 주었다.

아직 쌀쌀한 날씨에 입기 딱 좋은 캐시미어 코트의 목둘레에는 부드러운 토끼털을 덧댔고, 부츠와 짝이 맞는 옅은 장미색 가죽 장갑 또

한 준비되어 있었다.

깃털과 리본으로 장식된 외출용 모자는 내 것과 같은 디자인으로, 한 쌍이면서도 리본 끝을 레이스로 처리해 조금 더 귀엽게 마감되었다.

모자 아래로 구불거리며 자연스럽게 어깨선을 타고 내려온 라리사의 은색 머리칼 끝이 도르르 말려 있었다. 뾰족 솟은 작은 코끝과 조금 마른 듯 둥근 뺨의 곡선이 말도 못 하게 귀여웠다.

라리사는 정말이지 인형 그 자체였다.

아름다운 짙은 녹색 눈에 생기가 돌지 않는 것마저 인형 같다는 것이 아쉬운 점이었다.

"이것 봐, 이게 너야. 정말 예쁘다, 라리사."

나는 거울을 가리키며 라리사에게 웃어 보였다. 라리사는 거울 속을 쳐다보았지만 늘 그렇듯 별 반응을 보이지 않았다.

"다른 옷도 있어. 세상에, 이것도 정말 예쁘네. 지금 입어볼래? 안 내키면 나중에 입어봐도 되고."

나는 그렇게 말하면서 빙글 돌아가 라리사 앞쪽에 섰다. 그리고 가볍게 허리를 숙여서 눈높이를 맞췄다. 라리사는 곧바로 눈을 내리깔며 뒤로 조금 물러섰다.

이번에는 다른 의미로 가슴이 아팠다. 나는 잠깐 입술을 깨물었다가 놓으며 천천히 말했다.

"이 옷은 전부 네 거야. 전처럼 다른 사람이 입던 헌 옷이 아니야. 파비안 님이 온전히 널 위해서 보낸 거야. 라리사, 앞으로도 넌 네 걸 많이 가지게 될 거야."

나는 아예 라리사 앞에 쪼그려 앉아, 무릎에 팔꿈치를 괸 채 말을 이었다.

"천천히 익숙해지면 돼."

라리사가 욕망을 가졌으면 좋겠다. 자신이 뭘 원하는지, 스스로의 내면의 소리를 들을 수 있었으면 좋겠다. 그리고 그걸 다른 사람에게 당당히 말할 수 있는 날이 오길 바란다. 누구의 눈치를 볼 필요도 없이.

라리사는 구름 속에 숨어 있었다. 구름을 빠져나갈 일은 별로 없었다. 그녀는 늘 구름 속에 몸을 숨긴 채 가끔 얼굴만 내밀어 아래를 내려다보곤 했다.

아래를 내려다보면 한 소녀가 그곳에 있었다. 그 애는 거의 언제나 하루 종일 혼자 있었는데, 가끔 다른 사람이 방으로 찾아오곤 했다.

방에 찾아온 것이 여자면 보통 먹을 걸 가지고 왔다. 여자는 소녀의 몸을 살피거나 옷을 갈아입혀 주기도 했다. 하지만 어떤 때는 소녀가 울 때까지 회초리를 휘둘렀다.

라리사는 여자가 어떤 때 소녀를 때리는지 알 수 없었다. 그런 일은 그냥 이유 없이, 어느 날 갑자기 일어났기 때문이다.

방에 찾아온 것이 남자면 소녀는 곧바로 매질을 당했다. 그러면 라리사는 구름 아래를 내려다보며 생각했다.

'저기 있는 게 내가 아니라서 참 다행이야.'

눈물을 흘려야만 그 일이 빨리 끝난다는 걸, 라리사도 알고 소녀도 알았다. 하지만 그녀는 좀처럼 울지 않았다.

'분명 눈물이 말라 버린 거야.'

라리사는 그걸 내려다보기만 할 뿐, 소녀를 위해 할 수 있는 건 없었다.

방에 사람이 찾아올 때를 제외하면 주변은 늘 어두웠다. 소녀는 어둠 속에서 조용히 웅크린 채 시간을 보내곤 했다.

아주 가끔 구름을 벗어나 아래로 내려가는 일도 있었다. 하지만 그건 별로 내키지 않는 일이었다. 구름을 벗어나는 순간 온몸에 고통이 엄습해 오기 때문이다. 라리사는 늘 몸을 끌어안고 한참을 끙끙거려야 했다.

그래서 웬만한 일로는 구름 안에 머무른 채 꼼짝하지 않았다.

하지만 최근에는 구름을 벗어나야 할 일이 여러 번 있었다. 평소와 다르게, 누군가가 자꾸 소녀의 이름을 부르며 말을 걸기 때문이었다.

"라리사, 토스트에 오렌지 마멀레이드와 포도 잼 중 어느 걸 바르고 싶니? 난 홍차와 먹을 땐 마멀레이드, 우유와 먹을 땐 포도 잼이 좋다고 생각하는데, 라리사 넌 어때?"

"라리사, 우리 심심한데 동화책이나 볼까? 음…… 뭐, 좋다고? 하하, 그래! 내가 읽어줄게. 이거랑 저거 중에 어느 게 좋아?"

아주 사소한 말들이었지만, 종종 그녀의 의사를 묻는 질문이 섞여 있었다.

'왜일까? 왜 저런 걸 자꾸 묻는 걸까?'

대답하려면 구름을 벗어나야 했다. 라리사가 아무리 말을 해도 구름 속에 있으면 말소리가 구름에 파묻혀 상대방에게 전달되지 않기 때문이었다.

'하지만 내려가면 아픈데…….'

그녀는 대부분 망설이다가 구름 속에 남는 쪽을 선택하곤 했다.

달라진 것은 또 있었다. 어느 순간부터 소녀가 있는 곳이 밝아졌던 것이다. 가끔 아래쪽이 눈부셔서 라리사는 구름 속에서 얼굴을 찡그리며 내려다보기도 했다. 그러면 어김없이 소녀 근처에 누군가가 맴돌며 그녀의 이름을 부르고 있었다.

라리사는 문득 깨달았다.

요 며칠간, 소녀를 내려다보며 자신이 그 애가 아니라서 다행이라고 생각한 적이 없었다.

오히려 소녀의 상황은 나쁘지 않아 보였다. 캄캄하던 방에 커다란 창문이 생겨서 하루의 절반은 방 안이 내내 밝았다.

가끔 라리사는 구름 밖으로 억지로 끌려 내려가기도 했다. 그러면 어김없이 혀에서 이상한 감각이 느껴졌다.

이상한 감각이라니, 정말 이상한 일이었다. 라리사는 지금까지 감각이라는 것을 느껴본 기억이 없었으니까.

'무슨 일이 있었던 걸까?'

라리사는 이해할 수가 없었다. 그녀는 이해할 수 있을 때까지 구름 속에서 차근차근 생각해 보기로 했다.

나는 만찬 시간에 맞춰 파비안이 보낸 옷을 입고 식당으로 내려갔다.

방을 나서기 전 거울로 확인한 내 모습은, 수수한 듯 크게 눈에 띄지 않으면서도 단아한 느낌을 주었다. 장신구는 일부러 하나도 착용

하지 않았고 화려한 금발은 눈에 덜 띄도록 바짝 잡아당겨 꽁꽁 묶어서 감췄다.

'그러고 보니 방이 아닌 곳에서 식사하는 건 처음이네.'

저택에는 식당이 여러 곳 있었는데, 오늘은 가족 전용 만찬장을 사용하는 모양이었다.

내가 상상했던 것은 기다랗고 끝없는 테이블의 맨 끝에 앉아서 반대쪽 끝에 앉은 사람과는 소리를 질러야 의사소통이 될 것 같은 곳이었다.

그런데 안내받아 들어간 만찬장은 눈이 부실 정도로 화려하긴 했으나 생각보다는 작았다. 많아야 딱 열두 명 앉으면 좋을 법한 테이블이 놓여 있었다.

'멀찍이 앉아서 있는 듯 없는 듯 있다가 빠져나가려고 했는데.'

생각보다 너무 친밀한 테이블 구조에 나는 마른침을 삼켰다.

사람들이 하나씩 들어오자 각자의 자리로 안내되었다.

어제저녁에 파비안이 미리 자기 친척들에 관해 짧게 이야기해 주었기 때문에, 나는 자리에 앉는 사람들이 누구인지 짐작할 수 있었다.

신분순인지 나이순인지, 내 자리는 테이블 끝이긴 했지만 하필 리샤르의 맞은편이었다. 먼저 온 리샤르는 이미 자기 자리에 앉아 있었다. 식사 내내 리샤르와 눈을 마주칠 생각하니 벌써부터 속이 안 좋은 기분이다.

그나마 다행인 건, 내 자리에서 한 자리 건너가 파비안의 자리라는 걸까.

내가 자리에 앉기 전, 파비안도 마침 딱 맞춰 만찬장에 나타났다. 그는 몸에 꼭 맞는 검은 정장을 입고 있어 평소보다 더 크고 날렵해 보였다.

파비안은 나와 눈이 마주치자 가볍게 눈인사를 했다. 나도 크게 아는 척하지 않고 고개를 까닥이는 정도로 그쳤다.

나와 파비안의 자리 사이에는 화려하게 차려입은 갈색 머리의 소녀가 먼저 자리 잡고 앉아 있었다. 그녀는 나를 힐끔 쳐다보고는 가볍게 의례적인 미소를 지었다.

'엘로이즈 콘라트구나. 파비안의 사촌이라던.'

나와는 겨우 한 살 차이라고 했으니 마음이 맞으면 친구가 될지도 몰랐다. 나도 그녀에게 살짝 마주 웃어 보였다.

자리에 앉으니 자연스럽게 앞에 앉은 리샤르의 얼굴이 눈에 들어왔다. 그는 어른들처럼 검은 머리카락에 기름을 발라 깔끔하게 넘기고 이마를 드러냈는데, 아직 성장기인 소년에겐 어울리지 않는 스타일이었다. 어른 흉내 내는 꼬마 같아서 나는 웃음을 참느라 입술을 깨물어야 했다.

내가 자리에 앉자마자 리샤르가 곧바로 내게 말을 걸었다.

"뭐지, 그 옷은?"

다분히 시비를 거는 말투였다. 우리 아직 인사도 안 했는데.

'조금 귀엽다고 생각하면 바로 이 모양이네.'

나는 어른스럽게 상식적인 대답을 건넸다.

"안녕하세요, 리샤르 님. 만찬에 초대해 주셔서 감사합니다."

"내가 분명 선물을 보냈잖아?"

그는 내 인사를 끊으며 눈썹을 찌푸렸다. 선물을 보냈잖아, 라고 말할 때는 음절 하나하나를 꼭꼭 끊어서 발음했다. 감히 제가 보낸 옷을 안 입었냐는 거겠지.

도대체 그런 옷을 어떻게 입으란 말이야?

'날 모욕하려고 보낸 게 아니었어?'

나는 곁눈질로 식탁에 앉은 여자들의 차림을 힐끔거렸다. 나를 빼고 여자가 셋 있었는데, 그 누구도 지나치게 화려한 드레스를 입지 않았다. 생각해 보면 당연하다. 가족끼리의 만찬이니까.

나는 웃으며 대답했다.

"분에 넘치는 선물 감사해요, 리샤르 님. 그런데 그게 오늘 만찬을 위한 거였나요? 제겐 너무 값나가는 것들이라……. 그런 걸 어떻게 제가 감히 몸에 두르겠어요."

"그럼 입으라고 준 거지, 아니면 뭐겠어?"

"돌려드릴게요. 말씀드렸다시피 제겐 과분한지라."

"쓸데없는 짓 하지 마. 그럴 필요 없으니까."

"그러면 잘 보관했다가 집에 돌아가면 팔아서 살림에 보탤까요?"

"뭐? 그러라고 보낸 줄 알아?"

조금 농담을 해 봤는데, 곧바로 리샤르의 언성이 높아졌다.

-일부러 눈동자 색에 맞춰 보냈더니……. 게다가 여자들은 분홍색을 좋아하잖아! 신경 써줬는데 입고 오기는커녕 비아냥이라니.

나를 원망하는 건지 질책하는 건지 모를 마음의 소리가 들렸다.

아니, 그걸 진짜로 입으라고 보낸 거였다고? 안목 없는 게 누군데?

나는 어이가 없어서 리샤르를 슬쩍 째려보았다.

그때 사람들의 앞에 수프가 하나씩 놓였다. 만찬이 시작된 것이다.

"리샤르."

사람들의 시선이 테이블 반대쪽 끝에 앉은 여인에게 쏠렸다. 마흔 전후로 보이는 중년 여인이었다. 나는 파비안의 고모인 발레리 콘라트 후작 부인이겠구나, 하고 짐작했다.

"못 보던 사람이 있구나. 멋대로 손님을 데려왔으면 소개를 해야 하지 않겠니? 그 아가씨는 누구지?"

발레리는 은 스푼을 우아한 동작으로 자기 수프 그릇에 담그며 말했다. 동작과 마찬가지로 말투도 우아했다.

"차림새를 보아하니 파비안하고나 어울릴 신분인 듯한데, 설마 너와 아는 사이니?"

내용이 안 우아해서 그렇지.

"제 손님입니다, 고모님. 파비안 형님의 보좌관의 당고모…… 고모할머니의……."

리샤르는 발레리에게 대답하다가 말고 나를 쳐다보았다. 나는 픽 웃었다.

'애 아직도 내 이름 모르나 보네.'

리샤르 대신 대답한 것은 파비안이었다. 그는 침착하게 낮은 목소리로 말했다.

"제 보좌관의 먼 친척 되는 마르시아 양입니다, 고모님."

"너한테 묻지 않았다."

발레리가 내 쪽으로 시선을 돌렸다. 그녀는 조금 짜증이 난 듯 입술을 오므리고 눈썹 사이에 주름을 잡았다. 발레리를 대신해 물은 건 엘로이즈였다.

"오라버니 보좌관의 먼 친척이라고요?"

그녀는 흥미가 가득한 얼굴로 날 보고 있었다. 나는 공손한 말투로 대답했다.

"네, 콘라트 영애. 제 당고모 할머니의 사돈의 육촌의 조카가 파비안 님의 보좌관인 포투스랍니다. 모처럼 친척 오빠를 만나러 왔는데, 감사하게도 저택에 며칠 머무를 수 있도록 허락받아서……."

"그럼 아무 사이도 아니군요."

엘로이즈는 듣다 말고 내 말을 끊었다. 그녀는 여전히 얼굴에 미소를 띠고 있었다. 얼핏 보면 부드러운 표정이지만 눈빛은 싸늘했다.

그녀는 나를 잠깐 쳐다봤다가, 파비안 쪽으로 얼굴을 돌렸다.

"파비안 오라버니, 우리로선 상상도 할 수 없는 일이지만 듣자 하니 세상엔 잘 사는 친척 하나에 달라붙어 피를 빨아먹으려 하는 사람이 많다더라고요."

'……뭐? 지금 저거, 내 얘긴가?'

나는 수프를 뜨면서도 그녀에게서 눈을 떼지 못했다.

"대공저에서 보좌관으로 일한다고 하니까 촌수를 따질 수도 없는 먼 친척인데도 찾아오는 사람도 있고요."

—못생긴 게. 오라버니에게 꼬리 치기만 해 봐.

순간적으로 들려온 마음의 소리에 입으로 가져가던 수프를 뱉을 뻔했다.

"아무리 리샤르가 초대했다고 해도 그렇지, 그걸 또 곧이곧대로 믿고 감히 대공가 가족 만찬에 나타나다니, 뻔뻔하기도 해라. 다음부터는 아예 저택에 들여보내지 마세요, 오라버니."

엘로이즈는 저런 말을 하는데도 말투만큼은 사근사근한 것이 애콧 덩어리였다. 이 아가씨라면 '저놈의 목을 쳐라', 하는 말마저도 꿀 떨어지듯 매력적으로 내뱉을 수 있을 것 같았다.

내 맞은편에서 리샤르가 표정을 구기는 것이 보였다. 한쪽 입꼬리가 올라간 게 영락없이 비웃는 얼굴이었다.

-멍청한 게 헛소리까지 하네. 그런다고 저놈이 관심 한 톨이나 보일 것 같나 보지? 머리가 비었으면 입을 다물고 있어야 중간이라도 가지.

아니나 다를까, 속마음이 그대로 들려왔다. 아무래도 눈앞에서 자신이 초대한 사람이 욕먹는 걸 보니 기분이 좀 그렇기도 하겠지. 아니면 원래 사촌끼리 별로 사이가 안 좋은가?

파비안은 상체를 꼿꼿이 세운 채 앉아 있었는데, 자신에게 슬며시 몸을 기대는 엘로이즈를 거들떠보지도 않았다. 그는 앞에 놓인 와인 잔을 집어 들며 말했다.

"친척 하나에 달라붙는다…… 라. 그런 건 신분 고하와 관계없이 일어나는 일이지. 로랑가도 예외는 아니야."

낮게 말을 내뱉은 입가에는 부드러운 미소가 걸렸고, 곧 그의 눈동자 색처럼 새빨간 와인이 입술 사이로 흘러 들어갔다. 그의 목울대가 움직이며 와인을 삼키는 동안, 엘로이즈는 당황한 듯 잠시 말을 잃었다.

"아이참, 오라버니도. 그런 일은 가진 것도, 배운 것도 없는 자들 사이에서나 일어나는 일이어요. 우리처럼 고귀한 피를 타고난 사람들과는 다른 세상의 일이죠."

고귀한 피라는 말에 몇몇 사람의 얼굴에 비웃음이 스쳤다.

-고귀한 피는, 얼어 죽을. 반쪽짜리도 고귀하다고 하나?

발레리의 맞은편에 앉은 중년 남자가 탁, 소리를 내며 스푼을 식탁에 내려놓았다.

"반은 맞고 반은 틀렸다, 엘로이즈. 이대로 뒀다간 천한 피가 대공가를 더럽히게 생겼으니까. 이래서 신분 낮은 것들은 안 된다니까!"

목소리가 어찌나 큰지, 만찬장 내에 그의 목소리가 메아리칠 지경이었다. 나는 곁눈질로 그를 흘끔 쳐다보았다.

'도미닉 로랑 백작이 저 사람이겠군. 파비안이 없었으면 차기 대공이 되었을 사람.'

"가족 식사에 생각도 없이 신분 낮은 사람을 초대한 건 도대체 누구 아들인지 모르겠네."

자기 딸이 도미닉에게 한 소리 듣자, 발레리가 우아한 말투로 혼잣말처럼 말했다. 도미닉이 으르렁거렸다.

"누님은 딸 간수나 잘하시지. 괜히 반쪽짜리에게 외동딸 뺏기고 나중에 가서 울고불고하지 말고."

"도미닉 숙부님, 결혼은 한쪽이 뺏고 뺏기는 관계가 아니랍니다! 그리고 저와 파비안 오라버니가 결혼해서 대공가를 이으면 그만큼 로랑가의 피가 짙어지는걸요."

엘로이즈가 발끈하며 대답했다.

그 와중에도 도미닉과 리샤르 사이에 앉은 창백한 얼굴의 부인은 단 한 마디도 하지 않고 가만히 수프만 떠 입에 넣고 있었다.

-휴, 피곤해.

마음의 소리도 표정과 다르지 않았다. 아마도 저 부인이 도미닉의 아내 엠마겠지. 엠마와 도미닉은 나이 차이가 열 살은 날 것 같았다. 어린 나이에 리샤르를 낳았으리라.

내 시선은 도미닉에서 엠마로, 엠마에게서 자연히 그 옆에 앉은 리샤르로 향했다. 리샤르는 나를 노려보고 있었다.

"내가 초대한 건 두 사람이었는데. 왜 혼자 왔지?"

얘는 기억력이 나쁜가. 어제 분명히 라리사가 심한 감기에 걸렸다고 말했는데. 물론 진짜 감기에 걸린 건 아니지만.

"그 애는 몸이 좋지 않아서요. 아직 누워 있어야 하거든요."

"매일 왕진하는 의사가 있다며? 어제 분명 일어서 있는 걸 봤는데, 왜 오늘은 누워 있는 거야?"

"감기는 하루 만에 낫지 않는답니다. 그리고 보니 저도 좀……."

리샤르가 자꾸 억지를 부리길래 나는 일부러 조금 콜록거렸다. 나중에 몸이 안 좋다는 핑계를 대고 나가기도 쉬울 테고.

기침 소리를 듣자 리샤르는 입을 다물며 얼굴을 구겼고, 내 옆에 앉아 있던 엘로이즈는 의자째로 나에게서 살짝 멀어졌다.

-어휴, 더럽게. 입맛 다 떨어지겠네. 식사 예절도 모르나 봐. 천한 것들이 다 그렇지.

나는 살짝 심호흡하며 스푼을 집어 들었다.

'라리사를 안 데려오기 정말 잘했네.'

아직 저녁 식사 코스의 첫 순서인 수프가 끝나기도 전이었다. 라리사가 방에서 혼자 식사할 것이 못내 마음에 걸렸었는데, 차라리 다행이었다.

하지만 이제 겨우 시작이었다. 식사는 갈수록 힘들어졌다. 어떻게 된 게, 이 사람들은 같이 저녁 식사를 하면서도 쉴 새 없이 서로에게 막말을 해댔다. 우아한 말투로 돌려서 말했지만 마음속으로는 좀 더 원초적인 단어를 쓸 뿐, 겉과 속이 놀랄 정도로 똑같은 대화뿐이었다.

서로를 비꼬고 헐뜯는 대화 중, 비난이 가장 많이 향하는 사람은 파비안이었다. 익숙한 일인지, 그는 온갖 모욕을 들으면서도 낯빛 하나 변하지 않고 태연하게 식사를 했다. 가끔 지나친 말을 들으면 날카로운 말투로 되돌려 주기도 했다.

어쩌다가 대화의 관심이 나에게로 튀면 그는 요령 좋게 한마디를 던졌다. 그러면 어김없이 그들은 나에 대해선 잊고 파비안을 질책하거나, 다시 서로를 욕하기 시작했다.

'서로 숨기는 게 없다는 점은 그나마 긍정적이네……'

나는 한숨을 쉬며 메인으로 나온 토끼 고기 소시지를 포크로 찔렀다.

기름이 반지르르하게 흐르는 소시지는 보기엔 맛있어 보였지만, 오가는 욕을 하도 많이 들었더니 입에 넣고 씹어도 아무 맛도 느껴지지 않았다.

'도저히 안 되겠다.'

나는 식사를 포기하고 딸려 나온 와인만 홀짝거리며 리샤르를 슬쩍 쳐다보았다.

그는 내게 한참 라리사에 대해서 묻다가, 내가 돌려 돌려 말하면서 거의 아무 정보도 주지 않자 흥미가 떨어진 것 같았다.

'이제 슬슬 일어서도 괜찮을 것 같은데……'

기나긴 식사가 어느 정도 끝나고 남은 것은 디저트뿐이었다. 이만하면 충분히 앉아 있었겠지.

"실례지만, 저는 몸이 조금 좋지 않은 것 같아서 먼저 일어나겠습니다."

나는 냅킨으로 입을 가리고 일부러 한 번 더 콜록거린 다음 자리에서 일어섰다. 내가 일어나는 걸 신경 쓰는 사람은 아무도 없었다. 리샤르조차 그냥 뾰로통한 얼굴로 고개를 한 번 끄덕일 뿐이었다.

나는 일부러 파비안 쪽에는 시선을 두지 않은 채 식탁에서 물러섰다.

마침 시종들이 디저트 접시를 나르기 시작했다.

'휴, 딱 맞춰서 일어났네.'

쏟아지는 마음의 소리에서 벗어나 잠시 쉴 수 있다고 생각하니, 달려서라도 나가고 싶은 심정이었다.

하지만 이럴 때일수록 상황은 내 기대를 배신하는 법이었다. 나는 늘 운이 별로 없었으니까.

-파비안 님 앞에, 파비안 님 앞에. 왼손에 든 게 파비안 님 거…… 최대한 자연스럽게, 왼쪽이 파비안 님 거.

음식을 나르는 세 시종 중, 한 명이 끊임없이 불안해하며 중얼거리고 있었다. 물론, 마음속으로.

-아무래도 부인께 보수를 더 쳐달라고 해야겠어. 이렇게 떨려서야…… 나한테 불똥이 튀기라도 하면 어쩌지? 이미 늦었나?

나는 혀를 찼다. 부인이라면 만찬장에 두 사람 있었다.

'발레리 콘라트 후작 부인과 엠마 로랑 백작 부인 중 어느 쪽일까.'

나는 재빨리 두 사람의 표정을 살폈다. 엠마는 여전히 피곤한 얼굴을 한 채 멍하니 앉아 있었고, 발레리는 불타는 듯한 눈길로 시종들의 손에 얹힌 디저트 접시를 쳐다보고 있었다.

저 조마조마한 표정. 범인은 발레리가 틀림없었다.

아까는 몰랐지만, 시종의 불안해하는 마음의 소리를 듣고 나니 알겠다. 긴장과 희열로 얼룩진 표정을. 그녀는 가면을 뒤집어쓴 것 같은 미소를 짓고 입가에 술잔을 가져다 대며 진짜 표정을 가리고 있었다.

파비안이 내 옆자리에 앉아 있었다면 좋았을 텐데. 그럼 그냥 디저트에 손대지 말라고 작게 귀띔할 수 있었을 거다.

'어쩔 수 없네, 정말……'

디저트에 뭐가 들었는지 모르겠지만, 파비안이 먹게 내버려 둘 수는 없었다.

나는 일부러 치맛단을 밟은 것처럼 발을 헛디뎠다. 그리고 디저트를 나르던 시종 쪽으로 넘어지며 그에게 매달렸다.

"으악, 아가씨!"

얼굴이 허예져서 덜덜 떨리는 손으로 디저트를 나르던 시종은 너무 긴장한 탓에 몸을 날려 덮치는 나를 피하지 못했다. 그는 용케도 접시를 붙든 채 넘어지지는 않았지만, 접시에 담겨 있던 디저트를 죄다 쏟고 말았다. 내 위로.

끈적한 캐러멜 소스와 새빨간 산딸기 시럽이 상아색 드레스 위로 얼룩지며 흘러내렸다.

'아, 내 드레스.'

어차피 오늘하고 내일밖에 안 입을 드레스긴 했지만, 꽤 마음에 들었던 건데.

시종은 접시를 쥔 채 당황해서 어쩔 줄을 몰라 했다. 아니, 겁에 질린 것 같기도 했다. 손님이 넘어졌는데도 부축해 일으킬 생각조차 못할 정도로.

등 뒤에서 웃음소리가 들렸다. 웃는 게 누구인지 가늠하기도 전에, 내 앞쪽에서 한 사람의 목소리가 들려왔다.

"괜찮으십니까?"

파비안이었다. 자리에서 일어난 그의 얼굴에는 웃음기라곤 보이지 않았다.

파비안이 내게 손을 내밀었다. 그의 손을 붙들자, 그는 한 손으로도 아주 가볍게 내 몸을 일으켰다.

나를 일으키느라 검은 머리카락이 내 이마에 스칠 것처럼 가깝게 다가왔다. 기회는 지금뿐이었다. 그 순간 나는 얼른 남들의 눈에 띄지 않게 속삭였다.

"지금부터 아무것도 드시지 마세요. 디저트에 장난친 사람이 있어요."

붉은 눈동자가 순간적으로 내 눈을 쳐다보았다. 내가 균형을 잡고 일어서자, 그는 손을 놓으며 한 발 물러섰다. 마치 아무 일도 없었다는 듯, 그가 태연하게 물었다.

"다친 데는 없으십니까?"

"괜찮아요. 먼저 실례하겠습니다."

나는 가볍게 무릎을 굽히며 인사했다. 파비안이 눈짓하자, 구석에 서 있던 다른 시종이 얼른 다가왔다.

"마르시아 양을 방까지 모셔다드리게. 그리고 주방에 부탁해서 디저트를 새로 내오도록."

"알겠습니다."

시종을 따라나서며 나는 슬쩍 뒤를 돌아보았다.

꽤 볼만한 광경이었다.

반쯤 엉거주춤 일어서 있던 리샤르는 눈살을 찌푸리며 도로 자리에 앉았다. 발레리와 엘로이즈는 모녀 아니랄까 봐 똑같은 얼굴로 나를 노려보았다. 도미닉은 아직도 내 드레스를 보며 낄낄거리고 있었다.

저 사람들이 내일부터는 내 친척이 된단 말이지.

'삼 년이나 버틸 수 있을까······.'

방으로 돌아오자마자 옷을 갈아입었다. 더 이상 아무런 마음의 소리도 들려오지 않았다. 욕을 하거나 악의를 내뿜는 사람도 없었다.

"이제야 좀 살 것 같네."

라리사는 혼자 식탁 앞에 멍하니 앉아 있었다.

아직 손대지 않은 음식이 차려져 있는 걸로 보아 막 식사를 시작하려던 모양이었다. 나는 크게 한 번 안도의 한숨을 쉬고, 라리사의 맞은편에 앉아 그 애가 천천히 음식을 먹는 것을 지켜보았다.

내 생각은 바로 몇 분 전의 만찬장으로 날아갔다.

'역시 그건…… 독이었겠지?'

그게 아니라면 기껏 음식을 나르면서 그렇게 긴장할 리가 없겠지.

'아, 그러고 보니, 전에도 이런 일이 있었잖아.'

한 가지 잊고 있었던 일이 생각났다.

파비안을 처음 만난 날이었다. 그를 노리던 암살자가 하나 있었다. 누군가의 사주를 받은 게 틀림없는 거지 소년.

-깊이 찌르지 않아도 돼. 그냥 피만 나면 된댔어.

……그러고 보니 칼날이 스치기만 해도 된다고 했었지. 그 칼에도 독이 묻어 있었을까? 그렇다면 그때 그 일도 발레리가 사주한 건가?

아니, 발레리가 아니더라도 파비안을 죽이고 대공 자리를 빼앗으려 하는 사람은 또 있었다. 가장 절박한 사람은 역시 도미닉이겠지.

앞으로도 계속 이런 일이 일어나는 걸까? 아니면 파비안이 확실하게 대공이 되고 나면 괜찮아지려나.

"하아……."

나는 가볍게 한숨을 쉬며 식탁에 턱을 괴었다. 라리사는 기계적으로 포크를 놀려 음식을 입에 넣고 있었다.

"맛있니?"

대답이 돌아오지 않을 것을 알면서도 그냥 물었다. 라리사의 반응은 예상대로였다. 아무 반응도 없었다는 말이다.

'지금 내가 라리사 대신이어서 차라리 잘된 것 같기도 하네.'

나는 라리사를 바라보며 생각했다.

오늘은 내가 파비안 옆에 있었기 때문에 그가 독을 먹지 않도록 지킬 수 있었다. 동화 속 왕자님이 독을 먹고 쓰러지면 곤란하지. 적어도 라리사와 결혼하기 전까지는.

'앞으로도 암살자를 예방할 수 있을 거야. 악의나 적의를 가진 사람은 내가 바로 알아볼 수 있으니까.'

이 지독한 능력을 가져서 다행이라고 생각한 것은 지금이 처음이었다.

앞으로 삼 년간 알차게 써먹어야지. 이혼하는 날까지.

다음 날은 장례식이었다. 비가 추적추적 오고 젖은 공기는 싸늘했다. 아침부터 대공가는 장례식 준비로 부산했다. 장례식은 저택 안의 교회에서 사제와 손님들을 모시고 치러질 예정이었다.

나는 검은 드레스를 입고 베일을 드리운 채 구석에 앉아 다른 사람들을 구경했다.

엄청난 고위 귀족일 게 틀림없는 손님 중에 내가 아는 사람은 당연히 한 명도 없었다. 이름을 들어도 누구인지 짐작도 안 갔다. 나야 촌구석에 살면서 이 나라 유일한 대공이 누구인지도 몰랐을 정도니, 뭐.

그나마 아는 사람들은 어제 만찬을 함께 했던 로랑가 가족들이지만, 그중 누구도 날 아는 체하지 않았다. 리샤르만 빼고.

리샤르는 내가 장례 미사에 참석한 걸 보고 '네가?' 하는 듯한 업신여기는 표정을 지었다. 그 바로 다음 반응은, 도대체 그 고급스럽고 우아한 검은 드레스는 어디서 났냐는 거였다.

어디서 나긴, 파비안이 보내줬지.

그는 드레스에 관해 물으면서도 연신 내 주변을 두리번거렸다. 뭔가를 찾는 눈치였다. 드레스에 대한 질문은 핑계가 분명했다. 나는 웃으며 말했다.

"라리사는 같이 오지 않았어요. 아직 침대에서 일어날 정도로 회복되지 않았거든요."

"내, 내가 언제 그런 걸 물어봤어? 관심 없거든, 그런 거."

리샤르는 짜증을 내며 그렇게 대답하고는 저 멀리 앞쪽에 있는 가족석으로 가버렸다.

'관심이 없기는.'

처음 만났을 때는 그렇게 잘못 자라 비뚤어진 사춘기 청소년처럼 굴더니. 비웃을 기분도 들지 않았다.

'저런 버릇없는 녀석을 라리사의 곁에 가까이 가게 둘 순 없지.'

나는 턱을 괴고 가족석 쪽을 바라보았다. 가족석 주변에 서 있는 사람들 위로 파비안의 머리가 불쑥 튀어나와 있었다. 내 입에서 픽, 하고 웃음이 샜다.

'찾기 참 쉽네.'

미모로도 눈에 띄었고, 키로도 눈에 띄었다. 가까이서 보면 다른 사람에게선 찾아볼 수 없는 붉은 눈동자가 뇌리에 박혔다. 여러모로 눈에 띄는 남자라니까.

하지만 저렇게 눈에 띄는 사람인데도 파비안에게 말을 거는 사람은 없었다.

상주는 파비안이 아닌 도미닉이었다. 조문객들은 도미닉과 발레리에게 끊임없이 얼마나 상심이 크시냐며 위로의 말을 건넸다. 그들은 엘로이즈나 심지어 리샤르에게까지 말은 걸어도, 파비안은 본체만체했다.

'아직 유언장 내용이 바깥으로 퍼지지는 않았나 보네.'

정작 파비안은 남들이 말을 걸건 말건 별로 개의치 않는 것 같았다. 대신 그는 관에 담긴 대공의 시신을 바라본 채 서 있었다. 등을 돌린 채여서 표정은 보이지 않았다.

'무슨 생각을 하고 있을까.'

생각해 보면 파비안에 대해 아는 것이 별로 없었다. 지금까지 그는 자신에 대해 내가 꼭 알아야 할 것만 알려주고, 다른 이야기는 잘 하지 않았으니까.

-여기가 어디라고 감히 할아버님 장례식까지 와 있는 거야?

깜짝이야.

갑작스럽게 들린 누군가의 마음의 소리에 슬쩍 주변을 둘러보니, 가족석에서 엘로이즈가 뒤를 돌아 날 보고 있었다. 눈이 마주치자 그녀는 나에게 생긋 웃어 보였다. 티끌 한 점 없는 완벽한 미소였다. 어딘지 처연한 구석마저 엿보였지만, 그 미소에 나를 비난하는 듯한 기색은 전혀 없었다.

-주제에 파비안 오라버니를 쳐다보고 있네. 세상에, 넘볼 걸 넘봐야지.

'하하. 넘본 적도 없단다. 게다가 네 사촌 오빠가 내게 먼저 청혼했거든?'

나는 속으로만 그렇게 생각하며 억지로 입꼬리를 끌어 올려 보였다. 엘로이즈는 그걸로 만족했는지 고개를 돌려 앞쪽을 바라보았다.

나는 한숨을 쉬며 다시 파비안 쪽으로 시선을 돌렸다.

조금 전까지 관 앞에 혼자 서 있던 그는, 어느새 누군가와 이야기를 나누고 있었다. 사방으로 뻗친 붉은 머리가 꼭 사자 갈기 같은 남자였다.

파비안과 무어라고 이야기를 나누던 붉은 머리 남자가 갑자기 큰 소리로 웃었다. 그러자 교회 안에 있던 다른 조문객들이 싸늘한 눈초리로 그쪽을 쳐다보았다.

장례식에서 저렇게 크게 웃다니.

남자는 머쓱해하며 한 손으로 입을 가렸다. 파비안은 웃는 듯 아닌 듯한 얼굴로 대화를 이어 나갔다.

'친한 사이인가 보네.'

미래의 남편은 온통 적에게 둘러싸인 줄로만 알았는데, 꼭 그런 것도 아니었구나.

두 사람이 스스럼없이 이야기를 나누는 걸 보니 붉은 머리 남자에게 조금 호기심이 일었다. 오늘 조문을 온 것을 보면 그도 결코 낮은 신분은 아닐 터였다.

'어떤 사람일까?'

이따가 이야기를 나눠볼 기회가 있겠지. 그러면 파비안에 대해서도 더 알게 될지도 몰랐다.

잠시 후, 묵직한 종소리가 들리고 미사가 시작되었다. 미사는 대략

두 시간 정도 엄숙한 분위기 속에 진행되었고, 끝날 때쯤에는 조문객들이 하나하나 관 앞으로 가 고인에게 마지막 인사를 했다.

내 차례도 왔다.

내가 장례식에 참석하고 싶다고 말했을 때, 파비안은 말없이 잠깐 내 눈을 빤히 들여다보았다. 시선이 너무 오래 머물러 숨쉬기가 답답해지기 시작할 무렵에야 그가 말했다.

"뜻대로 하십시오."

그는 이유도 묻지 않았다. 그렇게 나는 장례식장 한구석에 내 자리를 마련할 수 있었다.

나는 천천히 관 앞에 나아가 고인을 내려다보았다. 향기가 진한 꽃에 파묻힌 대공의 얼굴은 며칠 전과는 다른 사람 같았다.

'잘생긴 대공 할아버지, 손자며느리 대리입니다. 유언을 이용해 먹어서 죄송해요. 그래도 제가 앞으로 열심히 파비안 님을 도울 테니, 너무 걱정 마시고 편히 쉬세요.'

나는 마음속으로 명복을 빌며 물러섰다.

마지막 순서는 친지, 가족들이었다. 인사가 끝나자 관 뚜껑이 닫혔다. 그 후에는 다 같이 식사를 했고, 식사가 끝나자 모두 커다란 응접실로 옮겨갔다. 사람들은 시가를 피우거나 기호에 따라 술이나 차를 마시며 이야기를 나누었다.

나는 차를 마시면서 파비안 쪽을 흘끔거렸다. 그는 여전히 아까 그 붉은 머리 남자와 이야기 중이었다.

나야 장례식에 참석한다는 목적을 달성했으니 이제는 방으로 돌아가도 상관없었다.

'그래도 역시 저 사람하고 인사 정도는 해두고 싶단 말이야.'

오늘 이곳에서 파비안하고 대화를 나눈 단 한 사람이니까.

'음…… 그런데 설마 내가 먼저 가서 말을 걸어야 하는 상황인 건가?'

나는 조금 당황해서 괜히 찻잔 속을 내려다보았다.

우리 동네 무도회에서는 남자들이 앞다투어 내게 먼저 와 말을 걸려고 애썼는데. 덕분에 내가 먼저 다른 사람에게 말을 걸어야 하는 상황이라는 것이 영 익숙지 않았다.

나는 차를 홀짝이며 조심스럽게 주변 사람들을 둘러보았다. 머리를 비우고 마시고 춤추고 즐기기만 하면 되는 무도회에 비해 장례식에는 온갖 마음의 소리가 오갔다.

'그냥 입 다물고 가만히 있자.'

지금은 조용히 병풍이 되어 있는 것이 나을 것 같다. 진지한 이야기로 넘어가서 어느 집안 출신이냐고 묻기 시작하면 귀찮으니까.

'잠시 눈치 좀 보다가 이야기를 나눌 기회가 생길 것 같으면 잡고, 아니면 그냥 방으로 돌아가야겠어.'

그렇게 생각하며 찻잔을 만지작거렸다. 그러는 와중에도 계속해서 이런저런 마음의 소리가 들려왔다. 가슴이 조금씩 답답해지기 시작했다. 마침 응접실에 딸린 발코니가 보였다.

'안 되겠다. 바람이라도 쐐야지.'

나는 찻잔을 내려놓고 발코니로 나갔다. 그런다고 해서 남들의 속마음이 안 들리는 건 아니었지만, 적어도 차가운 바깥 공기가 뺨에 닿으니 조금 시원했다.

나는 발코니 난간에 기대어 비가 오는 광경을 바라보았다. 발코니 아래로는 거대한 정원이 보였다. 자유롭게 자라도록 내버려 둔 숲과는 달리, 종류별로 구분해 심고 모양을 잘 다듬은 나무들이 절제된 아름다움을 뽐내 더욱 웅장해 보였다.

'비 그치면 라리사 데리고 나가서 산책이나 하고 싶다……'

한숨을 포옥 쉬는데, 등 뒤에서 발코니의 유리문이 열리는 소리가 났다.

"그러다 젖겠습니다."

이제 조금씩 익숙해지고 있는 저음의 목소리였다. 뒤를 돌아보니, 과연 파비안이 서 있었다.

상복을 입은 그는 머리카락부터 발끝까지 온통 새카맸다. 날이 흐리고 비가 와서 그런가 그의 얼굴은 파리하게 핏기가 없었고, 그 와중에 눈만 붉게 빛나고 있었다.

'꼭 뱀파이어 같네.'

치명적인 미모로 사람을 홀려 피를 빨아 먹는 마물.

무심코 그런 생각이 들자 등줄기를 타고 소름이 돋았다.

"괜찮아요. 비가 많이 오는 것도 아닌걸요. 기분 전환도 되고요."

"그렇습니까?"

파비안은 성큼성큼 다가와 내 옆의 난간에 기대섰다. 그는 양손을 난간에 얹고 정원 쪽을 향해 눈을 감더니, 크게 숨을 들이켰다.

"나쁘지 않군요."

나직한 목소리가 흘러나왔다. 하긴, 기분 전환이 더 절박하게 필요했던 건 파비안일 터였다.

그는 천천히 심호흡하며 차가운 공기를 들이마셨다. 잠시 후 그는 내 쪽으로 고개를 돌렸다. 피곤해 보이면서도 나른한 표정이었다. 그

두 가지가 공존할 수도 있다니.

"지금껏 당신을 혼자 내버려 두었군요. 미안하지만 오늘은 계속 그럴 겁니다. 혹여 피곤하시다면 이만 방으로 돌아가셔도 괜찮습니다."

응? 저걸 지금 사과라고 하는 건가? 미안하다고 말은 하는데 전혀 미안해 보이지는 않았다.

'설마, 지금 곧바로 방으로 돌아가라는 말은 아니겠지.'

뭐, 이해는 된다. 지금으로선 그냥 보좌관의 먼 친척일 뿐이니까. 장례식에 참가한 것부터가 이상한데, 그가 일일이 소개해 주면 더 수상해 보일 거다.

"전 괜찮아요. 그보다, 포 님에게서 연락은 왔나요?"

나는 일부러 기차에서 들었던 가명을 썼다. 포나 포투스나, 그게 그거 같긴 하지만.

파비안은 고개를 끄덕였다.

"어제 전보가 왔습니다. 곧 도착할 때가 되었습니다."

"그렇군요. 그렇담 그냥 여기서 기다릴게요. 아니, 제가 이곳에 없는 게 더 편하신가요? 공표는 언제 어떻게 하실 생각이세요?"

자신이 이미 결혼했으며, 아내는 마르시아 블리크이고, 그럼으로써 자신이 대공이 되었다는 공표.

나는 그가 사람들에게 어떤 식으로 밝힐 건지 궁금했다. 아무래도 조문객이 와 있는 지금 바로 발표를 하는 것이 여러모로 편하고 좋을 것 같은데. 보통 조문객들이 아니니까.

"공표는……."

난간에 기대 나를 쳐다보고 있던 파비안이 말을 하다 말고 흠칫했다. 나른한 눈빛으로 나를 바라보고 있던 시선이 순식간에 날카롭게 변하며 허공으로 흩어졌다. 꼭 뭔가에 귀를 기울이기라도 하는 것처럼.

'뭐지?'

아무 소리도 안 들렸는데.

그의 붉은 눈동자가 흔들린다고 생각한 찰나였다. 그가 갑자기 내게 덤벼들었다.

"꺄악!"

나는 작게 비명을 질렀다.

이, 이게 무슨 짓이야?

몸이 기우뚱하며 균형을 잃었다. 나는 발코니 바닥에 쓰러지고 말았다. 넘어진 충격이 오기도 전에 내 몸 위로 묵직한 남자의 몸무게가 덮쳐왔다.

'내, 내 몸에 손 안 대기로 했잖아. 안심하라며!'

그와 동시에 타앙, 하고 정원을 뒤흔드는 파열음이 들렸다.

파비안의 얼굴이 내 눈앞에 가까이 다가와 있었다. 코끝이 스칠 정도로.

내가 뭐라고 말을 꺼내기도 전에, 그는 경련하듯 어깨를 떨었다.

"큭……."

파비안의 얼굴이 일그러졌다. 그의 악다문 잇새에서 작은 신음이 흘러나왔다.

방금 그거 총소리였나? 지금 총을 맞은 거야? 파비안이?

숨이 멎는 것 같았다.

파비안은 내 위에서 몸을 반쯤 일으키며 왼손을 검은 프록코트 안쪽에 넣었다. 번개처럼 도로 나온 손에는 피스톨이 들려 있었다. 그는 발코니 바깥쪽 한군데를 향해 고개를 돌렸다.

파비안의 오른팔이 순식간에 내 뒤통수를 감싸 안았다.

"자, 잠……!"

상황을 파악할 새도 없이 내 양 귀는 그의 팔뚝과 손에 막히고, 나는 그의 가슴에 안긴 것 같은 자세가 되었다.

그에게서 피 냄새가 났다. 정신이 혼미해질 것만 같았다.

그때 둔탁한 탕, 소리와 함께 파비안의 상체가 흔들렸다. 그 충격에 내 이마가 그의 가슴에 부딪혔다. 총의 반동이 분명했다. 파비안이 방아쇠를 당긴 것이었다.

총탄은 명중했다. 보지 않아도 알 수 있었다. 고통에 겨운 누군가의 마음의 소리가 터져 나왔으니까.

나는 무의식적으로 그의 옷자락을 잡으며 매달렸다.

"방금 그 소리는 뭐지? 총성인가?"

발코니의 문이 열리고 누군가가 외쳤다. 곧이어 사람들의 다급한 발소리가 들렸다. 난데없는 연이은 총성에 조문객들이 우왕좌왕하며 마음의 소리를 쏟아냈다.

폭포수처럼 쏟아지는 소리에 질식할 것 같았다.

"파비안! 괜찮은가?"

다들 겁에 질려 숨은 가운데, 발코니로 바로 뛰어 들어온 사람도 있었다. 붉은 머리 남자였다.

파비안이 그를 보고는 다급하게 말했다.

"레오니드, 이분을 부탁해."

그는 내 어깨를 가볍게 한 번 토닥이고는 나를 놓아주었다. 남자의 대답을 듣기도 전에 파비안은 한 손을 발코니 난간에 짚고 가볍게 뛰어넘어 빗속으로 사라졌다. 그가 지나간 자리에는 점점이 핏자국이 남았다.

나는 발코니 바닥에 주저앉은 채, 바닥에 흩뿌려진 피를 보고 새파랗게 질려 있었다.

파비안은 총탄에 어딜 맞은 거지……? 피를 흘리는 걸 보면 다친 것은 분명한데, 움직이는 건 멀쩡해 보였다. 다쳤는데도 저렇게 뛰어나가다니. 다른 놈들이 더 있으면 어쩌려고.

"괜찮으십니까? 저 녀석은 걱정 마십시오. 이 저택 지붕 꼭대기에서 뛰어내려도 멀쩡할 녀석이니까요."

붉은 머리 남자가 내게 다가왔다. 그는 발코니 바깥쪽을 등지고 서서 자기 몸으로 나를 가리며 손을 내밀었다.

"전 레오니드 오를로프라고 합니다. 당신은 이름이 뭐죠?"

나는 핏자국에서 눈을 떼고 레오니드를 쳐다보았다. 그도 파비안 못지않게 커다란 남자였다.

파비안이 흑표범처럼 날렵하고 매끈한 스타일이라면, 레오니드는 붉은 곰처럼 두툼하고 거대한 타입이었다. 새빨간 머리카락과 올리브색 눈동자가 대조되어 강렬한 인상을 주었고 콧잔등에는 주근깨가 옅게 흩어져 있었다.

"아, 저는……."

나는 손을 뻗으며 이름을 말하려고 했다. 내 손이 그가 내민 손에 닿으려던 찰나였다.

"……!"

뭐라 형용할 수 없는 소리가 들려왔다. 정원 저쪽에서 들려온 마음의 소리였다. 공포, 괴로움, 각오, 절망, 그 모든 것이 한데 뒤섞인 비명. 단말마. 죽음의 소리였다. 한 생명이 인위적으로 끊기면서 마지막으로 지르는 소리.

머리가 띵하면서 숨이 턱 막혔다. 시야가 하얗게 타들어가고 귓가에서 이명이 들렸다. 온몸의 피가 거꾸로 쓸려 나가는 듯한 감각이 나를 덮쳤다.

✦

눈을 떠보니, 나는 응접실 안 긴 의자에 누워 있었다. 하녀 하나가 나를 살피는 중이었다.

"깨어나셨군요! 다행이에요."

아무래도 기절했던 모양이었다. 입안에서 독한 브랜디의 맛이 났다. 기절한 날 깨우려고 마시게 한 것이겠지.

'그런데 내가 왜 기절했더라.'

거기까지 생각이 미치자 퍼뜩, 파비안이 정체불명의 사수에게 달려갔던 것이 기억났다.

"파비안…… 파비안 님은요?"

"생명에는 지장이 없으십니다. 지금 막 치료를 받으셨어요."

나는 허겁지겁 하녀가 가리키는 곳으로 시선을 향했다.

파비안은 의자에 앉아 있었다. 그는 셔츠 한 장 차림이었는데, 그나마도 절반은 벗은 채였다. 반쯤 드러난 상반신에 의사가 달라붙어 붕대를 감고 있었다.

통증이 오는지 그는 얼굴을 찡그렸다. 그러면서도 말투만큼은 침착했다.

"제가 달려갔을 땐 이미 죽어 있었습니다. 제 총알은 그자의 다리에 맞았습니다. 치명상이 아니었으니, 자결한 게 아닐까 생각합니다."

콧수염을 기른 제복 차림의 남자가 날카로운 표정으로 그의 말을 주의 깊게 듣고 있었다. 남자는 수첩에 뭐라고 쓰더니 되물었다.

"다리를 맞추었다고요? 도망칠 수 없게 되어서 스스로 목숨을 끊은 게 틀림없겠군. 얼굴은 보았습니까? 아는 사람이었나요?"

파비안은 고개를 저었다.

'자결이라니.'

대화를 듣다 보니 내가 쓰러지기 직전의 상황이 점차 떠올랐다. 그런 끔찍한 소리는 생전 처음 들었다. 자신의 목숨을 스스로 끊기 직전의 비명이었으리라.

돌이키니 소름이 돋고 머리카락이 쭈뼛 서는 기분이었다.

"브랜디…… 브랜디 좀 더 줘요."

나는 떨리는 목소리로 하녀에게 말했다. 하녀는 내 얼굴을 보더니 얼른 옆에 놓인 잔에 브랜디를 반쯤 채워 건네주었다. 내 표정이 영 말이 아니었던 모양이다.

나는 잔을 받아 쭉 들이켰다. 독한 술이 식도를 태우자 정신이 좀 드는 것 같았다.

그때 한 가지 의문이 떠올랐다.

'왜 총소리를 듣기 전에는 아무 소리도 듣지 못했지?'

죽음의 단말마는 들렸다. 그러니까 마음의 소리가 안 들릴 거리는 아니었다는 말이다.

막 발코니에 나갔을 때는 어땠더라. 분명 여러 사람의 소리가 들렸었다. 그중에 특별히 파비안의 목숨을 노리는 듯한 소리가 있었나?

나는 입술을 깨물었다.

'모르겠어.'

하나하나 구분하기엔 한꺼번에 너무 많은 소리가 들렸었다. 애초에 거기서 좀 멀어지려고 발코니로 나갔을 정도니까.

안 들으려고, 무시하려고 했다.

그래서였나? 주변에서 마음의 소리가 너무 많이 들리면, 그중에서 진짜로 위험한 소리를 구분할 수 없는 걸까? 전부 악의가 담긴 소리 뿐이니까.

그게 아니라면……

'아.'

한 가지 간과한 것이 있었다.

내가 들을 수 있는 소리는 부정적인 소리뿐. 악의가 담겨 있는 마음뿐이다. 그렇지 않은 생각은 들을 수 없다.

이전에 있었던 두 건은 운이 좋았다. 파비안을 칼로 찌르려던 거지 소년이나 수상한 것이 든 디저트를 나르던 하인은 불안해하고 두려워했다. 평소에 하던 일이 아니었으니까. 남을 해치고 대가를 받는 것에 익숙하지 않았으니까. 그래서 나는 그들의 소리를 들을 수 있었다.

'하지만 만약 오늘 파비안을 노린 사람이 프로 암살자라면?'

특별히 타깃이 된 사람을 싫어하는 것도 아니고, 사람을 해치는 것이 두렵지도 않은 자라면. 그저 아무 생각 없이 자기 일을 할 뿐이라면. 그런 경우라면 나는 마음의 소리를 들을 수 없을 것이다.

어쩌면 앞으로도 파비안의 목숨을 노리는 자들이 또 나올지 모른다.

'그들이 아무런 불안함도 증오도 품지 않고 그를 죽이려 한다면 나는 절대 알 수 없을 거야.'

수상한 자들의 마음의 소리를 미리 듣고 파비안을 보호한다는 작전은 실패였다.

문득 갈증이 났다. 떨리는 손으로 브랜디를 한 모금 더 마셨다. 얼굴에 열기가 확 올라왔다.

나는 유리잔 너머로 파비안을 쳐다보았다. 의사가 처치를 마친 모양이었다. 파비안은 셔츠를 다시 입고 단추를 채우고 있었다. 벌써 움직여도 괜찮은 걸까?

파비안은 아래에서부터 단추를 채우며 올라오다가 목 끝의 마지막 단추를 채우느라 턱을 들었다. 고개를 들고 내리깐 그의 눈이 나를 쳐다보는 것 같았다.

'아, 방금 눈이 마주친 것 같은데.'

붉은 눈동자가 이상하게 더 빛나는 것 같다고 생각한 찰나였다. 그는 마지막 단추를 마저 채우고 자리에서 일어섰다.

"부인, 정신이 드셨군요."

파비안이 내 쪽으로 곧장 다가왔다.

오늘은 계속 날 무시할 거라더니, 계획이 바뀌었나?

게다가 방금 날 부인이라고 불렀다. 마르시아 양도, 블리크 영애도 아닌 부인이라고.

이제부터 무슨 일이 일어날지 짐작한 나는 긴장한 마음으로 마른침을 삼켰다.

"다친 데는 없으십니까?"

파비안의 목소리가 묘하게 컸다. 나는 얼른 장단을 맞춰 대답했다.

"전 괜찮아요. 파비안 님은요? 움직이셔도 되는 건가요?"

"이깟 상처는 별것 아닙니다. 긁힌 것뿐입니다. 당신이 무사하시다면 됐습니다."

파비안은 그렇게 말하면서 시선을 들어 응접실 안을 슥 훑었다. 나도 덩달아 그의 시선을 좇았다.

손님들은 거의 다 응접실 안에 남아 있었다. 파비안과 이야기를 나누던 콧수염 경관 외에도 제복을 입은 사람이 두 사람 더 있었다. 그들은 손님들에게서 사정 청취를 하는 것 같았다.

주변을 둘러보니 아까는 없었던 사람이 한 명 눈에 들어왔다. 훤칠한 키에 안경을 쓴 남자. 아는 얼굴이었다. 그는 나와 눈이 마주치자 가볍게 묵례했다.

눈이 번쩍 뜨였다.

'포투스! 돌아왔구나. 그렇다면……'

나는 재빨리 파비안을 쳐다보았다. 그는 미소를 띠고 있었다. 하지만 어딘가 조금 소름 끼치는, 이상한 미소였다.

"여러분, 드릴 말씀이 있습니다."

파비안은 큰 소리로 입을 열었다. 조문객들의 시선이 쏠렸다.

"오늘 이 자리에 와주셔서 감사합니다. 지금까지 여러분께서는 제 숙부 로랑 백작과 고모 콘라트 후작 부인에게 심심한 위로의 말씀을 전달하시느라 바쁘셔서, 제가 한 분씩 뵙고 이야기를 나눌 기회가 없었습니다. 그래서 실례를 무릅쓰고 지금이라도 이렇게 한 번에 말씀드리고자 합니다."

누군가의 욕설이 들려왔다. 물론, 들은 것은 나뿐이다.

파비안은 여유로운 태도로 좌중을 둘러보며 거침없이 말을 이었다.

"아마 숙부님과 고모님께서는 대공 전하를 잃은 슬픔이 앞서서 여러분께 이 말씀을 드리지 않은 걸로 압니다. 그것은 돌아가신 전하의 유언에 관한 것입니다."

유언이라는 말을 듣자마자, 도미닉이 버럭 소리 지르며 달려 나왔다.

"그 입 닥치거라. 어디 감히 더러운 입에 아버님의 마지막 말씀을 담는 거냐?"

"그, 그래! 그런 지극히 사적인 이야기를 굳이 지금 꺼내야겠니?"

"그건 안 되겠습니다. 숙부님, 고모님. 제가 입을 다물기 바라셨으면 좀 더 실력이 좋은 사수를 쓰셨어야지요. 설마 그런 데서 금화를 아끼신 건 아니겠지요?"

파비안이 나직하게 웃으며 말했다.

경관들의 눈빛이 달라졌다. 조금 전에 총을 맞은 사람이 범인을 지목한 거나 마찬가지였으니까.

"무슨 소리니, 파비안. 사수라니, 우리가 왜 그런 짓을 하겠어? 어디 불량배들에게 쓸데없는 원한을 산 건 아니고? 그러게 평소에 행실을 올바르게 했었어야지."

발레리가 되레 큰소리를 쳤다. 하지만 콧수염 경관이 그녀를 돌아보자, 그녀의 안색은 금세 하얗게 질렸다.

─분명 저 녀석이 저지른 거겠지, 병신 같은 도미닉. 금화를 아끼고도 남았을 거야. 일을 망치는 데는 일가견이 있다니까. 나까지 쓸데없는 의심을 사잖아!

확신에 가까운 마음의 소리였다. 이번엔 적어도 발레리가 저지른 일은 아닌 모양이다. 그녀는 도미닉을 의심하고 있었다.

흥분한 도미닉이 주먹을 쥐고 파비안에게 달려들려고 하자, 도리어 우락부락한 경관 둘이 재빨리 그에게 덤벼들었다. 그는 가볍게 제압당해 의자에 앉혀졌다.

"로랑 백작님. 폭력은 안 됩니다. 얌전히 앉아 계시지요."

경관 하나가 도미닉의 어깨를 꾹 누르며 위협하듯 말했다. 파비안은 싱긋 웃으며 오히려 그에게 한 걸음 다가섰다.

"방금 도미닉 숙부님의 반응을 보셨겠지요. 미루어 짐작하신 분들도 있으리라고 생각합니다. 그렇습니다, 여러분. 돌아가신 전하는 유언장에 숙부님이 아니라."

파비안은 일부러 뜸을 들인 후, 그린듯한 미소와 함께 극적으로 말했다.

"저를 차기 대공으로 지목하셨습니다."

웅성거리는 소리가 오갔다. 괴성을 지르며 당장 벌떡 일어서려는 도미닉을 경관이 억지로 붙잡아 눌렀다. 도미닉은 대신 큰 소리로 욕설을 퍼부으며 외쳤다.

"조건이 있잖아!"

"그랬죠."

파비안은 여유롭게 말했다.

"그건 제가 일 년 안에 귀족 여성과 결혼해야 한다는 것이었습니다."

"그래! 결혼하기 전에는 어림도 없지. 네놈 따위에게 딸을 준다는 사람이 있을 것 같아? 정신이 제대로 박힌 사람이, 마녀의 자식에게 딸을 시집보낸다고?"

도미닉이 악에 받쳐 소리쳤다. 조문객 중에 홀린 듯 고개를 끄덕이는 사람이 몇 있었다. 몇몇은 파비안을 노려보았다.

그에 아랑곳하지 않고 파비안이 대답했다.

"유감스럽게도 저는 이미 그 조건을 만족시켰습니다."

"뭐?"

도미닉이 입을 딱 벌렸다. 발레리의 얼굴에도 충격이 어렸다.

챙강. 발레리의 옆, 응접실 바닥에 찻잔이 하나 떨어져 깨졌다. 지금까지 어머니 옆에서 조용히 차나 마시고 있던 엘로이즈가 잔을 떨어뜨린 것이다.

"그게 무슨 말이죠?"

엘로이즈는 떨리는 목소리로 물었다.

"조건을 만족시켰다니요? 오라버니께서 이미 혼인을 했다는 말인가요? 그러니까, 결혼했다고요?"

"그렇습니다."

포투스의 옆에 서 있던 사람이 한 걸음 앞으로 나섰다. 그는 이 무대의 목적을 잘 알고 있는 게 분명했다. 씁쓸한 표정을 지었으니까.

"저는 로랑 대공가의 변호사입니다. 성서에 맹세코 지금 파비안 님께서 말씀하신 건 전부 사실입니다."

"그렇다면?"

"예, 파비안 님께서는 사흘 전에 이미 어떤 귀족 여성과 혼인하셨습니다. 그와 동시에 고인의 유언에 따라 대공이 되셨습니다."

변호사가 말을 끝마치기도 전에 혼란에 싸인 목소리들이 비명처럼 터져 나왔다.

"그럴 수가!"

"거짓말!"

"증거가 있소?"

"도대체 상대가 누구란 말이야!"

"위증은 범죄나 마찬가지요!"

그 와중에 놀라면서도 즐거운 듯한 표정을 한 이도 한 명 있었다. 레오니드였다. 그는 눈을 크게 뜨고 팔짱을 낀 채 사람들이 아우성치는 것을 관조했다.

'웃는 걸 보니 파비안의 친구가 맞구나.'

나는 손에 들고 있던 브랜디 잔을 옆 테이블에 살며시 내려놓았다. 그리고 똑바로 일어나 앉으며 옷매무새를 가다듬었다. 혹시나 해서 주머니에 넣어두었던 반지도 꺼내 왼손 약지에 꼈다. 파비안이 프러포즈를 하며 건넨, 대공비에게 대대로 내려오는 그 반지였다.

아마도 정신을 잃었을 때 누군가 벗겨냈는지, 내 검은 베일은 테이블에 놓여 있었다. 나는 그걸 얼른 집어 들어 다시 머리에 썼다. 얼굴이 확실하게 가려지도록.

파비안은 뒷짐을 지고 서서 느긋하게 사람들을 둘러보고 있었다. 몇 분 후에 그가 손을 내밀자 변호사는 품속에서 서류를 꺼냈다. 파비안이 서류를 받으며 말했다.

"그는 제 요청에 따라 지금까지 함구했던 것뿐입니다. 혹시나 모를 일을 대비해서였지요. 여기 제 결혼 증서가 있습니다. 국왕 폐하께서 서명한 것입니다."

귀족의 결혼 증서에 들어간 국왕의 서명. 그건 국가가 인정했다는 증거였다.

"진품임을 이미 확인했습니다."

변호사가 진중하게 고개를 끄덕이며 덧붙였다.

파비안은 서류를 사람들에게 펼쳐 보였다. 그런다고 사람들이 내용을 자세히 읽을 수 있는 것은 아니지만, 그 자체만으로도 효과가 있는 행동이었다. 그런데 서류의 한쪽 구석에 조그맣게 검붉은 얼룩이 묻은 것이 얼핏 눈에 들어왔다.

'피……?'

나는 놀라서 포투스를 쳐다보았다. 삼 일 전, 파비안이 그에게 살아 돌아오라고 했던 기억이 선연했다.

'설마…… 어딜 다치기라도 했나?'

그에게도 암살자가 붙었던 걸까? 하지만 겉보기에는 아무런 이상도 없어 보이는데. 안경 너머로 보이는 눈은 그저 침착하기만 했다.

그때 파비안이 성큼 내게로 다가와 손을 내밀었다. 사람들의 시선이 모두 내게 꽂혔다.

'때가 왔구나.'

나는 베일 속에서 입술을 깨물며 내 손을 그의 손 위에 올려놓았다. 그는 가볍게 나를 자리에서 일으켰다.

"여기 이분이 제 아내입니다. 마르시아 블리크 양, 아니, 마르시아 로랑 대공비이죠."

나는 파비안의 손을 잡은 채로 눈을 질끈 감고 천천히 심호흡했다.

곧 경악과 비난의 소리가 쏟아졌다. 입 밖으로도, 안으로도.

누군가가 물었다.

"블리크라니, 듣도 보도 못 한 가문인데 귀족이 확실하오?"

"틀림없습니다."

변호사의 말에 내가 한마디 덧붙였다.

"가까이는 제 고조부께서 당시의 국왕이신 헤르만 3세 폐하께 남작위와 영지를 하사받으셨습니다. 멀리 거슬러 올라가면 건국 공신 목록에 틀림없이 블리크란 이름이 등재되어 있답니다."

기나긴 목록의 맨 끝에 이르러야 찾아볼 수 있겠지만 말이지.

나는 일부러 건국 공신을 들먹였다. 이 나라가 세워진 건 몇백 년 전이다. 그러니까 우리 가문은 그때부터 귀족의 피를 이었다는 말이었다. 틀림없이 유언장의 조건에 부합했다.

이고르가 술만 취하면 내뱉던 말이었던 터라 아주 잘 기억하고 있었다.

"보좌관의 친척이라며! 성도 없는 보좌관! 그럼 평민이잖아!"

변성기가 지난 지 얼마 안 된 듯한 소년의 목소리가 들려왔다. 아직 안정되지 못한 목소리가 기묘한 톤으로 뒤틀렸다. 리샤르는 분노로 얼굴이 발갛게 달아올라 있었다.

"말조심하렴, 리샤르. 그걸 믿었니? 초대도 없이 숙녀의 방에 함부로 들어온 불청객에게 내 이름을 말해주고 싶지는 않더라고. 하긴, 묻지도 않았지."

나는 생긋 웃으며 대답해 주었다. 어차피 내 미소는 검은 베일에 가려 잘 보이지도 않았겠지만.

그때까지도 파비안은 내 손을 쥔 채였다. 나는 손을 슬며시 빼내려 했다. 그러자 그의 손아귀에 힘이 들어갔다.

결국 손을 잡힌 채로 고개를 들어 그를 쳐다보았다. 파비안은 내 쪽에는 눈길도 주지 않은 채 사람들을 둘러보며 말했다.

"이 집의 주인으로서, 저는 전 대공 프레데릭 전하를 애도하러 오신 모든 분을 환영하는 바입니다. 얼마든지 편안하게 머물다 가셔도 좋습니다. 단, 불쾌한 손님만큼은 제 지붕 아래에 둘 수가 없군요."

그의 입꼬리가 슬며시 올라갔다. 붉은 눈이 가늘어지고, 그는 턱을 치켜들며 웃었다. 사람을 홀릴 것 같은 치명적인 미소였다.

"숙부님, 고모님. 당장 대공저를 떠나도록 하십시오. 아, 물론 그전에 로랑 대공을 암살하려 한 혐의를 벗어야 하겠지만 말입니다. 모처럼 경찰 당국이 조사하러 나와 있으니, 이참에 스스로 변호라도 좀 하시면 되겠군요."

그는 아까 이야기를 나누던 콧수염 경관에게 고개를 돌렸다.

"필요하시다면 방을 하나 내드리지요. 얼마든지 조사실로 쓰십시오."

도미닉의 얼굴은 시뻘겋다 못해 검게 변했다. 그는 큰소리로 외쳤다.

"헛소리 마! 인정 못 해!"

도미닉은 경관 두 명에게 어깨를 붙잡힌 채 몸을 뒤틀었다.

파비안은 그 꼴을 가만히 쳐다보다가, 등을 돌려 응접실을 나섰다. 내 손을 꼭 붙잡은 채로.

나는 얼떨결에 복도로 딸려 나왔다. 그의 손은 그의 키만큼이나 커다래서 내 손 따윈 거의 파묻혀 버렸다.

'왜 손을 놔주지 않는 거지?'

얼른 주변을 살펴보니 마침 오가는 사람이 없길래 얼른 내 손을 확 잡아당겼다. 그는 이번엔 순순히 손을 놓아주었다.

"제 몸에 손대지 않기로 했잖아요."

파비안이 한쪽 눈썹을 치켜들었다.

"아무런 접촉도 안 된다는 겁니까? 에스코트할 때 팔짱 끼는 건요? 춤출 일이라도 생기면 어떻게 됩니까?"

"그, 그건…… 그건 다르잖아요. 그런 건 예의의 범주죠. 조금 전하고는 다르다고요."

"뭐가 다르죠?"

"조금 전에는……."

조금 전에는 우리가 결혼한 사이라는 걸 과시하기 위해서 손을 잡은 거였잖아.

그러나 내가 채 말을 맺기도 전에 파비안이 입을 열었다.

"조금 전에는 내가 당신을 일으켜 드리느라 손을 내밀었지요. 거기 손을 얹으신 건 당신이었고요. 어제저녁 만찬에서도 똑같은 일이 있었던 걸로 기억합니다만."

……틀린 말은 아니었다. 그는 내게 손을 댄 게 맞긴 하지만, 내가 계약서에 썼을 때는 그런 의미로 쓴 게 아니었다. 일종의 비유였지.

"하, 하지만 오늘은 거기서 끝난 게 아니라, 조금 전까지 계속 제 손을 쥐고 놓아주지 않으셨잖아요."

"손을 잡는 건 예의의 범주에서 벗어나지 않는다고 생각합니다. 손을 잡는 정도가 곤란하시다면, 그보다 앞서 있었던 접촉은 어떻게 생각하십니까?"

"앞서 있었던……."

그제야 내가 기절하기 전, 그가 총을 맞기 직전의 상황이 떠오르기 시작했다. 파비안은 내게 달려들어 바닥에 나를 쓰러뜨리고 내 위에 엎드렸다. 총을 쏘기 전에는 한 팔로 나를 가슴에 껴안았다.

접촉만 따지자면 그랬다.

'……내가 잘못했네.'

내 목숨을 구해줄 때는 아무 말도 안 했으면서, 겨우 손 좀 잡은 걸로 타박을 하다니. 그치만 그가 다짜고짜 사람들 앞에서 손을 잡고 놔주지 않아 당황스러웠다. 손대지 않기로 하지 않았냐는 말은, 그래서 얼떨결에 나왔을 뿐인데.

하지만 생각해 보니 앞으로도 이런 식의 접촉이 하나도 없으리라고는 장담할 수 없었다.

"그…… 미안해요. 좀 전에 한 말은 없었던 걸로 해주세요."

나는 일단 순순히 사과했다. 파비안이 나를 내려다보며 말했다.

"범위를 정하도록 하지요."

"범위요?"

"접촉 범위 말입니다. 내가 당신 몸에 손대는 범위."

그는 냉정하고 사무적인 말투로 말했지만, 손대는 범위라고 하니까 어째 좀 이상하게 들렸다. 내가 눈을 옆으로 굴리자, 파비안의 한쪽 입꼬리가 조금 올라간 것 같았다.

"당신 몸에 손을 안 댄다는 건, 밤의 부부 생활로 한정합시다. 그걸로 괜찮겠지요?"

부부 생활. 감추고 싶었던 민낯이 드러나기라도 한 것처럼 낯간지러운 느낌이 드는 건 나뿐인 걸까.

"좋, 좋아요."

"덧붙일 항목이 있으면 지금 말씀하십시오. 나중에 딴소리하지 말고."

딴소리라니, 말을 해도 꼭.

별로 마음에 드는 표현은 아니었지만 맞는 말이긴 했다. 규칙에 예외가 하나둘씩 생기다 보면 나중에는 흐지부지될 수도 있고, 계약 자체에 엉뚱한 불똥이 튈 수도 있으니까.

"없어요. 그걸로 충분해요."

그러자 그는 굳은 표정으로 고개를 끄덕이더니 몸을 돌렸다. 나는 그의 등 뒤에 대고 물었다.

"다친 덴…… 정말 괜찮으신 거예요?"

"별거 아닙니다. 스쳤을 뿐입니다."

"정말인가요?"

"나는 거짓말을 하지 않습니다."

그는 돌아보지도 않은 채로 대답하며 복도를 성큼성큼 걸어 사라졌다.

파비안이 새 대공비와 손을 꼭 붙잡고 함께 방을 나선 후, 엘로이즈는 도로 자리에 앉았다. 그녀는 멍한 눈으로 도미닉과 발레리가 경관의 손에 이끌려 옆방으로 자리를 옮기는 것을 지켜보았다.

'파비안 오라버니, 당신이 내게 어떻게 이럴 수가 있어?'

엘로이즈는 부채를 부서지도록 쥐었다. 콘라트 후작가의 외동딸인 그녀는 자라면서 원하는 것은 무엇이든 손에 넣었고, 공주님만큼이나 귀하게 자랐다.

지금껏 그녀의 말을 거절한 것은 파비안뿐이었다.

파비안은 대공가 장남의 유일한 아들이었지만, 동시에 비천한 마녀의 아들이기도 했다. 아무도 그가 대공가를 이을 수 있으리라고는 생각하지 않았다. 그 자신조차 마찬가지였을 것이다.

그런 파비안에게 후작가의 외동딸이라는 신붓감은 분에 넘쳤다. 엘로이즈는 자신이 파비안에게 호의와 애정을 보이면 그가 감읍하며 당장 덤벼들리라 생각했다. 하지만 씨알도 먹히지 않았다.

'반쪽짜리 주제에 감히 나를 거절하다니.'

그녀와 결혼하면 후작가를 이을 수 있는데도. 게다가 이렇게 아름다운데.

'어머니의 반대를 무릅쓰고 내가 받아주겠다고 했는데도.'

엘로이즈가 처음 파비안에게 마음을 열어 보인 것은 이미 오래 전이었다. 그녀는 계속되는 거절에도 분노할지언정 포기하지 않았다. 언젠가는 그가 자신의 제안을 받아들일 수밖에 없으리라고 생각했기 때문이었다.

그녀는 숙녀답게, 우아하게 인내심을 가지고 기다렸다. 그런데 이런 식으로 뒤통수를 칠 줄이야.

"이미 결혼했다고? 풉, 이를 어쩌죠, 엘로이즈 누님?"

옆에서 비꼬는 듯한 목소리가 들려왔다. 익숙한 소년의 목소리였다.

"이거야말로 닭 쫓던 개 신세가 돼버렸네요. 대공비가 그 자리에 와 있는 것도 모르고, 어젯밤 만찬 자리에서는 잘도 그렇게 파비안 녀석에게 애교를 떨더라니. 아, 이젠 대공 전하신가."

엘로이즈 앞에 선 리샤르가 재미있어 죽겠다는 듯이 낄낄거렸다.

"너나 걱정해, 리샤르. 좀 전에 숙부님 옆방으로 끌려가는 거 못 봤어?"

"그건 고모님도 마찬가지였는데?"

"오라버니와 그 여자 사이에서 남자아이라도 태어나면 너는 대공 자리 놓치는 거야. 지금 그렇게 웃고 있을 때야?"

리샤르의 입가에 걸린 웃음은 천천히 비웃음으로 바뀌었다. 그는 엘로이즈를 똑바로 쳐다보며 말했다.

"어지간히도 초조한가 보네, 누님. 뭐, 이해는 합니다만."

엘로이즈는 조금 뜨끔했다. 사실 그냥 초조한 정도가 아니었다. 저 결혼을 깰 가능성이 있는 거라면 뭐가 됐든 붙잡고 싶다. 하지만 그녀는 리샤르가 할 말을 알고 있었다.

"난 차남의 자식으로 태어났을 때부터 대공 자리 따위엔 관심 없었거든요?"

예상한 그대로였다. 그는 파비안이 대공이 되는 것에는 분노했지만 그 자리에 자신을 넣어 생각하지는 않았다.

웃기는 일이었다. 장남인 자비에가 세상을 떠난 후 차남인 도미닉은 그 자리를 이미 손에 넣기라도 한 것처럼 으스댔는데, 도미닉의 아들인 리샤르가 전혀 욕심을 부리지 않는다니.

엘로이즈로서는 이해할 수 없었다. 그녀가 여자라서 언감생심 꿈조차도 꿀 수 없는 자리를, 남자로 태어났으면서 시도도 해 보지 않고 포기하다니.

리샤르는 어깨를 으쓱했다.

그는 사실 파비안을 조금쯤은 다시 보게 되었다. 유언장이 발표되자마자 바로 옆에 있던 여자와 결혼하다니, 그것도 엘로이즈를 피해서. 제대로 허를 찔렀다. 그 결단력과 행동력만큼은 인정할 만했다.

'잘한 일인지 아닌지는 두고 봐야 알겠지만.'

"물론 아쉬운 게 없는 건 아니지만…… 오늘은 이걸로 됐다고 칠까 합니다. 그럼, 누님."

엘로이즈는 퍼뜩 고개를 들었다.

'아쉬운 것? 그게 뭔데?'

하지만 리샤르는 그녀의 눈빛을 무시하고 등을 돌렸다. 그는 엠마에게 다가갔다.

"어머니, 저택으로 먼저 돌아가세요. 아버지는 조사가 끝나면 알아서 돌아가실 겁니다. 제가 배웅해 드리겠습니다."

엠마는 파리한 얼굴로 앉아 있다가 고개를 들어 아들을 쳐다보았다. 그녀는 지친 목소리로 물었다.

"너는 여기에 남을 셈이니?"

"저택의 새 주인이 돌아가라고 한 건 아버지와 발레리 고모님뿐이잖아요."

　리샤르는 어깨를 으쓱하곤 손을 내밀었다. 엠마는 아들의 손을 잠시 쳐다보다가 곧 그 손을 잡고 자리에서 일어섰다. 그녀는 응접실 안의 손님들 누구에게도 인사하지 않은 채, 곧바로 방을 나가 버렸다.

　엘로이즈는 그렇게 리샤르와 엠마가 방을 나가는 것을 쳐다보다가 자리에서 일어섰다. 발밑에서 짜각, 소리가 났다. 내려다보니 아까 떨어뜨렸던 컵의 조각이 남아 있었다. 칠칠치 못한 하녀가 제대로 치우지 못한 모양이었다.

　'오라버니, 내가 이 상황을 납득하리라고 생각했나요?'

　그녀는 파편을 밟은 쪽 발에 지그시 힘을 주었다. 뿌드득, 하고 작은 도자기가 더 자잘한 조각으로 부서지는 느낌이 그대로 전해졌다.

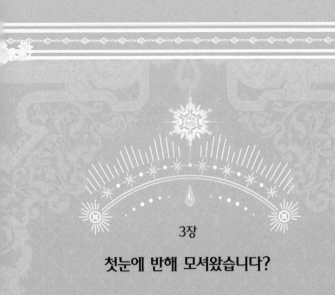

3장

첫눈에 반해 모셔왔습니다?

장례식은 그렇게 끝났다.

파비안이 얼마든지 더 머물다 가라고 했지만 조문객들은 하룻밤도 채 머무르지 않고 이런저런 핑계를 대며 사라졌다. 얼른 영지나 저택으로 돌아가 참모들을 불러 회의를 하려는 것이다. 이 충격적인 사건에 대한 대책을 빨리 마련해야 할 테니까.

조문객 중 저택에 남은 것은 딱 두 사람이었다. 하나는 리샤르 로랑이었고, 다른 하나는 레오니드 오를로프 후작이었다.

레오니드는 파비안을 돕겠다며 자진해서 남았다고 들었다. 파비안도 딱히 말리지 않았다고 하는 걸 보면, 그가 큰 도움이 되긴 하는 모양이다.

리샤르가 남은 이유는 듣지 못했다.

'뭐, 별로 알고 싶지도 않고, 나나 라리사랑 마주치지만 않으면 되

니까.'

워낙 큰 저택이니까 잘만 하면 전혀 마주칠 일 없이 지낼 수도 있을 거다. 혹시나 걸리적거리면 파비안이 알아서 쫓아내겠지. 도미닉과 발레리를 쫓아낸 것처럼.

콧수염 경관은 도미닉을 야심 차게 검거해 데려갔지만, 사건은 그가 순순히 경찰 마차에 타는 데서 끝났다. 서로 데려가기도 전에 그는 석방되었던 것이다.

윗선에 누군가가 돈을 먹인 게 틀림없었다. 그게 누구인지는 물론 알려지지 않았다. 결국 파비안을 해치려 한 것이 누구였는지도 결론이 나지 않고 흐지부지되고 말았다.

발레리는 연행조차 되지 않았다. 그녀가 저질렀던 독살 미수는 발생하기도 전에 내가 막아버렸기 때문이다.

아무런 피해가 발생하지 않은 것은 다행이지만, 차라리 어느 정도의 미약한 피해가 생기도록 내버려 두는 것이 나았을까? 그랬더라면 경찰에 끌려가 겁먹고 움츠러들었을지도 모르는데.

아니, 그랬어도 돈으로 무마시켜 버렸으려나. 도미닉이 무혐의로 풀려났듯이.

'설마 더 대단한 암살자를 보내는 건 아니겠지.'

한창 생각에 빠져 있는데 누군가가 노크하는 소리가 들렸다.

"비전하께 온 편지입니다."

익숙하지 않은 호칭이라 반응하는 것이 조금 늦었다. 나는 어색하게 말했다.

"고마워, 알프레드."

집사 알프레드가 쟁반 위에 산더미처럼 쌓인 편지를 가져왔다. 그는 첫날 이곳에 왔을 때 현관에서 우리를 맞이해 준 사람이었다.

파비안은 장례식 후 집사와 하녀장, 요리장 등 각 분야의 책임자들을 불러 내게 간단하게 소개했다. 아니, 나를 그들에게 소개한 건가. 이 사람이 대공비라고. 고용인들 사이에서 퍼지던 놀라는 표정과 그보다 더 경악하던 마음의 소리가 생생했다.

-비, 비전하라고? 저 여자가? 엊그제까지만 해도 촌스러운 드레스를 입고 손님 방에 갇혀 있었는데!

-결혼식은커녕, 약혼했다는 말도 들은 적이 없는데?

-대공 전하께서 세상을 떠나시자마자 이게 도대체 무슨 일이람!

예고도 없이 어느 날 갑자기 안주인이 생겼다니, 그럴 만도 했다.

그래도 모두 마음속으로만 혼란스러워할 뿐, 아무도 겉으로는 내색하지 않았다. 블리크 저택의 고용인들과는 비교도 할 수 없게 규율이 엄격한 모양이었다.

그중에서도 눈썹 하나 까딱 안 한 것이 알프레드였다. 그는 더없이 정중하게 내게 저택 내부를 안내해 주었다. 그러는 동안에도 마음의 소리 따윈 없었다.

'과연 대공가의 집사를 맡을 만한 사람이군.'

그는 오늘도 아주 정중하게, 늘 있던 일이라는 듯 익숙하게 편지를 가져왔다.

"하아……."

나는 편지 더미를 쳐다보며 한숨을 쉬었다. 뜯어볼 것도 없다. 요즘 내게 오는 편지는 전부 똑같은 것들이었다. 초대장이거나, 방문하고 싶으니 허가해 달라는 편지뿐이다.

"사교계에 벌써 소문이 다 났나 보네."

나는 봉투를 쓱쓱 넘기며 겉면에 적힌 이름만 읽었다. 전부 모르는 사람이다. 다행히 그들은 이름 뒤에 작위도 적어서 보냈다. 덕분에 고급 사교계에 대해 아는 게 별로 없는 나도, 작위를 보고 대충 짐작할 수 있었다.

'죄다 쭉정이잖아.'

사교계 안에서도 급이 낮은 편인 사람들이었다.

'고위 귀족들은 아직도 서로 눈치만 보고 있는 모양이네.'

파비안이 대공이 되었다는 걸 믿고 싶지 않은 것이다. 아니면 금세 전복될 거라고 생각하는 걸지도.

나는 방구석에 놓아두었던 상자를 하나 꺼냈다. 그 안에는 지금까지 받았던 다른 편지들이 들어 있었다. 거기에 오늘 받은 편지들을 싹 모아서 함께 담았다.

초청은 전부 거절할 예정이지만, 혹시 모르니 파비안에게 보여주는 것이 좋겠지. 내가 아무것도 모르고 진짜 중요한 요청을 거절하면 곤란할 테니까.

"라리사, 나 잠깐 나갔다 올게."

나는 라리사에게 손을 흔들어 보인 다음, 편지가 든 상자를 직접 들고 방을 나섰다.

우리는 아직 첫날 전 대공이 내어준 손님방에 머물고 있었다. 저택은 아직 대공의 갑작스러운 죽음에 바쁘게 적응하는 중이었다.

파비안도 마찬가지였다. 그는 대공의 방이 아니라 대공의 손자 시절 쓰던 방에 머물고 있었다. 집무실도 역시 임시 집무실을 쓰고 있다.

하긴, 할아버지 돌아가신 지 며칠이나 되었다고 바로 그 방으로 이사하는 것도 찝찝하겠지.

임시 집무실 문에 가볍게 노크하자, 안에서 그의 목소리가 들렸다.

"들어와."

문을 열자 고개도 들지 않고 책상에 시선을 고정한 파비안이 보였다. 만년필이 사각사각 끊임없이 움직였다.

'많이 바쁜가 보네.'

나는 그가 필기를 중단하길 기다리며 주변을 슬쩍 둘러보았다.

내부는 참으로 단출했다. 있는 것이라곤 파비안이 사용하는 서류가 가득한 책상과 의자뿐, 다른 사람은 앉을 곳조차 없다.

원래 이런 성격인가? 아무리 임시 집무실이라도 자주 쓰거나 아끼는 물건 정도는 가져다 둘 법도 한데. 애착이 가는 물건조차 없는 걸까. 아니면 일은 일이니까 사생활과 완벽하게 분리하는 성격?

나는 열심히 필기하느라 숙인 그의 머리 꼭대기를 가만히 쳐다보았다. 내 눈에 엉뚱한 것이 들어왔다.

'가마가 두 개네.'

정수리 부근과 거기서 조금 떨어진 곳에 각기 다른 두 개의 검은 소용돌이가 보였다.

'어디서 들었더라? 가마가 두 개면 두 번 결혼할 운명이랬는데.'

지금 이 상황에 딱 맞잖아?

나는 속으로 킥킥 웃었다.

몇 분이 지나도 그는 일을 멈출 낌새가 보이지 않았다. 할 수 없이 내가 먼저 말을 걸었다.

"전하. 좋은 아침이에요."

파비안의 손이 뚝 멈췄다. 그제야 그는 고개를 들었다.

기대하지 않은 사람이라는 듯, 그의 붉은 눈동자가 조금 크게 뜨였다가 제자리를 찾았다.

"부인, 무슨 일이십니까?"

빈말로라도 인사는 없었다. 심지어 자리에서 일어서는 시늉조차 하지 않았다. 신혼부부의 대화라기보다는 상관이 부관에게 묻는 것 같은 말투였다. 그래도 존댓말을 써주긴 하니 다행인가.

뭐, 좋은 자세다. 우리는 서로 다른 목적을 가진 계약 부부니까. 결혼했다고 해서 태도를 바꿀 필요는 없지.

나는 속으로 납득하며 용건을 꺼냈다.

"드릴 말씀이 있는데, 잠시 시간을 내주실 수 있으신가요?"

내 질문에 그는 눈썹을 조금 찌푸리더니, 벽시계를 흘끔 쳐다보았다. 설마 잠깐 이야기할 시간도 없는 건가?

다행히 그는 만년필을 내려놓고 두 손을 깍지 껴 책상 위에 올려놓았다.

아, 다시 봐도 손 참 크네.

"잠시라면 좋습니다. 말씀하십시오."

나는 잠시 그의 손놀림에 빼앗겼던 시선을 거두며 가지고 온 상자를 그의 책상 구석에 내려놓았다.

"제가 지금까지 받은 편지예요. 처음 오십 통 정도는 전부 뜯어서 읽어봤는데, 다 비슷비슷한 내용이었어요."

그는 대답 없이 '그래서?' 하는 눈으로 날 쳐다봤다.

"나머지도 다 똑같은 내용일 것 같아서 따로 읽어보진 않았는데요. 혹시나 제가 그중에 중요한 인물에게 온 편지를 놓친 건 아닐까 싶어서 가져왔어요."

"중요한 편지인지 내가 봐줬으면 좋겠다는 겁니까?"

"아뇨."

그럴 거면 집사에게 물어봐도 됐겠지. 오랫동안 대공가를 모셔왔을 테니, 어느 가문의 편지가 중요한지는 그도 잘 알고 있을 거다.

나는 심호흡을 했다.

"앞으로 제 편지도 전하께서 받으시면 안 될까요?"

예상대로 그의 눈살이 살짝 찌푸려졌다.

"무슨 말씀이시죠?"

"대공가의 안주인 역할을 하고 싶지 않다고 말씀드리는 거예요."

그러자 파비안이 눈을 커다랗게 떴다.

뭐, 왜, 뭐. 뭐든 내 맘대로 해도 된다며. 그냥 맘대로 하는 정도가 아니라 대공비의 이름을 더럽혀도 된다고 했잖아. 그렇다고 진짜 더럽히려는 건 아니지만.

그저 내가 진짜 대공비가 아니니까 의무도 지지 않으려는 것뿐이다. 자꾸 바깥에 나서서 사람들에게 내가 대공비라는 걸 각인시키고 싶지도 않았다. 어차피 최대 삼 년 뒤엔 이혼할 테니까.

나는 내 손에 떨어지는 용돈만 알뜰살뜰 모아서 나갈 거라고.

"전 대공비께서 세상을 떠나신 지는 아주 오래되었다고 들었어요."

선대 대공 프레데릭 로랑의 아내, 그러니까 파비안에게는 할머니다. 그녀는 십 년도 더 전에 병으로 유명을 달리했다고 들었다. 부인을 잃은 후에도 프레데릭은 재혼하지 않았다. 즉, 그 오랜 시간 동안 대공가에는 안주인이 없었다는 말이다.

"지금까지 대공가는 안주인 없이도 잘 굴러왔어요. 그걸 굳이 제가 망칠 필요가 있을까요?"

"망친다고 하셨습니까?"

파비안이 나를 훑어보듯 눈을 가늘게 떴다.

나는 입술을 한 번 물었다가 놓으며 고개를 끄덕였다. 이 자리에 있는 게 내가 아니라 진짜 마르시아였어도 아마 똑같이 행동했을 거다. 왜냐하면⋯⋯.

"저는 지금까지 한 가문의 안주인이 어떤 일을 하는지 전혀 배우지 않았어요. 엉터리 같은 집안이라고 하셔도 좋아요. 맞는 말이니까. 지금까지 자라면서 제가 한 일이라곤 파티에 나가 춤추고 마시는 것뿐이에요."

아무 교육도 받지 않은 내가 어설프게 손대려 했다간 진짜로 망칠지도 모르니까. 그러니까, 하기 싫어서이기도 하지만 그보다 중요한 건 할 줄 몰라서였다.

말하면서도 민망해서 얼굴이 화끈거렸다. 그래도 나는 굳이 숨기려고 하지 않았다. 어차피 금방 탄로 날 일이었다.

"제가 손대기 시작하면 모처럼 안정적으로 굴러가던 것들이 모조리 무너질걸요. 어차피 전 임시니까, 그냥 하던 대로 내버려 두는 게 나을 거라고 생각해요."

날 가르쳐 봐야 시간 낭비일 뿐이다. 난 삼 년 안에 이 저택에서 사라질 거니까.

물론 안주인 교육 이전에 더 중대한 문제가 있지만.

"그리고 덧붙여 부탁드리고 싶은 게 하나 있어요."

나는 마른침을 삼켰다.

"의사가 필요해요. 입이 무겁고 실력은 좋은 사람으로요."

파비안이 헛웃음을 지었다.

"이번에도 라리사 양 때문입니까?"

"네. 아, 참."

나는 얼른 손을 내저었다.

"오해하지 마세요. 물론 지금 그 애를 봐주고 계신 분도 훌륭한 의사고, 정말 감사하게 생각하고 있어요."

그 의사 덕분에 라리사의 상처는 눈에 띄게 치유되고 있었다. 다행히 아직 어린아이라 상처가 낫는 속도도 빨랐다. 그는 분명 실력이 좋은 의사였다. 하지만 그가 해주는 건 외상 치료뿐이라는 게 문제였다.

"라리사에겐 다른 좋은 의사가 필요해요. 마음의 상처를…… 깊은 마음의 상처를 치료해 줄 수 있는 의사요."

라리사에게는 정신과 의사가 필요했다. 나는 그 애를 내 조카처럼 예뻐해 줄 수는 있지만, 그 외에 내가 뭘 해줄 수 있는지조차 몰랐다. 정신과 의사의 조언이 절실하게 필요했다.

파비안은 깍지 낀 손을 풀더니 손가락으로 책상을 몇 번 두드렸다.

"그런 의사가 있는지 모르겠군요. 마음의 상처를 다스리는 의사라니, 들어본 적이 없습니다."

아…… 역시 이 세계의 의학은 사람의 내면을 치료할 정도로까지 발달하지 않은 모양이었다. 그래도 혹시나 했었는데.

-아마도 의사보다는 마녀가…….

파비안은 뭔가를 생각하듯 허공을 바라보다가 중얼거렸다.

아니, 그의 입은 움직이지 않았다. 대신 으득, 하고 턱을 꽉 무는 소리가 났다. 마음의 소리에서 느껴지는 저토록 깊은 혐오감이라니. 내 등줄기가 다 찌르르하게 울렸다.

그런데 내가 지금 맞게 들었나? 마녀라고? 의사보다 마녀?

"의사라면 한번 수소문해 보지요. 그전까지는 가문의 주치의를 붙여 드리겠습니다."

그는 사무적인 표정으로 말했다. 마녀의 '마' 자도 꺼내지 않았다.

'그러고 보니 일찍 세상을 떠난 그의 어머니가 마녀라고 했었지.'

어쩌면 마녀의 마법에 대해 뭔가 알고 있을지도 몰랐다. 하지만 그의 인생을 고달프게 만든 것 또한 마녀의 혈통이다.

'물어보면 안 되겠지.'

나는 목구멍까지 치밀어 오른 호기심을 도로 삼켰다.

그가 마녀의 마법을 긍정적으로 생각하지 않는다는 건 자명했다. 그러니 지금 이 시점에 굳이 그의 상처를 들쑤셔서 좋을 게 없었다.

무엇보다 그가 생각만 하고 입 밖으로 내지 않은 말을 내가 먼저 꺼낼 수는 없지. 마르시아가 지금까지 꼭꼭 지켜온 불문율이다.

나중에 좀 친해지면 살짝 말이라도 꺼내볼까? 그런데 그런 날이 오긴 할까…….

나는 가볍게 한숨을 쉬고는 대꾸했다.

"입이 무거운 사람이 아니면 안 돼요."

"벨만 선생은 믿을 만한 사람입니다."

그냥 믿을 만한 정도로는 부족하다. 치료하다가 혹시나 라리사가 눈물을 보이더라도 그녀의 비밀을 지켜줄 사람이 아니면 안 된다.

"맹세하실 수 있나요?"

확인차 한 내 질문에, 그는 입을 꾹 다물었다. 그러고는 뭔가 가늠하기라도 하듯이 나를 훑어보았다. 고개를 살짝 기울이자, 창에서 들어오는 볕이 그의 눈동자에 닿았다. 빛을 받은 붉은 눈동자가 날카롭게 빛났다. 그는 낮은 목소리로 말했다.

그것은 대답이 아니라 질문이었다.

"뭘 숨기고 있습니까?"

순간 숨이 멎는 줄 알았다.

"숨기다니요? 뭘요?"

나는 최대한 태연하게, 미동도 하지 않으며 대답했다.

뭐 숨기는 티가 났나? 방금 너무 빨리 대답한 건 아니겠지? 웃을까? 웃으면 아무것도 안 숨기는 것 같으려나? 아니, 더 어색하려나…….

파비안은 나를 빤히 쳐다보다가 곧 한숨을 쉬었다.

"그렇게 긴장하지 마십시오. 난 당신을 문초하는 게 아닙니다."

내가 긴장했다고?

……했구나, 긴장.

어느새 어깨에 힘이 잔뜩 들어갔다는 걸 깨닫고 숨을 내쉬며 팔을 늘어뜨렸다.

그는 한 손으로 관자놀이를 문질렀다. 그러고는 이마로 흘러내린 검은 머리카락을 쓸어 넘겼다. 손 그림자가 스쳐간 그의 눈동자는 여전히 사무적인 빛을 띠고 있었다.

파비안은 책상 위에 펼쳐져 있던 서류를 덮고 자리에서 일어섰다.

"옆방으로 가시죠. 숙녀분과 이야기를 나누기에 이 방은 마땅치가 않군요."

내 호칭은 부인에서 숙녀분으로 한 단계 더 멀어졌다. 그 말을 증명이라도 하듯, 그는 나를 정중하게 옆방으로 에스코트했다. 사교계에서 처음 만나는 숙녀를 대하는 것 같은 완벽한 매너였다.

연결된 방은 작은 응접실이었다. 그는 나를 푹신한 의자에 앉힌 다음, 하녀를 불러 차와 다과를 내오도록 했다.

편안한 분위기를 조성한 후, 그는 위압적으로 말했다.

"자, 이제 말씀해 보십시오."

"그러니까, 뭘요?"

나는 딱 한 가지 말고는 아무것도 숨기는 게 없다. 그리고 그 한 가지는 절대 내 입 밖으로 나올 일이 없는 것이다. 뭘 어쩌겠나, 시치미를 떼는 수밖에.

파비안이 한쪽 입꼬리를 끌어 올리며 웃었다. 입은 웃지만 눈빛은 차가웠다.

'설마 지금 비웃는 건 아니겠지.'

"굳이 말씀하시지 않아도 됩니다만, 그래도 한 가지는 짚고 넘어가야겠군요."

"뭔데요?"

"내가 라리사 양의 비밀에 대해서 짐작하고 있다는 것 말입니다."

"……."

나는 간신히 찻잔을 떨어뜨리지 않을 수 있었다. 그저 잔 안의 차가 조금 찰랑거렸을 뿐.

대답할 시간을 벌어야 했다. 나는 최대한 태연하게 차를 한 모금 마신 후 조심스럽게 내려놓았다. 그러나 내가 뭐라고 대답하기도 전에 파비안이 조용히 말했다.

"학대, 맞습니까?"

아, 그쪽이구나.

나는 속으로 안심했다. 물론 학대도 아주 심각한 사안이고, 비밀로 하는 편이 좋지만 그래도 요정의 눈물만큼은 아니니까.

'라리사를 돌봐주는 의사에게서 이야기를 들은 걸까.'

하긴, 어린아이가 그렇게 상처투성이인데 고용주에게 이야기를 안 할 리가 없지.

"이래서 더더욱 입이 무거운 사람을 원하는 거예요."

내가 조심스럽게 말하자, 파비안은 고개를 저었다.

"의사가 말해준 게 아니라 처음 봤을 때부터 알고 있었습니다. 입만 열면 거짓말하는 아버지와 그 아버지에게서 달아나는 자매. 동생 쪽은 심하게 떨며 말도 한마디 제대로 하지 못할 정도였고, 언니 쪽은 쉴 곳이 생기자마자 제일 처음 한 일이 외상 치료를 위한 약을 구하는 것이었죠."

그게 이렇게 쉽게 몇 마디로 정리될 수 있는 일들이었나. 나름 우리 딴에는 목숨을 건 도주였는데. 허탈한 기분이 들었다. 나는 목이 타서 다시 찻잔에 손을 뻗었다.

눈썹 사이에 깊은 그림자를 드리우며, 파비안이 말을 이었다.

"나를 믿으라고는 하지 않겠습니다. 말하고 싶지 않은 비밀이라면 그대로 갖고 있어도 됩니다. 하지만 혼자 감당할 수 없는 일이라면 털어놓는 것도 도움이 됩니다. 그리고 나는 실질적인 도움으로 연결시킬 수도 있는 사람입니다."

조심스러움 속에 자신감이 실려 있었다. 나는 새삼스레 그의 얼굴을 쳐다보았다. 여전히 사람 하나쯤 가볍게 미치게 만들 것처럼 아름다운 얼굴이었다. 새까만 머리카락과 대비를 이루는 흰 피부, 어딘가 비인간적으로 아름다운 빛깔의 눈동자. 남성미를 조각으로 빚은 것 같은 턱선과 넓고 탄탄해 보이는 어깨.

미모가 언제부터 설득력이랑 같은 말이었지? 파비안이 진지한 눈빛으로 나를 바라보자, 그를 믿고 뭐든 다 털어놓고 싶어질 정도였다. 결국 나는 홀린 것처럼 묻고 말았다.

"실질적인 도움이라면, 의사가 아니라 더한 것도 해주시겠다는 말씀이세요?"

"말했잖습니까. 당신은 이제 내 아내입니다. 나는 남편의 본분을 다 할 겁니다."

그는 그것도 모르냐는 듯, 가볍게 고개를 저었다.

"남편은 아내를 위해서라면 뭐든 할 준비가 되어 있어야죠."

헉, 이 남자가 왜 이래?

순간 차를 마시는 것도 잊고 마른침을 삼켰다.

대단히 로맨틱한 대사였지만 그의 얼굴에는 애정 비슷한 것은 한 조각도 보이지 않았다. 아니나 다를까, 다음 순간 그의 입에서 나온 말은 지극히 사무적이었다.

"우리 계약을 잊으신 건 아니겠지요."

"……그럴 리가요."

최소 일 년간 파비안과 결혼 생활을 유지한다는 계약. 잊을 리가요. 며칠 내내 내 머릿속에 콱 박혀 있는 건데.

그가 고개를 끄덕였다.

"계약 기간 동안 당신의 신변에 아무런 위협이 없도록 하려는 겁니다."

하하. 뭐야, 그럼 그렇지. 괜히 긴장했잖아.

그러니까 아내를 위해서라면 뭐든 한다는 파비안의 말은, 향후 일 년간 나를 살려놓기 위해서는 뭐든지 하겠다는 말이었다. 그래야 그의 지위가 보장되니까.

'나도 참, 바보같이 말 한마디에 휘둘릴 뻔하다니.'

마음이 훨씬 편해졌다. 나는 얼굴에 미소를 띨 정도로 여유를 찾았다.

그는 간단하게 해결책을 말했다.

"라리사 양을 학대한 자들을 처리하겠습니다."

"······!"

정말 솔깃한 제안이었다. 그야 그럴 수밖에! 라리사가 더 이상 이고르와 빌레인을 두려워할 필요가 없게 된다는 얘기가 아닌가.

둘을 감옥에 가두거나, 하다못해 영지에서 벗어나지 못하도록만 해도 충분했다.

그러면 앞으로 삼 년까지 기다릴 필요도 없잖아?

나는 조금 흥분해서 앞으로 다가앉으며 물었다.

"처리라니, 어떻게요?"

그는 뒤로 기대며 다리를 꼬았다. 왼쪽 무릎 위에 얹힌 오른쪽 다리가 길게 사선을 그리며 늘어졌다.

"아무런 뒤탈 없이 깨끗하게 해치울 수 있습니다. 장례식 날의 누구처럼 허술하게는 하지 않습니다."

총 맞은 지 며칠이나 지났다고, 그는 태연하게 남의 일처럼 말을 꺼냈다. 아주 자신 있는 태도였다.

'그런데 예시가 왜 하필 암살 미수 사건이지?'

조금 전까지 혹했던 마음이 순식간에 차갑게 얼어붙어 절벽 밑 구렁텅이로 떨어졌다.

설마······.

"그, 그러니까······."

"암살이죠."

으아, 아니야, 그건 아니야. 안 된다고!

물론 개인적으로는 당장 찬성하고 싶다. 어린아이를 그렇게 괴롭히다니, 내 기준에는 마땅히 사형감이다. 하지만 그들이 사형 선고를 받더라도 공적인 재판 자리에서 받아야지, 내 개인적인 사감으로 사람 목숨을 좌지우지해서는 안 된다.

게다가 무서운 점이 또 있었다.

'라리사를 학대한 가족들에게 암살자를 보낸다면, 나한테도 보내는 거 아니야?'

직접 때리지는 않았지만 수시로 유모를 내려보내 눈물을 갈취했는걸. 설마 삼 년 후로 예정된 심판의 시간이 코앞으로 당겨진 건가? 라리사가 무사히 왕자님을 만났으니까?

나는 손을 떨며 찻잔을 양손으로 쥐었다.

너무 억울했다. 마르시아가 내 안에 있긴 하지만, 그때의 마르시아는 내가 어찌할 수 있었던 것도 아닌데. 내가 무슨 짓을 해도 어린아이를 학대한 죗값을 완벽히 치를 수는 없겠지만, 조금이라도 속죄의 기회를 주면 안 되는 걸까?

'암살이라니.'

찻잔만 쳐다보고 있다가 문득 고개를 드니, 파비안은 내 얼굴을 유심히 보고 있었다. 그가 눈썹을 일그러뜨렸다.

"설마 학대당한 건 라리사 양 혼자가 아닌 겁니까?"

이런, 내 반응을 오해한 모양이었다. 나는 얼른 두 손을 휘저었다.

"아, 아뇨! 아니에요. 정말 아니에요."

"솔직히 털어놓으셔도 됩니다."

"진짜예요."

파비안은 입을 꾹 다물었다. 나는 그가 다른 생각을 하기 전에 얼른 말했다.

"계약서 내용만 지켜주세요. 라리사를 다른 가족들에게 절대 내주지 않는다는 조항이요. 그리고 혹시 마음의 상처를 다스릴 줄 아는 의사가 있는지 찾아봐 주시면 고맙겠어요."

"알겠습니다. 다시 한번 말씀드리지만, 벨만 선생은 정말로 믿을 만한 사람입니다. 그의 입에서 뭔가 새어 나갈 걱정은 하지 않으셔도 됩니다."

나는 알겠다는 뜻으로 고개를 살짝 끄덕여 보였다. 그리고 찻잔에 남은 차를 한 모금 마셨다. 차는 아직도 따뜻했다.

"참, 몸은 좀 어떠세요?"

"어떠냐니요?"

파비안은 내가 갑자기 안부를 묻자 무슨 소리인지 모르겠다는 듯 눈을 가늘게 좁혔다.

"장례식에서 총을 맞으셨잖아요."

"괜찮습니다."

"얼굴이 창백하신데요."

그러자 그는 눈썹을 찌푸리며 한 손으로 턱과 뺨을 쓸었다. '젠장, 또……' 하는 마음의 소리와 함께.

"……원래 그렇습니다."

남자 피부가 저렇게 하얘도 되나, 싶을 정도다. 내가 괜히 뱀파이어 같다고 생각했던 게 아니었다. 아파서 그런 게 아니라면 다행이지만.

"진짜 괜찮은 거죠?"

"전에도 괜찮다고 말씀드리지 않았습니까? 그렇게 못 믿으시겠다면 차라리 직접 보여 드릴까요?"

그는 단호하게 말하더니 크라바트를 쭉 잡아당겨 풀었다. 원래 저렇게 쉽게 풀리는 건가?

곧이어 그의 손가락이 셔츠 단추를 향하는 걸 보고 나는 비명을 질렀다.

"으아! 아니요! 벗지 마세요!"

파비안이 움찔하더니 손을 내렸다. 그는 픽 웃으며 풀어낸 크라바트를 찻잔 옆에 내려놓았다.

나는 민망함을 감추고자 서둘러 말했다.

"그땐 고마웠어요. 괜히 저를 감싸시느라 안 맞아도 될 총을 다 맞고……."

"아닙니다. 그건 처음부터 날 노렸던 거였습니다. 발코니로 나가지 않았다면 분명 다른 쪽으로 숨어들어서라도 나를 쐈을 겁니다. 오히려 미안한 건 이쪽입니다. 당신을 말려들게 했으니."

"아, 아니에요. 전 아무 데도 다치지 않았잖아요."

파비안은 눈살을 찌푸렸다.

"충격으로 정신을 잃었지 않습니까."

……아, 그랬지, 참.

순간 당시의 상황이 떠올라 잠시 몸서리를 쳤다.

파비안의 피가 점점이 떨어진 발코니, 쏟아지는 빗속, 그 끔찍했던 죽음의 소리가 다시 생각날 것만 같다.

입술을 깨물며 고개를 들어보니, 파비안이 미묘한 표정으로 나를 보고 있었다. 나는 찻잔으로 시선을 내리며 중얼거렸다.

"피가 그렇게 많이 났는데……."

"총알이 뚫고 지나간 것도 아니고, 살가죽에 상처만 좀 났을 뿐입니다. 잘 꿰맸으니 금방 나을 겁니다. 장기를 다치지도 않았……."

파비안은 문득 뭔가를 깨달은 듯 말을 멈추었다. 그는 이내 가볍게 한숨을 쉬었다.

"죄송합니다. 숙녀분께 드릴 말씀이 아니군요."

"아니에요. 자세히 들으니 차라리 낫네요."

조금 놀라긴 했지만, 살가죽이니 장기니 그런 말을 들어서는 아니었다. 상처를 꿰매야 할 정도로 많이 다쳤었다니.

"저는 전하께서 집무실에서 나오지 않으시는 게, 사실 상처가 깊어서 그런 건 아닐까 하고 생각했거든요."

"아파서 못 움직이는 줄 아셨습니까? 이 정도는 정말 아무것도 아니니 걱정 마십시오."

진짜? 아무리 스쳤대도 총을 맞은 건데? 꿰맸는데?

나는 흐린 눈으로 그를 쳐다보다가 우리의 첫 만남을 떠올렸다. 그러고 보면 자동차 시제품을 탔다가 사고가 나서 차가 부서지고 옷이 찢어질 정도로 굴렀으면서도 몸은 멀쩡했었지. 얼굴이 좀 창백해서 그렇지 몸 하나는 진짜 튼튼한가 봐.

"알겠어요."

나는 얌전히 고개를 끄덕이고 찻잔으로 손을 뻗었다.

남은 차를 다 마시고 일어나려 하는데 파비안이 입을 열었다.

"그리고 그전에 하신 말씀 말인데……."

"전에 한 말이요? 아……."

다른 이야기를 하다가 깜박했다. 그러고 보니 대공비로서의 의무를 지킬 생각이 없다는 선언도 하러 왔었지, 참.

"뜻대로 하십시오. 그게 내가 내건 조건이었으니까요. 저택 안에서는 마음대로 하셔도 좋습니다. 대공 부부가 반드시 함께 참석해야 하는 대외 활동만 조금 신경 써주시면 됩니다."

"고마워요. 저도 약속은 지킬게요."

"하지만."

"네?"

"편지만큼은 직접 받는 것이 좋지 않겠습니까? 분명 개인적인 서신도 오갈 텐데, 내게 보이고 싶지 않은 서신이라도 오면 어쩔 생각이지요?"

지극히 상식적인 말이었다. 조금 전에 태연하게 암살자를 보내겠다는 소리를 했던 사람이라고는 생각되지 않을 정도로. 하지만 나는 고개를 저었다.

"개인적인 서신을 보낼 사람은 한 명도 없어요."

내 입으로 말하기 뭣하긴 하지만, 마르시아는 그 정도로 친한 친구가 없었다.

게다가 내가 대공비가 되어 여기 있다는 소문이 블리크가의 영지인 노스트랜드까지 퍼지려면 시간이 제법 걸릴 터였다. 워낙 외진 곳인데다 높으신 분들의 가십에는 별로 관심이 없는 사람들뿐이니. 수도에서 매일 발행되는 신문조차 한 달 치씩 묶어서 배달되고, 그마저도 읽지도 않고 불쏘시개 삼아 벽난로에 던져 버리는 일이 부지기수인 동네였다. 참고로 마르시아는 수도에서 유행하는 패션에 관한 기사만 읽고 버렸다.

내 대답에 파비안은 한쪽 눈썹을 치켜올렸다. 그럴 리가, 라는 생각이 얼굴에 써 있는 듯했다.

아, 나 친구 없다니까. 세상에 친구 없는 사람이 나 혼자인 줄 알아?

"그럼 바쁘신데 전 이만 실례하겠습니다."

나는 쓸데없는 마음의 소리를 듣기 전에 얼른 자리에서 일어섰다. 이따가 집사를 불러 나에게 오는 편지들은 모조리 파비안에게 전달하라고 해야지.

'당분간은 라리사에게만 신경을 써야겠어. 그 애를 돌봐줄 사람은 나밖에 없으니까.'

방으로 돌아가는 짧은 시간에도 라리사의 얼굴이 아른거렸다. 최근에 알아낸 사실 때문이었다.

라리사는 혼자 있을 때는 식사는커녕 물조차 마시지 않았다.

처음엔 유모의 감시하에 식사하던 지하실의 생활에 길들어서 그런 걸지도 모른다고 생각했다. 그래서 엊그제는 식사 시간에 자리를 비울 때 일부러 방 안에 식사 시중들 하녀를 한 명 남겨 놓았다. 라리사가 무서워할까 봐 일부러 문도 열어두도록 지시하고.

한 시간 후 방으로 돌아왔을 때, 하녀는 아직도 방 안에 있었다. 그녀는 쩔쩔매며 내게 말했다.

"라리사 아가씨께 여러 번 식사를 권했지만 도통 드시질 않으셨어요."

라리사는 식탁 앞에 앉아 있었는데, 나와 눈이 마주치자 얼른 눈을 피했다. 그리고 이내 다 식은 음식을 천천히 먹기 시작했다.

나는 그때야 알았다. 라리사는 옆에 누가 있어야 식사를 하도록 길든 게 아니었다. 그녀는 내가 옆에 있어야 식사를 했다.

'설마 나랑 있을 때는 안심이 되나?'

내게 마음이 조금쯤은 열려 있다는 표시가 아닐까?

여전히 눈도 제대로 마주치지 못하고 말도 한마디 하지 않지만, 내가 있을 때만 밥을 먹는다니. 가슴 한구석이 찌르르했다.

'이러는데 내가 어떻게 그 애를 혼자 내버려 두겠냐고.'

개나 고양이라도 내가 있어야만 밥을 먹는다면 신경이 쓰일 텐데, 하물며 라리사는 사람이다. 내 동생이고.

감동적인 소식이긴 했지만, 반대로 말하면 나 이외의 모든 사람에게는 마음을 닫아걸고 있다는 말이기도 했다.

사람은 혼자서는 살 수 없다. 조금이라도 마음을 터놓을 수 있는 사람이 나 하나뿐이어서는 안 된다. 나라고 라리사 옆에 평생 있어줄 수 있는 것도 아니니까.

조금씩 이 세상에 발을 붙이고 마음을 열 수 있도록 도와줘야지.

'대공비로서의 의무를 거절했으니, 이제 딱히 할 일도 없겠지. 라리사를 데리고 둘이서 산책이라도 가야겠다.'

나는 저택 안이라고는 해도 종종 바깥출입을 했지만, 라리사는 지금까지 정말 말 그대로 방 안에서만 지냈다. 하지만 이제 더 이상 그럴 필요가 없었다. 이제부터라도 여러 가지 경험을 시켜줘야지.

'우선 방 바깥나들이부터.'

집사에게 저택 구조에 대해 대강 설명을 듣기는 했지만 아직 제대로 돌아보지 않았다.

라리사와 같이 나가볼 생각을 하니 즐거워졌다. 나는 발걸음을 빨리해 방에 도착하자마자 문을 벌컥 열며 말했다.

"산책 가자, 라리사!"

"……!"

헉, 내가 너무 과격했나? 깜짝 놀랐는지, 라리사의 눈동자가 순식간에 바닥을 향하며 어깨가 움츠러들었다.

"놀랐어? 미안……."

나는 머쓱해져서 사과하며 조심스럽게 다가갔다. 마침 라리사는 창가에 앉아 있던 참이었다. 손에는 여전히 내가 준 손수건을 꼭 쥐고 있다.

나는 흘끔 창문 너머를 쳐다보았다. 창밖으로는 후원이 펼쳐져 있었는데, 저 끝에 있는 분수대가 조그맣게 보였다. 나는 싱긋 웃으며 손가락으로 창 너머를 가리켰다.

"여기서 보기만 하지 말고, 직접 나가보는 거야."

여긴 이제 라리사의 집이 될 거니까, 지금부터 천천히 집에 뭐가 있는지 알아보는 것도 좋겠지? 이젠 더 이상 방 안에만 갇혀 지낼 필요도 없으니까.

라리사도 딱히 싫은 기색을 내비치지는 않았다. 나는 용기를 얻어 라리사의 손을 잡고 야심 차게 방을 나섰다.

막상 도착한 후원은 위에서 내려다볼 때보다 훨씬 넓었다. 가지런히 정리된 아름다운 나무들 사이로 잔디가 펼쳐지고, 화단과 조각상이 번갈아 조화롭게 배치되어 있었다. 아직 날이 조금 쌀쌀하고 철이 일러 나비나 벌은 보이지 않았지만, 나무 사이로 새들이 지저귀는 소리가 들렸다.

아름답고 평화로웠다.

아쉽게도 날씨는 조금 흐렸다. 그래도 구름 사이로 군데군데 푸른 하늘이 비치는 게, 비가 올 것 같지는 않았다.

"흐린 날에는 양산이나 모자를 쓰지 않아도 되니까 덜 번거롭고 잘 됐네. 그치?"

나는 라리사와 함께 걸으며 계속 말을 걸었다. 라리사는 내가 잡아 끄는 대로 따라 나오긴 했지만 눈 둘 곳을 모르겠는지 자꾸 발밑을 보며 걸으려 했다. 나는 그럴 때마다 일부러 주변을 손가락질했다.

"와, 저거 봐. 어쩜 나무를 저렇게 잘 다듬어놨을까? 정말 네모반 듯하네."

"저기 조각상도 있네! 아기 천사인가 봐. 예쁘다."

두 살짜리에게 말하듯 아무 말 대잔치를 하며 손가락으로 주변을 가리켜 댔다. 그때마다 라리사는 눈치를 보며 내가 가리키는 곳을 조심스레 쳐다보았다.

역시 내 말을 듣고 있다는 얘기겠지? 대답은 안 하지만.

그래도 처음엔 꼭 다물고 있던 입술이 어느새 조금 벌어져 있었다.

'귀여워! 집중했나 봐.'

나는 더욱 호들갑을 떨었다.

"수선화가 피었네. 봄이 왔다는 소리야. 이거 봐, 라리사. 얼핏 보면 이파리가 파 같지만 파 꽃은 아니란다. 파 꽃은 하얗고 동그란 게 꼭 바늘꽂이같이 생겼어."

수선화 화단 앞에서는 그냥 쳐다보기만 하는 게 아니라 걸음도 느려졌다! 꽃이 마음에 드는 걸까?

나는 웃으면서 라리사의 속도에 맞춰 천천히 걸었다.

"만져봐도 돼. 향기도 좋아."

내가 속삭이자 라리사의 발걸음은 더욱 느려졌다. 눈은 수선화의 노란 꽃잎에서 떨어질 줄을 몰랐다.

'흑흑, 귀여워.'

나는 라리사의 손을 놓고 화단 앞에 쪼그려 앉았다. 그러고는 과장된 동작으로 수선화의 향기를 들이마셨다. 라리사는 내가 꽃 앞에 앉아 일어나지 않자, 쭈뼛거리며 다가왔다.

"너도 맡아봐. 자, 여기."

내가 손짓으로 옆자리를 가리키자, 라리사는 가만히 무릎을 꿇고 앉았다. 그리고 천천히 노란 꽃망울 위로 고개를 숙였다.

"......!"

잠시 후 고개를 든 라리사는 볼에 홍조가 오르고 눈망울이 휘둥그레져 있었다. 꼭 꽃향기를 생전 처음 맡아보기라도 하는 것처럼.

'데리고 나온 보람이 있네.'

나는 흐뭇하게 웃다가 라리사의 반응이 뜻하는 바에 생각이 닿았다.

아니, 설마 진짜 처음인가? 꽃을 보는 것이?

가능성이 없지는 않았다. 나는 라리사가 몇 살 때 지하실에 갇혔는지 모른다. 그게 아주 어렸을 때라면, 그리고 아무도 지하실에 꽃을 가지고 가지 않았다면.

'어쩐지, 과자 같은 것도 처음 먹어보는 것 같은 눈치였지.'

아, 세상에. 도대체 얘가 해 본 건 뭐가 있는 걸까? 보통 사람들이라면 마땅히 겪었을 일들을 설마 하나도 못 해 본 건 아니겠지? 나는 입술을 깨물었다.

곁눈으로 보니 라리사는 가만히 꽃향기를 맡아보고, 손끝으로 꽃잎을 조심조심 건드려 보고 있었다. 기다란 은빛 속눈썹이 수선화에 못 박힌 초록빛 눈동자 위에 그늘을 만들었다. 죽은 것만 같던 눈에는 평소와 달리 생기가 어렸다.

그 지옥 같은 지하실에서 탈출한 뒤로 라리사는 조금 변했다. 잘 먹은 탓일까, 홀쭉했던 뺨이 조금 통통해지고 얼굴에는 혈색이 돌기 시작했다. 뺨에 짧은 솜털이 보송보송하게 난 것이 영락없는 어린아이였다.

'아직 멀었어. 제 나이로 보이려면 한참 더 먹여야 해.'

나는 실실 웃으며 '통통'을 지나 '빵빵'해진 라리사의 볼을 꼬집어보는 상상을 했다. 두 볼이 겨울 호빵처럼 따끈하고 탐스러워질 때까지 잘 먹여야지.

노란 봄꽃 사이에 조심스레 코끝을 파묻는 라리사를 보니, 꼭 알에서 갓 깨어난 병아리라도 보는 기분이었다. 귀엽고, 보드랍고, 나만 따라다니는 조그만 생명체. 너무나 약해서 다치지 않도록 잘 보듬어줘야 하는 작은 새.

나는 귀여운 병아리가 수선화 관찰을 끝낼 때까지 기다렸다가 자리에서 일어섰다.

'나중에 정원사에게 부탁해서 방에 꽂아둘 수 있도록 몇 송이 잘라달라고 해야지.'

다음 화단에는 크로커스가 심어져 있었다. 작은 보랏빛 꽃이 올망졸망 가득 피어나 마치 보라색 융단 같았다. 라리사는 그 앞에도 쪼그려 앉아 다리가 저릴 때까지 한참을 구경했다.

화단마다 멈춰 서서 구경하며 걸었더니, 후원 끝 분수대에 도착했을 때는 시간이 꽤 흘러 있었다. 가운데에 물병을 높이 들어 올린 작은 소녀의 조각상이 있는 작은 분수대였다.

"여기 잠시 앉았다가 갈까?"

우리는 분수대 가장자리에 걸터앉았다.

하늘을 올려다보니, 아까는 짙었던 구름이 점차 흩어지고 있었다. 나무들 위로도 점점이 햇살이 떨어지기 시작했다.

'간식거리라도 들고 올걸.'

이제 와서 조금 후회가 되었다. 오면서 부엌에 들르기라도 했으면 지금쯤 둘이 다리를 흔들면서 사과라도 먹으며 햇살을 즐길 수 있었을 텐데.

나는 아쉬워하며 손가락을 분수대에 담갔다. 시원한 감각이 손가락을 타고 짜릿하게 올라왔다.

내가 손가락을 담그는 것을 보더니, 라리사도 슬며시 제 손가락을 물속으로 밀어 넣었다. 조금 지나자 양손을 동시에 담그고 물을 참방거리는 데 몰두하기 시작했다.

그게 뭐라고, 내 가슴은 고양감으로 부풀어 올랐다. 정말 아무것도 아닌 일일 텐데 기분이 흐뭇했다.

'고작 보름 사이에 정들었나⋯⋯.'

생각해 보니 내가 마르시아의 몸에 깃든 지도 3주가 다 되어간다.

'내 인생에서 가장 폭풍 같은 3주였어.'

나는 차가워진 손가락에서 물을 털어냈다. 이만하면 바깥바람은 충분히 쐬었다 싶었다. 너무 오래 바람을 쐬다가 감기라도 들면 큰일이지.

나는 분수대에서 몸을 일으켰다.

"이제 슬슬 방으로 돌아갈까? 배고프지 않니?"

그런데 그때, 등 뒤에서 날 아는 척하는 목소리가 들려왔다.

"어라, 대공비 전하 아니야?"

변성기가 갓 지난 것 같은 이 목소리, 끝을 반말로 잘라먹은 문장.

안 봐도 뻔했다. 리샤르다.

'모처럼 라리사랑 즐거운 시간을 보내고 있었는데.'

나는 눈을 꼭 감고 한숨을 한 번 내쉰 후, 미소를 지으며 삐걱삐걱 뒤를 돌아보았다.

검은 고수머리의 소년이 양손을 주머니에 꽂고 이쪽을 향해 건들거리며 걸어오고 있었다.

"영영 못 보는 줄 알았네. 방에만 처박혀 있길래 바깥으로는 한 걸음도 안 나오는 줄 알았더니, 그런 건 또 아니었군."

별로 대꾸하고 싶지 않았지만 무시하기엔 늦고 말았다. 이미 저쪽에서 날 보고 말을 걸었으니까. 분수대에서 일어나려던 라리사도 엉거주춤 앉은 채 놀라 동그래진 눈으로 리샤르를 봤다가 나를 봤다가 했다.

'괜찮아, 라리사. 이 언니가 알아서 할게.'

나는 분수대를 돌아 리샤르 앞을 막아섰다. 리샤르는 비웃는 듯한 표정으로 날 쏘아보았다.

하지만 비웃는 거라면 나도 꽤 잘한단다. 포인트는 겉으로 보기에는 티가 안 나게 하는 거지. 나는 생긋 웃으며 아주 친절하게 말했다.

"이게 누구야, 리샤르 군이네. 장례식이 끝난 지가 언젠데 여기서 뭘 하는 거야? 네 부모님은 두 분 다 저택으로 돌아가셨는데 너는 왜 여기 남아 있어?"

리샤르가 눈가를 찡그리며 제 목을 가리켰다.

"할아버님 추모 중이야. 이 검은 타이 안 보여?"

"아, 그러셨구나. 그런 것치곤 장례식 때 눈물 한 방울 흘리지도 않던걸. 프레데릭 전 대공의 시신은 본성으로 운구했다고 들었는데, 차

라리 본성으로 가는 게 어때?"

내가 방긋방긋 미소 지으면서 말하자, 리샤르는 발끈하며 대꾸했다.

"손님방도 잔뜩 남으면서 뭘 그래? 이 저택 안주인이 되었다고 뭐든 맘대로 휘두르고 싶은가 보지?"

"얌전히 손님답게 굴면 별말 안 해."

"정원에서 우연히 마주쳐서 인사 한 번 한 걸 가지고 가시 세우긴. 뭐가 그렇게 찔려서 그러는데?"

으. 말 한 번 얄밉게 하네.

나는 라리사 쪽을 돌아보고 싶은 걸 꾹꾹 참았다.

"언제까지나 머무를 생각은 없으니 걱정 마시지. 어차피 며칠 후면 아카데미로 돌아가야 해. 우리 저택보다 여기가 기차역에서 더 가까워서 남아 있는 것뿐이야. 시간을 아끼고 싶으니까."

"핑계 좋네. 뭐, 그러든가, 그럼. 남은 시간 부디 푹 쉬다 가도록 하세요, 리샤르 군."

나는 가볍게 고개를 까딱하며 작별 인사를 하고, 몸을 돌려서 라리사 쪽으로 향했다.

"그럼 우린 가자, 라리사."

나는 라리사에게 손을 내밀었다. 라리사가 머뭇거리듯 내 손을 잡았다.

"내가 방까지 데려다주지."

깜짝이야. 리샤르는 어느새 분수대를 돌아 우리 앞까지 와 있었다. 주머니에 손을 넣고 어떻게 저렇게 빨리 움직이지?

"뭐 하러? 이제 여긴 우리 집이니 안 그래도 돼."

"아직 저택 구조 잘 모를 거 아니야."

"참 친절하네. 집사가 안내해 줘서 이젠 대충 알아."

"여기가 얼마나 넓은데, 대충 알아갖곤……."

"그건 내가 알아서 할 일이야. 좀 비켜주겠어?"

노골적으로 말했지만, 리샤르는 비킬 생각이 없는지 가슴을 내민 채로 서서 꼼짝도 하지 않았다.

안 비켜? 그럼 돌아서 가면 되지.

나는 라리사의 손을 잡고 리샤르의 옆쪽으로 발걸음을 내디뎠다. 내가 그를 스치듯 지나치기 직전, 리샤르가 다급하게 말했다.

"그래서 그대로 방으로 돌아가겠다고? 그전에 할 일이 있을 텐데?"

"할 일? 그런 거 없는데?"

앤 도대체 왜 이렇게 귀찮게 구는 거야? 나는 곁눈질로 흘기며 일부러 짜증스럽게 말했다. 그러자 리샤르가 툴툴거렸다.

"정식으로 소개해 줘야 할 거 아냐."

누구를?

'……설마 라리사?'

리샤르는 라리사에게는 시선을 한 톨도 주지 않았다. 대신 파란 눈을 부릅뜨고 나를 노려보며 또박또박 씹어 뱉듯 말했다.

"우린 이제 친척이 된 거잖아. 작위도 없는 가문의 여자가 내 친척이라니, 인정하고 싶지는 않지만, 나는 현실을 직시하고 있단 말이야."

-이제 그 자식이 대공 전하라는 걸.

"친족의 연이라는 게 쉽게 끊어지는 것도 아니고, 이제 평생 얼굴 보고 지낼 사이잖아. 네 동생도 마찬가지고. 그러니 정식으로 소개해 줘도 괜찮잖아."

아니, 의외로 말이 되는 소리를 하네. 라리사는 낯을 많이 가리고,

하필 소개 상대가 이 재수 없는 꼬마 놈이라는 게 문제지만.

우리 불쌍한 라리사. 이런 애랑 친척이 되어야 한다니.

나는 고개를 저으며 라리사를 살짝 돌아보았다.

'……어라?'

라리사는 내 손을 꼭 붙잡은 채 무표정하게 서 있었다. 어쩐지 그다지 긴장한 것 같지는 않았다. 오히려 눈을 또록또록 굴리며 리샤르를 흘끔흘끔 쳐다보기까지 했다.

'낯을 안 가리네? 이제 좀 괜찮아진 건가?'

하긴, 친척이 된 사이에 처음부터 나쁜 인상을 줄 필요가 없는 건 사실이지.

"좋아, 소개해 줄게."

다 라리사 좋으라고 하는 거니까.

나는 리샤르에게 시선을 돌렸다. 얼씨구, 저 녀석 눈 초롱초롱해진 것 좀 보게?

"하지만 그 전에."

나는 기고만장한 꼬맹이의 코를 좀 때려주기로 했다.

"예의를 갖춰."

"뭐?"

리샤르가 허를 찔린 듯, 놀라 동그래진 눈으로 날 쳐다보았다. 나는 어깨를 쭉 펴고 턱을 치켜들었다.

"네 말대로야. 우리는 친척이 되었지. 그러니까 난 너의 친척 어른이야. 로랑 대공비는 작위도 없는 꼬마가 함부로 대해도 되는 사람이 아니란 것쯤은 알고 있겠지? 물론 대공비의 하나뿐인 동생도 마찬가지야. 예의도 모르는 녀석에게는 인사조차 시키고 싶지 않거든."

-이 여자가……?

반사적으로 터져 나오는 충격의 소리와 함께, 리샤르가 불만을 털어놓았다.

"네가…… 아니, 비전하가 처음에 그런 옷을 입고 있었던 탓이잖아. 파비안의 약혼녀였으면 대공가에 어울리는 복장을 하고 있었어야지! 그랬으면 내가 착각할 일도 없었을 거 아니야."

"남 탓하지 마. 보는 눈이 없었던 건 네 탓이지. 그날의 낡은 드레스나 지금 이 고급 드레스나 입은 건 같은 사람이야. 알맹이를 보는 눈을 먼저 기르렴."

"큭……."

말문이 막힌 리샤르는 엑스트라 악역이나 내뱉을 만한 잇소리를 내며 입을 다물었다. 파란 눈이 사정없이 흔들렸다.

잠시 후, 그는 나를 한 번 쳐다보고, 하늘을 보고 한숨을 한 번 쉬었다가, 이윽고 가슴에 한 손을 얹었다. 그리고 내게 고개를 숙였다.

"지금까지 무시하고 대든 거 사과할게. 잘못했어."

"요."

"잘못했어요."

그는 순순히 말투를 고쳤다. 귀를 기울여 보았지만, 마음의 소리는 들리지 않았다.

내 말을 납득했다는 얘기겠지?

뭐, 이 정도면 인사 정도는 시켜줄 수 있겠네.

나는 빙긋 웃었다. 그리고 리샤르를 가리키며 라리사를 돌아보았다.

"라리사, 여기 이 소년은 대공 전하의 사촌인 리샤르 로랑 백작 영식이야. 곧 아카데미로 돌아간다고 하니, 한동안 볼 일 없을 거야. 안심하렴."

라리사는 동그란 눈을 두어 번 깜박거리며 리샤르를 쳐다보았다.

"리샤르 군, 여기 이 귀여운 아가씨는 내 소중한 동생 라리사 블리크야."

그럼 이제 됐지? 하며 라리사를 도로 데리고 들어가려던 나는, 리샤르를 보고는 입을 벌렸다.

'헉.'

리샤르의 얼굴 전체가 새빨갛게 변해 있었다. 사람 얼굴이 저렇게까지 빨개질 수도 있나?

"리, 리샤르 로랑입니다. 잘 부탁드립니다. 부디 편하게 리샤르라고 불러주십시오."

양손은 주머니에서 뺀 지 오래였고, 심지어 말까지 더듬었다. 아직 어린아이인 라리사 상대로 존댓말까지 아주 깍듯했다. 그는 차렷 자세로 뻣뻣하게 서서 제대로 숨도 못 쉬고 라리사의 대답만 기다렸다.

라리사는 커다란 눈동자를 깜빡거릴 뿐, 아무런 말도 하지 않았다.

당연하다. 적어도 내가 아는 한, 라리사는 단 한마디도 말을 한 적이 없었다. 하지만 그게 리샤르에게는 당연하지 않았다. 그는 라리사가 말을 하지 않는다는 걸 모르니까.

리샤르는 라리사가 말없이 빤히 자신을 쳐다보는 것을 보며 입을 뻐끔거렸다. 뭔가 하고 싶은 말이 있겠지만, 잘 보이고 싶은 꼬마 숙녀분께서 아무 말도 하지 않으니 눈치만 보고 있는 것이다.

'제법 귀여운 면도 있잖아?'

마음이 넓은 나는 리샤르를 조금 불쌍히 여겨주기로 했다.

"라리사는 목소리가 아직 안 돌아왔어."

그러자 리샤르가 깜짝 놀라며 말했다.

"감기라는 게 그렇게 큰 병이었어? ……요?"

-하, 하긴, 하층민 중에는 감기에 걸려서 죽는 사람이 나온다고 듣기는 했지. 그래도 설마, 무늬만이라도 귀족가의 영애인데…….

혼란스러워하는 마음의 소리가 들렸다. 그건 제때 치료받지 못하는 빈민 얘기고, 라리사는 그런 경우가 아니지만.

'굳이 설명해 주지 않아도 상관없겠지?'

다른 사람이, 그것도 하필 리샤르가 라리사를 저런 안쓰러운 눈으로 바라보는 게 정말 마음에 안 들지만! 정말 너무너무 싫지만, 어쩔 수 없지. 그냥 이 자리를 빨리 벗어나는 수밖에.

"자, 그럼 이제 됐지? 이만 들어가 봐야겠어. 이 이상 찬바람을 쐬게 하면 라리사에게 좋지 않으니까."

나는 허리에 손을 얹으며 단호하게 말했다. 양심은 있는지, 리샤르도 더 이상 우리를 붙잡고 늘어지지는 않았다.

'앞으로도 계속 안 봤으면 좋겠는데.'

오늘 우연히 자기 또래 소년 같은 귀여운 모습을 보긴 했지만, 나는 아직 리샤르가 건방진 말투로 우리를 깔보던 걸 잊지 않았다. 그런 녀석이 우리 라리사 근처를 맴돈다고 생각하면 소름이 돋을 지경이다. 나는 괜히 발걸음을 빨리했다.

다음 날 주치의 벨만이 찾아왔다. 파비안이 그새 이야기를 해둔 모양이었다. 그는 관자놀이께의 머리가 희끗희끗한, 중년에서 노년으로 접어드는 시기의 남자였다. 오랫동안 대공가의 주치의를 맡아온 그에게서는 진중한 분위기가 묻어났다.

나는 벨만이 라리사를 직접 만나기 전에 먼저 사정 설명을 해주었다. 거의 평생을 갇혀 지내면서 수시로 심한 체벌을 받아 말을 잃었노라고.

"선생님께서 봐주셨으면 하는 건 사실 육체의 상처보다 마음의 상처예요. 이 아이는 정말 깊은…… 깊은 상처를 입었거든요."

미리 언질을 받았는지, 그는 진지한 얼굴로 고개를 끄덕였다.

"라리사에 대한 건 꼭 비밀로 해주셔야 해요. 그게 무엇이 됐든."

"알겠습니다."

"진료 중에 혹여나 예상치 못한 일이 발생하더라도 비밀은 지켜주세요. 대공 전하께도 마찬가지예요."

파비안에게도 비밀로 해야 한다는 말에 그는 눈썹을 들어 올렸다.

"생명에 지장이 갈 정도로 심각한 병증의 경우는 그렇게 할 수 없습니다. 대공께서는 라리사 양의 가족이자 보호자시니, 그럴 경우 저는 곧바로 가서 말씀드릴 겁니다."

그가 완고하게 말했다. 나는 하는 수 없이 고개를 끄덕였다.

"좋아요. 생명이 위험한 경우는 예외로 두죠. 그렇지 않은 경우는 무조건 입을 다물겠다고 약속하세요."

"알겠습니다."

도대체 어린아이에게 무슨 짓을 했길래 이렇게 신신당부를 하는 건지, 하고 못마땅해하는 마음의 소리가 들렸다. 그 마음의 소리는 진찰을 시작하자마자 경악으로 바뀌었다.

-이 정도일 줄은…….

벨만은 용케 표정을 다스리며 마음속으로 욕설을 퍼부었다.

그는 우선 라리사의 상처부터 돌봐준 후 진찰을 시작했다. 촛불을 라리사의 눈가에 한쪽씩 비춰 들여다보기도 하고, 혀를 내밀게도 했다. 간단한 동작을 해 보도록 지시하기도 했다.

진료가 끝난 후 벨만은 내게 조용히 말했다.

"인지능력에는 아무 문제가 없으신 것 같습니다. 잘 먹게 하고, 좀 힘들더라도 자꾸 뛰놀게 하는 수밖에 없습니다."

"지금은 대답하지 않아도 일부러 계속 말을 걸고 있어요."

"그것도 좋은 방법입니다. 여기저기 데리고 다니면서 가능한 한 많은 경험을 시켜주는 게 도움이 될지도 모릅니다."

그 정도는 할 수 있다. 나는 고개를 끄덕였다.

"또한, 확신할 사항은 아니지만, 나중에 이상행동을 보일 수도 있습니다."

"이상행동이라니요?"

벨만은 조금 자신 없는 말투로 설명했다.

"비슷한 환자들을 만나본 경험이 좀 있습니다. 정확한 이유는 모르지만, 심하게 학대당한 경우 그 상황에서 벗어난 후에도 스스로를 학대하는 경우가 있더군요."

"스스로를 학대한다고요?"

설마. 불안한 느낌이 들었다.

"……자해하는 경우가 있습니다. 스스로를 신체적으로 못살게 굴기도 하고, 혹은 다른 사람을 향해 폭력 성향을 드러내는 경우도 있고요."

저렇게 조그만 애가…… 자해할 수도 있다니. 게다가 다른 사람을 때리거나 욕할 수도 있다고?

'말도 안 돼.'

나는 끔찍했던 지하실 광경을 떠올렸다. 그런 환경에서 벗어났는데도 안심하지 못하고 계속 불안해한다고? 오랜 마음의 상처가 그리 쉽게 치유되리라고 생각하지는 않았지만, 블리크가를 벗어났으니 호전되지 않을까 하는 기대를 내심 갖고 있었는데.

벨만이 사무적인 말투로 덧붙였다.

"그런 일이 반드시 발생한다는 것은 아닙니다. 만약을 위해 알고 계시라는 겁니다."

"……알겠어요."

그는 진료 도구를 가방에 챙겨 일어서며 말했다.

"이건 그저 제 생각입니다만, 과거는 과거일 뿐, 지금은 과거와 다르다는 걸 꾸준히 확인시켜 주는 게 필요할지도 모릅니다."

과거는 과거일 뿐.

어쩐지 조금 속 편한 말처럼 느껴졌다. 오랜 시간이 지나면 몸의 상처는 다 낫고 흉터도 흐려질지도 모르지만, 마음의 상처도 그럴까? 자신의 몸을 내려다볼 때마다 계속 되새기게 될 텐데, 과거는 과거일 뿐이라고 쉽게 넘어갈 수 있게 될 날이 올까?

"그럼 하루에 한 번씩 찾아뵙겠습니다."

벨만은 고개를 가볍게 숙이며 인사한 후 모자를 집어 들고 방을 나갔다.

'과거는 과거일 뿐.'

나는 그 말을 곱씹으며 창가에 앉은 라리사를 바라보았다. 라리사는 여전히 똑같은 자세로 멍하니 앉아 발끝을 내려다보고 있었다.

하지만 자세히 보니 오늘은 조금 달랐다. 바깥에 나가 바람을 쐬고 돌아다니며 여러 가지 경험을 해서 그런지 몰라도, 뺨에 장밋빛으로 혈색이 돌고 있었다. 어제까지만 해도 창백하기만 했던 뺨이었다.

'그래. 과거가 과거에 그치도록, 현재를 같이 쌓아가도록 도와줄 수는 있지.'

나는 어깨를 쭉 폈다. 되든 안 되든, 노력 정도야 해 볼 수 있다. 앞으로 삼 년 정도라면 말이지.

✦

다음 날, 치료의 일환으로 라리사를 데리고 주방에 가보기로 했다. 주방에 먼저 언질을 보내놓고 시간에 맞춰 내려갔다. 요리장 한나 베이커 부인이 얼룩 하나 없이 깨끗한 앞치마를 매고 두 손을 모은 채 기다리고 있었다.

"마님, 어서 오세요."

나는 어색한 미소를 지으며 고개를 끄덕였다. 베이커 부인은 얼굴에 가면이라도 쓴 것처럼 공손하면서도 엄격한 표정이었다. 하지만 마음속으로는 다른 생각을 하고 있었다.

-동생에게 주방 구경을 시켜주고 싶다고? 그걸 핑계로 감시라도 하려는 건가?

'아니, 그런 거 아닌데.'

오해를 정정해 주고 싶어 입이 근질거렸다. 그러나 여기서 마음의 소리에 맞춰 대꾸해 주면 오히려 더 깊은 오해를 사게 된다는 걸, 마르시아의 다년간의 경험으로 매우 잘 알고 있었다. 그래서 나는 계속 되는 오해를 그냥 내버려 두었다.

'굳이 설명하지 않아도 내가 행동으로 보여주면 오해는 점차 사라지겠지.'

시간은 좀 걸리겠지만.

나는 아쉬움에 입맛을 다셨다. 사실 라리사에게 주방을 구석구석 보여줄 생각으로 내려왔다. 하지만 방금 요리장의 속마음을 듣고 생각을 바꾸었다.

'일단 오늘은 일 방해하지 않고 얌전히 있다가 방으로 돌아가야겠어.'

하긴, 일하느라 바쁜데 갑자기 고용주가 찾아와서 뚫어져라 쳐다보면 거부감이 들겠지. 그것도 겨우 며칠 전에 새로 생긴 고용주라면 더더욱.

"이쪽으로 오세요. 안쪽을 자세히 보여드릴 테니까요."

베이커 부인이 손짓했다. 나는 얼른 부드러운 말투로 말했다.

"바쁠 텐데, 굳이 직접 안내해 주지 않아도 돼. 라리사에게 디저트 만드는 걸 구경시켜 주고 싶어서 온 거니까. 얘가 달콤한 것을 좋아하거든."

나는 그치, 라리사? 하며 짐짓 라리사 쪽을 내려다보았다. 베이커 부인의 시선이 날 따라 라리사에게로 향했다.

라리사는 긴장했는지 어깨를 움츠리고 한 손으로는 치맛자락을 꼭 쥐고 있다가, 초록색 눈을 또록 굴려 우릴 쳐다보았다. 그것도 잠시, 라리사는 곧 뺨을 붉히며 발끝으로 시선을 내렸다. 수줍어하는 것처럼 보이는 몸짓이 무지막지하게 사랑스러웠다.

내 눈에만 그런가?

'……아니, 그렇진 않은 모양이네.'

라리사를 본 베이커 부인의 표정이 순식간에 변한 것이다. 조금 전까지의 돌처럼 굳은 표정은 온데간데없고, 금세 프라이팬 위의 버터처럼 흐물흐물 녹아내리기 시작했다.

"아유, 그러셨군요. 이 나이대의 어린 아가씨라면 물론 단것을 좋아하는 법이죠. 안으로 들어오세요. 마침 파이를 구울 시간이랍니다."

어느새 말투까지 친절한 동네 아주머니처럼 바뀌었다. 우리 라리사가 귀엽긴 하지. 말을 안 하고 무표정해서 그렇지, 외모 하나만큼은 말 그대로 요정급이니까.

나는 가볍게 눈짓으로 인사하고 라리사의 손을 잡았다. 베이커 부인이 주방으로 통하는 문을 열었고, 우리는 그녀를 따라 안으로 향했다.

주방은 엄청나게 넓었다. 과연 대저택의 식구들을 책임질 만한 공간이었다. 줄잡아도 열댓 명은 되어 보이는 사람들이 서로 큰 소리로 소리치며 일하고 있었다. 그 사이를 잔심부름하는 사환이 오가며 부지런히 재료를 나르고 그릇을 씻고 바닥을 청소했다.

시끌벅적한 소리에 라리사는 조금 움츠러들었다. 하지만 여기저기에서 불이 활활 타오르고, 그 불을 서슴없이 다루는 요리사들을 보자 이내 눈이 휘둥그레졌다. 그걸 보는 베이커 부인의 얼굴에 미소가 번졌다.

"자, 이리 오세요. 구경시켜 드릴 테니까요."

그녀는 손뼉을 짝, 치면서 큰소리로 외쳤다.

"마님께서 오셨다! 그리고 여긴 동생이신 라리사 블리크 아가씨. 주방을 구경하고 싶으시다니, 인사드리도록!"

그러면서 베이커 부인은 안쪽으로 성큼성큼 걸어 들어갔다. 그 뒤를 라리사가 머뭇거리며 따라 걸었다. 나는 라리사의 등을 가볍게 토

닦거려 주고, 있는 듯 없는 듯 조용히 맨 뒤에 섰다.

베이커 부인은 라리사에게 친절하게 설명해 주기 시작했다.

"여기 메리앤은 국물을 담당하고 있죠. 인사해, 라리사 아가씨셔."

"아, 안녕하세요, 아가씨."

"아침에 버섯 크림 수프 드셨죠? 메리앤이 만든 거랍니다. 저 큰 솥이 수프 솥이죠. 아, 이건 고용인들 몫이고, 물론 주인님들 건 따로 만든답니다."

솥을 쳐다보는 라리사의 얼굴에는 이렇게 써 있었다.

저렇게 큰 솥이 전부 수프라니?

메리앤은 조그맣게 웃으며 수프 솥의 뚜껑을 열었다. 보글보글 끓는 소리와 함께 닭 국물 냄새가 확 퍼졌다.

"오늘 저녁에는 치킨 수프가 나갈 거예요."

라리사는 까치발을 하고 고개를 쭉 뻗으며 조심스레 솥 안을 기웃거렸다. 하지만 키가 작아 안쪽이 보이지 않는 모양이었다. 안타까운지 눈썹이 팔자로 휘었다. 메리앤의 웃음소리가 커졌다. 그녀는 얼른 국자로 솥을 휘저어 수프를 조금 떠냈다.

"자, 이거랍니다."

메리앤이 수프가 담긴 국자를 내밀자, 라리사는 신기한 듯 국자 안을 쳐다보았다. 침을 꼴깍 삼키는 것이 보였다.

"맛을 내려면 한참 더 끓여야 해요. 저녁 식사를 기대해 주세요."

맛이 덜 우러났다지만 냄새만큼은 끝내줬다.

라리사가 눈을 깜박이며 고개를 끄덕이는 걸 흐뭇하게 바라보던 베이커 부인은 다음 조리대로 이동했다.

"필립, 마님과 아가씨께 인사드려! 필립은 육류 담당이랍니다."

필립이라고 불린 남자가 씨익 웃더니, 갑자기 프라이팬에 술을 부었다. 팬에 푸른 불꽃이 확 솟아오르자, 라리사가 입을 벌리며 내 뒤로 숨어버렸다.

"바보 녀석! 쓸데없는 짓 하지 마. 아가씨께서 놀라시잖아."

"아이고, 죄송합니다. 놀라지 마세요. 전혀 위험하지 않으니까요. 이렇게 해야 고기의 잡내가 날아간답니다."

핀잔주는 사람도, 사과하는 사람도 얼굴에는 그저 웃음이 가득했다.

주방 사람들을 하나하나 소개해 줄 때마다 비슷한 일이 벌어졌다.

처음엔 바쁜데 굳이 내려와서 뭘 감시하느냐는 듯한 투덜거림이 들렸다. 그러나 라리사가 쭈뼛쭈뼛 다가가 호기심 어린 눈을 반짝이며 쳐다보면 금세 함박웃음을 지으며 자기가 뭘 하는지 보여주기 시작했다. 그리고 만들던 음식을 큼직하게 떠서 맛을 보라며 라리사 입속에 쏙쏙 넣어주었다. 라리사의 볼이 볼록해지고 눈동자가 놀라움으로 동그래지면 또 한바탕 웃음이 터졌다.

라리사에겐 뭐든지 처음이었다. 한 번 보면 잊을 수 없을 정도로 예쁜 아이가 순수하기 그지없는 반응을 보이는 게 어찌나 사랑스러운지. 말은 하지 않아도 마치 두 살 아이처럼 신기해하는 반응에, 대저택 주방의 식구들은 홀랑 빠져들고 말았다.

마지막 순서는 디저트를 담당하는 파티시에, 헤이스였다. 그는 밀가루투성이인 손을 행주에 문지르며 꾸벅, 고개를 숙여 인사했다. 물론 나 말고 라리사에게.

"마침 파이를 굽는 중이었답니다. 조금만 기다려 주세요. 오븐에서 곧 나오니까요."

그는 웃으며 구석에 놓인 바구니를 가리켰다. 커다란 바구니는 사과로 반쯤 차 있었다.

"이제 봄철이 다가와서 오래된 사과를 전부 해치우는 중이지요. 곧 신선한 햇과일이 쏟아질 테니까요. 작년에 수확한 사과는 잼이나 파이로 만들고 있답니다."

헤이스가 오븐을 열자 뜨거운 열기가 확 퍼졌다. 근처에서 기웃거리던 라리사는 작게 소스라치며 한 발자국 물러섰다. 그러면서도 시선은 오븐 안을 향했다.

"자, 사과 파이랍니다. 잘 구워졌죠?"

그의 말대로 안에서 나온 것은 사과 파이 두 판이었다. 하나는 설탕 뿌린 반죽으로 위를 빈틈없이 씌운 소박한 것이었고, 다른 하나는 반죽을 그물 모양으로 엮어 올린 화려한 것이었다.

계란물을 발라 반질반질하게 엷은 갈색으로 잘 익은 그물 아래로 녹진하게 익은 사과 조각이 반짝거렸다. 향긋하고 달콤한 사과 냄새, 고소한 버터 냄새, 그 위에 톡 쏘는 계피 향까지. 절로 침이 꼴딱꼴딱 넘어갔다.

조리대 위에 올려놓은 파이를 보는 라리사의 눈이 동그랗게 커졌다. 라리사뿐만 아니라 나도 사과 파이에 시선을 빼앗기고 말았다.

"실력이 대단하네. 정말 맛있어 보여."

내 칭찬에 헤이스가 뒤통수를 긁적거렸다.

"이걸 어쩌죠. 당장에라도 한 조각 잘라 드리고 싶은데 아직 좀 식혀야 해요. 한 삼십 분은 기다려야 될 텐데……."

어차피 좀 기다리면 우리 방으로 디저트 접시에 담겨 차와 함께 올라올 터였다. 괜찮다고 말하려는데, 문득 내 눈에 다른 것이 들어왔다. 그가 사용하던 조리대에는 밀대로 밀다 만 반죽이 놓여 있었다.

"저건 뭐지?"

"아! 저건 생강 쿠키 반죽입니다. 어때요, 꼬마 아가씨, 쿠키 한번 만들어보실래요?"

헤이스는 허리를 숙여 라리사에게 눈높이를 맞추며 싱글싱글 웃었다. 그러자 얼굴이 사색이 된 베이커 부인이 외쳤다.

"헤이스! 어디서 감히 아가씨 손에 밀가루를 묻힐 생각을 하는 거야? 죄송합니다, 마님."

"아니야, 괜찮아. 재미있겠네. 라리사는 생강 쿠키를 좋아해. 아마도……."

나는 웃으며 손사래를 쳤다. 처음부터 라리사에게 간단한 과자를 직접 만들어보게 하고 싶었던 터라, 저쪽에서 먼저 제안해 줘 오히려 기뻤다.

"그럼 좀 도와주시겠어요?"

헤이스는 웃으면서 양팔을 걷어붙였다. 그는 밀대로 반죽을 마저 밀어 납작하게 만든 다음에 조리대에 모양 틀을 여러 개 죽 늘어놓았다.

"이걸 이렇게, 반죽 위에 꾹 누른 다음 떼내는 거예요. 그러면 다양한 모양의 쿠키가 되지요. 자, 어떤 모양으로 해 보실래요?"

그가 건네준 쿠키 모양 틀은 하트, 별, 개, 지팡이, 사람 모양 등 여러 가지였다. 라리사는 한참을 쳐다보다가 손가락으로 하나를 짚었다. 사람 모양의 틀이었다.

'어쩜, 우리 라리사 좀 봐! 여러분! 동네 사람들! 우리 라리사가 직접 모양 틀을 골랐어요!'

나는 감동해서 속으로 덩실덩실 춤을 추었다.

말도 한마디 안 하는 아이가, 자기 의견을 이렇게 직접 표현한 것은 처음이었다.

뭐가 됐든 라리사가 무려 자신의 의지로 선택을 한 것이다!

라리사가 직접 선택을 한 것은 지금이 두 번째였다.

첫 번째는 나를 따라 지하실에서 도망치겠다는 결정이었다. 하지만 그건 반쯤은 강요된 선택이나 마찬가지였다. 어느 누가 언제 다시 올지 모르는 지옥에서의 탈출 기회를 거절하겠는가.

사소한 일이지만, 드디어 라리사는 조금씩 자기 의견을 내기 시작한 것이다. 게다가 고갯짓이 전부이긴 했어도 다른 사람이랑 의사소통까지 했다. 며칠 되지 않는 짧은 시간 만에 일어난 놀라운 변화였다.

조그만 입술을 꼭 다물고 신중한 손길로 반죽 위에 모양 틀을 꾹 누르는 라리사를 보며 나는 가슴에 손을 얹었다.

'오늘 주방에 데려오길 정말 잘했어.'

"참 잘하셨어요! 모양이 아주 잘 나왔네요. 처음에 이렇게까지 깔끔하게 하기는 쉽지 않답니다. 아가씨는 재능이 있네요."

호들갑을 떠는 건 헤이스도 마찬가지였다. 반죽에 틀을 누르는 것뿐인데 그게 그렇게 대단할 리가 있나. 하지만 나도 베이커 부인도 흐뭇한 미소를 지으며 내려다보았고, 헤이스는 휘파람을 불며 박수까지 쳤다.

라리사는 모양 틀을 손에 쥔 채 눈을 도르륵 굴렸다. 칭찬을 받으니 어찌해야 할 줄 모르는 걸까?

웃으며 보고 있는데, 라리사는 안절부절못하더니 슬그머니 조리대 위에 놓인 모양 틀을 하나 더 집었다. 그러고는 고개를 푹 숙이며 내게 내미는 게 아닌가?

"응? 나? 이거 나 주는 거야? 나도 하라고?"

나는 당황하며 얼떨결에 라리사의 손에서 모양 틀을 받아 들었다. 별 모양의 틀이었다. 라리사는 살며시 고개를 들어 촉촉한 초록 눈동자로 날 쳐다보고 있었다. 입가가 굳은 것이 어쩐지 조마조마해 보였다.

으앙, 라리사! 내 생각까지 해주는 거니?

여기서 '아냐, 라리사. 나는 괜찮아. 너 많이 하렴', 이렇게 말하면 금세 풀이 죽거나 울상이 되겠지!

"고마워, 라리사. 그럼 어디, 나도 해 볼까?"

나는 과장된 몸짓으로 괜히 소매를 걷어붙였다. 그리고 쿠키 반죽 위에 모양 틀을 대고 꾹 눌렀다 뗐다. 선명한 별 모양이 나오자, 라리사는 안심한 듯한 표정을 지었다.

우리는 열심히 쿠키 반죽 위에 틀을 찍었다. 헤이스는 그걸 부지런히 모아다가 오븐에 가져다 넣었다.

"쿠키를 만들 때는 요게 또 묘미지."

나는 헤이스가 잠시 안 보는 틈을 타, 쿠키 반죽을 아주 조금 떼어 라리사의 입에 넣어주었다. 라리사는 눈을 동그랗게 뜨고 입을 오물거렸다. 달콤하고 서걱거리며 입안에서 녹을 테지. 조금 먹는 건 괜찮지만 많이 먹으면 배앓이를 할 수도 있다.

'그러니까 비밀이야, 라리사.'

나는 쿡쿡 웃으며 입가에 검지를 펴서 가져다 댔다.

마지막 쿠키를 오븐에 넣고 문을 닫은 헤이스가 말했다.

"자, 이제 파이가 다 식었을 거예요. 어때요, 라리사 아가씨. 한 조각 잘라드릴까요?"

그는 질문을 던져놓고는 대답을 듣기도 전에 이미 파이를 칼로 자르고 있었다. 베이커 부인이 감히 부엌 귀퉁이에서 드시게 하는 거냐며 눈을 부라렸지만, 그는 싱글싱글 웃으며 말했다.

"어차피 쿠키가 다 구워지길 기다리셔야 할 텐데요, 뭘. 뭐라도 먹으면서 기다리는 게 좋지요."

나도 그 말을 거들었다.

"좋은 생각이야. 마침 파이가 두 판이나 나왔으니, 주방 식구들도 전부 한 조각씩 먹는 게 어때?"

내가 웃으며 말하자, 대공비의 말을 거절할 수 없었던 베이커 부인은 작게 한숨을 쉬며 헤이스에게 눈짓했다. 그는 호탕하게 웃으며 파이를 여러 조각으로 잘랐다.

"다들 조금 쉬면서 편하게 파이 한 조각씩 들어요."

다행히도 다들 때아닌 휴식을 반가워했다. 적당히 옹기종기 모여 사과 파이를 한 조각씩 맛보며 수다를 떨기 시작했다. 처음 주방에 들어왔을 때 내게 쏟아지던 못마땅한 눈길은 온데간데없었다.

'흑흑, 이게 다 우리 귀여운 라리사 덕분이야.'

모두 자기 조카라도 보는 양 라리사의 뺨이라도 한번 꼬집어보고 싶어 하는 게 눈에 보였다. 라리사는 제게 쏟아지는 사람들의 시선이 부담스러운지 자꾸 고개를 푹 숙였지만, 그래도 도망치지는 않았다. 그저 언제나처럼 천천히 파이를 먹었다.

파이를 다 먹어갈 때쯤 헤이스가 오븐을 열었다.

"자, 쿠키 한 판 나갑니다!"

달콤한 생강 쿠키 냄새가 확 퍼져 나갔다. 라리사는 먹던 파이를 접시에 내려놓고 얼른 그쪽으로 다가갔다.

"여기, 이게 아가씨가 처음 만든 거예요."

헤이스는 구석에 놓인 사람 모양의 쿠키를 가리켰다.

"조금 기다렸다가 다 식으면 얼굴을 그려줄 거랍니다. 끝까지 아가씨가 다 해야 해요. 할 수 있죠?"

라리사는 비장한 얼굴로 쿠키를 내려다보다가 고개를 작게 끄덕거렸다. 그녀는 파이를 마저 먹는 것도 잊은 채 다 식을 때까지 쿠키를 쳐다보고 있었다. 그렇게 신기한가.

쿠키가 충분히 식자, 헤이스는 설탕 반죽이 든 색색의 짤주머니를 가져와서 라리사의 손에 들려주었다. 라리사는 부들부들 떨리는 손으로 생강 쿠키 반죽 위에 삐뚤빼뚤 눈코입을 그렸다. 그 위에는 굵은 설탕 가루도 뿌렸다.

사람 모양의 쿠키 위에 단추까지 세 개 멋지게 그려 넣고 난 후, 라리사는 조그맣게 한숨을 포옥 쉬며 옆에 놓여 있던 작은 스툴 위에 주저앉았다.

'어쩜, 많이 힘들었나 봐.'

쿠키를 장식하는 데 정말 온 힘을 쏟은 모양이었다. 귀여워 죽겠다. 나는 시종일관 절로 나오는 미소 때문에 얼굴 근육이 다 당길 정도였다.

헤이스가 싱글거리며 작은 바구니에 쿠키를 잔뜩 쓸어 담았다.

"방으로 가져다드리도록 할게요. 그리고 여기, 이건 직접 가져가고 싶어 하실 것 같아서요."

헤이스는 라리사가 직접 장식한 쿠키를 따로 냅킨에 싸서 건네주었다. 라리사는 두 손으로 쿠키를 소중히 받아 들었다.

내친김에 저녁 식사도 식당에 내려가서 하기로 했다. 지금까지는 방에서 단둘이 식사를 했지만, 어차피 언젠가는 방을 벗어나야 할 터였다. 저택에도 익숙해져야 할 테고, 파비안과도 친하게 지내야 한다. 이제 라리사의 집은 여기니까.

하지만 굳이 그렇게 말하지는 않았다.

나는 결국엔 라리사와 파비안이 결혼하게 되리라는 걸 믿어 의심치 않는다. 원작 동화를 아니까. 왕자님과 결혼해 영원히 행복하게 살았습니다, 로 끝나는 결말.

하지만 그와 별개로 거기에 라리사의 의지가 개입되느냐 아니냐는 아주 중요한 문제였다. 그래서 지나치게 내 생각을 불어넣지는 않으려는 중이다.

'그 생각으로 일부러 계약서에도 이혼 후 무조건 라리사와 결혼한다는 항목을 넣지 않았는걸.'

어쨌거나 지금은 트라우마를 극복하는 게 최우선이다. 나는 라리사가 다른 사람과 함께 식사하는 것도 도움이 되리라고 생각했다. 어차피 대공저의 식당에서 식사할 사람은 뻔했다.

'혹 파비안이 식사하러 내려오지는 않았을까?'

어제 아침에 잠깐 집무실에 들렀을 때 이후로 전혀 마주치지 못한 남편이 떠올랐다. 서류상에나 부부로 되어 있지, 실상은 거의 아무 관계도 아닌 거나 마찬가지인 남자.

'남의 사업에 명의만 내주고 그 대가로 수수료 좀 받는 느낌인걸.'

그래도 기왕에 다른 사람과 저녁 식사를 함께할 거라면, 그 사람이 파비안이면 좋겠다. 라리사하고도 친해져야 할 테고, 나도 잘생긴 얼굴 보면서 밥 먹으면 입맛도 돌 테고.

하지만 아직 사람을 보내 같이 식사하자고 할 정도로 친하지는 않으니, 어쩔 수 없지. 오늘 이렇게 식당으로 가는 것도 충동적인 결정이기도 하고.

'언젠가는 자연스럽게 셋이서 같이 식사할 수 있게 되면 좋겠네.'

오늘은 마주치면 좋은 거고, 아니면 말지 뭐. 그렇게 마음을 가볍게 비웠다.

식당에 가까워지자, 안쪽에서 말소리가 들려왔다.

"그럴 리가! 학생회장이었다고요? 그놈이요?"

"그래. 그보다 이제 슬슬 전하라고 부르는 게 어때? 각 가문의 엘리트들이 득시글한 곳에서도 인정받는 학생이었거든? 참고로 나도 학생회장⋯⋯."

"하, 그놈이 학생회장이었다니, 말도 안 돼⋯⋯."

"⋯⋯듣고 있냐?"

커다란 식탁 주변에 앉아 있는 건 두 사람이었다. 새빨간 머리가 사자 갈기처럼 뻗친 거대한 몸집의 남자와, 검은 머리의 호리호리한 남자.

'빨간 머리는 오를로프 후작이고, 저 검은 머리는⋯⋯ 설마.'

어딘가 익숙한 뒷모습이었다. 가슴이 철렁했다.

파비안⋯⋯?

'아냐. 그럴 리 없어. 조금 전에 목소리 들었잖아.'

낮게 울리는 목소리가 아니라, 변성기가 갓 지난 소년 특유의 불안정한 목소리였다. 다시 자세히 보니 확실히 파비안보다 어깨도 그렇고 몸집도 작았다.

머리로는 이해했지만 한 번 놀란 심장은 가라앉지 않고 제멋대로 두근거렸다.

'깜짝이야…… 도대체 난 왜 놀란 거지?'

조금 전까지 계속 파비안 생각을 해서 그런 걸까? 당황스럽네.

나는 가슴에 손을 얹고 놀란 가슴을 진정시켰다.

어쨌거나 진짜 피가 통한 사촌이긴 한 모양이었다. 뒷모습이지만 꽤 닮았다. 모르는 사람이 보면 형제라고 생각하지 않을까?

문 너머에 선 나를 본 레오니드가 식기를 내려놓으며 자리에서 일어섰다.

"이런…… 대공비 전하!"

"안녕하세요, 오를로프 후작."

내가 인사를 하자, 뒷모습만 보이던 검은 머리의 소년이 앉은 채 뒤를 돌아보았다.

"안녕, 대공비 전…… 하?"

별로 관심도 없는 말투로 대충 인사하며 자리에서 일어서던 리샤르의 얼굴이 갑자기 창백하게 질렸다.

"블리크 영애."

아직 편하게 이름으로 부르라는 허락을 듣지 못한 리샤르는 라리사를 깍듯하게 블리크 영애라고 불렀다. 사실 그냥 라리사라고 불러도 되는 사이인데, 이상하게 예의를 차렸다.

'뭐, 그래도 영애라고 부르니까 거리감 있고 좋네.'

나는 엷게 웃으며 두 사람에게 인사를 건넸다.

다행인 건, 리샤르의 얼굴을 보자마자 조금 전까지 방정맞게 두근대던 심장이 조용해졌다는 거였다. 닮긴 했지만 다른 인물이다, 이거지.

식탁 위에는 깨끗한 커틀러리와 막 채운 듯한 와인 잔이 놓여 있었다. 저녁 식사를 시작하기 전에 식전주를 마시려던 모양이었다.

"대공비 전하와 식사를 함께하게 되어 영광입니다."

레오니드는 사람 좋은 미소를 지으며 말했다. 나도 마주 웃으며 라리사를 소개했다.

"여긴 제 동생 라리사 블리크예요. 라리사, 이분은 레오니드 오를로프 후작이셔. 대공 전하의 친구분이시란다."

라리사는 그를 흘끔 쳐다보고는 얼른 눈을 내리깔았다. 인사 같은 건 기대도 하지 않았다. 예상대로의 반응이었지만, 당황할 레오니드를 위해 나는 가볍게 사과의 말을 던졌다.

"미안해요. 라리사가 낯을 많이 가려서요."

"아닙니다. 신경 쓰지 마십시오."

"흠, 흠."

리샤르가 헛기침 소리를 냈다.

'어쩌라고? 넌 전에 소개해 줬잖아?'

나는 그를 향해 고개를 돌리고 영혼 없이 웃어 보인 다음, 라리사를 리샤르와 제일 먼 자리로 데려갔다.

"전하는 어쩌고 혼자 계세요?"

"혼자라니, 나도 여기 있거든요?"

리샤르가 발끈하며 대신 대꾸했다. 레오니드와 리샤르라니, 정말 이상한 조합이었다. 둘 다 손님이란 것 외에 공통점이 있나?

리샤르는 그렇다 치더라도 레오니드는 파비안의 친구 아닌가. 친구여도 결국은 손님인데 알아서 식사하도록 내버려 두다니.

'아, 원래대로라면 안주인인 내가 손님 식사를 챙겨야 하는구나.'

내 알 바 아니긴 한데, 좀 찔렸다.

레오니드는 내가 자리에 앉는 것을 확인한 후에야 자리에 앉았다.

"파비…… 대공께서 워낙 바쁘시다 보니 비전하와 이야기를 나눌 경황도 없으신가 보군요. 지금도 급하게 마무리할 일이 남아 있다고 해서 저 혼자 먼저 내려왔습니다. 오늘도 집무실에서 서류 보면서 대강 끼니를 때우려는 건 아닌가 모르겠군요."

"아…… 그런가요."

어느새 자리에 도로 앉은 리샤르가 들으라는 듯 중얼거렸다.

"흥, 그 자식은 만찬이 얼마나 중요한지 알지도 못해요. 그러면서 무슨 대공을 하겠다고. 또 책상 뒤에 처박혀 서류나 보면서 빵 쪼가리나 씹고 있겠지요."

"요즘이 어떤 시대인데. 귀족이라고 해도 예전처럼 놀고먹기만 해서는 안 되는 세상이야, 리샤르 군."

"그야 그렇지만 귀족으로서 지켜야 하는 품위와 예절이란 것도 있지 않습니까?"

뭐야, 설마 싸우려는 건 아니겠지? 모처럼 라리사를 데리고 내려왔는데!

나는 분위기가 어색해지기 전에 얼른 끼어들었다.

"참, 오를로프 후작님. 그때는 고마웠어요."

"그때라니요?"

"장례식 날 말이에요. 그…… 총소리가 났을 때, 저를 도와주려고 하셨던 거지요? 워낙 경황이 없었던지라 제대로 인사도 못 드렸네요."

"하하, 아닙니다."

그는 별것 아니라는 듯이 웃었다.

때맞춰 수프가 나왔다. 향신료가 듬뿍 들어간 치킨 수프였다. 아까 주방에 들렀을 때 만들고 있던 것이겠지. 라리사가 은근히 맛보고 싶어 하는 눈치였는데 맛이 덜 우러났다고 해서 먹어보지 못했다.

"치킨 수프네, 라리사!"

반색하며 돌아보니, 수프 접시를 내려다보는 라리사의 눈동자가 반짝거리고 있었다. 라리사는 스푼을 들어 아주 조심스럽게 한 입 맛보았다. 곧 초록빛 눈동자가 동그래지고 두 볼에 엷게 홍조가 떠올랐다.

'맛있나 보네.'

반응을 보니 역시 아까 맛보지 못했던 수프를 기다리고 있었던 모양이다. 나는 빙긋 웃으며 내 스푼을 들었다.

"수프 맛이 아주 좋군요. 훌륭한 요리사를 두셨습니다."

"감사합니다."

뭘요. 내가 뽑은 요리사도 아닌데. 아닌 게 아니라 한 스푼 떠보니 아주 향긋한 냄새가 났다. 국물은 부드럽고 진한 데다 혀끝에 느껴지는 짭짤한 맛이 절로 식욕을 불러일으켰다.

'수프에 빵 찍어 먹어야지.'

나는 빵이 담긴 바구니로 손을 뻗었다. 그때 바구니 너머에 앉은 리샤르가 눈에 들어왔다. 리샤르는 스푼을 들어 올린 채 멍하니 한곳을 쳐다보고 있었다. 그 시선 끝에 걸린 것은 라리사였다.

'크으…… 나도 알지. 우리 라리사가 얼마나 귀여운지.'

문제는 저런 놈까지도 한눈에 반해 버릴 정도란 거.

라리사 인생이 앞으로 고달파지는 게 아닐까. 온갖 날파리들이 다 꼬여들면 안 되는데.

식탁 밑으로 이 날파리의 정강이라도 걷어차 버리고 싶었다. 하지만 대공가의 만찬 테이블은 지나치게 크고 넓었고, 바닥까지 닿는 테이블보가 씌워져 있어 상대방의 허리 아래는 보이지도 않았다.

할 수 없이 나는 리샤르를 노려보며 말했다.

"거기 빵 바구니 좀 집어주겠어?"

리샤르는 움찔 놀라며 나를 쳐다보았다. 나는 한층 강렬한 눈빛을 쏘아 보냈다. 우리 라리사 넘보지 말라고.

리샤르는 한숨을 쉬며 고개를 젓더니, 빵 바구니를 내 쪽으로 쓱 밀었다.

"자, 여기. 이제 그렇게 간절한 눈으로 쳐다보지 마시죠. 안 뺏어 먹을 테니까."

아니, 이 녀석이? 내가 노려본 건 빵이 아니라 너거든? 그리고 그건 간절한 눈빛이 아니라 살인 광선이었다고!

나는 손도 대지 않은 그의 수프 접시를 눈으로 가리켰다.

"그러는 리샤르 군은 별로 배가 고프지 않나 봐. 음식에 전혀 손대지 않는 걸 보니. 아니면 대공저에 너무 오래 머물러서 이젠 백작가의 음식이 그리워졌어?"

'너 이제 집에 가고 싶나 보네?' 하는 내 말에, 리샤르의 동공에 살짝 지진이 일었다. 주인이 내준 음식에 손을 아예 대지 않는 것은 대단히 무례한 일이다. 집주인을 믿지 못하겠다는 말이 되니까. 먹는 시늉이라도 하는 것이 손님의 의무였다.

리샤르는 얼른 스푼을 입으로 밀어 넣었다.

"먹고 있어. 요."

"아, 그러세요? 맛은 좀 어떠신가요?"

"뭐, 맛있네…… 요."

누가 들어도 영혼 없는 리액션이었다. 어쨌거나 그는 라리사를 멍하니 쳐다보는 대신 수프 그릇에 대고 뭐라고 투덜거리며 부지런히 숟가락을 놀리기 시작했다.

나는 픽 웃고는 화제를 돌렸다.

"그래서 두 분은 어떤 이야기를 나누고 계셨나요?"

흥미로운 얼굴로 나와 리샤르의 대화를 듣던 레오니드가 빙긋 웃으며 대답했다.

"아, 아카데미 이야기를 하고 있었습니다."

"아카데미요?"

수도에 있다는 학교?

아무나 들어갈 수 없는 곳으로 유명했던 것 같다. 내로라하는 가문 출신이어야 입학 허가를 받을 수 있다던가?

"예. 졸업한 지는 오래되었지만, 저도 그곳 출신이니 리샤르 군의 선배인 셈이죠. 파비안도 마찬가지고요. 그래서 학교 생활 이야기를 좀 하고 있었습니다."

레오니드가 친절하게 설명하자, 리샤르가 투덜거렸다.

"마녀의 핏줄을 아카데미에 받아주고 무사히 졸업하도록 내버려 두다니, 국왕 폐하께서는 지나치게 관대하시다니까요."

"옛날 학생회장이었던 입장으로 충고하는데, 너무 혈통에 얽매여 생각하지 않는 게 좋을 거다, 리샤르 군."

"뭐라고요? 후작께서도 학생회장이셨습니까?"

"아까 말했잖나……."

리샤르는 의자에서 뛰어오를 듯 놀라더니 곧이어 말도 안 된다는 듯 절망적인 표정으로 고개를 저었다.

"도대체 왜 그 녀석 따위와 친한 겁니까?"

아카데미의 학생회장이 그렇게 대단한 건가? 레오니드는 계속되는 무례한 언사에도 그저 히죽히죽 웃으며 말을 이어갔다.

"안 될 건 뭐 있나? 미래의 대공과 친하게 지낸 게 그리도 이상한가?"

"그 자식이 대공이 될 거란 건 얼마 전까지만 해도 아무도 몰랐잖습니까!"

리샤르는 고개를 휙 돌리며 나를 째려보았다.

왜? 내가 뭘 어쨌다고?

-저 여자만 아니었어도 파비안 놈은 지금쯤 저택에서 쫓겨났을 텐데!

아, 그런 생각이었던가. 하지만 내가 아니더라도 그는 분명 어디선가 조건에 딱 맞는 다른 여자를 찾아왔을걸. 나는 그저 운이 좋았을 뿐이란 말이야.

나는 태연히 빵을 찢어 수프에 찍으며 말했다.

"학교에서 학생들끼리 인간적인 교류를 하는 건 당연한 거 아닌가요? 같은 학교 출신인데 친한 게 뭐 이상한가요?"

"인간적인 교류도 급이 맞는 자들끼리나 하는 겁니다. 계층이 나뉘는 게 새삼스러운 일도 아니지 않나요?"

리샤르의 말대꾸에 레오니드가 소리를 내어 웃었다.

"리샤르 군, 도대체 아카데미에 다니면서 뭘 본 건가? 평민도 귀족과 함께 동등하게 수학과 토론을 하는 곳인데."

"동등이라뇨? 정말로 동등했다면 지금처럼 한 해에 겨우 두세 명만 뽑지는 않았겠죠. 그저 보여주기식일 뿐입니다."

"그런 식으로 평민들의 비위를 맞춰주는 이유를 알지 못하면 로랑 백작가는 네 대에서 끝날 거다. 파비안이 붉은 눈을 가지고도 학생회장으로 뽑힌 이유를 잘 생각해 보도록 해."

리샤르는 결국 얼굴을 구기며 입을 다물었다.

어머나, 호호. 이 빵 참 고소하네.

나는 수프에 적신 빵을 삼킨 후 레오니드를 향해 물었다.

"그럼 후작께서는 파비안 님과 아카데미에서 만나신 건가요?"

"그 녀석이 말 안 하던가요?"

그가 너털웃음을 터뜨렸다. 레오니드가 파비안을 그 녀석이라고 부르는 걸 보니, 분위기가 한결 편안해지는 기분이다.

"말씀하신 대로입니다. 아카데미에서는 상급생 한 명과 하급생 한 명이 임의로 짝지어져서 상급생이 하급생을 돌봐주게 되어 있어요. 제가 제비뽑기에서 파비안의 이름을 뽑았죠."

레오니드의 눈빛이 추억으로 젖어들었다. 그는 먼 곳을 보는 듯한 아련한 눈빛으로 말했다.

"그때부터 이어진 인연이지요. 지금은 막 입학했던 때와는 완전 다른 사람이 됐지만요. 이야기하다 보니 그립네요."

"그래요? 파비안 님은 그때 몇 살이었어요? 어떤 아이였나요?"

그는 내 질문에 눈을 조금 가늘게 뜨고 숫자를 셌다. 그가 입을 열기도 전에 엉뚱한 곳에서 대답이 들려왔다.

"아홉 살이었습니다."

갑자기 등 뒤에서 들려온 목소리에 놀라 돌아보니 파비안이 서 있었다.

'깜짝이야. 도대체 언제 온 거지?'

그는 어쩐지 대단히 싸늘한 표정을 하고 있다가, 나와 눈이 마주치자 가볍게 묵례하고는 레오니드 쪽으로 고개를 돌렸다.

"어디 갔나 했더니, 여기서 남의 아내와 노닥거리고 있었군."

"노닥거리다니, 실례야. 누가 내려오지 말랬던가? 난 분명히 권했거든."

레오니드는 파비안의 차가운 눈빛을 아무렇지 않게 받아내며 낄낄 웃었다.

"신혼인데 식사조차 업무 보면서 대충 때우는 놈이 잘못이지. 내가 비전하와 말동무라도 좀 해드리려던 것뿐이다."

"대공 전하께서 드디어 내려오셨네. 너무나 고귀하셔서 이런 저녁 만찬 따위에는 아예 참석 안 하는 줄 알았지 뭐야."

리샤르가 물잔을 들어 올리며 들으라는 듯 빈정거렸다.

"그래, 너도 있었군."

파비안은 리샤르의 투덜거림을 말끔하게 무시하고 자리에 앉았다. 그의 자리는 내 옆이었다. 당연하긴 한데, 이 넓은 테이블에서 하필 딱 내 옆자리에 앉으니 기분이 이상했다.

그는 앉자마자 시종을 불러 식사를 내어오도록 시켰다.

'집무실에서 먹는다고 하지 않았나?'

"식사 아직 안 하셨어요?"

내가 가볍게 묻자, 그는 고개를 돌려 나를 바라보았다. 붉은 눈동자가 곧 내 앞에 놓인 수프 접시를 향했다가 다시 내 눈으로 되돌아왔다.

"집무실에서 대충 먹긴 했습니다만, 막상 내려오니 식욕이 돋는군요."

대충 먹었다니 뭘 먹었길래……. 아무래도 서류를 보면서 칼질하기는 어려울 테고, 손으로 집어 먹을 수 있도록 간단한 샌드위치 같은 걸 먹었으려나?

그런 간단한 음식을 먹다가 만찬의 서막에 딱 맞춰 내려왔으니, 제대로 된 음식을 먹고 싶어질 만도 하지. 이 수프 냄새 정말 끝내주니까. 맛도 좋고.

"식사를 제때 못 하실 정도로 바쁘신가 봐요."

"그 정도는 아닙니다. 신경 쓰이신다면 앞으로는 시간에 맞춰 식당에 내려와 먹도록 하지요."

"아, 아니에요. 안 그러셔도 되는데요."

일을 방해하려는 건 아니었다. 내가 아무것도 안 하겠다고 선언한 탓에 파비안의 일이 더 많아졌을지도 모른다. 그런 마당에 시간까지 뺏으면 너무 미안하잖아.

그나저나 대공씩이나 되는데 도대체 할 일이 왜 그렇게 많은 거지? 적당히 아랫사람들에게 나누어 시키면 안 되나?

내가 너무 측은한 눈길로 쳐다봤나. 그가 살짝 눈썹을 찌푸린 채 나를 보며 물었다.

"이곳 생활은 어떻습니까? 지낼 만은 하십니까?"

지낼 만은 하냐고? 농담이겠지. 여기보다 더 나은 장소를 찾을 수가 없을 정도인데!

"좋아요. 라리사도 조금씩 적응하는 것 같고요."

그는 내 대답에 만족스러운 듯 고개를 끄덕였다.

곧 시종들이 수프 접시를 치우고 다음 코스의 요리를 내왔다. 오래된 포도주를 사용해 만든 질 좋은 사슴 고기였다.

"정말 맛있어 보이네요. 딱 맞춰 내려오셨어요."

나는 은 나이프와 포크를 집어 들며 반색했다. 그러자 어김없이 맞은편에서 리샤르가 비꼬듯 말했다.

"그러게요, 만찬 메인 코스에 맞춰 내려온 것도 그렇고, 할아버님께서 세상을 떠나실 때 딱 맞춰 저택에 와 있다가 바로 결혼한 것도 그렇고……."

리샤르가 입가에 의미심장한 미소를 올렸다.

"두 분은 도대체 어떻게 만난 거죠?"

생각지도 못한 질문에 깜짝 놀라 나는 리샤르를 쳐다보았다.

"뭐? 전하랑 나 말이야?"

"그럼 누구겠습니까? 지금 이야기하는 거 보니까 서로 알게 된 지 얼마 되지도 않은 것 같은데."

-도대체 어디부터 미리 계획된 거지? 결혼만? 유언도? 아니면 그전까지?

그는 고기를 찍은 포크를 손끝으로 빙글빙글 돌리며 나와 파비안을 쳐다보았다.

-흥……. 이 미친 집안의 어느 누가 할아버지의 약병에 손댔대도 이상하지 않은걸.

'의외네.'

나는 리샤르의 의심에 찬 시선을 받으며 생각했다.

'이 아이도 전대 대공이 살해당했을지도 모른다고 생각하고 있었구나. 그리고 범인이 누구인지 전혀 모르는 것 같고.'

적어도 전 대공의 갑작스러운 죽음에 이 건방진 소년은 연관되지 않은 것 같았다. 그건 좋은 정보였다.

하지만 그렇다고 해서 방심할 수는 없지. 파비안이 대공 자리에서 밀려나면 제일 이득을 보는 건 도미닉과 그의 아들인 리샤르니까.

'그냥 얄미운 녀석이라고 생각했는데…….'

설마 지금까지 저택에 남아 있던 게, 우리 결혼에 흠을 잡아서 어떻게든 결혼을 취소시키거나 다른 약점을 잡으려는 건 아닐까?

'잘못 대답해서는 안 돼.'

내 대답이 곧바로 도미닉에게 전달되겠지. 여기서는 적당히 얼버무리는 게 낫겠다. 그 생각으로 입을 열었을 때였다.

"내가 잠시 영지를 벗어났을 때 우연히 지나가던 길에 내 목숨을 구해주신 분이다."

파비안이 나보다 한발 빨랐다. 오! 나는 살짝 감탄하며 그를 쳐다보았다. 틀린 말도 아니거니와 쓸데없는 정보는 빠져 있는 깔끔한 설명이었다.

거기까지만 말했다면 말이다.

그는 잠시 입을 다물었다가, 무심한 말투로 덧붙였다.

"그때 한눈에 반해서 모셔 왔지."

"뭐?"

"네?"

"윽……."

레오니드와 나는 동시에 놀라 소리쳤고, 리샤르는 얼굴을 반쯤 찌푸렸다.

뭐? 반했다니? 그게 무슨 소리야?

'아니잖아, 반한 거!'

그때 분명 라리사를 팔아넘기려는 거냐며 나를 경멸하는 마음의 소리를 들었는데. 나는 냅킨으로 입을 닦는 척하며 경악한 표정을 가렸다. 그리고 얼른 라리사를 살폈다.

그녀는 조금 전의 대화를 들었을 텐데도 얌전히 인형처럼 앉아 있었다. 그 변함없는 모습을 보고 나니 마음을 가다듬을 수 있었다.

그래, 그렇지. 반했다는 식으로 말을 해야 갑작스럽게 결혼한 게 그나마 납득이 되겠지. 하지만 아무리 그렇다고 해도 감당 못 할 말을 저렇게 갑자기 하면 어떡해! 그런 말을 할 거면 미리 입을 맞춰놓든가 할 것이지.

파비안은 아무렇지도 않은 표정으로 고기를 썰어 입에 넣었다. 눈동자에는 조금의 흔들림도 없었다. 좀 전에 그렇게 뻔뻔한 거짓말을 했는데도 마음의 소리는 한마디도 들려오지 않았다.

'자기 생각에 꼭 필요한 거짓말이었다, 이거지?'

마음에 걸리는 것이 없는 거짓말인 게 틀림없다. 그러니 불안하지도 않고 잘못이라는 생각조차 없는 거다. 저렇게 나한테 반했다느니 어쨌다느니 하는 거짓말을 하면서도 양심의 가책을 못 느끼는 거지.

나는 술잔을 들어 마시는 척 얼굴을 가리면서 파비안을 째려보았다. 눈을 휘둥그렇게 뜬 레오니드가 파비안을 쳐다보다가 내게 물었다.

"그게 정말입니까?"

"어, 그, 그게, 음……. 네, 그래요!"

이 긍정은 불가항력이다. 내 의지가 아니야…….

그런데 레오니드의 입가에서 싱글거리던 미소가 사그라들었다. 그는 다소 놀랐다는 듯이 말했다.

"목숨을 구해주셨다니, 도대체 무슨 일이었습니까? 저 녀석이 처음 뵙는 숙녀분께 목숨을 빚질 정도로 허술한 녀석이 아닌데……."

아, 세상에. 그쪽이었어? 나는 혼자 착각했던 게 민망해져서, 표정을 가리려고 마시는 척만 했던 술을 진짜로 벌컥벌컥 마셔 버렸다.

파비안은 내 얼굴을 흘깃 보는 듯하더니, 접시 위의 고기를 썰며 말했다.

"거지로 분장한 암살자가 나를 노리고 있었는데, 부인께서 큰소리로 말씀하시며 적선하는 바람에 그놈이 나에게 들켰거든."

"오, 그것참 대단한 우연이군요. 대단하십니다. 여자의 직감이라는 거였을까요? 그리고 너한테 안 물어봤는데."

아뇨, 직감이 아니라 제 능력이었답니다. 돈 싸 들고 품에 안겨주면서 제발 이 돈 받고 가져가 달라고 말하고 싶은 능력 말이죠.

하지만 그렇게 말할 수는 없고. 나는 술기운이 옅게 오르는 걸 느끼며 웃어 보였다.

"말씀하신 대로 우연이 겹친 거지요. 파비안 님이 금세 정체를 꿰뚫어 보셔서 다행이었어요."

"우연이라는 말 자체가 예상치 못한 일을 말하기는 하지만, 그렇다 해도 정말로 신기한 우연이었지."

파비안의 입꼬리가 보일 듯 말 듯 한 호선을 그렸다.

"주머니에서 손 안 빼냐고 콕 집어 말씀하셨는데, 정말로 그 주머니에서 독 묻은 단검이 나왔거든."

"허, 그것참."

레오니드가 놀랍다는 듯 나를 돌아보았다. 파비안도 대답은 레오니드에게 해주면서 시선은 내게 향했다.

왜 날 쳐다보지?

'……잠깐, 파비안이 전에 내게 저 얘기를 했던가?'

아니, 안 했던 것 같다. 그렇다면 나는 저 독 묻은 단검 이야기는 지금 처음 듣는 셈인데……. 그러니까 이런 반응을 보여야 적절하려나?

"……어머나, 독 묻은 칼이 나왔다고요? 그 거지에게서요?"

나는 놀라는 척했다.

파비안을 노린 단검이라니, 게다가 독이 묻어 있었다니, 꺄, 몰랐어, 전혀 몰랐어.

-연기를 참 못하시는군…….

레오니드가 앉은 쪽에서 마음의 소리가 들려왔다.

……상처받았다. 설마 파비안도 똑같이 생각하는 건 아니겠지……?

내가 파비안의 마음의 소리에 귀를 기울이기도 전에, 맞은편에 앉은 리샤르가 빈정거렸다.

"뭐야, 그럼 자작극 아니에요?"

"뭐? 자작극이라니……."

"아니면 거지 주머니에 독 묻은 칼이 들어 있다는 걸 어떻게 알았죠?"

아니, 글쎄. 나도 방금 알았다니까.

……왜 다들 안 믿는 건데?

"동전 몇 푼이나 집어 주고 연극을 시켜서 로랑 대공가에 연줄이라도 만들어보려는 수작은 아니었냐고요."

애 좀 봐. 의외로 날카로운 데도 있네? 대공가에 연줄을 만들려던 건 사실이지. 아니, 그 정도가 아니라 라리사에게 동화 속 왕자님을 찾아주려는 목표가 있었지.

"틀렸어."

나는 소리 내어 웃으며 친절히 대답해 주었다.

"적선을 받는 주제에 공손하게 두 손을 내밀지 않는 게 마음에 안 들었을 뿐이야. 거지 주머니에 뭐가 들었는지 내가 알 게 뭐야? 게다가 대공 전하께서 로랑가의 일원이란 건 여기 와서야 알았거든?"

"그럼 누군지도 모르는 사람을 쫓아왔단 말이에요?"

리샤르가 발끈하며 묻는 말에, 나는 고개를 치켜들고 당당하게 대답했다.

"잘생겼잖아."

땡그랑, 푸흡.

여기저기서 괴상한 소리가 났다. 레오니드가 얼른 냅킨을 집어 들어 방금 와인을 뿜은 자리를 닦았다.

"시, 실례."

시종이 얼른 다가와 파비안이 바닥에 떨어뜨린 나이프를 주워 치우고 새 나이프를 가져왔다.

라리사는 눈을 데굴데굴 굴리며 두 성인 남자를 쳐다보았고, 리샤르는 못 믿겠다는 듯 눈을 가늘게 떴다.

아니, 내 말이 뭐라고 다들 반응이 이렇지? 잘생긴 건 사실인데. 그냥 잘생긴 것도 아니고, 비할 사람이 없을 정도로 잘생겼는걸.

나는 어깨를 으쓱하고는 리샤르가 더 쓸데없는 말을 꺼내기 전에 얼른 선수를 쳤다.

"그보다 전하, 그 소년이 암살자였다면 누가 보냈는지는 알아내셨나요?"

어느새 침착을 되찾은 파비안이 대답했다.

"아니요, 하지만 대충 짐작 가는 사람은 있습니다. 지금으로선 심증뿐이지만 말이지요."

그는 말하면서 자연스럽게 리샤르를 쳐다보았다.

대공 전하, 나이스 샷.

리샤르는 표정을 구기며 고기에 포크를 찔러넣었다.

'자작극은 무슨, 파비안의 목숨을 노릴 사람이라면 뻔하지.'

제일 유력한 건 가까운 친척들이고, 리샤르도 그걸 잘 알고 있을 거였다. 레오니드도 마찬가지겠지?

아닌 게 아니라 레오니드는 웃으며 리샤르를 스윽 한 번 쳐다보고는 다소 과장된 목소리로 말했다.

"목숨을 구한 인연이라니!"

"그뿐만이 아니야."

네? 또 뭐죠? 그 이후로 청혼받기 전까지 내가 저지른 일이라고는 전대 대공을 파비안으로 착각해서 허둥거렸던 것 외에는 더 없는데?

"내가 최근에 관심을 갖던 사업에 대해서도 알고 계시던걸. 말이 끌지 않아도 되는 차 말이야."

"호오……? 숙녀분께서 그런 발명품에도 관심을 가지신 건가?"

"단 한 번 본 것만으로 어떤 물건인지 알아보시더군."

"보통 숙녀분이 아니셨군. 한눈에 반할 만도 한걸. 거기다 이렇게 아름다우신 분이라니……."

레오니드는 파비안의 말에 연신 감탄하며 맞장구를 쳤다.

저기요, 당사자가 여기서 다 듣고 있는데요.

"과찬이세요."

부정할 수도 없고, 그밖에는 뭐라 대답하기도 민망하기만 한 상황이었다. 나는 입가에 우아하게 미소를 지어 보였다. 교양 있는 귀부인답게. 그리고 자연스럽게 라리사 쪽으로 고개를 돌렸다.

"식사는 입에 맞니? 잘 먹어야 키도 쑥쑥 크지."

식사 자리에 다른 사람들이 있는 데다 자기들끼리 떠들어 거북해하지는 않을까 걱정했지만, 기우였던 모양이다. 라리사는 자기 몫의 고기를 얌얌 잘 씹어 넘기고 있었다. 접시에 가니쉬로 올라간 데운 야채도 가리지 않고 골고루 잘 먹었다. 볼록한 볼이 꼭 햄스터 같았다.

'귀여워. 역시 우리 라리사야.'

언니가 아저씨들하고 재미없는 이야기만 해서 미안, 흑흑. 그래도 이렇게 잘 먹고 있다니, 이 언니는 기쁘단다.

'남은 식사 시간은 라리사에게 집중해야지.'

나는 라리사의 입가에 묻은 소스를 냅킨으로 조심스럽게 닦아주었다.

'너무 많이 먹었어. 이럴 생각이 아니었는데.'

파비안은 편지를 쓰다 말고 한 손으로 더부룩한 배를 문질렀다. 과식으로 배 속이 찌릿찌릿했다.

이게 다 레오니드 탓이었다. 그가 마르시아에게 아카데미 이야기만 하지 않았더라면 파비안이 자리에 붙어 있으려고 저녁을 두 번이나 먹어치우는 일은 없었을 것이다.

전대 대공이 갑작스럽게 사망하는 바람에 파비안은 요새 몸이 몇 개나 있어도 부족할 정도로 바빴다. 그나마 레오니드가 급히 도와주어서 밤에 잠은 좀 잘 수 있었다.

레오니드의 도움을 받아 정신없이 서류 한 무더기를 해치운 후에야 바쁘다는 핑계로 친우를 너무 방치했다는 사실을 깨달았다.

'아무리 친하다고 해도 손님인데 혼자 식사하도록 내버려 두다니.'

기분 전환이라도 할 겸 잠깐 내려가서 가볍게 후식이나 차라도 들며 손님 대접을 하고 올라와야겠다는 생각을 했다.

그런데 막상 내려가 보니, 식당 앞 복도에까지 안에서 들려오는 웃음소리가 은은하게 울리고 있었다. 레오니드는 쓸쓸히 혼자 식사하기는커녕 마르시아, 라리사와 더불어 즐겁게 웃고 떠들고 있는 게 아닌가. 심지어 리샤르까지 있었다.

파비안은 그 자리에 잠시 멈춰 섰다. 그는 마르시아가 소리 내어 웃는 것을 처음 보았다. 지금까지 그녀가 그의 앞에서 지었던 표정 중에 웃음에 가까웠던 것은 겨우 예의를 차리거나, 할 말이 없어 어쩔 수 없이 얼버무리듯 짓는 미소뿐이었다.

그러나 지금 그녀는 꾸밈없이 웃고 있었다. 정말로 즐겁다는 듯이.

'저 여자가 저렇게 웃기도 하는 사람이었나.'

그것은 꽤 생경한 장면이었다. 도대체 무슨 생각을 하는지 알 수 없는 여자. 그러면서도 자기 이득은 철저히 챙기려고 하는 여자인 줄 알았는데.

그런 여자에게도 저렇게 순수하게 웃는 구석이 있다니.

'사람은 참 다면적이군.'

그렇게 생각하며 식당으로 들어서려던 참이었다. 레오니드가 아카데미 이야기를 꺼냈다. 마르시아는 곧바로 흥미를 보였다. 그녀가 청아한 목소리로 물었다.

"몇 살이었죠? 어떤 아이였나요?"

분홍빛으로 살짝 상기된 뺨, 마르시아는 초록 눈동자를 반짝이며 물었다. 그 눈동자에서 읽을 수 있는 건 의외로 순수한 호기심이었다. 거기다 대고 레오니드가 자신의 어린 시절을 줄줄 읊도록 내버려 둘 수는 없었다. 그의 어린 시절에는 귀여운 일화 따위 없으니까. 오히려 그의 유년 시절 이야기를 들으면 그녀의 얼굴에서 미소가 사라질 터였다.

'아니, 어쩌면 비웃을지도 모르지.'

물론 그것 또한 바라는 바가 아니었다. 그는 입가에 조소를 띠었다.

'멈춰야 해.'

레오니드가 마르시아에게 쓸데없는 소리를 하지 못하도록 감시해야 했다. 그래서 그는 예고도 없이 식당으로 들어가 테이블에 앉아 음식을 내어 오도록 시켰다. 식사가 끝날 때까지 최대한 자연스럽게 감시할 수 있도록.

게다가 식탁에는 리샤르도 앉아 있었다. 어디서 무슨 쓸데없는 소리를 덧붙일지 몰랐다. 어지간히도 귀찮은 녀석이니까.

저택에 남겠다고 했을 때 거절할 걸 그랬나, 하고 그는 짧게 후회했다.

장례식 직후 리샤르가 이곳에 남는 걸 허락해 준 이유는 간단했다. 도미닉이 심하게 날뛰는 걸 방지하면서, 잘하면 역으로 이용할 수도 있겠다 싶어서였다.

도미닉도 자기 아들이 파비안 가까운 곳에 머물러 있으면 아무래도 어느 정도는 안심할 테고, 기회를 봐서 리샤르를 이용하려 할 것이다. 그러면 그만큼 도미닉의 감시 루트가 줄어들 가능성이 있었다.

어수룩한 꼬마 정도는 다루기 어렵지도 않았다. 일부러 이쪽에서 원하는 정보만을 저쪽으로 흘려줄 수도 있고.

"그때 한눈에 반해서 모셔 왔지."

그래서 일부러 첫눈에 반했다고 큰 소리로 이야기했다. 그들이 보내온 암살자 따위는 다 그의 손아귀에 들어 있었다고 강조도 했다. 너희가 강구한 수단이란, 한낱 평범한 여자한테도 가볍게 들키는 빤한 수작이라고.

리샤르는 멍청한 아이는 아니었다. 알아들었을 것이다.

그런데…….

"……어머나, 독 묻은 칼이 나왔다고요?"

'풋.'

파비안은 속으로 조금 웃고 말았다. 마르시아의 엉성한 연기가 생각났기 때문이다.

그걸로 오히려 확신할 수 있었다. 그녀는 다 알고 행동했다. 그 거지 소년이 무엇을 하려 했는지, 왜 주머니에 손을 넣은 채였는지.

"파비안."

레오니드의 목소리에 파비안이 퍼뜩 정신을 차렸다. 고개를 들어보니, 레오니드가 책상 맞은편에서 손을 흔들고 있었다.

"손이 멈췄잖아."

그는 파비안이 쓰고 있던 편지를 가리켰다.

"그것부터 빨리 써서 보내야 다음 절차로 넘어가지. 딴생각이라도 한 거야?"

파비안은 편지지를 내려다보았다. 쓰고 있던 문장에 이상한 단어가 끼어 있었다.

[상기 분석 결과에 따르면 매장량이 급격히 감소한 것이 아닌가 의심되오니 최대한 빨리 정확한 웃음을 보내주기 바랍니다.]

다시 써야겠군.

그는 한 손으로 관자놀이를 문지르며 다른 손으로 편지지를 구겨 버렸다. 레오니드가 피식 웃으며 농담을 던졌다.

"부인 생각에 여념이 없으시구먼?"

"뭐……? 무슨 쓸데없는 소리야."

그저 놀리려던 것이었지만 의외로 정곡을 찔린 듯했다. 어릴 적부터 그를 봐온 레오니드는 파비안이 움찔하는 것을 바로 눈치챘다.

"허어? 정말인가 보네?"

파비안은 눈썹을 찌푸리며 새 편지지를 꺼냈다. 편지의 첫머리부터 다시 쓰기 시작하는데 레오니드가 이죽거렸다.

"그렇게 자꾸 생각나면 일은 좀 천천히 하고 가서 부인과 이야기라도 좀 나눠. 부인께서도 내내 자네 얘기밖에 안 하시던데."

식사 시간 내내 내 이야기만 했다고?

'왜지?'

파비안은 신경 쓰지 않으려고 했지만, 만년필이 움직이는 속도가 약간 느려졌다.

"내가 참견한 일은 아니겠지만, 아무리 식도 안 올린 결혼이라 해도 정식으로 결혼한 사이인데 아직이라니. 너무 일만 하는 거 아니야?"

"……아직이라니?"

"자네 같은 위치일수록 후계자는 빨리 만들어두는 게 좋다는 뜻이야."

손가락에 힘이 들어가 펜촉이 편지지를 뚫고 구멍을 냈다. 젠장. 파비안은 두 번째 편지지를 구겼다.

"무슨 헛소리야?"

레오니드는 어깨를 으쓱했다.

"그럼 초야를 치렀단 말인가? 하지만 아무리 봐도 그런 기색 따윈 안 보이던데. 갓 결혼한 신혼부부란 말이지, 같은 공간에서 눈만 마주쳐도……."

"그게 자네와 무슨 상관이지?"

파비안은 불쾌하다는 듯 얼굴을 구겼다.

"그 입 좀 닥쳐주겠나?"

아, 진짜로 화났군. 레오니드는 웃으며 양손을 들어 올렸다.

'하지만 놀리는 재미가 있단 말이야.'

파비안이 찡그린 표정으로 세 번째 편지지를 꺼냈다. 그는 심호흡하고 머리를 가볍게 한 번 털듯이 흔들었다. 그러나 그 노력이 무색하게, 레오니드가 또 말을 걸었다.

"그나저나 그거 진짜인가? 정말로 부인께서 자네 목숨을 구했나?"

파비안은 한숨을 쉬었다. 편지는 다 썼군.

이대로 두었다가는 편지지만 몇 장이고 버릴 게 뻔했다. 적당히 대답해 주고 대화를 마친 후에 다시 쓰는 게 나을 것이다.

"그래. 누가 진짜로 꼬마를 앞세워 암살을 지시했더군. 커다란 말도 단숨에 죽일 만한 독이 단검에 발라져 있었어. 그녀가 어떻게 알아챘는지는 모르겠지만."

"아까 보니까 암살자라는 걸 처음부터 알고 계셨던 것 같은 눈치던데."

파비안은 고개를 끄덕였다.

"그래. 거짓말을 못 하는 성격인 것 같아. 대신 눈치가 기막히게 빠른 것 같더군."

마르시아가 암살자를 먼저 눈치채고 그에게 신호를 준 것은 그때뿐만이 아니었다. 가족 만찬에서 그의 디저트에 독이 들어갔다는 것도 알고 있었다. 도대체 어떻게 알아챘는지 모를 일이었다.

암살자를 보낸 사람과 관련이 있어서 미리부터 알고 있었던 것은 아닌가? 정황상 파비안을 죽이려 한 사람은 그의 친척들일 것이다. 그렇다면 그들이 마르시아를 보냈을 수도 있다. 그녀가 진짜 암살자들과 한편이라면 말이다.

'하지만 그럴 리가 없지.'

마르시아가 그들의 사주를 받았다면 파비안에게 암살자라고 몰래 알려줄 이유가 없으니까. 게다가 마르시아 블리크나 그녀의 아버지 이고르 블리크는 로랑가 사람들과 조금도 접점이 없었다.

마르시아가 라리사를 앞세워 로랑 대공을 만나려 했다는 점이 의심스럽기는 했다.

"여기 우리 라리사는 장차 전하의 약혼녀가 될 아이거든요."

그건 핑계고, 혹시 일부러 그에게 접근하려 한 것일까?

하지만 계약 결혼을 하자며 내세운 조건이나 평소에 라리사를 대하는 그녀의 태도를 보면, 마르시아는 정말로 그렇게 생각했던 것 같기도 했다. 그녀는 그냥 라리사를 돌보는 데 여념이 없는 것 같았다.

즉, 암살자와는 조금의 연관도 없어 보였다.

'하지만 단순히 눈치가 빠르다고 하기에는 어딘가 묘한 구석이 있단 말이지…….'

꼭 사람 마음을 읽기라도 하는 것처럼.

동시에 어떤 면에서는 눈치가 전혀 없는 여자였다. 첫날 그에게 라리사에게 반한 것 같지는 않냐고 물었을 때 파비안은 동생을 팔아넘기려는 것으로 생각해 화를 냈다. 하지만 지금 생각해 보면 그 눈치라곤 하나도 없는 질문이 그녀의 성격을 고스란히 보여주고 있었다.

'자신이 완벽한 줄 아는 덜렁이가 틀림없어.'

조금 전 식사에서 자기 이야기가 나오자 어쩔 줄 몰라 하며 어색하게 라리사에게로 시선을 돌리던 것이 떠올랐다. 그는 자기도 모르게 픽 웃고 말았다.

'그러고 보니 아직 시중들 사람을 붙여주지 않았군.'

귀족 여성이 결혼하면 보통 전부터 시중들던 사람을 데려오게 마련이었다. 하지만 마르시아는 전혀 그럴 낌새를 보이지 않았다.

'꼼꼼한 사람으로 붙여주라고 일러야겠어.'

마르시아가 뭔가 실수를 하더라도 적당히 수습해 줄 수 있는 사람이 좋겠지. 그리고 그녀가 바라던 대로, 라리사의 비밀을 바깥에 함부로 떠들고 다니지 않을 만한 입이 무거운 사람으로.

파비안은 어느새 자신이 레오니드와 대화를 나누고 있었다는 걸 잊었다. 레오니드는 파비안의 손이 펜만 쥐고 있을 뿐, 움직이지 않는 것을 보며 멋대로 생각했다.

'……좋단다.'

그렇게 생각할 만도 했다. 파비안은 아까부터 이따금 허공을 보며 혼자 픽픽 웃고 있었으니까.

레오니드가 보기에 그들은 잘 알지도 못하면서 냉큼 결혼부터 하고 본 사이치고는 둘 다 서로에게 관심이 제법 있어 보였다.

'뭐, 잘된 일이지. 평생 함께할 사이인데.'

그는 파비안이 혼자 부인 생각에 빠져 있도록 내버려 두고 조금 전까지 읽던 서류철을 도로 집어 들었다.

라리사가 길게 하품을 했다. 피곤했던 모양이다.

'그럴 만도 하지. 한 일이 좀 많아야지.'

그것도 대부분이 생전 처음 겪어보는 것들이었을 테고. 잘 먹었으니 이제 잘 자야 키도 크고 살도 통통하게 오르겠지.

나는 흐뭇한 기분으로 라리사의 옷을 잠옷으로 갈아입혀 주었다. 그리고 라리사가 침대에 눕는 것을 보고 나서 방을 돌아다니며 여기저기 켜져 있는 촛불과 램프를 껐다.

'참, 하나는 남겨둬야지.'

나는 침대 근처에 놓인 램프를 집어 들고 기름이 충분한지 살핀 후, 불빛을 약하게 조절했다.

엊그제까지만 해도 방의 벽난로에 불을 지핀 채 잠들었지만, 이제 날이 제법 따뜻해져서 굳이 새벽 내내 불을 피워두지 않아도 괜찮을 거라고 생각했다. 그래서 어제는 잠들기 전에 벽난로가 자연스럽게 꺼지도록 내버려 두었다.

후회하기까지는 얼마 걸리지 않았다. 벽난로가 꺼지고 방에 어둠이

깔리자 라리사가 심하게 떨며 좀처럼 잠들지 못하는 거였다.

"왜 그래, 라리사? 춥니?"

나는 라리사를 살피려고 얼른 램프 하나에 불을 붙였다. 가느다란 불빛이 깜박거리며 방 안을 비추자, 라리사의 떨림이 조금씩 잦아들었다. 괜찮아, 나 여기 있어, 하면서 이불 위를 토닥거려 주자 잔뜩 긴장하고 겁먹었던 표정도 서서히 풀렸다.

잠깐 잠들었다가 나쁜 꿈을 꾸기라도 했나? 아니면 그냥 단순히 추웠던 걸까? 나는 혹시 몰라 얼른 벽난로에 불을 붙였다.

풀무를 열심히 밟다가 뒤돌아보니 라리사는 어느새 한결 평온한 얼굴로 잠들어 있었다. 방 안 공기가 다시 데워지기도 전이었다.

'혹시 어두운 곳이 무서운가?'

가능성이 없진 않았다. 지하실에는 창문도 없었으니 불을 일부러 켜두지 않으면 암흑이었을 것이다. 그곳에서 벗어나 밝은 곳에서 안전하게 지낸 지 겨우 보름 남짓 지났을 뿐이니, 몸에 밴 공포를 몰아내기엔 아직 한참 모자라겠지.

씁쓸한 기분이었다. 나는 라리사를 살피느라 켰던 램프를 침대 근처의 테이블에 가져다 놓았다. 램프는 오늘 아침까지 내내 켜져 있었고, 내가 중간중간 침대를 살필 때마다 라리사는 곤히 잠들어 있었다. 그걸 생각하면 그동안 방 안에 어떤 방식으로든 불이 켜져 있어서 푹 잘 수 있었던 게 아닐까 싶었다.

어젯밤에 그런 일을 겪었으니 오늘도 밤새 램프를 하나 켜두기로 했다.

나는 램프를 들고 조심조심 침대 머리맡으로 갔다. 테이블 위에 내려놓고, 잘 자라고 라리사가 덮은 이불 위를 토닥토닥 두드려 줄 작정이었다. 요즘 잠들기 전에 꼭 하는 의식이었다.

가까이 가보니 라리사는 폭신한 깃털 베개와 이불에 파묻혀 벌써 눈이 반쯤 감겨 있었다. 얼굴에 졸음이 가득했다.

나는 라리사를 보며 엄마 미소를 짓다가, 그 옆에 놓인 거뭇한 것을 발견했다.

'이게 뭐지?'

램프 빛으로 비추어 보니, 그건 생강 쿠키였다. 라리사가 직접 모양틀을 누르고 얼굴을 그려 장식한 바로 그 쿠키. 손바닥 반만 한 작은 사람 모양의 쿠키는 라리사에게 줬던 내 손수건을 마치 이불처럼 덮고서 라리사와 베개를 공유하고 있었다.

서투른 탓에 웃는 것도 아니고 우는 것도 아닌 것처럼 그려진 얼굴이 깜박거리는 램프의 불빛 아래서 이상하리만치 평온한 표정처럼 보였다.

쿠키와 함께 잠드는 아이는 라리사밖에 없겠지. 그것도 쿠키에 이불을 덮어주고 함께 베개를 베고 잠들다니.

'지하실에서 빠져나올 때는 아무것도 가지고 나오지 않았으면서.'

나는 뭔가 벅차오르는 느낌에 슬며시 입술을 깨물었다.

이것이 생전 처음 만들어본 쿠키였겠지. 이 아이에게도 하나씩 소중한 것이 생기는 것이다. 나는 앞으로 한동안 이 아이의 수많은 처음을 함께하게 될 거다.

'그게 전부 즐겁고 행복한 일뿐이었으면 좋겠어.'

나는 기원을 담아 라리사의 동그란 이마에 살짝 뽀뽀했다. 그러자 라리사가 움찔거렸다.

'이런, 내가 깨웠나?'

내려다보니 거의 감겨 있던 라리사의 눈이 동그래져서 날 쳐다보고 있었다. 당황한 표정이었다.

"굿나잇 키스야. 자, 눈 감아야지. 아무 걱정 말고. 내가 바로 옆에 있을 거니까."

내가 웃으면서 조용히 말하자, 라리사는 쭈뼛쭈뼛 이불을 끌어당겨 코 위까지 덮고 눈만 내놓았다. 그리고 이불 아래서 꼼지락거리다가 눈을 감았다. 눈꺼풀 밑에서 눈동자가 이리저리 움직이느라 속눈썹이 바들바들 떨렸다.

"잘 자, 라리사."

나는 웃음을 참으며 손으로 이불 위를 토닥토닥 두드렸다. 왠지 저절로 노래가 나왔다.

"자장 자장 우리 아가, 잘도 잔다 우리 아가……."

아가도 아니고 자장가를 들으며 잠들 나이는 훨씬 지났지만 그냥 그러고 싶었다. 노래가 끝날 때쯤 뻣뻣하게 굳어 있던 라리사의 몸이 사르르 풀렸다. 잠시 후 조그만 숨소리가 점차 길고 깊어졌다.

라리사는 꿈을 꾸었다.

그녀는 여느 때처럼 구름 속에서 아래를 내려다보고 있었다. 하지만 전과 다른 점이 하나 있었다.

구름 속에, 옆에서 함께 엎드려 아래를 내려다보는 존재가 있었던 것이다. 그녀가 직접 얼굴을 그려 준 생강 쿠키였다.

'언제부터 여기 있었지?'

라리사는 고개를 갸웃했지만, 생강 쿠키는 당연하다는 듯 자연스레 손으로 턱을 받치고 편한 자세로 엎드려 아래를 바라보았다. 빨간 설탕으로 그려진 입이 움직이며 그녀에게 말을 걸었다.

"저것 봐. 쟤한테 입을 가져다 대는데? 먹어치우려는 거야?"

생강 쿠키는 두 팔로 어깨를 끌어안으며 부르르 떨었다. 라리사는 고개를 저으며 생강 쿠키에게 설명했다.

"저건 굿나잇 키스야."

"그래? 그게 뭔데?"

"이마에 뽀뽀해 주는 거래. 잘 자라고."

"그게 왜 잘 자라는 뜻이 되는 건데?"

"글쎄, 그건 나도 몰라."

구름 아래 침대에 누운 소녀는 긴장한 표정으로 눈을 꾹 감고 있었다. 하지만 이전과는 다른 느낌이었다.

전에는 좀 더 공포와 두려움에 가까웠다면, 지금은……

'이게 무슨 느낌이지?'

아리송했다. 속에서 뭔가 터져 나오기 직전인 것 같기도 하고, 몸이 배배 꼬일 것만 같기도 했다.

'간질간질해.'

이마가 신경 쓰여 견딜 수가 없었다. 라리사는 괜히 손으로 이마를 문질렀다.

생강 쿠키가 다시 말을 걸었다.

"저것 봐! 저 애 몸을 때리잖아! 역시 잘 반죽해서 구워 먹으려는 거야."

"아니야. 저건 때리는 게 아니야. 토닥이는 거라고. 저 사람은 안 그래."

"그래? 저 사람이 누군데?"

"저 사람은……."

어두워서 얼굴은 잘 보이지 않았다. 하지만 라리사는 그 사람을 알았다. 늘 따스한 금빛으로 둘러싸인 사람.

"저 사람은 마르시아 언니야."

생강 쿠키가 초록 설탕 눈을 깜박거렸다.

구름 아래에서 부드러운 노랫소리가 들려왔다. 라리사는 귀를 기울여 듣다가 문득 구름 너머 아래쪽으로 팔을 쭉 뻗어보았다. 하지만 손에는 아무것도 닿지 않았다.

'너무 먼가 봐.'

어쩐지 아쉬워졌다.

생강 쿠키가 깜짝 놀라며 라리사의 팔을 잡아당겼다.

"그러다 여기 숨어 있다는 걸 들킬라!"

"흐응."

라리사는 팔을 거두고 빙글 돌아누웠다. 끊어질 듯 가느다란 노랫소리가 계속해서 들려왔다.

감은 눈꺼풀 위로 아침 햇살이 느껴져 저절로 눈이 떠졌다. 그런데 천장이 아니라 색다른 것이 눈에 들어왔다.

"······?"

동그란 초록 눈동자 한 쌍이었다.

나는 눈을 몇 번 깜박거렸다. 잘못 본 게 아니라 라리사가 맞았다. 그녀는 내가 침대로 삼고 있는 소파 위로 몸을 기울인 채 나를 쳐다보고 있었다.

내가 눈을 뜨자 라리사의 동그란 눈이 더욱 동그래졌다. 우리가 눈을 마주친 것은 아주 잠깐이었다. 내가 뭔가 반응을 보이기도 전에 그녀는 후다닥 침대로 뛰어 들어갔다.

대박. 지금 라리사가 내가 자는 걸 보고 있었던 거야? 그런데 왜 도망가지?

나는 눈을 비비며 소파에서 몸을 일으켰다. 그 짧은 순간에 라리사는 침대 위 이불 속으로 몸을 밀어 넣고 거의 완벽하게 숨어버렸다. 이불자락 틈으로 은색 머리카락이 삐죽 튀어나온 것만 제외하면 말이다.

'새끼 고양이 같아.'

막 한 식구가 된, 낯을 가리면서도 동시에 호기심을 못 이기는 아기 고양이. 지금은 익숙하지 않은 새집이니까 이불 밑에 숨어버렸지만 장난감을 흔들면 튀어나오지 않을까?

"안녕, 라리사. 잘 잤어?"

나는 비어져 나오는 웃음을 참으며 아침 인사를 건넸다. 라리사는 곧 이불 밖으로 고개를 쏙 내밀었다. 내 아침 인사가 고양이를 낚은 장난감인 셈이었다.

조금 전 갑자기 놀라 뛰었기 때문일까. 얼굴이 잘 익은 초여름 복숭아처럼 분홍빛으로 물들어 있었다.

아, 언젠가 저 귀여운 얼굴이 까르르 웃는 걸 꼭 보고 말 거야.

'자, 라리사, 이렇게 웃는 거야. 잘 봐, 이렇게.'

나는 다정하게 웃어 보였다. 물론 그렇다고 해서 라리사가 마주 웃어주지는 않았지만, 아침부터 귀여운 걸 봤더니 기분이 아주 좋아졌다.

오늘 아침 식사는 방으로 가져오게 했다. 라리사에게도 적응 기간이 필요할 테니 매 끼니를 식당에 내려가서 먹을 필요는 없겠지.

게다가 난 아침 식사를 방에서 하는 게 너무 좋단 말이야. 일찍 일어날 필요도 없고, 옷을 차려입을 필요도 없었다. 적당히 눈곱만 뗀 채 늘어져 있으면 하녀들이 완벽한 아침 식사를 가져왔다. 그러면 느긋하게 식사를 즐기기만 하면 된다.

우리는 치즈와 시금치를 넣은 따끈하고 보드라운 오믈렛에 바삭하게 익힌 베이컨을 곁들이고 토스트에 버터와 살구 잼을 발라 여유롭게 먹었다. 라리사가 오늘 아침에 짠 신선한 우유가 담긴 유리잔을 두 손으로 잡고 꼴깍꼴깍 마시는 동안 나는 진하게 우린 홍차를 찻잔에 따랐다.

창으로 아침 햇살이 길게 들어왔다. 창밖으로 보이는 하늘은 구름 한 점 없이 맑았다. 무슨 새인지는 모르겠지만 새 소리도 들려 그야말로 동화 같은 완벽한 날씨였다.

'오늘은 어쩐지 좋은 날이 될 것 같은걸.'

나는 차의 향기를 음미하며 오늘은 라리사와 뭘 하고 놀지 고민하기 시작했다.

"날이 좋으니까 정원에 가볼까? 엊그제는 후원에 가봤으니 오늘은 저택 앞쪽의 대정원으로. 어때?"

내 제안에 라리사는 눈을 몇 번 깜박이더니 조그맣게 고개를 끄덕거렸다. 조금 전까지 마시고 있던 우유가 입술 위에 하얗게 콧수염 자국을 남겼다. 나는 소리 내어 웃으며 냅킨으로 우유 자국을 닦아 주었다.

식사가 끝나자 대기하고 있던 하녀가 식기를 치웠다. 슬슬 몸단장을 시작할 시간이었다. 지금까지는 하녀들이 돌아가며 시중을 들어주었다. 그래서 나는 처음 보는 부인이 나타났을 때도 별생각 없이 들어오게 했다.

그냥 새로 온 하녀이겠거니 했다. 하지만 그녀는 공손한 태도로 고개를 숙이며 여태까지의 하녀들과는 조금 다른 자기소개를 했다.

"처음 뵙겠습니다, 마님. 저는 소피아라고 합니다. 주인님께서 저를 보내셨습니다."

"전하께서?"

"네, 마님. 앞으로 마님과 라리사 아가씨의 시중을 책임지도록 하셨습니다."

어제 지낼 만은 하냐고 묻더니, 내게 전담 하녀가 없는 것이 신경이 쓰였나 보네.

두 손을 모으고 선 소피아는 원숙하고 조용한 느낌의 부인이었다. 뒤통수에 머리카락 한 올도 빠져나오지 않도록 동그랗게 묶은 단정한 갈색 머리가 그녀의 성격을 보여주는 것 같았다.

"앞으로 잘 부탁해, 소피아."

"뭐든 필요한 것이 있으시다면 개의치 말고 말씀해 주세요."

소피아가 부드럽게 미소 지었다.

"참, 대대로 대공비께서 쓰시는 방의 새 단장이 끝났답니다. 오늘 당장에라도 옮기실 수 있습니다. 가서 직접 보시겠어요?"

"새 단장?"

"예. 아주 오랫동안 비어 있던 방이라 준비하는 데 조금 오래 걸린 모양이에요. 바로 옮기셔서 쓰실 수 있도록 단장을 해두었지만, 한번 보시고 취향에 맞으시는 물건들로 교체하는 것이 좋을 것 같습니다."

하긴, 언제까지나 손님방에 머무를 수는 없는 노릇이었다. 갑작스럽게 생긴 안주인 때문에 고용인들도 이리 뛰고 저리 뛰며 고생을 꽤 했겠지.

"좋아. 그러면 정원 구경을 하기 전에 들렀다가 가면 되겠다. 그러면 옷 갈아입는 걸 좀 도와주겠어?"

"물론이죠, 마님."

그녀는 공손히 대답하더니 곧바로 시중들 준비를 했다.

"어떤 옷으로 하시겠어요?"

나는 내 옷장에 든 옷들을 떠올렸다. 아직 옷을 맞출 시간이 없어, 옷장에 든 것은 얼마 전 파비안이 선물해 준 옷뿐이다. 고급스럽지만 화려하지는 않은, 평민에게 어울릴 법한 옷들.

아, 하나 더 있지, 참. 노라의 낡은 드레스가 아직도 옷장에 걸려 있으니까.

나는 픽 웃었다. 지금은 누굴 만나러 가는 것도 아니고 파티에 참석하는 것도 아니니, 가진 옷들로도 충분했다.

'슬슬 새 옷을 마련하긴 해야겠지. 대공비 앞으로 예산 책정이 얼마나 되어 있을까?'

남의 돈이니까 쓸 수 있을 때 팍팍 써야지. 나는 속으로 음흉하게 웃으며 소피아에게 말했다.

"애초에 가진 옷이 별로 없는데……. 일단 정원 나들이를 하고 싶으니 그중에 그나마 편한 것으로 골라주겠어?"

그 말을 듣자 소피아는 놀라는 듯한 표정이 되었다.

대공비가 옷이 없다고 하니까 그런가? 아냐, 그런 거 아냐. 내가 검소해서 그런 게 아니고, 그냥 맞출 시간이 없었던 것뿐이라고.

그녀는 잠시 머뭇거리다가 입을 열었다.

"주인님께서 마님과 라리사 아가씨의 옷장을 채워두라고 지시하셨습니다. 새로 옮기실 방에 준비가 되어 있는데, 어찌하시겠어요?"

-알고 계신 줄 알았는데, 설마 비밀이었나? 내가 이걸 말해도 되나? 일부러 비밀로 하셨는지도 모르는데……

어머, 물론 말해도 되지! 그런데 나에게 말도 없이 그런 짓을 했다니, 파비안에게도 의외의 면이 있는걸?

"그래? 그러면 방 구경하는 김에 가서 전하의 안목도 좀 볼까?"

나는 웃으며 잠옷 위에 실내용 가운을 꿰입었다. 라리사에게도 가운을 입혀주고, 우리는 슬리퍼 차림으로 소피아를 따라 방을 나섰다.

"이곳입니다."

소피아가 우리를 위해 문을 열어주었다. 나는 입을 딱 벌렸다.

'……이걸 방이라고 불러도 되는 거야?'

그러면 안 되지 않나? 말에 어폐가 좀 있는 것 같은데?

대공비의 방은 이 거대한 대저택 한 층의 절반을 통째로 차지하고 있었다. 물론 나머지 절반은 대공의 방이다. 말이 방이지, 웬만한 작은 저택 규모였다.

침실, 욕실, 응접실, 거실, 몇 개나 되는 드레스 룸, 티 룸, 음악실, 개인 서재, 장래에 태어날 아기를 위한 아기방과 육아실, 심지어 작은 오락실과 온실까지. 그 외에도 용도가 미정인 방이 몇 개나 더 있었다. 게다가 각 방의 크기도 널찍널찍해 이곳의 침실에 내 옛 침실을 다섯 개는 넣을 수 있을 것 같았다.

이 모든 것이 전부 대공비 한 사람만을 위한 것이다.

'급하게 준비했다고 했는데 완벽하잖아.'

각 방에 놓인 고급스러우면서도 고풍스러운 가구들은 완벽하게 관리되어 전통을 보여주었다. 방과 방을 잇는 복도마저 지난 대공비들이 대대로 모은 예술작품이 전시되어 있어 작은 갤러리나 마찬가지였다.

"눈에 차지 않는 물건이 있으시면 말씀해 주세요. 당장 취향에 맞으시는 것으로 교체하도록 하겠습니다."

소피아의 말에 나는 입을 다물지 못한 채 대답했다.

"딱히 교체할 것도 없겠는걸. 그냥 이대로 쓰면 되겠어."

누가 골라 꾸몄는지는 몰라도 대단한 안목이었다. 이보다 더 아름답게 꾸밀 자신이 별로 없을 정도로.

마음에 쏙 드는 공간이었지만, 딱 한 가지 제일 중요한 것이 빠져 있었다. 바로 라리사의 방이었다.

"참, 라리사는 침실을 따로 쓰지 않고 당분간 나랑 같이 쓸 거야. 내 침실에 침대를 두 개 놔줬으면 좋겠는데."

"알겠습니다. 라리사 아가씨의 방은 아래층에 준비되어 있는데 어떻게 할까요?"

나는 내 옆에 선 라리사를 내려다보았다. 그 애는 내 손을 꼭 잡고 있었다. 내 손이 라리사의 체온으로 따끈따끈했다.

"그냥 이 공간 안에 라리사의 방도 마련해 줘."

나중이면 몰라도 지금은 라리사를 혼자 둘 수 없었다. 라리사가 어두운 곳에서 혼자 자는 걸 무서워하는 것 같으니, 어차피 잠도 같이 잘 거고. 가까이에 있어야 내가 돌봐주기 편할 테지.

게다가 침실을 같이 쓴다고 해서 꼭 내내 붙어 있을 필요도 없다. 방이 이렇게 많으니 얼마든지 라리사에게 공간을 떼어주면 된다. 그리고 언젠가 라리사가 자기 프라이버시를 지키고 싶어 하는 날이 오면 아래층으로 옮기면 되겠지.

"아래층 방은 나중에 라리사가 그쪽으로 옮기고 싶다고 하면 바로 옮길 수 있도록 그대로 뒀으면 좋겠어."

"네, 마님."

그럼 우선 이 지나치게 넓은 대공비의 공간을 나눠볼까?

나는 라리사를 내려다보았다.

"라리사, 어떻게 생각해? 이 방 마음에 드니?"

마침 우리는 침실의 옆방에 있었다. 전면에 거대한 창이 여러 개 나 있어서 햇살이 아주 잘 드는 방이었다. 방마다 카펫이 달랐는데, 이 방의 카펫은 유난히 포근한 느낌이다.

라리사도 카펫이 마음에 드는 모양이었다. 포근포근한 것이 신기했는지 슬며시 슬리퍼를 벗고 맨발을 디뎌보고 있었다. 창으로 들어온 햇살이 그녀의 창백한 맨발을 따스하게 덮혔다. 반짝거리는 은발 사이로 발그레한 뺨을 본 순간 나는 바로 결정했다.

"이 방을 라리사 놀이방으로 해야겠어."

좋아, 좋아. 그리고 이 옆 방은 라리사의 서재로 하자. 그다음 방은 언젠가를 대비한 라리사의 응접실로 하고. 라리사의 방들은 전부 밝고 포근하게 꾸며줘야지. 물론 지금도 좋지만, 조금만 더.

소피아는 내가 하는 말을 전부 외울 기세로 열심히 고개를 끄덕였다.

"이곳이 드레스 룸입니다."

드레스 룸은 말이 룸이지, 거대한 방 세 개로 이루어져 있었다.

"주인님께서 말씀하신 대로 우선 드레스 룸의 일부를 급하게나마 채워두었습니다."

아니, 도대체 이 많은 옷이 다 어디서 난 거야? 나는 입을 다물지 못했다.

전에 하룻밤 만에 내 사이즈에 맞는 고급스러운 옷을 몇 상자나 마련해 왔을 때도 놀라긴 했다.

그런데 이번에는 의상실 하나를 통째로 옮겨온 것 같은 규모의 옷이 걸려 있었다.

소피아가 차분한 말투로 간단하게 설명해 주었다.

"여기서부터 여기까지는 봄 외출용 드레스고요, 저기부터는 간단하게 걸치실 수 있는 코트와 망토입니다. 그리고 이쪽은 파티 드레스와 거기에 맞춘 모자, 구두 일체고요……"

설명이 끝나질 않았다. 옷이 이렇게 많은데 드레스 룸에는 아직도 빈 곳이 잔뜩 남아 있었다.

"뭘 좋아하시는지 모르니 최대한 많이, 다양하게 갖춰두라고 말씀하셨습니다. 그리고 여기……"

소피아가 화장대 위를 가리켰다. 거기에는 의상실 카탈로그가 몇 권 놓여 있었다.

"대공령에서 유명하거나 인기가 있는 의상실을 추려보았습니다. 마음에 드는 곳을 고르시면 당장 내일이라도 샘플을 가지고 들르라 전하겠습니다."

이렇게 많은데 더 맞추란 거야?

'대공가 재력 대단한데?'

나는 씩 웃었다. 대환영이었다. 드레스 백 벌 맞추겠다는 결심은 조금도 희석되지 않았으니까.

"아니면, 혹시 원래 즐겨 찾으시던 의상실이 있으신가요?"

있긴 있었지. 나는 노라의 의상실에 버리고 온 내 옛날 옷들을 떠올렸다. 시골구석의 의상실에서 맞춘 옷들이지만 그래도 좋아했었다.

하지만 미련은 없었다. 블리크가의 것은 아무것도 그립지 않았다. 단 하나도.

"아니, 없어."

나의 가벼운 대답에 소피아는 공손히 고개를 끄덕였다.

"라리사 아가씨의 옷은 아래층에 준비되어 있는데, 이쪽을 사용하신다면 옮겨두라 이르겠습니다."

"부탁할게."

나는 나들이옷 중에서 비교적 가볍고 따뜻해 보이는 것을 한 벌 골랐다. 소피아는 금세 내 옷을 갈아입혀 주었다. 그녀의 손놀림은 부드럽고 배려심이 있으면서도 아주 재빨랐다. 몇 년씩이나 내 시중을 들었던 우리 집 하녀들도 이렇게는 하지 못했는데.

"라리사 아가씨의 옷은 어떻게 하시겠어요?"

소피아가 내게 물었다.

나는 한쪽 눈썹을 들어 올렸다. 라리사의 옷 문제인데도, 그녀는 라리사가 아니라 내게 의견을 물었다.

알고 있는 거다. 라리사가 지금 어떤 상태인지. 하긴, 지금쯤이면 저택의 모든 사람이 다 알겠지.

"시중은 필요 없어. 라리사의 옷은 내가 직접 갈아입힐 거니까. 앞으로도 당분간은 마찬가지야."

"알겠습니다."

소피아는 별다른 표정 변화 없이 대답했다.

옷을 다 갈아입은 후 우리는 대공비의 방 투어를 계속했다.

"여기가 마지막 방입니다."

소피아가 금장으로 장식된 손잡이를 밀어 문을 열었다. 문을 열자마자 보이는 건 방 한가운데에 놓인 거대한 침대였다. 화려한 금사로 수놓인 흰 침구가 부드럽고 정갈해 보였다.

"침실이 또 있네? 손님용인가?"

손님용 방치고는 지나치게 넓고 화려한 것 같은데.

내 말을 들은 소피아가 조심스럽게 대답했다.

"이곳은 부부 침실입니다, 마님. 저 반대편의 문을 열면 주인님의 공간으로 연결된답니다."

헉, 부부 침실.

이런저런 술병이 가지런히 놓인 진열장을 보고 반색하며 다가가던 나는 그대로 굳었다.

"그, 그러니까, 여기는 대공과 대공비가 공유하는 공간이고, 아까 본 곳이 내 개인 침실인 거야?"

"예. 여기가 두 분께서 사용하실 메인 침실이랍니다."

아니, 아닌데. 그거 착각이야. 여기는 그냥 먼지나 쌓일 공간이라고.

나는 마음속으로 세차게 고개를 흔들었다.

그래도 내 개인 침실이 따로 있다니 참 다행이다. 침실이 부부용 하나만 달랑 있었더라면 매일매일 가시방석, 아니, 가시 침대에서 자는 기분이었을 것이다.

외간 남자와 한 침대라니, 생각만 해도 끔찍하잖아……. 우리 라리사하고도 아직 한 침대를 못 쓰는데.

나는 괜히 라리사와 소피아의 눈치를 보았다. 다행히 두 사람 다 내 태도가 수상하다고 생각하지는 않은 것 같았다.

"침구는 마음에 드시나요? 원하시는 게 따로 있으시면 언제든지 바로 교체하도록 지시하겠습니다."

"아니, 그럴 필요 없어. 그냥 이대로도 괜찮아."

안 쓸 거니까.

아, 이런 방을 안 쓰고 내버려 둬야 한다니. 침대가 저렇게 크고 아름다운데.

'게다가 저 술 컬렉션…… 은 역시 손대면 안 되겠지.'

나는 애써 외면하며 고개를 돌렸다.

"이렇게 준비하느라 수고 많았어. 다른 사람들에게도 그렇게 전해 주고, 우리 짐이야 별거 없으니까 라리사의 침대가 준비되는 대로 바로 대공비의 방으로 옮기는 걸로 할게."

"알겠습니다."

이 모든 걸 겨우 며칠 만에 준비한 솜씨를 보건대, 라리사의 침대도 금세 준비될 테지. 아마 오늘이나 내일쯤엔 방을 옮기게 되겠지?

"전하께서는 언제 방을 옮기실 예정이시지?"

"오늘 아침에 옮기셨습니다. 지금쯤 아마 집무실에 계실 거예요."

나는 무심코 침대 너머 반대쪽으로 향하는 문을 쳐다보았다.

저 문 너머 어딘가에 그의 집무실이 있는 걸까? 같은 집에 살면서도 얼굴 한번 참 보기 힘들다. 이러다 얼굴 까먹겠어. 아니, 워낙 강렬한 미모라 그러긴 힘들려나.

"집무실도 이 층에 있어?"

"아뇨, 집무실은 아래층에 있어요. 이곳은 좀 더 개인적인 공간이니까요."

그렇구나. 문득 대공의 방은 어떤 식으로 구성되어 있을지 궁금해졌다.

'뭐, 그래 봐야 파비안의 개인 공간이니 가볼 일도 없고. 궁금해 봐야 소용없지.'

나는 이내 어깨를 으쓱하곤 소피아에게 말했다.

"그럼 나는 아래층에 내려가 볼게. 라리사도 옷을 갈아입어야 하니까. 따라오지 않아도 괜찮으니 방 위치만 알려줘."

"라리사 아가씨의 몸단장이 끝나는 대로 바로 정원에 가실 건가요?"

"응, 그럴까 하는데."

"그럼 정원에서 돌아오실 때까지는 모든 게 준비되어 있도록 지시해 두겠습니다. 수행할 사람을 붙여드릴까요?"

필요 없다고 하려다가 마음을 바꾸었다. 아직 저택 구조를 잘 몰라 정원에서 길을 잃을지도 모르니까.

"소피아가 같이 와줬으면 하는데, 괜찮을까?"

"물론이지요, 마님!"

소피아는 흔쾌히 대답했다. 그녀가 잠시 다른 고용인들에게 내 지시를 전달하느라 자리를 비운 사이, 나는 라리사를 데리고 아래층으로 내려갔다.

라리사의 방도 만만치 않게 넓고 다양하게 꾸며져 있었다.

"라리사, 이것 봐. 이 옷 너무 귀엽다!"

나는 내 옷만큼 잔뜩 마련된 귀여운 옷 중 한 벌을 골라 라리사에게 입혀주었다. 방에서 나오자 소피아가 문밖에서 기다리고 있었다.

"제 임의로 주방에 나들이용 점심 바구니를 준비해 달라고 일렀습니다. 혹 시장하시면 바로 드실 수 있게요."

"고마워, 소피아."

나는 반색하며 대답했다.

후원에 나갔을 때도 간식거리가 아쉬웠던 생각이 났다. 그녀는 이미 손에 레이스 양산 두 개와 정원에서 잔디 위에 깔고 앉을 두툼한 천까지 들고 있었다. 시키지 않은 일도 알아서 척척 맞춰 해주는 것이 마음에 들었다.

나는 가벼운 발걸음으로 라리사의 손을 잡고 중앙 계단을 걸어 내려갔다. 소피아가 한 걸음 뒤에서 따라왔다.

아름다운 날씨, 평화로운 아침 식사, 사려 깊은 전담 하녀와 새 방, 산더미 같은 새 옷까지. 정말이지 너무 완벽한 날이었다.

그래서 방심하고 말았다. 이럴 때 특히 조심해야 했는데. 나는 늘 운이 좋지 않으니까.

-이게 저택이야, 왕궁이야? 배은망덕한 년 같으니.

"......!"

오랜만에 듣는 적나라한 욕설이었다. 심장이 얼어붙는 것 같았다.

'......설마?'

아는 목소리, 아니, 마음의 소리였다.

-이때까지 먹이고 입혀 키워놨더니 감히 배신을 해? 내가 못 찾을 줄 알았다면 오산이지. 아주 모가지를 분질러 버리고 말겠어.

나는 반사적으로 그 자리에서 멈추며 라리사를 잡은 손을 끌어당겼다.

하지만 이미 늦었다. 우리는 일 층 홀과 현관 입구가 내려다보이는 곳까지 내려와 있었다. 경비병과 실랑이를, 아니, 거의 몸싸움을 벌이고 있는 이고르가 한눈에 내려다보였던 것이다.

나와 함께 가벼운 발걸음으로 계단을 미끄러지듯 내려가던 라리사는 그 자리에서 석상이라도 된 듯 얼어붙었다.

"함부로 들어오시면 안 됩니다. 여기서 기다리셔야 한다고 하지 않습니까!"

"저리 비켜, 내가 대공비의 아버지라니까! 지금 아비더러 딸을 만나지도 못하게 하겠다는 건가!"

머릿속이 새하얘졌다.

'어떻게 여기에? 이렇게 빨리?'

블리크가의 영지는 수도의 소식이 닿는 데 한 달은 족히 걸리는 시골에 있었다. 그런데 이렇게 빨리 알고 찾아오다니.

'……아냐. 예상했어야 했어.'

절박하게 찾아다녔을 테니 그럴 수도 있다는 걸.

처음에는 탈출하는 것만 생각했다. 삼 년 후에 처형당할 내 운명에서. 탈출하자마자 그날 바로 목표했던 대공가에 도착했을 때 느껴졌던 해방감. 블리크가에서 벗어나자마자 눈에 띄게 상태가 좋아지기 시작하는 라리사. 그리고 원한다면 이고르와 빌레인을 죽여주겠던 파비안의 호언장담에서 온, 두려움 속의 안도감까지.

덕분에 나는 지나치게 빨리 마음을 놓았던 것이다.

'……로랑 대공을 만나기만 하면 끝일 줄 알았는데.'

나는 입술을 깨물었다. 아무리 그래도 이렇게 쉽게 저택의 중심 건물 안까지 들어오다니.

'우선 라리사부터 숨겨야 해.'

간신히 탈출했는데 돌아가게 되면 이제는 그저 저택 지하실에 이중문으로 감금해 두는 데서 그치지 않을 것이다. 죽이지야 않겠지만 말 그대로 죽이지만 않을 뿐이겠지.

라리사를 그 비참한 삶으로 되돌아가게 두지는 않을 거야. 절대로.

"방으로 돌아가. 지금 당장."

나는 라리사와 소피아에게 낮은 목소리로 속삭이며 황급히 몸을 돌렸다. 바로 그때였다.

"라리사! 마르시아! 내 귀한 보물들! 여기 있었구나."

흥분 때문에 끝이 떨리는 이고르의 목소리가 등 뒤에서 높이 울려 퍼졌다. 우리를 본 것이다. 나는 눈을 질끈 감았다.

-내 다이아몬드!

누구도 마음의 소리를 꾸며낼 수는 없다. 이고르는 라리사와 눈이 마주치는 순간, 그녀를 이름이 아니라 다이아몬드라고 불렀다. 그것도 내 다이아몬드라고.

'아니야. 라리사는 당신의 재산이 아니야!'

꽃을 보면 향기를 맡을 줄 알고 달콤한 것을 좋아하는 아이야. 살아 숨 쉬는 사람이라고.

"이 아비가 얼마나 찾은 줄 아느냐?"

이고르는 마음속으로 욕설을 쏟아내는 동시에 가증스러운 목소리로 부성을 연기했다. 라리사의 몸이 사시나무처럼 떨렸다. 나는 한 계단 내려서서 몸으로 라리사와 이고르 사이를 가로막았다.

'누구냐고, 모르는 사람이니 당장 쫓아내라고 할까.'

그러고 싶은 충동이 확 불타오르듯 치솟았지만 꾹 눌러 참았다.

분명 쫓아내자마자 다시 찾아올 테니까. 게다가 미성년인 딸을 감금했다며 파비안을 재판에 회부하려 들 수도 있었다. 패소할 것이 뻔하고, 라리사는 법의 손으로 이고르에게 인도되겠지.

"오랜만이네요, 아버지."

나는 조소를 머금고 계단 아래를 내려다보았다. 아버지라 부르는 내 목소리에, 경비병은 더 이상 이고르를 막지 못하고 엉거주춤 멈춰 섰다. 막고 있던 손이 사라지자 이고르가 당장 계단을 뛰어오르려 했다.

나는 싸늘한 목소리로 말했다.

"거기 멈추세요."

저택의 로비는 거대했다. 사방을 둘러싼 대리석에 말끝이 가볍게 메아리를 쳤다. 이고르는 정말로 그 자리에 멈춰 섰다. 물론 내 명령을 들어서 그런 것은 아니었다.

"……뭐?"

어이가 없어서 멈춘 것이다.

-지금 저게 감히 내게 명령을 했어……?

이고르의 분노 게이지가 올라갔다. 다정한 아버지를 연기하느라 팔자를 그리던 눈썹 사이에 주름이 잡히면서 얼굴이 일그러졌다. 그 틈을 놓치지 않고 재빨리 작게 말했다.

"소피아, 당장 내 동생을 방으로 데려가. 나나 대공 전하의 허락 없이는 밖으로 내보내지 말도록. 절대 혼자 두지 말고 방 안에 하녀들을 대기시켜."

빨리 데려가. 라리사가 충격으로 눈물을 보이기라도 하면 끝장이라고.

소피아는 나와 이고르를 번갈아 쳐다보다가, 얼른 라리사의 손을 잡았다.

"아가씨, 어서 가요."

소피아가 라리사를 잡아끌었다. 하지만 다리가 이미 얼어붙은 라리사는 꼼짝도 하지 못했다. 그러자 소피아는 라리사를 힘껏 안아 올렸다.

"내 다…… 딸이야! 어딜 데려가는 게냐!"

이고르가 악귀 같은 얼굴로 계단을 뛰어올랐다. 나는 그 앞을 가로막으며 외쳤다.

"아버지! 여기 큰딸 있어요. 저와 대화 좀 해요."

물론 그는 나와 차분하게 이야기를 나눌 생각 따윈 없는 듯했다. 이고르가 팔을 뻗어 나를 밀치려 했다. 나는 그 팔을 힘껏 잡아당겼다.

"이야기 좀 하자니……"

짝! 그 순간 눈앞에 번쩍 불꽃이 튀었다. 머리가 홱 돌아가고 다리가 휘청거렸다. 반사적으로 계단 난간에 매달려 간신히 넘어지지 않을 수 있었다. 한쪽 뺨이 얼얼해져 왔다. 그제야 무슨 일을 당한 것인지 깨달았다. 이고르가 내 뺨을 후려친 것이었다.

'지금 날 때렸어? 그것도 뺨을?'

뺨을 맞은 것은 평생 처음이었다. 특히 마르시아는 자기가 때렸으면 때렸지, 맞은 적은 단 한 번도 없었다.

머리에 피가 몰리는 것 같았다. 동시에 모욕감이 밀려왔다. 지금 나는 대공비였다. 그런데도 이고르는 날 때린 것이다. 그것도 고용인들 앞에서.

나는 난간에 매달려 고개를 들었다. 흔들리는 시야에 들어온 것은 어느새 내 손에서 빠져나가 계단을 달려 올라가는 이고르와, 그의 동선 끝에 있는 라리사였다.

'라리사!'

그녀를 보는 순간 내 분노와 모욕감은 증발해 버렸다. 뺨 한 대로 는 라리사의 흉터투성이 몸 앞에서 명함도 내밀 수 없었다.

내가 라리사를 어떻게 데리고 도망쳤는데. 다시 그 집에 돌아가도 록 둘 줄 알고?

나는 입술을 깨물었다. 이고르는 한 번에 계단을 두세 개씩 뛰어올 랐다. 하지만 라리사를 안아 든 소피아는 아직 얼마 가지 못했다.

'이러다가 붙잡히겠어!'

나는 드레스 자락을 한 손으로 휘어잡고 정신없이 계단을 뛰어올랐 다. 굽이 높은 외출용 부츠 때문에 발목이 휘청거렸다.

내 옆으로 누군가가 휙, 계단을 달려 가로질렀다. 좀 전에 이고르를 막으려 했던 경비병이었다. 대공비의 아버지라는 말에 어찌할 줄 모 르고 있다가, 내가 뺨을 얻어맞는 꼴을 보고는 그제야 정신을 차린 것 일까. 경비병은 나를 제치고 순식간에 이고르를 따라잡았다.

"거기 멈추십시오!"

경비병은 차마 덤벼들지는 못하고 그를 위협했다. 대공비와 대공비 의 아버지 중 어느 쪽이 더 높은 사람인지 혼란스러워하는 경비병의 마음의 소리가 들렸다.

경비병의 혼란을 틈타 이고르는 그를 무시하고 라리사에게 달려들 었다. 그의 손아귀가 우악스레 라리사의 옷자락을 그러쥐었다.

-안 돼! 살려줘요. 때리지 말아요, 아파요…… . 잘못했어요. 살려주세요…… .

처절한 마음의 소리가 가슴에 비수처럼 꽂혔다. 지난 며칠간 전혀 들은 적 없던 소리였다.

"꺄악! 이거 놓으세요!"

이고르가 라리사의 옷을 잡아당기자 소피아가 비명을 질렀다. 그녀는 라리사를 놓기는커녕 오히려 놓치지 않도록 있는 힘껏 끌어안았다. 그 바람에 라리사의 소매가 뜯겨 나갔다. 이고르는 손에 남은 천 조각을 바닥에 내팽개쳤다. 그의 얼굴에는 의례적인 웃음조차 사라진 지 오래였다.

"이리 오거라, 라리사. 아버지가 평소에 뭐라고 가르쳤지?"

이고르가 으르렁거렸다. 라리사는 입을 열지 않았다. 대신 마음의 소리가 들렸다.

-말을 듣지 않으면 더 아플 뿐이라고……

생각을 거쳐 나온 대답이 아니라 반사적으로 튀어나온 소리였다. 공포에 질린 굴종의 대답. 내 숨이 다 막히는 것 같았다.

라리사가 파랗게 질린 얼굴로 소피아에게 매달렸다. 오랫동안 폭력에 길든 그녀에게 이고르는 지하실 바깥에서도 여전히 절대자인 것이다.

'하지만 난 아니지.'

나는 이고르를 노려보았다.

파비안이 그를 처리해 주겠다고 했을 때 내가 고개를 끄덕이기만 했어도 그는 이미 죽은 목숨이었을 거다.

'당신 목숨은 내가 살린 거나 마찬가지라고!'

겨우 계단 꼭대기에 다다른 나는 곧바로 이고르에게 달려들었다. 어디를 노려야 할지는 명확했다. 나는 그의 약점을 알고 있었다.

'남들 앞에서 날 때렸으니 이 정도는 각오하셨겠지?'

나는 이고르의 머리카락을 힘껏 잡아당겼다.

"으악!"

이고르는 반사적으로 제 머리를 감싸며 내 쪽을 뒤돌아보았다. 그러나 이미 그가 쓰고 있던 갈색 가발은 내 손아귀에 넘어온 후였다. 거대한 로비의 샹들리에 빛이 무수하게 반짝거리며 매끈한 알머리에 쏟아져 사방으로 반사되었다.

그렇다. 이고르는 대머리였다.

"픕."

옆에서 주춤거리며 어쩔 줄 몰라 하던 경비병이 침을 뿜었다. 이고르의 이글거리는 시선이 그에게 꽂혔다. 경비병은 자기 부츠 코끝에 시선을 처박으며 표정을 수습하려 애썼다.

'얼른 가!'

나는 재빨리 소피아에게 입 모양으로 말했다. 그녀는 고개를 끄덕이고는 곧바로 뒤돌아 달리기 시작했다.

이고르가 제정신을 차리고 소피아와 라리사를 뒤쫓아 가지 못하도록, 나는 손에 쥔 갈색 가발을 코앞에서 흔들어 보였다.

"저랑 얘기 좀 하자니까요!"

-하! 지랄하고 자빠졌네. 제가 진짜로 뭐라도 된 줄 아는 모양이지?

속으로 욕설을 뱉으면서도 이고르의 시선은 가발을 따라 흔들렸다. 사나운 고양이와 낚시 놀이라도 하는 기분이었다. 나는 웃지 않으려고 입술을 깨물었다.

하지만 이고르의 시선을 오래 끌 수는 없었다. 그의 입장에서는 다이아몬드 광산이 도망치려 하고 있는 거니까.

"너는 나중에 손봐주마. 여기서 얌전히 기다려."

그는 나를 노려보며 명령하듯 말하곤 시선을 돌렸다. 이고르가 뒤돌아서 소피아의 뒤를 따라 달리려던 순간이었다. 계단 위쪽에서 웃음소리가 들려왔다.

"하하하하. 저게 뭐야."

사람들의 시선이 위를 향했다. 호리호리한 소년이 배를 잡고 웃고 있었다. 얼굴에 새겨진 것은 반쯤은 즐거움이었고 나머지 절반은 비웃음이었다.

"진짜 웃기네. 저딴 게 대공비의 부친이라고?"

이고르는 시뻘게진 얼굴로 내 손에서 가발을 낚아챘다. 잠깐 방심한 터라 나는 가발을 놓치고 말았다.

이고르는 황급히 가발을 도로 머리에 썼다. 거울이 없어도 십수 년간 단련된 손놀림은 가발을 완벽하게 본래 위치로 돌려놓았다. 그걸 보고 리샤르는 또 한 번 자지러졌다.

"그러는 넌……."

계단 위를 향해 소리 지르던 이고르가 너라고 하대하려다가 멈칫했다.

"……당신은 누구요?"

그는 눈을 굴리며 속으로 욕설을 한 번 내뱉고 호칭을 바꿔 물었다.

알 만했다. 딱 봐도 리샤르의 옷차림은 대단히 고급스러웠다. 간단한 실내복인데도 옷자락에 흐르는 광택이 범상치 않았다. 이고르는 그런 것을 놓치는 사람이 아니었다. 무슨 생각을 했는지는 안 들렸지만 들린 것이나 마찬가지였다.

리샤르는 킬킬거리며 계단을 마저 내려왔다. 그는 이고르를 무시한 채 내게 말을 걸었다.

"저게 비전하의 아버지입니까? 교양이라고는 하나도 없네요. 작위도 없는 것들이 그럼 그렇겠죠."

내가 애랑 같은 의견일 때가 다 있네. 교양이 없다는 데는 동감이었다. 나는 어깨를 으쓱하며 말했다.

"작위 문제는 아닌 것 같은데. 로랑 백작께서도 그리 교양 있는 분은 아니잖아?"

"하긴 그것도 그렇군요."

우리 아빠도 그렇지만 너희 아빠도 만만치 않다는 말에, 의외로 리샤르는 선선히 동의했다. 나와 리샤르, 두 사람에게 동시에 깔끔하게 무시당한 이고르가 소리쳤다.

"뭐? 이…… 초면에 할 말이 있고 못 할 말이 있는 법이오! 그리고 이 몸은 작위는 없어도 엄연한 귀족으로……."

"보아하니 초대받지도 않은 손님 같은데, 내가 누군지 알아서 뭐하게?"

리샤르는 난간에 기대어 건들거리며 분노한 이고르의 말허리를 잘랐다.

"고용인들이 다 보는 앞에서 큰 소리로 떼나 쓰고 말이야."

그러고 보니, 로비에는 어느새 고용인들이 슬금슬금 몰려와 있었다. 하긴 이런 소동이 벌어졌는데 흔치 않은 구경거리겠지.

고용인들은 기둥이나 문 뒤에 숨어 있거나, 아주 공손한 자세로 두 손을 모으고 자기 할 일을 하러 가는 것처럼 보였다. 하지만 그들의 머릿속은 바쁘기 그지없었다.

"큭……."

이고르가 주먹을 부서져라 쥐고는 이를 뿌드득 갈았다.

-도대체 이 자식은 뭐야? 젠장, 여기서 억지로 라리사를 빼앗더라도 무사히 나

갈 수는 없을지도 몰라.

그걸 이제 알았나? 나는 기가 차서 헛웃음을 내뱉었다.

고소하긴 참 고소한데, 이대로 내버려 뒀다가는 일이 더 악화되는 게 아닐까. 슬슬 적당히 중재해 줘야겠다. 나는 리샤르가 누구인지 설명해 주려고 한 걸음 앞으로 나섰다.

그때 뒤쪽에서 흠흠, 하는 헛기침 소리가 들렸다. 집사 알프레드가 와 있었다. 그는 이고르에게 아주 정중한 태도로 허리를 숙여 보였다.

"이고르 블리크 님 되십니까? 대공 전하께서 비전하와 함께 안으로 모시라 이르셨습니다."

이고르가 대답하기도 전에 리샤르가 먼저 말했다.

"하! 그거 재밌겠는데. 가서 구경이나 할까."

"리샤르 도련님께는 댁에서 편지가 한 통 와 있습니다. 방으로 보내도록 지시해 두었으니 어서 확인해 보시지요."

노련한 거절이었다. 역시 대공가의 집사답다.

"도련님? 역시 대공이 아니었잖아!"

이고르가 눈을 부라리며 중얼거렸다. 하지만 그 이상 날뛰지는 않았다. 대공은 아니라도 대공가의 도련님이면 여전히 그가 가볍게 대할 상대는 아니었으니까.

"그럼 마님, 블리크 님, 절 따라오십시오. 안내해 드리겠습니다."

나와 이고르는 알프레드의 뒤를 따라 걷기 시작했다. 등 뒤에서 리샤르의 웃는 소리가 점차 멀어졌다.

우리가 향한 곳은 이 층 응접실이었다. 우리가 들어서자 테이블 위에 차가 세팅되었다. 거대하고 화려한 응접실을 보는 이고르의 눈빛이 번들거렸다.

"대공께서 곧 오실 겁니다. 여기서 잠시만 기다려 주십시오."

알프레드는 그 말을 남겨놓고 응접실을 나갔다. 자연히 안에는 이고르와 나 둘만 남았다.

"이딴 차나 얻어 마시자고 여기까지 온 줄 아느냐."

그는 테이블에 놓인 찻잔을 엎어버릴 기세였다.

"집을 나가 내게 알리지도 않고 멋대로 사내놈과 붙어먹다니. 전에 파혼한 뒤로 결혼 따위에는 관심도 없는 것처럼 굴지 않았느냐?"

약혼이 깨진 것은 언제나 마르시아의 크나큰 오점이자 약점이었다. 이고르가 그걸 알면서도 들먹인 이유는 뻔했다.

'내가 난리라도 칠 줄 아나 보지?'

그의 오산이라면, 그 약혼은 이제 내게는 아무런 의미도 없다는 거겠지. 이제 내 일부인 마르시아의 아픈 과거를 들먹이는 게 기분이 나쁘긴 했으나, 이미 결혼한 사람에게는 흠결이 될 것이 없었다. 그것도 결혼 상대가 상대이니만큼 더더욱. 나는 어깨를 으쓱했다.

"여자 혼자 살아가기 힘든 세상인데, 언젠가는 결혼했어야 하지 않겠어요? 어쩌다 보니 허락을 구할 시간이 없었을 뿐이에요."

"……그래도 그렇게 잡은 남자가 대공이라니, 그건 칭찬해 주마. 처음부터 이러려고 가출한 게냐?"

이고르는 탐욕스러운 눈빛으로 응접실을 둘러보며 말했다.

어차피 나는 혼기가 꽉 찬 나이였다. 상대가 귀족이기만 하면 이고르는 누구든 개의치 않고 결혼을 허락해 주어 나를 치워 버렸을 것이다. 그 와중에 내 남편이 대공이라니. 그에게는 생각지도 못한 횡재일 게 분명했다.

"도대체 네가 어떻게 로랑 대공을 홀렸는지는 모르겠지만, 이미 일어난 일이니 용서해 주마. 하지만 멋대로 라리사까지 데리고 도망친 것은 그럴 수 없다."

"라리사는 걱정하실 필요 없어요. 제가 아주 잘 돌보고 있으니까요."

"닥치거라."

이고르가 낮은 소리로 윽박질렀다.

"그 애를 손아귀에 넣으니 새삼 눈에 뵈는 게 없는 게냐? 지금 내게서 전 재산을 빼앗아가겠다 이거야? 감히……!"

나는 차분한 목소리로 말했다.

"라리사는 재산이 아니에요."

"허!"

그는 어이가 없다는 듯 눈을 홉떴다.

"라리사를 동생은커녕 사람 취급도 않던 걸 내가 기억 못 할 줄 아느냐? 지하실에서 가장 먼 방을 썼던 게 누구였지, 응? 직접 마주치는 것조차 끔찍이 싫어서 대리인을 보냈던 주제에 이제 와 그 애를 아끼는 척하면 내가 마음이 약해지기라도 할 줄 알았느냐?"

"제 마음은 변한 적이 없답니다. 지하실에 내려가지 않았던 건 라리사가 괴로워하는 걸 보고 싶지 않았기 때문이었어요."

"뻔뻔스럽구나! 내가 널 키운 게 몇 년인데, 그딴 거짓말에 속아 넘어갈 줄 알았더라면 오산이다."

이고르는 내 궤변을 듣는 척도 하지 않고 주먹으로 테이블을 내려쳤다.

"무슨 헛소리를 해도 나는 그 애를 데려갈 거다. 이 저택을 이 잡듯 뒤져서라도."

이고르가 씹어뱉듯 말하는데 응접실 문이 열렸다. 우리는 동시에 문 쪽을 바라보았다.

거기에는 장신의 남자가 서 있었다. 검은 고수머리 아래 빛나는 붉은 눈동자. 파비안이었다.

그는 곧바로 들어오지 않고 문간에 선 채로 응접실 안을 쳐다보았다. 그의 시선은 나를 스치듯 지나쳐 곧바로 이고르에게로 향했다.

나는 침을 꼴깍 삼켰다. 그가 등장한 순간 냉동고에 들어서기라도 한 것처럼 응접실에 냉기가 흐르는 것 같았다.

그것을 느낀 것은 나만이 아닌 모양이었다. 흘끗 옆을 돌아보니 이고르도 나와 마찬가지로 입을 꾹 다문 채 그 자리에 얼어붙어 있었다. 숨 막히는 대치는 얼마 가지 않았다. 파비안이 응접실 안으로 발을 내디딘 것이다. 살얼음 같던 분위기는 묵직한 구둣발 소리에 깨져 나갔다.

그가 시선을 똑바로 내리꽂으며 빠르지도 느리지도 않은 걸음걸이로 성큼 다가오자 이고르는 엉거주춤 자리에서 일어섰다.

그가 강약약강이라는 건 조금 전에 리샤르를 통해 아주 잘 보았다. 때문에 나는 일부러 자리에서 일어서서 파비안에게 예의 바르게 인사를 해 보였다. 드레스 자락을 양손으로 가볍게 쥐어 펼쳐 보이며 오른발을 뒤로 빼 무릎을 살짝 굽히고, 속눈썹이 딱 아름답게 그림자를 그려 보일 정도로만 고개를 숙였다.

"대공 전하."

그것은 신혼의 아내가 남편에게 하는 인사라기보다는 차라리 사교계 첫 데뷔 무도회에서 주최자에게 하는 것에 가까웠다. 그러니까 이건 경고였다. 아버지, 당신이 나나 다른 사람들에게는 함부로 대할 수도 있겠지만 이분께는 그럴 수 없을걸요, 하는.

인사를 마치고 고개를 들자 파비안과 눈이 마주쳤다. 내 얼굴을 본 그의 눈썹이 순간 꿈틀거렸다. 어둠 속에서 성냥을 켠 듯, 안 그래도 붉은 눈에 불이 확 당겨 붙었다.

'……뭐지?'

원래 눈빛이 저렇게까지 강렬했던가? 가슴이 철렁했다.

……나 뭐 잘못한 거 없지?

"대공 전하!"

내가 그의 눈빛에 압도되어 말을 꺼내지 못하는 사이, 파비안보다도 먼저 입을 연 것은 이고르였다. 그는 바닥에 엎드리기라도 할 기세였다.

아까는 내 뺨까지 때렸으면서 파비안 앞에서는 한없이 쭈그러드는 꼴 좀 봐. 파비안이 이고르를 경멸의 눈으로 쳐다봐 주기라도 하면 더욱 고소할 텐데.

"억울하오!"

사극 톤이었다. 대감마님, 소인은 억울하옵니다, 하는 바로 그 톤. 내버려 두면 손바닥이라도 비비지 않을까.

나는 웃음이 나오려는 것을 참느라 눈을 굴리며 혓바닥 끝을 깨물었다. 파비안은 아직 한마디도 하지 않았는데 이고르는 벌써 줄줄 제 할 말을 늘어놓기 시작했다.

"아니, 어느 날 아침에 깨어나 보니 내 금쪽같은 딸들이 사라져 버렸지 뭐요. 특히 작은 아이는 생전 집 밖을 제 발로 나가 본 적도 없는 부끄럼쟁이였는데, 어디 간다 말도 없이 사라졌소."

"……부끄럼쟁이라고요."

나는 입속으로 중얼거렸다. 라리사가 부끄럼쟁이라…….

"아, 물론, 제 미욱한 딸을 대공께서 마음에 두셨다니, 그것은 참좋은 일입니다. 그렇긴 한데……. 아무리 그래도 이렇게 아비의 허락도 없이 멋대로 혼인을 해도 되는 거요? 직접 와서 허락을 구하기는커녕 편지도 한 통 없었다니!"

혼자 털어놓다 보니 자기 혼자 열이 오르기 시작한 모양이었다. 조금 전까지 굽신거리던 모습은 어느새 사라져 버리고 목소리에는 억울함이 깃들었다.

"정말 나는 딸들을 영영 못 보는 줄만 알았소! 어느 귀인께서 귀띔해 주시지 않았더라면 이 애들을 그냥 잃은 줄 알았을 거요!"

억울해 못 견디겠다는 듯 소리치는 이고르는 목까지 시뻘게져 있었다.

"귀인이라뇨?"

내가 옆에서 조심스럽게 물었다. 혹시라도 이 결혼식에 대한 소식을 들었다면 뒤늦게 신문을 보고 알게 된 거라고 생각했는데.

'마치 누가 알려주기라도 한 것 같잖아?'

이고르는 나를 짜증스럽게 쳐다보았다. 그는 대답하지 않을 작정인 듯했지만, 마음의 소리는 솔직했다.

-미쳤냐, 그걸 말하게. 앞으로도 내 끄나풀이 되어줄 여자인지도 모르는데.

……여자?

-아무리 물어도 엘로이즈 콘라트라는 이름은 죽어도 말할 수 없지. 내가 그런 얄팍한 수에 넘어갈 줄 알아?

나도 모르게 입을 조금 벌렸다. 내 능력이 이렇게까지 유용한 것이었다니……. 나는 표정을 숨기려고 얼른 고개를 떨구었다. 심기가 좋지 않은 아버지의 눈치를 살피는 순종적인 딸처럼.

'엘로이즈 콘라트라면 파비안의 사촌인 그 아가씨잖아?'

갈색 머리를 곱게 말아 늘어뜨린 귀여운 얼굴이 기억났다. 생글생글 웃으면서 속으로는 내게 악담을 퍼부었었지. 파비안을 꼬시지 말라면서.

일부러 블리크가를 찾아내 이고르에게 가서 이야기를 해주다니, 무슨 꿍꿍이지?

'……혹시 아버지의 허락을 받지 않은 결혼이라는 걸 강조해서 혼인 무효로 돌리기라도 하려고 했나?'

그렇게까지 파비안이 좋았던 걸까. 하지만 너네 사촌이잖아…….

이고르는 나를 깔끔하게 무시하고 계속해서 열변을 토했다.

"제길, 내 딸을 둘이나 데려가다니, 제정신이오? 심지어 하나는 아직도 어린애란 말이오! 라리사가 시집을 못 가게 되면 어떻게 책임질 작정이오!"

'웃기시네. 그 앨 시집보낼 생각이라곤 눈곱만큼도 없었으면서.'

"내 딸들을 데려가야겠소!"

이고르는 제 화를 견디지 못하고 발을 굴렀다.

"저는 돌아갈 생각이 없는데요. 라리사도 마찬가지일걸요."

내가 팔짱을 끼며 비웃듯 말하자 이고르는 나를 쏘아보았다. 그는 흥, 하고 콧방귀를 끼더니 파비안을 향해 말했다.

"이미 국왕 폐하께 혼인 허가를 받으셨다고 하니, 마르시아는 내가 양보하도록 하겠소. 하지만 라리사는 안 되오! 그 아이만큼은 당장 데려가겠소."

나는 파비안을 쳐다보았다.

'어디 약속을 지키나 볼까.'

그의 시선이 내게로 옮겨오자, 나는 입 모양으로 말했다.

'계. 약. 서.'

우리의 계약을 잊지는 않았겠죠? 당신은 라리사를 지키겠다고 맹세했다고.

그는 내 입 모양을 보고도 아무 말도 하지 않았다. 아니, 방에 들어온 후 지금까지 한마디도 입을 열지 않았다. 그는 자리에 앉지도 않은 채 오직 이고르가 하는 말을 듣고만 있었던 것이다.

이고르도 뒤늦게 그것을 깨달은 모양이었다. 아무리 칼춤을 춰봤자 상대가 반응해 주지 않으면 화도 점차 식는 법이다. 열이 올라 실컷 떠들던 그는 어물어물 말꼬리를 흐렸다.

"아니, 그러니까 내가 딸들을 워낙 아끼다 보니까 그만큼 정신이 없었던 거고……."

파비안은 그 자리에 선 채로 이고르를 내려다보았다. 그렇다. 내려다보았다. 그는 이고르보다 한 뼘 가까이 컸다.

이고르가 입을 다물자 이윽고 무표정하던 파비안의 얼굴에 변화가 일었다. 입꼬리를 끌어 올린 것이다. 그러나…….

'히익……!'

입은 웃는 모양 비슷하게 되었으나, 불붙은 듯한 눈빛은 여전히 강렬했다.

'파비안이 눈빛으로 사람을 쏘아죽였대도 믿을 거야, 난…….'

저 눈빛으로 쳐다보는 게 내가 아니라 다행이었다.

"무, 무슨 사람을 그런 눈으로 봅니까! 내가 틀린 말이라도 했소?"

-눈이 왜 저렇게 시뻘겋지? 사람이 아니라 악마 새끼인가. 신이시여…….

허세를 부리는 목소리와는 반대로 마음의 소리에는 혼란과 공포가 스며 있었다.

"나는 라리사만 데려가면 되오! 아버지의 당연한 권리인데 이마저 못 하게 하지는 않겠지."

파비안은 천천히 눈을 한 번 깜박였다. 느릿하게 눈꺼풀이 눈을 덮었다가 올라가자 순식간에 그의 눈빛이 바뀌었다.

여전히 붉긴 했지만 더 이상 아까 같은 야성은 남아 있지 않았다. 눈빛이 바뀌자 어색해 보였던 미소가 얼굴에 자연스럽게 자리 잡았다. 이제는 서글서글한 보통 귀족 청년으로 보일 정도였다. 그는 가볍게 고개를 끄덕이고는 마침내 입을 열었다.

"그렇군요. 잘 알겠습니다."

낮고 울리는 듯한 목소리에는 완벽한 귀족 억양이 배어 있었다. 단 두 마디였으나 아주 정중하기 그지없었다.

그의 눈길을 피해 시선을 돌리고 있던 이고르는 퍼뜩 고개를 들었다. 그가 파비안의 얼굴을 뚫어질 듯 쳐다보았다.

"가만, 그 목소리……? 그러고 보니 저 눈도 전에 어디선가……."

헛, 그렇지. 이고르는 전에 파비안을 만난 적이 있었다. 내가 라리사를 데리고 달아난 그날, 파비안은 우리를 찾는 이고르에게 못 보았노라고 둘러댔었다. 그때와는 전혀 다른 차림이지만, 저런 잘생긴 얼굴이 쉽게 잊힐 리가.

나는 얼른 대화에 끼어들어 이고르의 회상을 방해하려고 했다. 하지만 내가 입을 여는 것보다 그가 한발 빨랐다.

"그 식당에서!"

'아, 이런.'

그는 파비안에게 덤벼들듯이 삿대질을 했다.

"이 자식, 못 봤다며! 내 보석, 보석 같은 딸을! 이건 납치야! 범죄라고! 게다가 허락도 없이 멋대로 결혼하고 연락도 없었다고?"

그는 용케 주먹을 휘두르지는 않았지만, 대신 응접실 집기를 죄다 부술 기세로 날뛰기 시작했다. 나는 말리는 척하며 얼른 그의 팔짱을 끼었다.

"고정하세요. 아버지 잘못인걸요. 그러게 평소에 잘하셨어야죠. 딸들이 몰래 도망치지 않게 말이에요."

나는 얄밉게 깐족거렸다. 이고르는 내 팔을 있는 힘껏 뿌리쳤다. 그는 벌게진 얼굴로 나를 노려보며 당장에라도 후려칠 듯이 팔을 들어올렸다.

하지만 이고르의 팔은 어깨 위에서 부들부들 떨릴 뿐 내려오지는 않았다. 아무리 딸이라도 대공 앞에서 그의 아내에게 손찌검할 수는 없는 노릇이다.

이고르는 펼쳤던 손을 꾹 말아 쥐고 씹어뱉듯이 말했다.

"가만두지 않겠어. 국왕 폐하께 알려서 혼인을 무효로 만들겠소! 두고 보라고!"

협박에도 파비안은 눈썹 하나 까딱하지 않았다. 대신 조용히 입을 열었다.

"장인어른."

더없이 부드러운 말투였다. 그는 우아한 몸짓으로 이고르를 향해 허리를 숙였다.

"미리 찾아뵙고 말씀드리지 못해서 정말 죄송합니다. 제 불찰입니다."

"으, 응? 엥?"

이고르는 당황해했다. 큰소리는 쳤지만 자신보다 높은 사람이 이렇게 숙이고 들어올 줄은 예상하지 못했던 모양이었다. 말아쥐고 있던 주먹에서 힘이 풀리고, 손은 슬그머니 어깨 아래로 내려왔다.

"크나큰 오해가 있는 것 같아 말씀드리자면, 그날 식당에서 장인어른을 뵈었을 때 드린 말씀은 모두 사실입니다. 제가 두 분 영애와 마주친 것은 그 식당을 나온 후였으니까요."

나는 놀라 입을 벌리지 않으려고 아랫입술을 슬며시 물었다.

'어쩜 저렇게 눈 하나 깜짝하지 않고 거짓말을……'

그의 말투는 아주 다정하면서도 간절하기 짝이 없었다.

파비안이 은근슬쩍 정중한 손짓으로 소파를 가리키며 앉도록 권했다. 그러자 이고르는 얼떨결에 소파에 엉덩이를 붙였다. 그는 자연스럽게 이고르의 맞은편에 앉아 면구스럽다는 듯 말을 이었다.

"제가 영애를 처음 뵌 것은 대공저로 돌아오는 기차역에서였습니다. 그때 저는 첫눈에 아름다우신 마르시아 양에게 반하고 말았습니다."

……두 번째다. 남 앞에서 마음에도 없는 반했다느니 어쨌다느니 하는 말을 하는 거. 요전 저녁 식사 때도 그랬었지. 그 일이 없었더라면 오늘도 당황할 뻔했어.

아니, 여전히 당황스럽지만 그래도 그때만큼 충격적이진 않다는 게 그나마 다행인가…….

"익히 아시리라고 생각합니다. 사랑에 빠진 남자가 얼마나 어리석은 행동을 하는지 말입니다. 그때 제 눈에는 마르시아 양밖에 보이지 않았지요. 정신을 차려보니 청혼을 하고 있더군요."

"……내가 그렇게 절박하게 딸들을 찾는 광경을 보고도 말이오? 아비에게 알려야겠다는 생각이 안 들더란 말이오?"

"그때의 저는 눈앞의 여신을 당장 제 품 안에 가두는 것 외에는 아무것도 생각할 수가 없었습니다. 물론 현명하신 영애께서는 즉답을 주시지는 않으셨습니다. 아버님의 허락 없이는 그럴 수 없다고 하셨지요. 그것을 제가 억지로 밀어붙였습니다. 저는 어리석게도 먼저 그녀를 얻고 나서 나중에 허락을 구하리라고 생각하고 말았던 것입니다."

진실하게 속마음을 털어놓는 것 같은 저 말투. 파비안은 사랑에 눈이 멀어버린 청년 그 자체였다. 마음의 소리가 들리지 않는 사람은 깜박 속고 말 거다.

'저게 정말 연기란 말이야?'

나는 하도 어이가 없어서 다 식어빠진 찻잔을 입가로 가져가야 했다. 그러지 않고서는 내 표정을 가릴 방법을 알 수가 없었으니까.

"하지만 이날 이때까지 내게 아무런 연락도 하지 않았지 않은가!"

"제가 억지로 대공비의 반지를 영애의 손가락에 끼워드린 날, 선대 대공께서 급사하시고 말았기 때문입니다. 저는 눈앞에 벌어진 비극부터 수습해야 했습니다."

그는 눈썹 사이에 가볍게 주름을 잡으며 사건 순서를 교묘하게 바꾸어 말했다. 하긴, 청혼 시점이 언제인지 정확히 아는 사람은 얼마 되지 않았다. 아마 파비안과 나를 제외하면 라리사와 포투스뿐일 것이다.

"흠, 그건 그렇군……. 대공께서 갑자기 돌아가셨다는 소식은 나도 늦게나마 듣기는 했소만……."

이고르의 반응은 파비안의 말을 납득했다기보다는, 까마득하게 높은 사람이 친절하게 대해주니까 어쩔 수 없이 주춤거리며 동의하는 것에 가까워 보였다. 그래도 파비안이 이렇게 나오자 더 이상 날뛰며 당장 라리사를 돌려달라고 할 수는 없게 되었다.

"가까스로 장례식을 마치고 나자 이번에는 서류 더미가 날아들었습니다. 저는 곧바로 밤을 새워가며 일해야 했습니다. 제가 오늘 장인어른을 직접 맞이하러 나가지 못한 이유이지요."

"뭐라고요? 귀족인데 일을 한다는 말씀입니까? 어째서 아랫사람들을 시키지 않으시고……."

이고르는 마음속으로 '미쳤나, 그냥 귀족도 아니고 무려 대공인데 일을 하다니' 하고 중얼거렸다.

파비안은 쓸쓸하게 웃었다.

"워낙 중요한 것들이라……. 시국을 좌지우지할 만한 결정을 보좌관에게 내리도록 할 수는 없지 않겠습니까? 제가 처리하지 않으면 결국은 국왕 폐하께서 직접 보셔야 할 일들이지요."

파비안이 국왕 폐하를 언급한 순간 이고르는 꼬리를 내리고 말았다. 그는 속으로는 욕설을 내뱉으면서도 겉으로는 이해한다는 듯 순순히 고개를 끄덕일 수밖에 없었다.

"뒤늦게라도 말씀드려야 할 것, 한낱 편지글 몇 줄을 통해서가 아니라 기왕이면 제가 직접 찾아뵙고 인사드리려 했는데, 일 처리가 이렇게 오래 걸릴 줄은……. 다 제 불찰입니다."

그는 조금도 망설임 없이 물 흐르듯 줄줄 부드럽게 혀를 놀렸다. 내가 그를 잘 아는 것은 아니었지만, 이렇게 유려한 거짓말로 사람을 휘어잡는 면모가 있는 줄은 몰랐다.

'진짜로 무서운 사람이었구나.'

결혼 전에 계약서를 쓰길 정말 잘했다…….

결국 이고르는 두 손을 들어 올렸다.

"알겠소. 내 다 이해하겠소. 혼인을 허락한 걸로 칠 테니 마르시아는 대공 마음대로 하시오. 라리사만 내어 준다면 조용히 노스트랜드로 돌아가겠소."

그는 화를 가라앉혔으나 여전히 라리사를 포기할 생각은 하지 않았다. 파비안이 그 속내를 모를 리가 없었다. 그러나 그는 여전히 엷게 웃었다.

"허락해 주셔서 감사합니다. 한결 마음이 놓이는군요. 노스트랜드로는 어떻게 돌아가실 예정입니까?"

"그거야 마차나 기차로……. 대공가에서 마차를 한 대 내어주신다면 더욱 좋겠소만……? 기차보다야 마차가 편하고 안전하니 말이오."

이고르가 반색하며 대답했다. 파비안은 고개를 끄덕이며 웃었다.

"그렇군요. 필요하시다면 마차쯤은 얼마든지 내어드리겠습니다. 그런데 안타깝게도 라리사 양은 그런 긴 여행을 견딜 수 있는 상태가 아닙니다. 몸이 회복될 때까지 이곳에서 머물게 할 생각입니다."

"뭐, 뭐요?"

"아까 로비에서 잠시 만나셨다고 들었습니다. 직접 보셨으니 아시겠지요."

"……무얼 말이오?"

"이상하지 않았습니까?"

정말 모르겠느냐는 듯, 파비안이 물었다.

"부친이 그렇게 아끼는 아이라면 응당 오랜만에 만나는 아버지의 품에 달려들었을 텐데, 그러긴커녕 오히려 제대로 걷지도 못하였다고 하던데요."

이고르의 안색이 대번에 바뀌었다. 반면 파비안은 여전히 웃고 있었다.

"라리사 양이 아버지를 알아는 보던가요?"

파비안은 태연하게 말을 이었다.

-이, 이 자식이……!

아까는 친절하고 부드러워 보였던 눈빛이, 이제는 전혀 달라 보였다.

"아버지를 알아보지도 못할 정도로 좋지 못한 상태입니다. 라리사 양에게 필요한 것은 휴식과 정양입니다."

세상에, 라리사가 충격으로 얼어붙은 걸 이렇게 써먹네? 나는 속으로 즐거워하며 거들었다.

"그래요, 아버지. 그 애는 지금 기나긴 마차 여행을 감당할 수가 없어요. 기차도 마찬가지죠."

"어디로도 갈 수 없는 상태이니 이곳에서 정양을 시키겠습니다. 이곳은 이제 친언니의 집이기도 하니 아무 걱정하지 않으셔도 됩니다."

"마르시아가 라리사에 대해서 뭘 안다고……. 그 애는 내가 없으면 안 되는 아이라고 하지 않았소!"

이고르는 자리에서 벌떡 일어서 나를 노려보았다. 그의 주먹이 부들부들 떨렸다.

-저게 죄다 말한 게 틀림없어! 남편이 생겼다고 미주알고주알 줄줄 털어놓다니……. 분명히 둘이서 홀랑 독식하려는 게지. 배은망덕한 년!

아니, 안 그랬는데. 이 세상 그 누구에게도 라리사의 비밀을 밝힐 생각은 없다고. 물론 파비안에게도 마찬가지고.

나는 그렇게 말하는 대신 쓸쓸하게 웃어 보였다.

"왜 그런 표정으로 보세요? 라리사가 아픈 건 아버지도 잘 아시잖아요. 대공가의 주치의는 정말로 실력이 좋답니다. 안심하시고 영지로 돌아가세요."

"내가…… 네 속을 모를 줄 아느냐?"

"제가 무슨 딴생각을 하고 있을까 봐요? 전 진심이에요. 지금 라리사에게 필요한 건 아버지의 사랑이 아니에요. 잘 알고 계시잖아요?"

"라리사를 독차지하려는 거잖아!"

도저히 참을 수가 없었다. 나는 소리 내어 웃고 말았다.

"누가 들으면 아버지가 그 애를 정말로 사랑하는 줄 알겠어요."

다이아몬드라는 말을 안 하려니 답답해 죽겠지? 내가 파비안에게 비밀을 털어놓았는지 의심은 해도 확신할 수가 없으니까.

그는 화가 머리끝까지 솟았지만 여전히 파비안의 눈치를 보고 있었다. 어디까지 말해도 될지 모르기 때문이다. 이고르는 이를 악물었다.

"아비를 모욕할 셈이냐?"

그가 할 수 있는 말이라고는 고작 그 정도였다. 내 말을 부정하기에는 그나마 양심이 한 자락 남아 있었던 모양이다.

"모욕은요, 사실을 말할 뿐이죠."

나는 생긋 웃으며 이고르의 얼굴을 똑바로 마주 보았다. 이고르가 뭐라고 대답하기도 전에 파비안이 입을 열었다.

"제가 돈독한 부녀 사이에 잘못 끼어든 것은 아닌가 모르겠군요. 장인어른, 이렇게 갑작스럽게 두 따님이 곁을 떠나 계시니 아쉽고 허전하시겠죠."

파비안은 팔을 뻗어 설렁줄을 당겼다.

"아쉬움을 달래는 데 조금이나마 도움이 될 만한 작은 선물을 준비했습니다."

응접실 문이 열렸다. 들어온 것은 포투스였다. 그는 손에 상자 하나를 들고 있었다. 그를 알아본 이고르가 조용히 속으로 욕설을 지껄였다. 아무것도 듣지 못한 포투스는 상자를 응접실 테이블 위에 내려놓고 한 걸음 물러섰다.

"열어보십시오. 부디 마음에 드셨으면 좋겠군요."

파비안의 말에 이고르는 눈썹을 찌푸린 채로 상자를 열었다.

"헉⋯⋯!"

상자 안의 내용물을 본 순간 그는 눈을 커다랗게 떴다. 그의 입가가 파들파들 떨렸다.

'도대체 뭐길래 그러지?'

나도 슬쩍 상자 안을 들여다보았다.

"⋯⋯!"

안에 든 것은 화려하게 장식된 순금 벨트와 서류였다.

"이⋯⋯ 이게 무엇이오?"

이고르는 말을 더듬었다. 파비안은 웃으며 대답했다.

"케플란 지방에 있는 금 광산의 소유권 증서입니다. 그 벨트는 거기서 나온 금으로 만든 것이지요. 매장량도 충분해서 앞으로 백 년은 거뜬히 채굴할 수 있을 겁니다."

광산이라니⋯⋯. 그런 걸 막 내주어도 되는 건가? 금 광산 하나쯤 잃어도 대공가의 재산에는 별 손해가 없다는 얘기가 아닌가. 도대체 얼마나 부자인 거야?

이고르가 떨리는 손끝으로 금 벨트를 쓰다듬었다. 그는 벨트에서 눈을 떼지 못했다.

"지금 이걸 내게 넘겨주겠다는……?"

"마음에 드신 것 같아 다행입니다. 갑작스러운 결혼 때문에 고향을 떠나 쓸쓸해할 아내의 곁에 라리사 양이 있어준다면 그 정도쯤이야 얼마든지 내어드리지요."

"라리사와 금광을 바꾸자는 거요?"

"그럴 리가요. 영애의 회복을 도울 수만 있다면 금광 하나를 다 털 만한 가치가 있다고 판단한 것뿐입니다."

결국 그 말이 그 말이었다. 이고르는 파비안을 노려보다가 다시 상자 안으로 시선을 돌렸다. 금 벨트에는 말을 탄 사람을 묘사한 세밀한 조각이 들어 있었다. 갈기와 안장을 장식한 것은 진주였고, 기수의 옷과 모자에 박힌 유색 보석이 조명 빛을 사방으로 반사해 뿌렸다. 이고르는 눈이 부신 듯 눈을 가늘게 떴다.

-내가 이깟 금광 따위에 넘어갈 성싶은가! 라리사의 눈물은 다이아몬드인데!

……라고 말하기에는 너무나 큰 선물이었다.

게다가 처분하는 데 시간이 한참 걸리는 희귀 다이아몬드와는 달리 금은 가치가 높으면서도 환금성이 강하다. 당장 사업 자금 한 푼이 중요한 이고르에게는 크나큰 유혹일 것이었다. 당장에라도 벨트를 허리에 차보고 싶은 것을 억누르고 있다는 게 뻔히 보였다. 상자를 쥔 손이 가늘게 떨리고 있었다.

'저래서 달랑 증서 한 장이 아니라 황금 벨트를 함께 줬구나.'

현물을 쥐어 준 효과는 굉장했다. 이고르는 결국 앓는 소리로 중얼거렸다.

"좋소. 잠시만이라면……."

잠시만? 그렇게는 안 되지. 나는 얼른 끼어들었다.

"삼 년이에요. 주치의가 라리사가 낫는 데는 최소 그 정도 시간이 필요하다고 했어요."

"뭐라고? 삼 년?"

"대공가의 금광 하나를 통째로 넘겨받는 것인데 그 정도는 돼야 하지 않겠어요?"

내가 주는 것도 아니면서 나는 큰소리를 쳤다.

"삼 년이 지나면 라리사도 집으로 돌아가고 싶어 할 만큼은 회복될 거예요."

"씨알도 안 먹힐 소리! 나중에 가서 딴소리할 생각인 게지!"

'당연하지.'

삼 년 후 무사히 회복되면 라리사는 왕자님과 결혼할 것이다. 다시는 노스트랜드로, 블리크 저택의 어두운 지하실로 돌아가지 않아도 된다.

"그럴 리가요."

나는 최선을 다해 방긋방긋 웃었다.

"장인어른."

파비안이 이고르를 불렀다. 그 목소리는 바다 밑바닥에서 올라온 것처럼 고요하면서도 얼음처럼 차가웠다. 돌아보니 그의 얼굴에서는 이미 미소가 사라져 있었다.

"저는 이래 봬도 참을성이 아주 뛰어납니다."

"……."

"제 아내에게 손찌검을 하신 모양이군요."

"뭐요?"

이고르는 어이가 없다는 듯 입을 벌렸다. 나도 모르게 아까 맞은 뺨을 한 손으로 감쌌다.

'티가 났던가?'

손안에 열이 올라 뺨이 화끈했다.

"······내 딸이오. 아비가 딸에게 어찌하든 무슨 상관이란 말이오? 자식을 키우려면 적절한 교육이 필요한 법이잖소."

"이제는 그대의 딸이기 전에 내 아내다. 몰랐다고 하지는 않겠지."

파비안의 말투가 손바닥 뒤집듯 바뀌었다. 이고르의 얼굴이 확 불타올랐다.

-이 자식이 지금······.

하지만 거기까지였다. 로랑 대공에게는 작위도 없는 변방 귀족에게 하대할 정도의 권한은 얼마든지 있었다. 이고르는 제대로 된 대꾸를 하지 못했다.

"아내를 봐서 내치지 않은 것이다. 장인이라고 예의를 차릴 때 준다는 것을 얌전히 받고 돌아가라. 삼 년 후에 라리사 양을 대공저에서 내보낸다는 약속은 틀림없이 지키도록 할 테니까."

"그, 그렇지만 삼 년은 너무······!"

"내 아내가 삼 년이라고 했으니 삼 년이다. 다시는 오늘 같은 소란을 용납하지 않겠다. 앞으로 삼 년간 얼씬도 하지 마라. 그 대가는 충분히 치렀으니. 포투스."

마지막에 덧붙인 이름 때문에, 잠시 이고르는 영문을 몰라 했다. 그러나 자신의 이름을 들은 포투스는 얼른 이고르에게 다가갔다.

"이만 일어서시지요. 바깥으로 모시겠습니다. 마차가 대기하고 있습니다."

이고르는 순순히 일어서지 않았다. 그가 속으로 내뱉는 욕설 때문에 나는 가슴이 다 먹먹해질 지경이었다.

"이거 놔! 대체 무슨 권리로 내게서 딸을 훔쳐가냔 말이다!"

결국 그는 패악을 부리며 끌려 나갔다. 포투스는 이고르를 끌고 나가면서도 그의 품에 광산의 소유권 증서와 벨트가 든 상자를 안겨주는 것을 잊지 않았다.

응접실 문이 닫히고, 이고르의 마음의 소리가 썰물처럼 천천히 멀어져 갔다. 그리고 마침내 조용해졌다. 나는 안도의 한숨을 내쉬며 다 식어빠진 찻잔을 들어 올렸다.

조용히 앉아 있던 파비안이 입을 열었다.

"당장 벨만 선생을 불러 드리겠습니다."

"네?"

"……뺨이 부었습니다."

-감히…… 역시 암살자를 보내는 게 나을 뻔했어. 지금이라도…….

"아, 아니에요. 괜찮아요. 그리 세게 맞은 것도 아닌걸요."

세게 맞았지만 나는 적당히 둘러댔다. 금광을 쥐여주고 내쫓았으니 양심이 있다면 당분간은 얼쩡거리지 않겠지. 그것만으로도 만족스러웠다.

"약속을 지켜주셔서 정말 고마워요, 전하."

"아닙니다. 계약은 계약이니까요."

"……혹시 그 벨트와 금광 소유권 증서는 미리 준비해 두셨던 건가요?"

파비안의 눈이 나와 마주쳤다. 그는 순순히 고개를 끄덕였다.

"만일을 대비해서였습니다. 원래 조만간 블리크가로 대리인을 보낼 생각이었습니다. 그런데 아버님께서 예상보다 빨리 찾아오셨을 뿐입니다."

"그렇게 높여 부르지 않아도 괜찮아요. 별로 아버지라고 생각하지도 않으니까요."

"……미안합니다."

"뭐가요?"

"그런 놈한테 맞게 하다니……. 집 안이라고 내가 너무 안일하게 생각했던 모양입니다. 앞으로는 저택 안에서도 호위를 붙여드리겠습니다."

정말 신경 쓰였나 보다. 계약관계인데도 마음을 써주네.

"괜찮아요. 오늘 잘 내쫓았는걸요. 앞으로 제 이름을 대고 누가 찾아와도 바로 들여보내지만 못하게 하면 돼요."

그는 잠시 망설이는 듯하다 조심스럽게 입을 열었다.

"학대당한 것은 정말로 라리사 양 혼자입니까?"

-설마 학대를 당하고도 깨닫지 못한 것은 아니겠지? 저런 놈이 단 한 명만 못살게 굴었을 리가 없는데…….

음, 일리 있는 의심이군.

나는 고개를 끄덕였다. 블리크 집안 사람들이 전부 좀 제정신이 아니긴 했지만, 마르시아가 맞은 적이 없는 것만큼은 사실이었으니까.

"정말이에요."

이 정도로 신경을 써주다니, 좀 많이 고마운걸.

마음이 따뜻해지려던 찰나였다.

"앞으로도 이런 일이 생기면 바로 포투스나 알프레드를 부르십시오. 아니, 누구라도 좋습니다. 저택 내 모든 고용인에게 다시는 이런 일이 일어나지 않도록 철저히 일러두겠습니다."

-내 것에 손대는 놈들은 가만두지 않을 테니까.

"……."

'내 것'이라고?

마음의 소리는 거짓말을 하지 않는다. 그의 속마음은 나를 마치 무슨 물건 취급하듯 지칭하고 있었다.

'인간적인 마음에서 도와준 것이 아니었구나.'

하긴, 우린 철저히 계약관계일 뿐이었다. 잠시라도 마음이 흔들린 쪽이 바보지.

나는 가라앉은 심정으로 자리에서 일어서는 파비안을 바라보았다. 파비안은 늘 그렇듯 아주 정중하고 거리감 있는 인사를 하고는 응접실을 가로질러 문 쪽으로 향했다. 문을 열기 전, 파비안은 나를 돌아보고 덧붙였다.

"그리고 부인, 전하라고 부르시는 게 영 마음에 걸리는군요. 앞으로는 그냥 파비안이라고 불러주십시오."

그는 통보하듯 말하고는 내 대답을 듣지도 않고 밖으로 나가 버렸다.

'……인간적인 호감이 있는 건지 아닌 건지 모르겠네.'

나는 잠시 문을 쳐다보다가 자리에서 일어섰다. 라리사가 방에서 나를 기다리고 있을 것이다.

4장

사랑은 원래 그런 거랍니다 (1)

까불거리는 램프의 불꽃 위로 햇살이 드리워졌다. 책상에 고개를 파묻고 있던 파비안은 마지막 서류에 서명을 마쳤다. 어느새 집무실 안은 환하게 밝아져 있었다. 그는 램프의 덮개를 내려 불을 껐다.

'아침이로군.'

전 대공이 쓰던 집무실은 그간 임시로 사용해 오던 작은 집무실과는 정반대였다. 널찍한 방 안에는 책상뿐 아니라 손님을 배려한 의자와 테이블이 놓여 있었고, 벽에는 전 대공이 수집한 아름다운 그림이 걸려 있었다. 일하기 위한 방이지만 응접실로 써도 손색이 없을 만한 공간이었다.

파비안은 자신의 서명 위로 떨어지는 햇빛이 천천히 잉크를 말리는 것을 쳐다보았다. 머리가 다소 멍했다. 그는 한 손으로 관자놀이를 문질렀다.

'차를…… 진한 차를 가져다 달라고 해야겠어.'

그때 문밖에서 노크 소리가 들렸다. 이 시간에 집무실 문을 두드릴 사람은 한 명뿐이었다.

"들어와."

포투스는 조금 놀란 듯 눈썹을 치켜올렸다.

"안 주무셨습니까?"

"방금 막 다 끝낸 참이야."

"그걸 전부 다요?"

포투스는 파비안의 책상 위에 쌓인 서류 더미를 보다가 고개를 내저었다.

"조금이라도 눈을 붙이시지 그러십니까? 벌써 이틀이나 못 주무셨잖습니까."

"해가 떴는데 그럴 수는 없지."

"그렇게 말씀하실 줄 알고 차 가져왔습니다."

포투스는 들고 온 쟁반을 책상 위에 조심스럽게 내려놓았다. 작은 주전자 안에는 탕약만큼이나 진하게 우린 차가 들어 있었다.

"고맙군."

파비안은 손수 주전자를 기울여 찻잔에 차를 따랐다. 따뜻한 차를 한입 머금은 그는 눈썹을 살짝 찌푸렸다. 너무 진한 탓이었다. 덕분에 정신이 확 드는 것 같았다.

"오를로프 후작님께서는 간밤에 저택으로 돌아가셨습니다. 더 이상 도울 일도 없을 거라시면서요."

포투스의 보고에 파비안은 고개를 끄덕였다.

"이제 슬슬 돌아갈 때도 되었지."

간다는 인사도 없이 간 것이 그답다고 파비안은 생각했다. 어차피 때가 되면 별다른 기별도 없이 또 불쑥 나타날 것이다.

파비안이 마지막으로 레오니드를 본 것은 어제였다.

전날, 이고르를 내쫓은 파비안을 맞이한 것은 집무실에 마련된 화려한 손님용 소파에 걸터앉은 레오니드와 독한 술 냄새였다.

"왔냐?"

파비안은 그를 무시하고 포투스에게 말했다.

"내가 술 내주지 말랬지."

포투스는 아무렇지 않은 얼굴로 어깨를 으쓱하며 대답했다.

"후작님께 제가 어떻게 개깁니까."

"그래, 그래. 대공이 되면 뭘 해, 아직도 내 눈엔 꼬맹이인데. 포나 자네나, 꼬마 둘이서 용쓰는 거로밖엔 안 보이지. 아직도 아카데미에 갓 들어온 자네들 모습이 눈에 선하다, 이거야."

레오니드가 술잔을 든 손을 휘저으며 포투스의 편을 들었다. 저리 취한 것처럼 말해도 레오니드가 여간해서는 취하지 않는다는 걸 그 자리의 세 명 모두 잘 알고 있었다.

"물에 젖은 생쥐처럼 쪼그라들어선 고개도 제대로 못 들고 덜덜 떨던 어린아이가 지금은 대공 전하라니, 세상 오래 살고 볼 일이지."

"누가 들으면 자네가 나보다 일곱 살이 아니라 일흔 살은 많은 줄 알겠군."

파비안은 투덜거리며 목을 조이고 있던 크라바트를 잡아당겨 느슨하게 했다. 평소에는 절대로 흐트러진 모습을 남에게 보이지 않는 그였지만, 이 두 사람 앞에서만큼은 달랐다. 레오니드와 포투스는 파비안이 유일하게 신뢰하는 사람들이었다.

셔츠 꼭대기 단추도 두어 개 풀자 숨통이 트이는 것 같았다. 그는 내친김에 셔츠 소매의 커프스 단추도 떼어 내며 테이블 위를 흘끔 쳐다보았다. 반쯤 빈 위스키병 옆에는 얼음이 담긴 그릇과 빈 잔이 두 개 더 놓여 있었다. 파비안은 픽 웃으며 잔에 술을 채웠다.

"자칭 자네 장인은 어떻게 되었나?"

"돈 쥐서 내쫓았어."

"오호."

레오니드가 자기 잔을 들어 파비안의 잔에 가볍게 건배하듯 부딪혔다.

"별로 축하할 만한 일은 아닌데."

파비안은 쓸쓸한 미소를 지으며 잔을 입술로 가져갔다. 레오니드가 그를 지켜보다가 픽 웃으며 말했다.

"참 이상한 가족이란 말이야."

"……뭐?"

"블리크가 말이야. 가족애가 넘치는 것 같으면서도 아닌 것 같은 게."

파비안이 말없이 그를 바라보자 레오니드는 어깨를 으쓱하며 말했다.

"가족애의 방향이 일방적이잖아. 블리크 씨는 딸들을 사랑한다는데 딸들은 그 사랑을 거부하고, 자네 부인은 동생을 심히 아끼는 것 같은데 동생은 그 사랑을 받기만 하는 것 같고 말이지."

"사랑이라."

파비안은 눈을 좁히며 자기 잔으로 시선을 돌렸다.

'마르시아 양이 라리사 양을 그렇게 감싸는 이유가 뭘까.'

원래 자매애란, 가족애란 그런 것인가?

파비안은 형제자매가 없고 어린 나이에 부모를 모두 잃었다. 그에게 동생이 있었다면 그도 마르시아처럼 행동할까? 알 수 없었다.

마르시아뿐 아니라 이고르의 행동도 설명하기 어려웠다.

파비안이 제시한 금 광산은 웬만한 사람이라면 인생을 뒤집어놓을 만한 재산이었다. 그런데도 이고르는 금 광산보다 라리사에게 비중을 더 두고 있는 것 같아 보였다.

'그건 사랑이라기보다는…… 집착에 가까워 보였어.'

정확히는 라리사를 향한 집착으로 보였다. 이고르는 마르시아에게는 그다지 관심이 없어 보였으니까. 아니, 오히려 두 사람은 라리사를 놓고 싸우는 모양새였다.

'라리사 양의 무엇에 그리 집착하는 거지?'

파비안은 눈살을 찌푸렸다. 뭐라도 짐작해 보기엔 블리크가 사람들에 대해 아는 게 너무 적었다.

'마르시아 양이 동생을 그렇게 감싸는 것도 혹시 이고르 씨와 같은 이유인 것은 아닐까?'

그런 엉뚱한 생각을 했다가 그는 픽 웃으며 술을 한 모금 들이켰다. 말도 안 되는 생각이었다. 한 사람은 학대하고 다른 사람은 정성을 다해 보살피는 게 같은 이유에서 기인할 리가.

파비안은 테이블에 놓인 나머지 빈 잔에 술을 채우며 말했다.

"글쎄, 가족애가 넘치는 가족인지 아닌지는 모르겠지만 마르시아 양이 동생을 끔찍하게 아낀다는 것만큼은 분명하지."

레오니드는 파비안의 말에 입을 조금 벌렸다. 그리고 무어라 말을 하려다가 그 말을 그냥 도로 삼키며 생각했다.

'……마르시아 양이라고?'

아무리 절친한 친구들 앞이라도 그렇지, 부인의 이름에 '양'을 붙이다니.

'이건 그냥 첫날밤을 안 치른 정도가 아니잖아?'

레오니드는 한숨을 쉬었다. 그 둘은 손 한 번 안 잡아본 게 틀림없었다.

'첫눈에 서로 반해서 바로 결혼했다며…….'

역시 그건 거짓말이었나?

레오니드가 아는 파비안은 한눈에 누군가에게 반할 인간이 아니긴 했다. 그는 누구에게도 마음을 쉽게 열지 않았다. 레오니드와 포투스가 그의 친구가 될 때까지도 아주 오랜 시간이 걸렸다.

파비안은 사랑해서가 아니라 필요에 의해 급히 사람을 구해서 결혼했다고 해도 이상하지 않았다. 선대 대공의 유언을 생각해 보면 더 그렇다.

레오니드는 얼음이 녹도록 위스키 잔을 손안에서 천천히 굴리면서 생각했다.

'하지만 둘 다 서로에게 관심이 있는 것만큼은 확실해. 내가 그런 걸 잘못 봤을 리는 없지.'

두 사람은 정말로 반해서 결혼한 걸까, 아니면 필요에 의해 결혼한 걸까. 그것도 아니면 둘 다일까?

파비안은 친구이자 보좌관인 포투스에게 막 채운 술잔을 건네주고 서류가 쌓인 책상으로 향했다. 그 웃음기라곤 하나도 없는 얼굴을 보며 레오니드는 킬킬 웃었다.

"뭐가 그렇게 우습지?"

파비안이 자신의 잔을 옆에 내려두고 맨 위에 놓인 서류를 집어 들며 물었다. 그 옆에 선 포투스는 술을 마시는 시늉만 하고는 이미 제 주인을 위해 서류를 착착 정리하고 있었다.

레오니드는 비어버린 자기 잔에 다시 술을 채우며 대답했다.

"쉴 틈도 없이 또 일하는 게 재미있어서 그런다. 이제 거의 다 끝났으니 술도 한잔하고 좀 쉬엄쉬엄해도 될 것을. 에휴, 내가 자네들과 무슨 놈의 술을 다 마시겠다고 잔을 사람 수대로 가져와서는……."

그가 한탄하면서 잔을 들고 다가와 파비안의 어깨에 제 팔을 걸쳤다. 파비안은 픽 웃으며 제 잔을 들어 레오니드의 잔에 가볍게 챙, 하고 부딪혔다. 레오니드가 어깨동무를 한 채 파비안의 귀에 낮은 목소리로 말했다.

"파비안, 그렇게 지나치게 손도 한 번 제대로 안 잡은 티는 내지 말게."

"뭐? 갑자기 무슨 소리야. 취했나?"

"농담이 아니야. 리샤르 군도 그렇고, 이 저택엔 눈과 귀가 많단 말이야. 첫눈에 반해 그 자리에서 청혼한 여자라고 주장하려면 적어도 신혼부부처럼 보이기는 해야지."

조금도 예상치 못했던 말에 파비안은 눈을 크게 뜨며 레오니드를 쳐다보았다. 그는 씩 웃더니 파비안의 어깨를 툭툭 두드리고는 몸을 바로 세웠다.

"괜히 책 잡히지 않게 조심해."

파비안은 그가 무슨 말을 하고 싶은지 깨달았다. 그의 대공 자리는 결혼 생활의 유지에 달려 있었다. 어떻게든 꼬투리를 잡아 혼인 서약을 취소하게 만들고 싶어 몸이 단 자가 한둘이 아닐 터였다.

'계약에 의한 임시 결혼이라는 게 알려지면 볼만하겠군.'

그나저나 레오니드는 진짜 부부 사이가 아니라는 것을 도대체 어떻게 알아챘을까. 그렇게 티가 났던가.

'겉으로나마 진짜 부부처럼 보이기는 해야 한단 말이지.'

그런데 어떻게? 파비안은 지금까지 연애 비슷한 것도 해 본 적이 없었다. 마음을 준 여자도 없었다. 사랑에 빠진 것처럼 보이려면 도대체 어떻게 해야 한단 말인가? 아니, 꼭 사랑에 빠진 것처럼 보여야 하나?

정리되지 않은 생각이 핑핑 겉돌기만 했다.

그것이 어젯밤, 레오니드가 저택을 떠나기 직전 그에게 안겨준 숙제였다. 파비안은 쓴웃음을 지으며 포투스가 가져다준 차를 들이켰다.

"그래, 이제 급한 일은 다 끝났으니 레오니드도 가서 좀 쉬어야지. 그가 없었더라면 이만큼 해치우는 데 일주일은 더 걸렸을 거야."

"그런 말씀은 좀 직접 하시지 그러십니까? 후작님께서도 좋아하실 텐데……."

"아직까지도 날 어린애 취급하잖아."

"그건 저도 마찬가지입니다. 늘 '꼬마'들이라고 하는 거 아시지 않습니까?"

어린 시절부터의 친구는 여전히 파비안을 종종 어린아이처럼 대하곤 했다. 성인이 된 지 벌써 몇 년이나 지났는데도. 애 취급을 한다며 투덜거리던 파비안은 이렇게 투덜거리는 것 자체가 어린애 투정 같다는 걸 깨닫고는 픽 웃고 말았다.

"그건 그렇고, 내가 조사해 보라고 한 것은 어떻게 되었지?"

파비안을 따라 히죽거리며 웃고 있던 포투스의 얼굴에서 곧 웃음기가 사라졌다. 그는 면목 없다는 듯 말했다.

"블리크 저택 고용인들 말에 따르면, 비전하의 오라비 되는 빌레인 블리크는 이고르보다 더한 자라고 하더군요. 그런데 최근에 행방불명 된 모양입니다."

"행방불명이라니?"

"대공비께서 라리사 아가씨와 탈출한 날 이후로는 모습이 보이지 않았다고 합니다. 어디로 갔는지 아는 사람도 없었습니다."

파비안이 한쪽 눈썹을 치켜올렸다. 행방불명이라니, 결국 그가 어디 있는지 알아내지 못했다는 소리였다. 그의 보좌관처럼 유능한 자가 행방을 알아내지 못했다고?

"평소에 도박과 술을 일삼았다고 합니다. 그래서 그쪽으로도 찾아봤지만 별 소득은 없었습니다. 노스트랜드에서 마치 연기처럼 사라졌더군요."

"흠…… 수상하군. 모습을 감출 이유가 뭐지?"

"도박 빚 때문일 거라고 사람들이 입을 모아 말하더군요."

"이고르는 알지도 몰라. 유일한 아들이자 가문의 후계자이니까. 서신을 주고받고 있을지도 모르니 확인해 봐. 정말로 빚 때문이라면 이고르가 광산을 받아 돌아갔으니 다시 나타나겠지. 예의 주시하도록 하게."

"예. 그리고 한 가지 더 말씀드릴 것이……."

"뭐지?"

"아무래도 블리크가의 재정 상태가 그다지 좋지만은 않았던 것 같다고 전에 보고드렸었지요. 그런데 자세히 알아보니 좋지 않은 정도가 아니라 아주 나빴던 모양입니다. 이고르가 상당한 돈을 투자한 배가 가라앉았고, 그 직후 마르시아 님의 귀걸이가 암시장에서 발견되기도 했다고 합니다."

"······딸의 보석을 팔아야 할 정도였단 말인가."

"그 보석의 출처를 확인하다 보니 조금 이상한 점이 있었습니다. 보석을 가져다 판 것은 이고르가 아니라 빌레인이었던 것 같더군요."

"아비와 오라비가 한편이라······."

파비안은 손으로 얼굴을 쓸어내렸다. 블리크가의 사람들은 포식자와 피식자로 양분되어 있었던 게 틀림없었다.

"젠장······."

마르시아와 라리사의 꼭 닮은 얼굴이 머릿속에 떠올랐다. 지독하게 아름다우면서도 미소라고는 한 조각도 찾아볼 수 없는 얼굴들. 언니 쪽은 다른 사람들과 어울릴 때는 가느다란 목소리로 웃으면서도 그의 앞에서는 시종일관 차가운 표정이었다. 그리고 동생 쪽은 그야말로 얼음 가면이라도 쓴 듯 무표정했다.

입안에서 쓴맛이 났다. 파비안은 손에 들고 있던 찻잔을 내려다보았다. 정신이 번쩍 들 정도로 쓴 차가 담긴 잔이었다. 그러나 이 쓸쓸함은 단지 차 때문만은 아닐 터였다.

그때였다. 집무실 바깥에서 소란스러운 소리가 들려왔다. 파비안이 고개를 들자 포투스가 얼른 문 쪽으로 향했다.

"무슨 일인지 알아보고 오겠습니다."

잠시 후, 포투스는 난감한 표정으로 돌아왔다.

"라리사 아가씨께서······."

파비안은 성큼성큼 빠른 걸음으로 복도를 걸었다.

"······주, 주인님······."

수건과 대야, 침대보 등 잡다한 물건을 들고 불안한 표정으로 복도를 서성거리던 하녀들이 파비안을 보자마자 얼른 고개를 숙이며 복도 가장자리로 물러섰다. 그중 한 명이 울먹이며 묻지도 않은 변명을 늘어놓았다.

"저는 그저······ 시트가 더럽혀졌기에 깨끗한 걸로 갈아드리는 게 좋지 않을까 하여······ 잘못했습니다······."

하녀를 책망할 생각은 없었다. 그는 하녀에게 눈길도 주지 않은 채 말했다.

"물러가라. 필요하면 다시 부르도록 하지."

"알겠습니다."

울상이 된 하녀는 다른 하녀들의 손에 이끌려 복도 저 너머로 사라졌다.

파비안은 대공비의 방에 면한 복도를 눈으로 훑었다. 그는 지금까지 단 한 번도 대공비의 방이 있는 구역에 와본 일이 없었다. 어릴 때는 이 저택에서 산 적이 없어서. 커서는 안주인도 없이 비어 있던 곳에 굳이 와볼 필요가 없었기 때문이었다.

내부의 자세한 구조는 몰랐지만, 대공의 방과 거울에 비춘 듯 대칭으로 지었다는 것 정도는 알고 있었다. 해서 그가 늘 보던 대공의 방과 마찬가지로, 이 복도에도 대공비의 방과 연결된 방문들이 주르륵 달려 있었다.

그중 한 군데의 문이 조금 열려 있었다. 아마 방금 하녀가 나오면서 미처 닫지 못한 모양이었다.

'지금 저 문 안쪽을 들여다보는 건 명백한 실례겠지.'

파비안은 마른침을 삼켰다. 쭉 뻗은 복도는 조용했다. 문은 겨우 반 뼘 열려 있었다. 그 반 뼘의 틈이 이상하리만치 유혹적이었다.

마르시아와 결혼하긴 했지만 그들 사이에 계약 외에는 아무것도 없다. 사생활을 공유할 만한 사이가 아니었다.

'하지만 진짜 첫눈에 반한 남자라면 당장 달려가겠지.'

남편으로서 아픈 동생 때문에 고생하는 아내에게 따뜻한 말 한마디를 건네는 것은 당연한 일이니까.

"첫눈에 반해 그 자리에서 청혼한 여자라고 주장하려면 적어도 신혼부부처럼 보이기는 해야지."

어젯밤 레오니드의 충고가 떠올라, 그는 쓴웃음을 지으며 열린 문으로 향했다.

안에서는 누군가가 가느다랗게 중얼거리는 소리가 끊이지 않고 들려왔다. 문 가까이 다가서서야 그는 그것이 마르시아의 목소리라는 것을 깨달았다. 하지만 뭐라고 하는지 알아들을 수가 없었다.

문틈으로 보이는 방 안은 엉망진창이었다. 바닥에 온갖 물건이 다 팽개쳐져 있었고, 사람의 모습은 보이지 않았다.

파비안은 결국 유혹을 이기지 못하고 한 손으로 조용히 문을 밀어 열었다.

"……잖아, 라리사……."

시야가 트이면서 웅얼거리는 것 같던 마르시아의 목소리도 좀 더 또렷하게 들려왔다.

그곳은 대공비의 침실이었다. 널따란 방 한쪽에 침대 두 개가 나란히 놓여 있었다. 침대의 시트며 베개가 반쯤 끌어 내려져 있었고, 한쪽 침대 매트리스 위에는 젖은 얼룩이 보였다.

두 침대 사이 공간에 흐트러진 금발이 불쑥 솟아 있었다. 마르시아가 문 쪽으로 등을 돌린 채 바닥에 주저앉아 있었던 것이었다.

"괜찮아. 아무것도 걱정하지 않아도 돼. 아무 일도 없어, 라리사. 날 봐, 내가 여기 있잖아."

마르시아의 팔 안에서 은빛 머리카락이 흘러내렸다. 등을 돌린 마르시아의 얼굴은 보이지 않았지만, 그녀의 품에 안긴 라리사의 옆얼굴이 보였다.

라리사가 초점 없는 눈으로 가쁘게 숨을 몰아쉬었다. 조금 벌어진 입가에는 채 다 닦지 못한 게거품의 흔적이 남아 있었다.

"자, 천천히 숨을 쉬어봐. 이렇게, 날 따라서. 다 괜찮아. 괜찮아질 거야. 안심해……"

마르시아는 조그맣게 속삭였다. 그녀는 한 말을 하고 또 하고, 끊임없이 되풀이했다.

파비안은 조금 전 집무실에서 포투스가 했던 말을 떠올렸다.

"라리사 아가씨께서 밤새 잠을 이루지 못하시고 발작을 일으켰다고 합니다. 하녀나 다른 사람이 가까이 다가가면 증세가 더 심해져서, 비전하께서 아무도 들이지 말라 하시고 손수 간호를 하셨던 모양입니다. 그런데 아침에 두 분 다 지쳐서 잠시 잠든 사이에 하녀 아이 하나가 몰래 시중들러 들어갔다가 그만……"

그가 문을 열기 전 막연히 상상한 것은, 침대에 누워 앓고 있는 라리사와 그 옆에 앉아 아이의 이마에 차가운 물수건 따위를 얹어주는 마르시아였다.

그러나 눈앞에 보인 것은 그의 예상을 한참 빗나가는 광경이었다. 아이는 그냥 아픈 것이 아니었다. 처절한 몸부림의 흔적과 괴로워하는 라리사를 끌어안고 바닥에 엎드리듯 앉은 마르시아를 보며 그는 아연해졌다.

마치 주문이라도 외듯 끊임없이 이어지는 다정한 목소리.

"괜찮아, 라리사. 다 괜찮아."

밤새 몇 시간이고 계속 말을 걸기라도 한 듯, 그녀의 목소리는 조금 쉬어 있었다. 저 조그만 아이를 저렇게나 괴롭게 만든 것은 도대체 무엇이란 말인가. 그리고 그 아이를 필사적으로 끌어안고 있는 그녀는 또 어떻고…….

마치 그에게 허락되지 않은 내밀한 광경을 훔쳐보는 것 같은 느낌이었다. 그는 뒤늦게 신사답지 못하게 노크도 하지 않고 살그머니 방 안에 들어왔다는 걸 깨달았다. 파비안은 지그시 입술을 깨물었다.

'지금이라도 도로 나간 후에 노크를…….'

그때였다. 마르시아의 품 안에 비스듬히 안겨 있던 라리사가 숨을 헐떡거리다가 갑자기 경련을 일으켰다. 문가에 선 채 숨도 쉬지 못하고 그들을 지켜보던 파비안은 움찔 놀라며 얼른 그들에게 달려가려 했다. 그러나 이어지는 마르시아의 행동이 그의 걸음을 그 자리에 묶어놓았다.

그녀는 익숙한 듯 얼른 제 손을 라리사의 입에 가볍게 물렸다. 혀를 깨물지 못하도록. 그러고는 작은 몸을 더더욱 꼭 끌어안으며 주문이라도 외우듯 필사적으로 되뇌었다.

"괜찮아, 라리사. 내가 여기 있잖아……. 안심해."

경련은 금세 가라앉았다. 파비안은 그들에게 다가가지도 못하고, 문을 닫고 복도로 나가지도 못한 채 그 자리에 계속 서 있을 수밖에 없었다.

"내가 뭐라고 했지? 누구도 네 눈물을 흘리지 못하게 하겠다고 했잖아. 아무도 네게 억지로 눈물을 흘리게 할 수 없어. 아무도……."

마르시아는 땀에 젖어 이마에 들러붙은 라리사의 머리카락을 넘겨주며 천천히 뺨을 쓰다듬었다.

"너는 안전해. 그 자식은 파비안 님이 쫓아냈어. 다시는 오지 못할 거야. 자, 날 봐. 내 눈을 봐. 언니가 여기 있어. 괜찮아, 다 괜찮아……."

생각지 못한 곳에서 자신의 이름이 나오자, 파비안은 자신도 모르게 한 걸음 발을 내디뎠다.

파삭, 발밑에서 뭔가가 뭉그러지듯 부서졌다. 그는 발밑을 내려다보았다.

그것은 몇 조각으로 부서진 갈색 쿠키였다. 흩어진 모양을 보니 그가 실수로 밟기 전부터 이미 부서져 있던 것 같았다. 부서진 조각을 보니 아마도 사람 모양의 쿠키였던 모양이었다.

파비안은 허리를 숙여 얼굴이 그려진 조각을 집어 들었다. 삐뚤빼뚤한 얼굴. 웃는 건지 우는 건지 분간할 수 없는 기묘한 표정.

이상하게 그려진 쿠키의 얼굴이 괜히 신경이 쓰였다. 파비안은 쿠키를 도로 바닥에 내려놓는 대신 손수건으로 조심스럽게 감쌌다. 쿠키 조각을 손수건째 문 옆 테이블에 올려놓으며 그는 마르시아를 힐끔 돌아보았다.

그녀는 여전히 라리사를 꼭 끌어안고 똑같은 말을 되뇌고 있었다.

파비안은 발소리를 죽여 방을 나선 후 소리가 나지 않도록 조용히 방문을 달았다.

"대공 전하."

복도 저 너머에서 두 사람이 빠른 걸음으로 다가왔다. 주치의 벨만과 소피아였다. 두 사람 또한 밤새 시달린 모양인지 눈 밑에 그늘이 져 있었다.

"이른 아침부터 수고가 많소, 벨만 선생."

"아닙니다. 제가 잠시 눈을 붙인 사이에 아가씨가 발작을 일으켰다고요. 증세가 어떻던가요?"

벨만이 그 자리에서 가방을 열어 약병 두어 개를 꺼내며 물었다.

"직접 들어가서 확인하는 게 나을 텐데."

파비안의 말에 소피아가 조심스럽게 말했다.

"마님 외에는 아무도 라리사 아가씨께 손을 댈 수가 없습니다. 다른 사람이 가까이 가기만 해도 극도로 불안해하시거든요."

"소피아 양 말이 맞습니다. 저도 침실에 직접 들어가는 건 피하고 있습니다. 옆방에서 비전하의 설명을 듣고 지시를 해드리거나 얼른 약을 내드리는 정도지요."

"어제 아침에 시중들 때만 해도 괜찮았는데……. 아무래도 심하게 충격을 받으신 모양이에요."

파비안은 눈썹을 찌푸렸다. 이고르를 내쫓았으니 다 끝난 일인 줄만 알았는데.

"왜 내게 바로 알리지 않았지?"

"죄송합니다, 주인님. 라리사 아가씨의 증세가 이렇게까지 나빠진 것이 워낙 늦은 시간이었던지라……. 마님께서 주인님께서는 제대로 주무시지도 못할 정도로 바쁘시니 방해하지 말라고 말씀하셨습니다. 벨만 선생님께서도 계속 옆방에서 대기 중이셨고요."

그가 보고를 듣고 지시하지 않아도 모든 것은 알아서 잘 돌아가고 있었다. 평소 같았으면 당연하다는 듯 고개만 끄덕이고 지나갔을 일이었다.

그런데 왜일까. 기분이 가라앉았다.

파비안이 대답 없이 입을 다물자 벨만이 말했다.

"너무 걱정 마십시오. 제일 큰 고비는 넘겼으니까요. 발작에 잘 듣는 약을 드리면 금세 가라앉을 겁니다."

"……알겠으니 어서 가보게."

그는 눈짓으로 침실을 가리켰다.

"다음부터는 이런 일이 있으면 바로 나에게 알리도록. 한밤중이든 뭐든 상관하지 말고. 내 저택에서 일어나는 일을 내가 제일 늦게 알도록 하지 마."

"죄송합니다. 그리하겠습니다, 전하."

고개를 숙이는 소피아를 뒤로하고 그는 발걸음을 돌렸다.

대공비의 방 복도로 나오는데, 벽에 기대어 선 인영이 보였다. 리샤르였다.

파비안은 눈썹을 찌푸렸다. 아무리 친척이라고 해도 그는 외부인이다. 타인이 발걸음 할 수 있는 곳이 있고 없는 곳이 있는 법이었다.

'감히 허락도 없이 안주인의 공간에 들어오다니.'

파비안이 낮은 목소리로 물었다.

"지금 대공비의 방에서 뭘 하는 거지?"

그것은 차라리 경고였지, 대답을 바란 질문이 아니었다. 그래도 그가 당장 리샤르를 끌고 나가지 않은 것은, 리샤르의 표정이 평소와는 조금 달랐기 때문이었다.

그는 언제나처럼 양손을 주머니에 찔러 넣고 뻐딱한 자세로 벽에 기대어 서 있었지만, 그 얼굴에 늘 머물렀던 비웃음은 보이지 않았다.

창백한 얼굴의 십 대 소년이 안절부절못하며 입을 열었다.

"너무 까칠하게 굴지 마. 말이 대공비의 방이지, 사실은 넓은 구역이잖아. 비전하는 저 안쪽에 있고."

엊그제까지만 해도 남들 보는 앞에서는 형식적으로나마 존대를 하던 소년이었다. 그런데 둘만 남자 도로 예전처럼 말이 짧아졌다. 늘 그랬던지라 특별히 고깝게 들리지는 않았다.

파비안이 조용히 노려보자, 리샤르는 애걸하듯 말했다.

"그보다……."

"그보다 뭐?"

"블리크 영애…… 라리사 양은? 어떻게 되었어? 그 아버지란 놈 때문에 쓰러졌다고 듣긴 했는데……. 발작도 일으켰다며?"

파비안이 조용히 되물었다.

"그걸 누구에게 들었지?"

감히 어떤 간 큰 고용인이 주인 가족에 대해 손님에게 이렇게 자세히 발설한 걸까.

"나도 로랑가의 일원인데 좀 알려줘도 되잖아! 젠장, 아무도 말해주지 않으려고 해서 억지로 캐물었다고."

"말 안 해주는 데 이유가 있다는 생각은 안 들던가?"

파비안은 싸늘한 눈으로 리샤르를 내려다보았다. 눈동자 색을 제외하면 저와 꼭 닮은 사촌은, 꼭 몇 년 전의 자신을 보는 것 같았다.

리샤르가 새파란 눈동자로 파비안을 마주 노려보았다.

"알잖아. 난 이제 아카데미로 돌아가야 한다고. 이대로 작별 인사도 못 한 채 떠나고 싶지 않아. ……몸이 그렇게 안 좋은 줄은 몰랐단 말이야."

그는 파비안에게 당장에라도 달려들 것 같은 기세로 물었다.

"진짜 감기 때문이야? 아니지? 그럴 리가 없잖아!"

파비안은 내심 조금 놀랐다. 리샤르가 이렇게 초조해하는 것을 본 적이 없었기 때문이었다. 심지어 전대 대공의 목숨이 경각에 달렸을 때도 리샤르는 그를 비웃기에만 바빴다.

"네가 언제부터 그렇게 친척을 중요시했나? 주치의가 계속 붙어 있으니 신경 쓰지 않아도 돼."

"그 의사 놈은 할아버지도 제대로 못 지키고 결국 돌아가시게 만들었잖아!"

파비안의 눈빛이 순간적으로 확 바뀌었다. 싸늘함에서 타오르는 분노로. 붉은 눈동자에서는 인간미를 조금도 읽을 수 없었다.

리샤르는 저도 모르게 한 걸음 뒤로 물러섰다. 마치 거대한 맹수 앞에 무방비하게 던져진 기분이었다.

파비안의 목소리가 복도에 낮게 깔렸다.

"벨만 선생은 맡은 바를 다 해내는 사람이야. 누가 환자를 암살하려고만 하지 않으면 말이지."

"암살……."

리샤르가 신음을 흘렸다. 그도 전 대공의 죽음이 자연사였다고 주장할 생각은 없었다.

"라리사의 용태가 나아지거든 알려는 주지. 당장 방으로 돌아가라."

파비안은 어쩌면 암살자의 아들일지도 모르는 리샤르에게서 등을 돌렸다. 등 뒤에서는 아무 소리도 들리지 않았다.

파비안이 곧바로 향한 곳은 마구간이었다. 그는 마음에 걸리는 일이 생기면 전속력으로 말을 달리거나 사격 연습을 하며 마음을 가라앉히곤 했다.

"내 말을 준비해 데려와라. 좀 달려야겠다."

"지금 당장요? ……무, 물론입죠. 잠시만 기다려 주십시오."

마구간지기가 당황하며 얼른 마구간 안으로 들어갔다.

'아무리 봐도 실내복 차림이신데…….'

파비안이 제대로 된 승마 복장도 갖추지 않고 다짜고짜 말을 내어오라고 한 것은 처음이었다. 자신이 실내복 차림인 것을 깨닫지도 못한 파비안은 애마가 준비되자마자 안장에 올랐다.

마르시아, 계약 결혼, 라리사, 학대와 발작, 그리고 리샤르…… 할아버지가 쓰러진 이후부터 정신을 제대로 차리기 어려울 만큼 쏟아진 사건들.

마음이 어지러웠다.

그는 무작정 저택을 벗어나 대공가 소유의 숲으로 말을 달렸다. 온몸의 피가 뜨겁게 달아올랐고, 차가운 바람이 질책하듯 뺨을 마구 내리쳤다.

한참을 달려 숲의 제일 안쪽에 가까워졌을 때 그는 반사적으로 고삐를 당겼다. 그 안쪽은 더 이상 들어가서는 안 되는 곳이었다.

말도 사람도 오랜만의 전력 질주에 숨을 몰아쉬었다. 파비안은 속도를 늦추고 천천히 말 머리를 돌렸다.

그는 손에 쥐고 있던 고삐를 아예 놓아버렸다. 말이 가고 싶은 방향으로 걷도록 내버려 두고 몸을 맡긴 채 눈을 감았다. 그를 후려치던 바람이 가라앉아 몸을 간지럽히며 땀을 식혔다.

달리는 내내 그의 머릿속에서는 단 한 가지 장면만이 되풀이되고 있었다.

"괜찮아, 라리사. 내가 여기 있잖아……. 안심해."

마르시아가 라리사를 꼭 끌어안고, 경련이 오자 혀를 깨물지 못하도록 얼른 자신의 손을 물려주던 장면.

잘 보이지는 않았으나 그녀의 손은 별로 무사하지 못했을 것이다. 그러나 그녀는 아픈 소리 하나 내지 않고 계속해서 다정한 목소리로 라리사를 달랬다.

'어떻게 다른 사람에게 그토록 헌신적일 수 있지?'

기분이 이상했다. 이상하다는 말 외에 그의 심정을 설명할 길을 찾지 못했다.

라리사가 불안정하고 아픈 건 그렇다 치고, 그는 마르시아가 그렇게까지 자기 동생을 감싸는 걸 이해할 수가 없었다. 돌이켜 보면, 그녀가 관심을 쏟는 것은 오로지 라리사뿐이었다.

파비안이 라리사에게 반했는가. 라리사는 대공비가 될 수 있는가. 라리사를 치료할 만한 좋은 의사가 있는가. 이고르에게서 라리사를 지킬 수 있는가. 라리사는 안전한가. 라리사, 라리사.

"하하……."

파비안은 바람 빠지듯 헛웃음을 지었다. 마르시아는 자신의 결혼까지 미끼 삼아서 동생을 지키려 한 것이었다.

'하긴, 그런 여자니까 경련을 일으키는 사람의 입에 태연히 자기 손을 밀어 넣었겠지.'

살점이 뜯겨 나갈 수도 있다는 걸 알면서도.

아무리 가족이라도 사람이 다른 사람을 그렇게 사랑하고 아낄 수 있단 말인가? 그는 마르시아의 일방적인 애정을 이해할 수가 없었다.

피를 나눈 형제를 죽여 없애고 대공이 된 프레데릭. 조카인 파비안을 없애지 못해 안달인 발레리와 도미닉. 입으로는 그를 사모한다고 말해도 실제로는 은근히 깔보며 무시하는 엘로이즈. 자신 외의 모든 존재를 비웃는 리샤르.

심지어 그들끼리도 만나면 서로 욕하고 헐뜯지 못해 안달이었다. 그의 주위엔 항상 증오뿐이었다.

하지만 마르시아만은 달랐다. 그것이 이상했다.

누구든 자신의 이득을 추구하며 사는 법이 아닌가.

그렇지 않은 부류를 알기는 했다. 그러나 그의 인생을 통틀어봐도 단 한 명뿐이었다. 그런 부류는 결국 큰 손해를 볼 뿐이다. 운이 나쁘면 언젠가는 자기 자신조차 잃게 될 수도 있다.

괴로운 기억이 떠올라, 파비안은 미간을 좁히며 다시금 말에 박차를 가했다.

히히힝. 복수의 신의 이름을 딴 애마 비다르가 그의 마음을 읽기라도 한 것처럼 한계까지 속도를 올렸다. 그러나 아무리 빨리 말을 달려도 아까의 광경은 그의 뇌리에 진득하게 들러붙어 떨어져 나갈 생각을 하지 않았다.

'왜지.'

어떻게 그렇게까지 할 수 있는 걸까. 왜 어떤 사람에게는 저렇게 특별한 존재가 생기는 걸까. 온 힘을 다해 사랑할 수 있는…….

"아……!"

파비안은 퍼뜩 깨달았다. 마르시아가 라리사에게 아낌없이 퍼붓는 것. 그건 사랑이었다.

사랑은 원래 그런 거였다.

그는 말 위에서 숨을 몰아쉬었다. 목이 타들어갔다. 타다 못해 갈라져 피가 나오기라도 할 것처럼. 그렇게 한참을 달려, 지쳐 나가떨어질 지경이 되어서야 파비안은 말을 멈추었다.

비다르가 차가운 시냇물을 마시며 뜨거워진 몸을 식힐 동안 파비안은 근처 나무에 기대어 앉았다. 땀에 젖어 이마에 귀찮게 달라붙는 머리를 대충 쓸어넘기며 그는 무심코 위를 올려다보았다. 막 돋아나기 시작한 초록빛 이파리가 바람에 살랑살랑 흔들리고 있었다.

그는 나지막하게 웃었다.

"하하…… 도저히 도망칠 수가 없군."

마르시아의 초록빛 눈이 그를 쳐다보는 것 같았다.

제대로 된 계산이라곤 영 할 줄 모르는 것 같은 여자. 귓가에 또다시 끊임없이 괜찮을 거라 되뇌는 그녀의 속삭임이 들려오는 것 같았다.

마음이 뒤흔들렸다.

그는 쉽게 상상할 수 있었다. 언젠가는 그 사랑 때문에 막다른 골목에 몰려서, 그러면서도 웃으며 희생하는 그녀를. 파비안은 아찔함에 눈을 감았다.

'아니야. 내 주변에만 없을 뿐이지, 세상에 서로 사랑하는 사람이 얼마나 많은데…….'

그 사람들이 다 불행해지는 것은 아니지 않은가.

그도 알았다. 자신의 애정관은 비뚤어졌다.

돌처럼 딱딱하게 굳어버린 그의 마음은 이런 문제에서 언제나 한 발짝 물러나곤 했다. 굳이 생각하고 싶지 않은 문제였으니까.

'그러나……'

이번만은 그럴 수 없다는 걸, 그는 어렴풋이 깨달았다.

'그녀는 내 아내…… 니까.'

아내라는 말이 가슴 속에 울리는 것 같았다.

그제야 알게 되었다. 계약이건 뭐건, 그는 만든 거였다.

'……내 가족.'

파비안은 숨을 크게 들이쉬었다.

그는 나무의 여린 새순을 한번 올려다보았다. 갓 돋아난 잎사귀 사이로 햇빛이 반짝거렸다.

어쩐지 가슴이 두근거렸다.

"블리크 님, 이 방입니다."

호텔의 사환이 방문을 열어주었다. 빌레인이 안으로 들어서자, 사환은 들고 온 빌레인의 가방을 테이블 위에 내려놓았다.

빌레인은 곧바로 의자에 앉아 신문을 펼쳤다.

"뭘 봐, 꺼져."

빌레인은 팁을 바라고 문가에서 미적거리던 사환에게 소리쳤다. 사환이 찌푸린 얼굴로 나가든 말든, 그는 신문을 뚫어질 듯 노려보았다.

신문의 1면을 장식한 것은 로랑 대공가의 소식이었다.

[프레데릭 로랑 대공 갑작스러운 사망…… 새 대공은 손자 파비안.]

커다란 글씨로 쓰인 제목 아래에는 프레데릭의 사망에 얽힌 의문점과 파비안의 출신에 대한 가십이 줄줄이 쓰여 있었다.

빌레인의 시선은 그 아래로 향했다. 새 대공비에 대한 내용이 실린 곳이었다.

[베일에 싸인 대공비!
출신도, 이름도 알려지지 않은 이 대단한 젊은 미녀는 어떻게 차기 대공의 눈에 들었나.]

"빌어먹을!"

빌레인이 술잔을 집어 던졌다. 테이블 모서리에 맞은 술잔이 깨져 나가면서 안에 들어 있던 독한 위스키가 사방으로 튀었다.

"마르시아……."

그는 씹어뱉듯이 여동생의 이름을 중얼거렸다.

아직도 그날이 생생했다. 마르시아가 영악하게 의상실에 가는 척하면서 집을 나가 버린 날이.

해가 중천에 뜰 때까지 이고르도 빌레인도 마르시아가 제 방에 없다는 사실을 눈치채지 못했다. 설사 눈치챘더라도 뭔가 이상하다는 생각조차 하지 못했을 것이다. 마르시아가 제 방에 있든 없든 별 관심을 가진 적이 없었으니까.

그래서 제일 먼저 이상을 눈치챈 것은 유모 할리였다. 라리사에게 늦은 아침 식사를 가져다주러 내려갔는데 지하실이 비어 있었던 것이다.

"이고르 님! 지하실이, 지하실이!"

유모는 당장 이고르에게 달려갔고, 이고르는 빌레인을 두들겨 깨웠다.
지하실의 열쇠는 단 세 개. 이고르의 열쇠는 유모가 가지고 있었고, 빌레인의 열쇠는 자기 목에 잘 걸려 있었다.
이고르가 창백한 낯빛으로 외쳤다.

"마르시아는!"
"마르시아 아가씨는 아침 일찍 의상실에 가셨는데요."

마르시아의 변덕으로 계단을 수없이 오르내려야 했던 하녀가 퉁명스럽게 대답했다.
그들은 허겁지겁 튀어 나갔다. 당연하게도, 마르시아가 향했다던 의상실에서는 그녀의 머리카락 한 올 찾을 수 없었다. 의상실 주인은 아무것도 몰랐다. 마르시아는 용의주도하게도 정말로 옷 수선을 맡겨 놓고 도망친 것이었다.

"제길……. 걸어서 도망쳤을 리 없지. 마차를 갈아탔을 게 틀림없어."

마차를 추적해서 먼저 단서를 잡은 것은 이고르였다. 하지만 중간에 놓치고 말았다.

일단 그들은 흩어져서 찾기로 했다. 이고르는 블리크가 영지인 노스트랜드 안쪽과 그 주변 지역을 맡고, 빌레인은 더 멀리까지 가보기로 했다.

빌레인은 설마 하는 마음에서 기차의 철로를 따라 추적했다. 그러다 보니 며칠 뒤엔 대공령 안까지 들어오고 말았다.

"호외요! 호외! 로랑 대공께서 세상을 떠났어요!"

대공령 안 기차역에서 신문팔이 소년이 팔고 있던 것이 그 신문이었다. 평소 같았으면 신문 따위 거들떠보지도 않았을 것이다. 블리크가에는 한 달 치가 한 번에 묶여 들어오다 보니 일일이 읽기엔 분량이 너무 많았고, 글자를 보는 건 언제나 머리 아픈 일이었다. 그러나 그 신문에는 초상화가 그려져 있었다.

초상화를 본 순간, 빌레인은 주머니에서 잡히는 대로 동전을 꺼내 신문팔이에게 던지고 신문을 빼앗다시피 집어 들었다. 사진이 아니라 초상화가 실린 것을 보니, 대공가에서는 사진을 찍는 것을 거부한 모양이었다.

신문에 실린 초상화는 누군가 먼발치에서 본 기억만으로 그린 듯 흐릿했다.

"이건……."

무언가 묘한 위화감을 느낀 것 그때였다. 그는 그 길로 신문을 쥐고 당장 근처 호텔로 향한 것이다.

"젠장······."

빌레인은 신문에 실린 초상화를 뚫어질 듯 노려보았다. 닮은 것도 같고, 닮지 않은 것도 같았다.

"이게 그년일 리가 없어······."

블리크가는 고위 귀족들과는 조금도 인연이 없었다. 하물며 대공 씩이나 되는 자를 마르시아가 알 리가 없었다. 마르시아는 노스트랜드를 벗어난 일도 손에 꼽았다.

"그런데 왜지?"

신문을 구겨 잡은 손이 부들부들 떨렸다. 그의 직감이 이 엉터리 초상화에 그려진 인물은 마르시아가 분명하다고 말하고 있었다.

그렇다고 대공가에 무턱대고 쳐들어가서 마르시아가 진짜 대공비가 된 것인지, 그리고 라리사를 데리고 있는지 확인할 수는 없었다. 아마도 대문 안으로 한 발짝도 들이지 못하고 쫓겨날 게 분명했다.

'진짜로 그년이 대공비라면 날 안에 들일 리가 없으니까.'

빌레인은 지독하게 사이가 나쁜 여동생의 얼굴을 떠올리며 입술을 짓씹었다.

'도대체 어떻게 대공을 만난 거지? 아니, 만난 건 그렇다 치고, 대체 어떻게 그 사이에 결혼까지 한 거야?'

마르시아는 얼굴 좀 반반하고 춤 잘 추는 것 외에는 아무런 가치가 없는 여자였다.

하지만 라리사는 다르다. 라리사는 진짜 돈을 만들어낸다. 그리고 제 손은 절대 더럽히지 않고 남을 시켜 보석을 뽑을 정도로 영악한 마르시아는 라리사의 가치를 잘 알고 있었다.

'라리사를 써먹은 게 분명해.'

어떻게 했는지는 몰라도, 마르시아는 라리사를 손아귀에 틀어쥐고 놓지 않을 것이 틀림없다. 이젠 무려 대공비가 되셨으니, 대공저에 더 튼튼한 지하실을 마련해 뒀을지 누가 알겠는가.

빌레인은 으득, 하고 이를 갈았다.

'단단히 엿을 먹여주고 말겠어.'

그는 벌써 수십 번은 읽은 신문을 다시 펼쳤다. 2면에는 로랑가의 가계도와 함께 후계자와 상속 구도가 나와 있었다. 어린아이라도 한 눈에 알 수 있게 잘 설명된 기사였다.

빌레인은 로랑가에서 도미닉이 어떤 위치에 있는지 금세 알아챘다.

제 것이 될 줄 알았던 대공의 자리를 죽은 형의 아들에게 빼앗긴 차남. 게다가 파비안은 불경하게도 마녀의 피를 이은 자였다.

'도미닉 로랑 백작이 상당히 배가 아프겠지.'

빌레인은 신문을 구겨 쥐며 자리에서 일어섰다. 해야 할 일은 명백 했다. 문전박대를 당할 것이 분명한 대공가로 찾아가는 것이 아니라, 억울하게 대공이 되지 못한 자에게 가서 손을 내미는 것이었다.

며칠 후, 빌레인은 로랑 백작가의 응접실에 앉아 있었다.

그의 맞은편에 앉은 몸집이 커다란 중년 남성이 거만한 자세로 그를 쳐다보았다. 로랑 백작, 도미닉이었다.

"그래, 블리크가의 장남이시라고?"

"그렇습니다, 백작님."

"나를 보고 싶다고 했던 이유가 뭔가?"

"편지에 썼던 대로입니다. 오라비 된 자로서, 부모의 허락도 받지 않은 도둑 결혼에서 두 여동생을 돌려받고 싶을 뿐이지요."

"두 여동생이라."

도미닉은 검은 턱수염을 만지작거렸다. 빌레인은 눈썹을 찌푸렸다. 도미닉이 예상외로 느긋해 보였던 것이다. 빌레인은 그를 조금 자극해 보기로 했다.

"억울하지 않으십니까?"

"뭐가 말인가?"

"마땅히 백작님께서 물려받아야 할 것을 다른 놈이 가로챘으니까요."

"하!"

도미닉이 코웃음을 치며 가슴 앞으로 팔짱을 꼈다.

"그것은 부친의 유언을 따른 정당한 결과였네만?"

허세를 부리는군.

빌레인은 속으로는 그렇게 생각했지만 일단 고개를 끄덕였다.

"저도 신문에서 읽었습니다. 하지만……."

그는 가져온 신문을 꺼내 테이블 위에 펼쳐 놓았다. 도미닉은 흘낏 신문을 내려다보았다. 그의 얼굴빛이 서서히 변해갔다.

"정작 유언장이 공개되기 전에는 모두 백작님께서 차기 대공이라고 믿어 의심치 않았던 모양인데요. 거기엔 다 이유가 있지 않았겠습니까?"

"있었지, 있고말고!"

도미닉의 목소리가 커졌다.

"자네 여동생이 모조리 망쳐놓았거든!"

"무슨…… 말씀이십니까?"

"자네 여동생이 파비안과 결혼해 주지만 않았어도 로랑 대공은 아직 공석이었을 거다, 이 말일세!"

도미닉은 화를 내면서 빌레인에게 유언장의 내용을 대략적으로 말해주었다.

"그러니까…… 조카분이 귀족 여성과 혼인하지 못했다면 백작님께서 대공이 되실 수 있었다는 말씀이로군요."

빌레인이 미간을 좁혔다.

'도대체 마르시아 같은 애가 어떻게 이런 기회를 잡은 거지?'

"그렇다면 정당한 결혼이 아니었다고 이의를 제기하면 되지 않습니까? 제 부친은 이 결혼에 동의하지 않았습니다. 부모의 허가를 받지 않은 결혼은 사회적으로 용납하기 어려운 법이죠."

"하지만 결혼 증명서에 국왕 폐하께서 이미 서명을 했단 말이야."

"……국왕 폐하의 인가를 벌써 받았단 말입니까?"

"그래."

도미닉이 코웃음을 쳤다. 이런 것도 모르고 그를 찾아왔다니.

'그 여자의 오라비라 해서 만나줬더니 시간만 낭비하게 생겼군.'

그는 미간을 찌푸리며 말을 이었다.

"부모의 허락 여부가 감히 국왕 폐하의 서명을 앞선단 말인가? 이제 와서 그런 말을 꺼내면 폐하를 모욕하는 셈일세."

빌레인은 그를 가만히 쳐다보며 말했다.

"신부에게 차마 입에 담을 수 없는 심각한 결점이 있다면 어쩌시겠습니까?"

도미닉의 눈이 번쩍 뜨였다.

"결점이라고?"

"대공비로 남기 어려울 정도의 추문 말입니다."

빌레인의 입가에 잔인한 미소가 떠올랐다.

'이를테면, 어린아이를 지하에 가둬두고 평생 매질했다는 사실 말이지.'

더구나 그 아이는 남도 아니고 친동생이다. 이게 알려지면 비난은 피할 수 없을 것이다. 아무리 권세가 대단한 대공가라도 그런 여자를 대공비로 맞아들일 수는 없다.

"그렇다면 결혼이 취소되거나, 어쩔 수 없이 이혼하고 다른 비를 맞아들여야 하겠지요."

"그렇다면……."

"다른 귀족 집안에서 딸을 내어주지 않도록 압박하는 건 백작님의 몫이 되겠지만요."

"아니면 이미 결혼에 실패했으니 유언장의 조건을 만족하지 못했다고 주장할 수도 있겠지. 생각 안 해 본 바는 아니네."

하지만 중요한 것은 따로 있지. 도미닉이 낮은 목소리로 물었다.

"그래서 그 결점이 뭐지?"

"그것은 백작님께서 저를 도와주시겠다고 약조하시면 말씀드리겠습니다."

도미닉은 입을 꽉 다물었다. 대신 눈썹을 찌푸리며 빌레인을 위아래로 훑어보았다. 빌레인은 두 손을 앞으로 내밀며 말했다.

"백작님, 아까 두 여동생을 돌려받고 싶다고 말씀드렸지만, 사실 제가 진짜로 원하는 것은 조금 다릅니다. 정확히는 막내인 라리사만 돌려받으면 됩니다. 저는 마르시아가 대공비 자리에서 물러나기만 하면 그 뒤로는 어찌 되든 상관없습니다."

"그래서?"

"이 정도면 우리의 이해관계가 완벽하게 일치하지 않습니까?"

빌레인의 흥분한 목소리가 높아졌다.

"마르시아가 물러난다면 조카분 또한 대공 자리를 내놓아야만 하겠지요. 그리고 블리크가는 못된 언니 꾐에 넘어간 순결하고 가련한 막내를 돌려받게 되겠지요."

"그래서 내게 원하는 것이 뭔가."

"제가 막내를 구할 수 있게 도와주시지요. 그렇다면 마르시아의 결점을 알려 드리겠습니다."

도미닉이 눈을 좁히며 의심의 눈초리로 그를 쳐다보았다.

"지금 대공가 안에 머물고 있는 대공비의 동생을 나더러 끌어내란 말인가?"

"백작님께는 충분히 가능한 일이죠."

"왜 자네가 직접 방문하지는 않고?"

빌레인의 얼굴에 비웃음 비슷한 것이 어렸다.

"마르시아는 저를 대단히 싫어합니다. 집에 알리지도 않고 멋대로 결혼한 걸 보면 아시겠지요. 그 애는 절대로 절 들여보내지 않을 겁니다."

"고작 그런 이유란 말이지."

도미닉은 흥미를 잃은 듯, 소파에 등을 기댔다.

"그냥 암살자를 보내는 게 편하겠는걸."

"마음에도 없는 말씀 마십시오. '그' 암살자를 보낸 사람이 누군지 짐작하지 못하는 사람은 없을 겁니다."

"알 게 뭔가, 증거만 없으면 그만이지."

도미닉은 손을 휘저었다.

"자네 이야기에 흥미가 없는 것은 아니지만, 지금 당장 결정하기는 어려운 문제로군. 일단 돌아가게. 생각을 좀 해 보고 연락을 주지."

말은 그렇게 했지만, 도미닉의 눈빛은 대화를 시작할 때와는 판이하게 달랐다. 빌레인이 도박판에서 흔히 봤던 눈빛이었다. 우연히 좋은 패를 쥔 놈이 포커페이스를 가장하려고 애쓰는 눈빛.

빌레인은 입맛을 다시며 자리에서 일어섰다.

"제가 묵고 있는 호텔의 주소를 남겨둘 테니 언제든 연락 주십시오."

"그러지."

빌레인이 응접실을 나가자, 커튼으로 가려진 곳에서 콧수염을 날렵하게 기른 남자가 나타났다. 도미닉의 비서인 니코스였다.

"잘 들었지?"

"예."

도미닉은 방금 빌레인이 나간 문을 노려보며 말했다.

"수상해. 그렇게 한미한 집안에서 무려 대공비를 배출했으면 쌍수 들고 환영해야 하는 것 아닌가?"

"동감입니다."

니코스가 절도 있는 동작으로 고개를 끄덕였다. 도미닉은 콧잔등에 주름을 잡았다.

"냄새가 나. 전에 블리크가는 아들 하나에 딸 하나라고 하지 않았나? 그런데 왜 저놈은 딸이 둘인 것처럼 말하지?"

"그것이……."

니코스가 조금 당황하며 말했다.

"현재 블리크가에서 일하는 자들은 블리크가가 일남일녀라고 대답했습니다. 그런데 오래전에 일하다가 그만둔 자 하나가 일남이녀라고 말하긴 했습니다."

"그걸 왜 진작 보고하지 않았나?"

"그자만 그런 이야기를 하기에 무슨 착오인 줄로만 알았습니다."

"착각할 게 따로 있지."

도미닉이 화를 내자 니코스는 얼른 몇 가지 추측을 내놓았다.

"무슨 사정이 있어 숨겨 기른 것이 아닐까요? 멀리 떨어진 친척 집에 오랫동안 요양을 보냈을 수도 있습니다. 혹은 친동생이 아닐지도 모르지요."

도미닉은 니코스의 말을 듣다가, 뭔가 생각난 듯 시선을 돌렸다.

"실제로 딸이 하나 더 있어서 큰딸이 대공저로 동생을 데려왔다고 치자. 그랬다면 아버지 장례식에는 둘 다 참석했어야 하는 게 아닌가? 그런데 그때 참석한 건 한 명뿐이란 말이지."

그는 턱수염을 쥐어짜듯 잡아당기며 허공을 노려보았다.

"대공저에서 머물면서 언니 쪽은 몇 번 봤지만 동생은 한 번도 본 적이 없어. 만찬 자리에도 참석하지 않았다고."

"그냥 방에서 나오지 않은 것은 아닐까요?"

"언니가 대공비가 되었는데 왜 그래야 하지? 라리사라는 여자애가 진짜로 존재하긴 하는 건가?"

도미닉이 손가락으로 머리 옆에 동그라미를 그려 보였다. 혹시 정신이 좀 이상한 것은 아니냐는 뜻이었다.

니코스가 바로 고개를 조아렸다.

"제가 좀 더 자세히 알아보겠습니다."

도미닉은 그를 쳐다보지도 않은 채 말했다.

"저 빌레인이란 놈은 실컷 기다리도록 내버려 둬. 그리고 블리크가에 감시를 붙여라."

"알겠습니다."

❄

나는 소파에 앉아서 열심히 바느질을 하고 있었다. 내가 바느질을 잘하느냐면, 그건 아니다. 바느질하는 취미도 없고. 마지막으로 바늘과 실을 만져본 것이 언제였더라. 아마도 중학교 때 수업 시간에 조금 배운 것이 전부였다.

내 맞은편에는 라리사가 앉아 있었다. 양손을 무릎에 올려놓고 구부정한 자세로 앉아 멍하니 내 손가락 사이로 바늘이 오가는 것을 보고 있었다.

"아얏."

라리사를 흘끔거리다가 또 바늘에 찔렸다. 나는 피가 배어 나온 손가락을 입가로 가져가면서 만들던 것을 내려다보았다. 박음질하던 곳이 삐뚤빼뚤했다. ……좀 많이.

뭐, 내게 손재주가 없다는 건 알고 있었다. 분명히 저택 안에는 바느질을 기가 막히게 잘하는 하녀들이 있을 것이다. 그들에게 시키거나, 의상실에 은화 몇 개 집어 주면서 부탁하면 아마 한 시간도 안 돼서 완성되어 돌아올 테지만…….

'하지만 역시 내가 직접 만들고 싶어.'

모처럼 라리사에게 주려고 만드는 것이니까.

사실 선물이라면 당사자가 안 보는 곳에서 만들어야겠지만, 지금은 라리사에게서 눈을 떼면 안 된다. 이고르가 갑자기 찾아온 날부터 계속 불안해했으니까. 그래서 나는 어쩔 수 없이 얘가 보는 앞에서 선물을 준비해야 했다.

'뭐, 뒤집으면 티가 덜 나겠지. 하하…….'

결국 손가락을 두어 번 더 찔린 끝에 바느질을 마무리할 수 있었다. 잘하든 못하든 학교에서 배운 게 도움이 되긴 했다. 나는 지금까지 만든 걸 조심스레 뒤집어서 바늘 끝으로 모양을 잡은 뒤 미리 준비해 뒀던 솜을 창구멍 안으로 집어넣었다.

실 끝에 침을 발라 바늘에 꿰면서 다시 슬쩍 쳐다보니, 라리사는 여전히 내 손이 움직이는 걸 멍하니 바라보고 있었다.

'……그래도 며칠 지났다고 좀 나아져서 다행이야. 맨 처음 봤을 때랑 비슷하긴 하지만.'

며칠 전 저택에 갑자기 이고르가 나타나자 라리사는 큰 충격을 받았다. 이고르가 덤벼드는 걸 내가 몸으로 막는 사이 라리사는 소피아에게 안겨 얼른 방으로 대피했다.

파비안이 이고르를 무사히 내쫓고 난 뒤, 나는 라리사가 걱정되어 재빨리 방으로 향했다. 문을 열자마자 나를 맞이한 것은 소피아였다. 그녀는 안색이 새파래져 있었다.

"마, 마님, 라리사 아가씨가……."

황급히 안으로 뛰어들었을 때 내가 본 것은, 발작을 일으킨 라리사였다.

작은 몸에서 끊임없이 터져 나오는, 말 없는 비명. 나 외에는 아무도 들을 수 없는, 옛날 지하실에서나 들리던 그 소리에 눈앞이 새하

애졌다.

"라리사!"

내가 당장 달려가 끌어안으려는 것을 주치의가 말렸다.

"쉿, 비전하. 지금 함부로 건드리면 오히려 더 위험할 수도 있습니다. 기다리세요. 몇 분 이내로 멈출 겁니다."

그는 냉정하게 옆에서 지켜보면서 라리사가 혀를 깨물지 않도록 조치했다. 그리고 발작이 멎자 조심스레 약을 먹였다. 그러나 벨만이나 소피아가 라리사를 돌볼 수 있었던 건 거기까지였다.

이후로 라리사는 다른 사람의 손길은 모조리 거부했다. 누가 가까이 다가가기만 해도 얼굴에서 핏기가 가시며 경기를 일으켰던 것이다.

그나마 다행인 것은, 나까지 거부하지는 않았다는 것이다. 내 손길마저 무서워했다면 정말 뭘 어떻게 해야 할지 몰랐을 거다. 아무도 그 애를 돌볼 수 없다는 이야기니까.

내가 할 수 있었던 건 결국 괜찮다고, 내가 계속 옆에 있겠다고 끊임없이 말해주는 것뿐이었다.

'그런 게 도움이 되었는지는 모르겠지만······.'

내가 파비안과 함께 이고르를 상대하느라 라리사의 곁을 비운 사이 무슨 일이 있었는지 소피아가 나중에 말해주었다.

고용인들은 그날 우리가 정원으로 외출한 사이에 대공비의 방으로 우리 짐을 모두 옮겨두려고 했던 모양이었다. 우리 짐이야 가방 몇 개 정도였으니 금세 끝날 거였다.

갑작스러운 이고르의 등장에 겁을 먹은 나머지 반쯤 실신한 라리사가 소피아의 품에 안겨 방으로 돌아온 것은 고용인들이 짐을 옮기던 와중이었다. 하녀 하나가 그만 놀라서 들고 있던 걸 떨어뜨리고 말았다.

파삭.

하필 하녀가 손에 들고 있던 것은 라리사가 만든 생강 쿠키였다. 소피아에게 매달려 있던 라리사가 그 광경을 목격하고 말았다.

발작을 일으킨 건 그때였다. 쿠키가 부서진 순간, 라리사의 마음 한구석이 동시에 부서졌던 것이다.

그 뒤로 라리사의 마음은 맨 처음 만났을 때처럼 꽉 닫히고 말았다. 간간이 보이던 호기심 어린 눈길도, 새로운 것에 대한 관심도 사라졌다. 내가 말을 걸어도 전처럼 고개를 끄덕이기는커녕 멍한 눈으로 꼼짝도 하지 않았다. 그녀는 그저 작은 의자 위에 쪼그려 앉아 무릎을 끌어안은 채 자신의 안으로만 침잠해 있었다.

'그러니까 그 쿠키는 라리사에겐 새로운 세상의 상징 같은 거였구나……'

지하실 바깥의 안전한 세상. 즐거운 일과 맛있는 것들로 가득 찬 세상이 생전 처음 만들어 본 쿠키에 집약되었고, 그 쿠키와 함께 부서진 것이다.

그래도 라리사가 발작을 일으켰던 건 첫날 밤뿐이었다. 다음 날부터는 조금씩 나아져 소피아가 시중을 들어도 떨지 않게 되었다.

정말 다행이었다.

'방 밖으로 나가는 것까진 아직 무리지만.'

덕분에 나도 방 안에 거의 갇힌 채였다.

라리사를 돌보는 데 정신이 팔려 몰랐는데, 우리가 방에서 나가지 않은 사이 리샤르는 저택을 떠난 모양이었다.

"난 아카데미로 돌아가야 해. 나중에 다시 찾아오겠다고. 블리크 영애가 얼른 낫길 바란다고 전해줘."

……라는 말을 남겼다고 소피아가 전해주었다. 기차역으로 향하는 뒷모습이 영 힘이 없어 보였다고도.

흥, 힘이 있든 없든 알 게 뭐람. 이제 더 이상 그 건방진 꼬마 녀석을 신경 쓰지 않아도 된다.

'다시 안 찾아와도 되는데.'

리샤르가 남긴 말은 라리사에게 굳이 전해줄 필요도 없겠지? 쾌유를 바란다는 말 정도야 누구나 하는 의례적인 말이니까. 그런 말을 전해줄 시간에 차라리 지금 만드는 선물에 집중하는 것이 훨씬 낫지.

손날에 난 상처가 조금 따끔거렸다. 발작 때문에 라리사가 혀라도 깨물까 봐 무심코 내 손을 입에 물려주었다가 생긴 것이었다. 다행히 바느질하는 데 별로 문제가 되지는 않았다.

나는 솜을 채운 구멍을 꼼꼼하게 바느질로 막은 다음 이로 남은 실을 끊었다.

'구석에 실이 좀 삐져나오긴 했지만, 그래도 이 정도면 그리 나쁘진 않은걸?'

짠, 쿠키 모양의 인형이 완성되었다.

생강 쿠키와 비슷한 색의 천은 드레스 룸에 걸려 있던 갈색 드레스의 소매를 하나 희생했다. 쿠키 얼굴 부분에는 라리사가 그렸던 얼굴하고 최대한 비슷하게 수를 놓았다.

용케도 쿠키의 얼굴 부분이 무사히 살아남아서 테이블 위에 얌전히 놓여 있었기 때문에 그걸 보고 만들 수 있었다. 그 난리 통에 어떻게 부서지다 말고 테이블 위에 얌전히 놓여 있던 것인지 도통 모르겠지만.

'어쨌거나 잘된 일이지.'

나는 조금 삐져나온 솜을 바늘로 잘 쑤셔 넣고 조심스럽게 겉에 묻은 실밥을 떼어냈다.

예쁘게 포장하고 리본도 달아주고 싶었는데, 할 수 없지. 앞에서 다 보고 있는걸.

나는 조금 엉성한 쿠키 인형을 라리사에게 내밀었다.

"자, 라리사, 여기 쿠키야."

설령 금으로 만든 것이라 해도 라리사가 직접 만들었던 그 쿠키를 대체할 수는 없을 것이다. 하지만 이걸로라도 조금이나마 위로가 되었으면 해서 만들어봤다.

멍하니 앉아 있던 라리사가 내 손을 내려다보았다. 고개를 살짝 숙인 터라 표정은 잘 보이지 않았다.

"미안, 별로 안 닮았나? 내가 손재주가 없어서……. 그치만 이건 천으로 만들었으니까 부서지지 않을 거야. 얼마든지 떨어뜨려도 돼."

나는 라리사의 손안에 인형을 놓아주었다. 그리고 그 앞에 쪼그려 앉았다. 눈높이를 맞추고 싶었으니까.

"진짜 쿠키라면, 언제든지 같이 주방에 다시 내려가서 또 만들 수 있어."

"……."

"물론 전에 만든 것과 똑같지는 않을 거야. 하지만 라리사, 두 번째로 만들 땐 처음 만든 것보다 아주 조금이지만 더 잘 만들 수 있어."

나는 인형을 쥔 라리사의 손을 내 손으로 조심스럽게 감싸 쥐었다.

"언젠가 또 이렇게 뭔가 부서지거나 힘든 날이 올지도 몰라. 하지만 그때마다 내가 옆에 있을게. 네가 다 자라서 어른이 될 때까지……. 약속해."

내가 널 그 지하실에서 데리고 나왔으니, 다시 돌아가지 않도록 지킬 거야. 내 동생이니까.

내 손에 감싸인 작은 두 손은 싸늘했다. 라리사는 제 손을, 그리고 쿠키 인형을 내려다보았다. 한참 동안 꼼짝도 하지 않은 채.

마음에 안 드는 걸까? 역시 이런 걸론 별 위로가 안 되나…….

나는 입술을 가볍게 깨물며 인형을 내려다보았다. 너무 못 만들었나? 역시 바느질 잘하는 사람에게 부탁할걸.

몇 분이나 그러고 있었을까, 어느 순간 라리사의 손이 가볍게 떨렸다. 그리고 그 위로 뭔가 반짝이는 것이 떨어졌다. 놀랍도록 영롱한 빛을 발하는 것이.

나는 깜짝 놀라 시선을 들었다. 라리사가 어느새 고개를 들고 나를 바라보고 있었다. 두 눈에서 하염없이 눈물이 흘러내렸다.

"라리사?"

지금 우는 거야? 왜, 왜? 때리지 않았는데…….

가슴이 철렁했다. 좀 전에 나도 모르게 상처주는 말이라도 했나?

라리사가 우는 걸 본 것은 지금이 두 번째였다.

첫 번째는 내가 마르시아의 몸에 깃든 날, 그 악몽 같은 지하실에서였다. 이고르가 눈물을 뽑으려 아무리 때려도 꼼짝하지 않던 라리사는, 내가 지하실로 뛰어들고 이고르의 매질이 멈춘 후에야 비로소 눈물을 흘렸다. 딱 세 방울이었다.

그때의 표정은 평생 잊을 수 없을 것이다. 그것은 어린아이가 지을 수 있는 표정이 아니었으니까. 끝없는 절망뿐이던 얼굴.

하지만 지금 라리사의 표정은 그때와는 달랐다. 절망의 빛은 더 이상 보이지 않았다. 울고 있지만 슬프거나 괴로워서 우는 것은 아니다. 그것만큼은 확실했다.

왜냐하면 아무 소리도 들리지 않으니까. 아무런 마음의 소리가 들리지 않으니까.

방울져 흐르는 눈물이 뺨을 타고 내려오면서 무섭도록 반짝거렸다.

"왜 울어, 울지 마."

나는 라리사의 손을 꼭 쥐었다. 깨닫지 못한 사이, 차가웠던 손은 내 체온으로 따뜻해져 있었다. 딱 그만큼 내 마음에도 따뜻한 무언가가 번져 나갔다.

나는 가만히 속삭였다.

"아니, 울고 싶으면 지금 실컷 울어. 아무도 들어오지 못하게 할 테니까."

나는 라리사의 손을 가볍게 토닥여 주고 황급히 자리에서 일어났다. 문부터 잠가야 했다.

'소피아가 심부름을 간 참이라 다행이야.'

커다란 침실엔 문도 네 개나 있었다. 도대체 왜 이렇게 문이 많은 거야? 방은 또 왜 이렇게 크고.

나는 최대한 빨리 차례로 문을 잠갔다. 마지막으로 옆방으로 통하는 문을 잠그고 돌아서는데, 뭔가가 폭 하고 내게 안겨들었다.

나는 깜짝 놀라 아래를 내려다보았다. 라리사는 한 손에 쿠키 인형을 쥐고, 다른 손으로는 내 옷자락을 꼭 쥔 채 내게 매달려 울고 있었다.

"라리사……."

가슴이 뭉클했다. 나는 나지막하게 이름을 부르며 마주 끌어안았다. 라리사는 내 가슴팍에도 간신히 미칠 정도로 작고 말랐다. 그 작은 아이는 내게 기대어 한참을 울었다.

끅끅 숨넘어가는 소리가 잦아들고 훌쩍이는 소리로 바뀔 때까지 나는 라리사의 등을 계속해서 쓸어주었다.

결국 라리사는 울다가 지쳐서 잠들었다. 나는 라리사를 조심스럽게 침대에 눕혔다.

아이가 한참 동안 기대어 울었는데도 내 드레스는 조금도 젖지 않았다. 대신 발치에 다이아몬드가 데굴데굴 굴러다녔다.

다이아몬드를 밟아본 적 있는가? 나는 있다. 바로 지금이다.

'바닥에 카펫이 깔려 있어서 다행이야.'

카펫은 별이 쏟아지는 밤하늘을 바닥으로 끌어 내린 것처럼 반짝거렸다. 나는 하나라도 놓칠세라 바닥을 샅샅이 살피며 반짝이는 걸 전부 주워 모았다.

곧 내 손바닥 위에 다이아몬드가 소복하게 쌓였다. 요정의 눈물은 과거에도 여러 번 보았지만 이렇게까지 많은 양을 한꺼번에 본 것은 처음이었다.

'으아, 눈부셔.'

오색찬란하게 빛나는 광채에 눈이 멀 지경이었다.

'이 정도면 남은 인생 아무 걱정 없이 살 수 있겠는데?'

금화로 바꾸면 작은 자루를 하나 가득 채우고도 남을 것이다. 나는 손가락으로 다이아몬드를 살살 쓸어보면서 침을 삼켰다.

소파 위에는 내가 아까 소매를 뜯어낸 드레스와 바느질 도구가 널려 있었다. 나는 얼른 드레스 치마 안쪽에 달린 주머니를 잘라 꺼냈다. 그리고 그 안에 남는 천 조각에 조심스레 싼 다이아몬드를 넣고 입구를 실로 꿰매 버렸다. 세상에서 제일 비싼 콩주머니, 아니 다이아몬드 주머니가 완성되었다.

'금고를 하나 마련해야겠어. 분명히 대공비가 비자금을 숨길 수 있는 곳이 있긴 할 텐데…….'

누구의 눈에도 띄지 않는 곳에 잘 보관해야 한다. 이건 내 보석하고는 따로 떼어두는 게 좋을 것 같았다. 라리사를 위한 비상금으로.

'혹시라도 나중에 라리사가 대공비가 되고 싶지 않아 할 수도 있으니까.'

그런 때가 온다면 기댈 게 돈 외에 또 뭐가 있겠어.

'차라리 은행 금고를 대여해서 라리사의 이름으로 넣어둘까. 그러면 나도 함부로 꺼낼 수 없을 거고, 앞으로 또 눈물을 흘리면 그것도 계속 보관할 수 있을 테니. 라리사가 성인이 되면 금고 열쇠를 넘겨주면 되겠지.'

나는 조잡하기 그지없는 주머니를 쓰다듬었다.

지금은 라리사를 돌봐야 해서 은행은커녕 침실 밖으로도 나가기 힘들다. 그때까지 잘 숨겨둬야 할 텐데.

그때였다. 똑똑, 문에서 노크 소리가 들렸다.

심장이 쿵 떨어졌다.

'소피아가 돌아왔나?'

나는 깜짝 놀라 허둥지둥하다가 일단 다이아몬드 주머니를 드레스 주머니에 쑤셔 넣었다.

'아, 참, 문을 전부 잠가뒀었지.'

들어오라고 말하려던 나는 얼른 노크 소리가 들린 문가로 다가가 문을 열었다.

"어머······?"

문밖에 있는 것은 소피아가 아니라 남자의 가슴팍이었다. 탄탄한 상체를 감싼 셔츠와 조끼. 내 시선은 자연스럽게 그 위의 크라바트를 타고 위로 향했다. 강인한 턱선, 그림 같은 콧날, 날카로운 붉은색 눈동자. 파비안이었다.

내가 대답도 하지 않고 문부터 벌컥 열어서 놀란 모양이다. 그는 눈을 조금 크게 떴다가 이내 묵례했다.

"대공 전······ 파비안. 어쩐 일이시죠?"

전에 이름으로 불러달라고 했던 말이 떠올라 급히 호칭을 고쳤다.

그나저나 사람을 보내지 않고 침실까지 직접 찾아오다니, 무슨 급한 일이라도 있었던 걸까?

그는 침착한 목소리로 조용히 물었다.

"라리사 양은 좀 어떻습니까?"

뜻밖의 질문이었다. 단순히 라리사의 용태를 물어보러 왔다고? 군이 찾아올 것 없이 그냥 주치의에게 보고를 받으면 될 텐데. 바로 어제까지만 해도 그렇게 했던 것 같고.

여태껏 파비안은 라리사에 대해 별로 신경 쓰는 것 같진 않았다. 필요한 것을 챙겨주도록 지시하고 주치의를 보내긴 했지만, 어디까지나 약속을 했으니 지킨다는 태도였다. 이렇게 직접 찾아온 것은 처음이었다.

나는 등 뒤를 곁눈질했다. 겨우 잠든 라리사를 깨우고 싶지 않다.

'우리 둘 다 며칠간 잠을 제대로 못 잤는걸.'

나는 복도로 나가서 내 등 뒤로 문을 살짝 닫았다.

갑자기 어디선가 좋은 냄새가 났다. 달콤한 향기. 향수일까?

'화사한 향을 좋아하나?'

의외네. 이런 화려한 향수라니. 향수를 쓴다면 진한 남성미가 풍기는 머스크 향을 쓸 것 같이 생겼는데. 아니면 아예 안 뿌리든지.

꼿꼿하게 각 잡힌 자세로 선 파비안을 물끄러미 올려다보며 나는 목소리를 낮추었다.

"방금 잠든 참이라……. 라리사는 좀 나아졌어요. 이제는 다른 사람들을 봐도 그렇게 겁먹지는 않거든요. 아직 침실 밖으로 나가기는 힘들어하지만요."

"그렇군요. 나아지고 있다니 다행입니다."

"그렇죠. 다 전하…… 파비안 덕분이지요."

파비안 때문에 나아지고 있는지는 모르겠지만, 나는 감사 인사를 덧붙였다. 계약도 계약이지만 금광까지 내어주며 라리사를 감싼 그의 호의를 잊지 않았으니까.

"그걸 물어보러 오신 건가요?"

"그것도 있습니다만."

파비안은 잠시 뭔가를 망설이는 듯했다. 머뭇거림도 잠시, 그는 등 뒤에 감추고 있던 손을 앞으로 내밀었다. 그 손에는 올망졸망한 보라색 꽃이 조르륵 달린 꽃다발이 들려 있었다. 조금 전부터 나던 그 화사한 향기가 훅 진해졌다.

'……꽃? 꽃이라고?'

나는 엉겁결에 그가 내민 꽃을 받아 들었다.

"어머, 히아신스네요. 그럼 이 향기는……."

향수가 아니었구나.

꽃다발은 아무런 포장도 되어 있지 않았다. 가위로 자른 것이 아니라 마치 손으로 꺾은 것 같았다. 꼭 자기가 직접 나가서 꺾어온 것 같은…….

"정원에 가득 피었기에 몇 송이 가져와 봤습니다. 두 분이 바깥출입을 전혀 하지 않으신다고 들어서."

그는 여전히 고압적인 자세로 나를 내려다보고 있었다. 조금 전과 똑같은 표정인데 지금은 어쩐지 그의 눈빛이 따스해 보이는 것 같았다. 뇌물을 받아서인가. 나는 숨을 깊이 들이마셨다. 뇌물의 향기가 가슴속 깊이 파고들었다.

그렇지. 병문안엔 역시 꽃이지. 게다가 고용인을 시키지 않고 몸소 나가서 꺾어 오다니. 가끔 드는 생각인데, 이 남자 의외로 세심한 면이 있는 것 같단 말이지.

"고마워요. 향기가 정말 좋네요. 라리사도 좋아할 거예요. 전에 나갔을 때는 못 봤던 꽃이니까요."

향기가 워낙 진해서 그저 꽃다발을 들고 있을 뿐인데도 꽃에 파묻힌 것만 같았다. 전에 후원에 같이 나갔을 때 라리사가 수선화에 코를 묻고 향기를 맡던 게 떠올라, 나는 부드럽게 미소를 지었다. 분명 히아신스도 좋아하겠지. 향기가 이렇게 좋으니까.

"꽃을 좋아하는 것 같아요. 수선화를 마음에 들어 했었거든요. 크로커스도요."

파비안은 묘한 표정을 지었다.

내가 뭐 이상한 말이라도 했나?

그는 잠시 나를 쳐다보다가, 가볍게 눈썹을 찌푸리며 되물었다.

"좋아하는 것 '같다'……? 동생이 뭘 좋아하는지 잘 모르십니까?"

"네?"

의외의 날카로운 질문에 뭔가 잘못하기라도 한 것처럼 가슴이 철렁했다.

모, 모를 수도 있지? 난 애초에 라리사가 어떤 아이인지도 이제 겨우 알아가는 중이라고.

……그치만 역시 이상해 보이겠네. 아마도 목숨을 걸고 같이 지옥에서 탈출할 정도로 친한 자매라고 생각했을 테니까.

"실언했군요. 신경 쓰지 마십시오."

파비안은 내가 더 뭐라고 말하기도 전에 담담한 말투로 말을 돌렸다.

"크로커스는 다 졌지만, 수선화는 생각보다 오래가는 꽃이니 아직은 괜찮을 겁니다."

"꽃에 대해 잘 아시나 봐요?"

"글쎄요."

파비안은 입을 꾹 다물었다. 더 말하고 싶지 않은 모양이었다. 새빨간 눈동자가 나를 훑어보았다.

"더 필요한 것은 없습니까?"

"없어요. 지금까지 받은 것만으로도 과분한걸요."

"과분하지 않습니다."

아니, 진짜 과분할 정도로 많이 받았는데…….

내가 대답을 하지 못하자, 파비안은 가볍게 묵례를 하며 말했다.

"그럼 내일은 수선화를 가져오지요."

"또 오시려고요?"

"안 됩니까?"

그의 눈이 번뜩거렸다.

으아, 무섭게 왜 이런담. 안 그래도 커다란 사람인데 눈동자 색도 익숙지 않아서인지 꼭 협박하는 것 같았다.

나는 침을 삼켰다.

"정원사를 시키시면 되지 않나요?"

그는 차가운 눈빛으로 나를 내려다보았다.

"내일 이 시간에 찾아오겠습니다. ……마르시아."

내 말은 들을 필요도 없다는 건가.

❋

다음 날, 파비안은 정말로 같은 시간에 또 방으로 찾아왔다. 노크 소리에 소피아가 침실 문을 열자, 파비안은 한 팔 가득 수선화를 든 채 서 있었던 것이다.

"……진짜로 가지고 오셨네요."

파비안은 눈썹 하나 까딱하지 않았다.

"약속했잖습니까."

그게 약속이었나? 그냥 일방적인 통보였던 것 같은데.

뭐, 어쨌거나 의도는 좋으니까 상관없겠지. 라리사도 좋아할 테고.

"고마워요."

나는 순순히 팔을 내밀어 수선화 다발을 받아 안았다. 많이도 가져왔다. 내 품 안이 꽃으로 가득 찼다.

"어머, 라리사 아가씨."

내 옆에서 한 발짝 떨어져 서 있던 소피아가 살짝 들뜬 듯 말했다. 꽃을 안은 채 뒤를 돌아보니, 아까까지만 해도 침실 저 안쪽에 앉아 있던 라리사가 어느새 아주 가까이에 와 있었다. 라리사는 내 뒤에 살짝 숨은 채 파비안을 빤히 쳐다보고 있었다.

파비안은 딱히 인사도 없이 그녀를 내려다보았다. 눈이 마주치자 라리사는 커다란 초록빛 눈을 두어 번 깜빡거렸다. 차가운 붉은 눈동자가 무서울 만도 하건만, 그런 기색은 보이지 않았다.

'와, 이젠 다른 사람이 찾아와도 괜찮은가 봐! 정말 많이 나아졌구나. 다행이야⋯⋯.'

라리사는 어제 이후로 몰라보게 회복되었다. 절로 입가에 미소가 걸렸다. 요 며칠간 얼마나 걱정했는지 모른다.

"안으로 들어오시겠어요? 잠시 앉아서 차라도 한잔 들고 가세요. 침실이긴 하지만 앉을 곳은 있답니다."

모처럼 라리사가 좋아하는 꽃도 들고 와줬는데, 냉큼 꽃만 받고 보내는 것도 좀 그러니까. 이렇게 한두 사람씩 다른 사람과 만나게 하는 것도 좋을 테고. 아마 이대로라면 며칠 내로 방 밖으로 나갈 수 있게 되지 않을까?

다행히 파비안은 사양하지 않았다.

"그럼 잠시⋯⋯ 실례하겠습니다."

침실이지만 방이 넓어서 다행이었다. 침대 두 개 외에도 서너 명이 앉아서 다과를 즐길 만한 공간은 충분했다.

창가에는 어제 받은 히아신스가 꽂혀 있었다. 은은한 꽃향기가 방 안에 가득 넘쳤다.

"이거 봐, 라리사. 수선화야. 전에 같이 정원에 나갔을 때 봤던 꽃이야. 기억하지? 파비안 님이 널 위해 가져오셨어."

나는 안고 있던 수선화를 라리사에게 건네주었다. 라리사는 두 팔 가득 꽃을 받아 안고 조심스레 냄새를 맡았다.

'맘에 드나 봐.'

무표정한 듯하지만 꽃을 계속 안고 있는 걸로 봐서는 아주 마음에 든 게 틀림없었다. 워낙 예쁜 아이라 꽃을 안고 있는 걸 보니 꽃의 요정 같았다. 수선화를 안으면 수선화의 요정, 히아신스를 안으면 히아신스의 요정.

빨리 장미 철이 오면 좋겠다. 분명 기절할 정도로 예쁘겠지!

나는 잠시 넋을 놓고 있다가, 방에 손님이 와 있다는 걸 뒤늦게 깨달았다.

"대, 아니, 파비안. 그럼 이쪽으로……"

이상하다. 다른 사람과 말할 땐 파비안의 이름을 잘만 불렀는데, 왜 지금은 이렇게 안 나오는 걸까. 눈앞에 있어서 그런가.

이쪽으로 앉으라고 말하려던 나는, 그를 돌아보다가 말문이 막혀 버렸다.

파비안은 지금까지 단 한 번도 본 적 없는 표정을 짓고 있었다. 웃는 것은 아니었지만 아주 부드러운 표정이었다. 발치에서 잠든 아기 고양이를 내려다보는 것처럼.

'저런 표정도 지을 줄 아네.'

차갑고 냉정하기만 한 줄 알았는데. 부드러운 표정을 지으니까 평소보다 세 배는 더 잘생겨 보였다.

……아니 잠깐, 너무 잘생겼잖아. 역시 괜히 동화 속 왕자님인 게 아닌가? 아무 상관 없는 나까지 두근거리잖아.

이러다 자칫 잘못해서 호감이라도 품게 되면 나중에 곤란해지는 건 나였다. 나는 얼른 마음을 가다듬었다.

"이쪽으로 앉으세요."

그러자 파비안이 내게로 시선을 돌렸다. 그의 눈길에는 아직 따스함이 남아 있었다.

아, 내 심장.

나는 한 손으로 가슴을 눌렀다. 저런 눈으로 쳐다보다니, 심장에 나쁘다고.

나는 얼른 고개를 돌리며 큰 소리로 말했다.

"소피아, 차와 다과를 좀 가져다줘."

"알겠습니다, 비전하."

소피아가 방을 나서는 것을 보고 돌아보자, 파비안의 표정은 평소대로 돌아와 있었다. 차갑고 어딘가 사무적인 표정.

나는 안심하며 파비안의 맞은편 자리에 앉았다. 라리사는 수선화 다발을 껴안은 채 내 옆자리에 얌전히 자리 잡았다.

무표정한 꽃의 요정과 치명적인 뱀파이어가 한자리에 앉아서 미모 대결을 하는 것 같은데…….

'크윽…… 눈이 부시다 못해 멀겠네.'

둘은 안 어울리는 것 같으면서도 잘 어울렸다. 아름다운 것들을 보니 눈이 너무나 즐거웠다.

나는 생글생글 웃으면서 화젯거리를 찾아 말을 꺼냈다.

"참, 오를로프 후작은 댁으로 돌아가셨다고 들었어요."

라리사 곁에 붙어 있느라 나중에야 소피아에게 그 소식을 들었다. 그는 딱히 떠난다는 말도 없이 가버린 듯했다.

"후작께는 여러 가지로 도움을 많이 받았는데 배웅도 못 해드렸네요."

파비안이 눈썹을 찌푸렸다. 어딘가 불쾌한 듯한 표정이었다.

뭐지? 레오니드 이야기를 하면 안 되는 거였나? 둘이 상당히 친해 보였는데……. 설마 둘이 싸우기라도 했나?

내가 안주인이면서 손님 배웅도 안 해서 화가 난 건 아니겠지.

하지만 그런 것 치고는 딱히 마음의 소리는 들려오지 않았다.

"그도 언제까지나 이곳에 있을 수는 없으니까요. 아마도 이 근처의 저택으로 갔을 겁니다. 그리고 배웅 같은 건 신경 쓰지 않으셔도 됩니다."

그는 잠시 입을 다물고 뭔가를 생각하는 듯 눈동자를 굴리다가 물었다.

"아쉬우십니까?"

응? 아쉽냐니?

"네? 아, 아뇨."

나는 얼른 고개를 저었다. 그러나 사실…… 조금 아쉽긴 했다. 파비안이 우리 방에 놀러 온 이 상황이 너무 어색해서. 이럴 때 레오니드가 같이 앉아 있으면 너스레를 떨면서 대화 분위기를 잘 이끌어줄 것도 같은데.

파비안이 가볍게 한숨을 쉬며 말을 이었다.

"그의 성격으로 봤을 때 앞으로도 자주 방문할 겁니다. 분명 온다는 말도 없이 무작정 쳐들어올 테지요. 아니면 사교계 파티에 참석하시면 언제든 볼 수 있을 겁니다."

"파티를 좋아하나 보지요?"

"그런 셈이죠."

"파비안은요? 파티 좋아하시나요?"

"……그다지 즐기는 편은 아닙니다."

"그러시군요."

그렇구나. 나는 정말 좋아하는데.

마르시아는 춤을 정말 잘 췄고 또 좋아했다. 술을 잔뜩 마시고 춤을 추어도 스텝 한 번 꼬인 적이 없었다. 춤과 술에 취해 웃고 즐기는 파티를 안 좋아할 수가 없었다.

파비안이 파티를 좋아하지 않는다니.

'앞으로 파티에 참석해 춤출 일은 없겠네.'

그렇다고 혼자 방에서 추기엔 파트너가 없고.

"그건 좀 아쉽네요."

나는 어깨를 으쓱하며 생긋 웃어 보였다. 아쉽긴 하지만, 사교계에 나갈 생각은 애초부터 없었으니 괜찮다. 파비안이 파티를 즐기지 않는다는 건 차라리 내게 잘된 일이다. 대공비의 대외 활동이 줄어드는 셈이니까.

그런데 왠지 파비안의 눈동자가 가볍게 흔들렸다. 그의 어깨도 조금 경직되는 것 같았다.

내가 또 뭔가 말실수라도 했나? 그냥 파티에 갈 일이 별로 없을 것 같아 아쉽다는 것뿐인데. 내 나이 또래의 여성들이라면 대부분 그렇게 생각할 테고.

"전 이래 봬도 춤을 잘 추거든요."

나는 고개를 갸웃하며 덧붙였다.

"춤을 좋아하십니까?"

"네. 좋아해요. 즐겁잖아요. 음악도 있고, 함께 있으면 즐거운 사람들과 더 친밀해질 기회이기도 하고요."

듣고 싶지 않은 소리에서 멀어지는 방법이기도 하고.

내 속도 모르고 파비안은 고개를 끄덕였다.

"흐음, 그렇습니까."

"사실 그것보다는 몸을 움직이는 것 자체를 좋아하는 편이에요. 다섯 곡쯤 추고 나서 땀을 식히며 마시는 차가운 위스……."

나는 거기까지 말하고 흠칫했다. 이런, 미성년자가 내 옆에 앉아 있잖아.

"차가운 레모네이드가 참 맛있거든요. 하하하."

"그렇군요. 차가운 레모네이드."

내가 멋쩍게 웃자 파비안도 입매를 끌어 올렸다. 굳이 레모네이드라고 또 강조할 건 뭐람.

그때 소피아가 딱 맞춰 차와 다과를 가져왔다. 나는 고마움이 담긴 눈길로 그녀가 찻잔에 따스한 차를 채우는 것을 바라보았다. 소피아는 잔뜩 늘어난 꽃을 옮겨 담을 도자기도 여러 개 가지고 왔다.

"라리사 아가씨, 꽃을 이리 주시면 제가 정리할게요."

그녀가 조심스레 말을 꺼내자, 라리사는 머뭇거리다가 안고 있던 꽃다발을 내밀었다.

소피아가 그 자리에서 솜씨 좋게 꽃을 나누었다. 그리고 꽃병에 꽂은 다음, 그중 하나는 우리가 차를 마시고 있는 테이블에 올려놓았다.

"자요, 아가씨."

그리고 대여섯 송이를 따로 떼어서 라리사의 손에 돌려주었다. 라리사는 초록빛 눈을 동그랗게 뜨고 작은 꽃다발을 두 손으로 조심스레 넘겨받았다.

그 몸짓이 사랑스러워서 나는 또 함박웃음을 짓고 말았다. 수선화가 정말로 마음에 든 모양이다. 아휴, 우리 병아리.

소피아가 수선화가 담긴 꽃병을 방 여러 군데에 나누어 배치하는 동안 우리는 꽃향기를 음미하며 차를 마셨다. 별다른 말이 없었지만 분위기는 한결 부드러워졌다.

파비안이 다시 입을 연 것은 그때였다.

"라리사."

굵은 저음의 미성이 라리사의 이름을 불렀다.

"수선화를 좋아한다며?"

소피아가 만들어준 작은 꽃다발에 코를 파묻고 있던 라리사는 깜짝 놀라 고개를 들었다.

나도 깜짝 놀랐다.

'파비안이 라리사에게 직접 말을 건 것은 처음 아닌가?'

우리 자매가 놀라거나 말거나 파비안은 나직한 목소리로 말을 이었다.

"수선화의 절정은 이제 지났다. 얼마 안 있으면 질 거야. 그때까지는 내가 매일 이렇게 수선화를 가져오도록 하지."

아니, 매일 이렇게 잔뜩 가져오면 화단이 거덜 날 텐데…… 게다가 왜 이렇게 갑작스레 친절하게 굴지? 지금까지는 보고도 못 본 척해왔으면서.

나는 의심의 눈초리로 파비안을 쳐다보았다.

"하지만 직접 정원으로 나가서 즐기는 편이 더 좋을 거야. 꽃병에 꽂은 꽃은 오래가지 않는 법이니까."

너무 방에서만 지내지 말고 슬슬 밖으로 나가봐라. 그런 말을 하면서 그는 라리사에게서 시선을 떼지 않았다.

-꽃이…… 없어지는 거야? 꽃은 이제 죽는 거야?

희미한 마음의 소리가 들렸다. 라리사는 다소 충격을 받은 듯했다. 안 그래도 새하얀 얼굴이 더더욱 창백해졌다. 수선화를 안은 손이 가늘게 떨렸다.

설마 꽃이 진다는 것을 몰랐던 걸까. 나는 되레 거기에 충격을 받았다.

"아니, 라리사, 그게 있잖아……."

나는 무슨 말을 해야 할지 몰라 일단 천천히 라리사의 등을 부드럽게 토닥거렸다. 파비안은 침착한 태도로 커다란 손을 깍지 껴 무릎에 얹었다.

라리사는 혼란스러운 표정으로 그를 쳐다보다가, 수선화를 쳐다보다가 했다. 파비안은 그런 라리사를 부드러운 눈길로 바라보았다.

"수선화는 강한 꽃이야."

"……?"

"이렇게 꽃이 꺾여 사라져도 알토란 같은 뿌리가 남게 되지. 겨울이 지나고 나면 다음 해 봄에 어김없이 꽃대를 또 피워 올린다. 몇 해고 몇 번이고 그렇게 하지."

뜻밖의 말에 나는 차를 마시는 것도 잊고 파비안을 쳐다보았다.

그는 더 이상 말하지 않았다.

그러나 그것으로 충분했다.

라리사의 어깨에서 가느다란 떨림이 곧 사라졌다. 이윽고 마음의 소리도 사라졌다.

그런 라리사를 쳐다보는 파비안의 눈빛은 따스했다. 아, 파비안이 이런 표정을 지을 줄도 아는 사람이었구나.

그동안 라리사를 직접 보러 오지 않은 건 그냥 너무 바빠서 그랬던 걸까? 관심이 없어서가 아니라.

그동안 우리가 나눈 얼마 안 되는 대화는 거의 계약에 치중해 있었다. 다른 이야기를 하더라도 끝엔 결국 계약 이야기로 끝났다. 그래서 나는 그가 자기 이득을 챙기는 냉정한 사람이라고 생각해 왔다.

그런데 사실은 생각보다 좋은 사람인 게 아닐까?

그러고 보니 맨 처음 만난 날도 그랬다. 내가 전대 대공이 아직 살아 있는 줄도 모르고 라리사가 대공의 신부가 될 거라고 하니까, 이런 어린아이를 팔아넘기려는 거냐고 화를 냈었지.

직접 말했었나, 아니면 마음의 소리를 훔쳐 들은 거였던가? 어느 쪽이었는지는 모르겠다.

그때 화를 냈던 건 단순히 좋은 사람이라 그랬던 걸까. 아니면 이게 그 입덕부정기……? 일명 첫눈에 반했지만 그럴 리 없다고 부정하는 시기. 원작 동화대로라면 두 사람은 첫눈에 서로에게 반했어야 하니까. 말 되네. 나는 고개를 끄덕였다. 어느 쪽이든 잘된 일이었다. 좋은 사람이라면 라리사를 잘 돌봐줄 테고, 진짜 반했는데 아직 모르는 상태라면 앞으로 더 잘해줄 테니까.

나는 안심하며 라리사에게 다정하게 말했다.

"그래, 라리사. 또 같이 정원에 나가자. 수선화가 진 다음이라도 좋

아. 분명히 다른 꽃이 또 피어 있을 거야."

"곧 목련이 필 거다. 이미 꽃망울이 많이 올라왔더군. 목련 꽃잎으로 차를 만들어 마실 수 있다는 걸 알고 있나?"

파비안이 끼어들며 거들었다. 라리사보다 오히려 내가 더 놀라 되묻고 말았다.

"네? 목련 꽃잎 차라고요?"

파비안은 별로 놀라는 기색도 없이 고개를 끄덕였다.

"막 떨어진 신선한 꽃잎을 한 장 뜨거운 물에 띄우면 됩니다. 생강이나 계피 같은 강렬한 향이 나지요."

그렇게 말하면서 그는 찻잔을 들어 올렸다. 향을 음미하듯 한 모금 마시면서 그는 라리사를 향해 말했다.

"목련 꽃잎은 떨어지면 얼마 지나지 않아 갈색으로 변해 버리지. 그 자리에서 바로 차로 만들어 마시지 않으면 안 된다."

그럴 리가 있나. 떨어진 꽃잎이 아무리 빨리 시든다고 해도 그게 몇 분 내로 변해 버리는 건 아니다.

하지만 그는 그렇게 말하지 않았다.

음, 좋은 생각인걸. 이걸 핑계로 라리사를 데리고 바깥에 한 번 더 나갈 수만 있다면 말이다. 꽃을 안고 파비안을 바라보는 라리사의 입이 조금 벌어졌고, 눈은 초롱초롱하게 변했다.

나도 신기했다. 들어본 적도 없는 꽃차와 그걸 알고 있는 파비안. 그리고 무엇보다 라리사에게 이렇게 친절한 그가 신기했다.

"어떻게 그렇게 잘 아세요?"

"어릴 때 숲속에서 살았던 적이 있습니다."

"숲속이요?"

대공의 손자가 숲속에서 살았다고? 아홉 살 때 수도의 아카데미에 입학했다고 했으니 그 이전일까.

-아차······.

"오래전 이야기입니다."

파비안은 아무렇지 않은 표정으로 그렇게 말하며 찻잔을 들어 올렸다.

하지만 나는 그의 마음의 소리를 들었다. 괜한 말을 했다는 후회와 씁쓸함이 섞인 듯한 소리.

별로 말하고 싶지 않은 과거인가 보다.

나는 적당히 말을 돌렸다.

"그렇군요. 그러고 보니 대공저로 온 첫날 탔던 기차에서도 커다란 숲을 한참이나 지나왔었죠. 언젠가 그 숲으로도 놀러 가보고 싶어요. 그렇지, 라리사?"

나는 초롱초롱한 눈빛으로 파비안을 쳐다보고 있는 라리사의 은발을 가볍게 쓰다듬었다.

"기회가 있을 겁니다. 대공가는 대대로 그 숲에서 사냥을 하곤 했으니까요."

"사냥이요?"

"본격적인 사냥도 하지만, 대개 미리 잡아둔 동물들을 풀어서 하는 사냥입니다. 끝나면 잡은 동물들을 영지민들과 나누어 먹는 전통이 있거든요."

"아, 그렇군요."

"관심이 있으시다면 조만간 개최할까요?"

파비안이 무심한 목소리로 물었다.

나는 웃으며 고개를 저었다.

"아뇨, 그러실 필요는 없어요. 저는 말도 못 타고 총도 못 쏘는걸요."

그가 한쪽 눈썹을 치켜올렸다.

뭐, 왜. 말 좀 못 탈 수도 있지.

나는 웃으며 말했다.

"하지만 언젠가 배워보고 싶긴 하네요. 재미있을 것 같아요."

"꼭 직접 참가하지는 않으셔도 됩니다. 보통 귀부인들은 마차로 이동해서 근처에서 피크닉을 즐기니까요."

"그런가요? 하지만 뭐든 직접 하는 쪽이 더 재미있잖아요."

"글쎄요, 아무것도 하지 않아도 발밑에 사냥감이 쌓이는 쪽을 더 좋아하는 사람들도 있으니까요."

"아, 전 그런 쪽은 아닌 것 같아요."

나는 작게 소리 내어 웃으며 대답했다.

파비안이 그렇습니까, 하며 한 손으로 이마에 흘러내린 머리카락을 쓸어 올렸다. 단순하고 아무 의미 없는 동작인데, 봐서는 안 될 것을 훔쳐보기라도 한 기분이었다.

나는 재빨리 시선을 찻잔으로 돌렸다. 그리고 잔 속의 홍차를 바라보며 생각했다.

'지금…… 좀 즐거운 것 같아.'

라리사 때문에 방 안에만 갇혀 있던 게 벌써 나흘째였다. 이고르가 찾아온 날로부터만 세어도 그렇다.

사실 따지고 보면 이 저택에 찾아온 날부터도 거의 방에서만 지냈다. 물론 그때는 다른 이유가 있었지만.

방 안에서 소피아하고만 이야기를 나누다가 이렇게 새로운 사람과 대화를 하니 숨통이 확 트이는 느낌이었다.

'빌어먹을 아버지……'

간신히 조금씩 밖에 나갈 수 있게 되었는데. 이고르가 그런 식으로 쳐들어오지만 않았더라면 라리사는 지금쯤은 훨씬 더 많이 나아졌을 텐데.

'앗, 깜빡했네.'

그날을 되새기다 보니 갑자기 생각나는 게 있었다.

-아무리 물어도 엘로이즈 콘라트라는 이름은 죽어도 말할 수 없지.

엘로이즈 콘라트. 파비안의 아름다운 사촌 여동생. 이고르의 속마음에 떠오른 이름이었다. 라리사를 돌보느라 바빠 지금까지 까맣게 잊고 있었다.

'파비안에게 말해두는 게 나으려나?'

이고르에게 우리가 어디에 있는지 알려준 게 바로 엘로이즈라는 걸. 나는 조심스럽게 그를 불렀다.

"저, 파비안."

"뭡니까?"

파비안이 내게 시선을 돌렸다. 날카로운 눈동자가 나를 향했다. 조금 전까지 라리사를 바라보던 눈빛과는 너무 달랐다.

나는 주춤했다. 노려보는 것도 잘생겼긴 하지만 눈빛이 무서워…….

"아, 그게……."

……말하지 말고 그냥 넘어갈까?

어차피 이고르는 당분간은 찾아오지 않을 것이다. 엘로이즈의 속셈이 뭐였든지 간에 그건 실패로 돌아갔다.

'게다가 내가 그걸 어떻게 알았는지 물어보면 곤란해. 둘러댈 말이 없어.'

내 능력에 대해 말하지 않고는 설명할 방법이 없었다. 나는 망설이다가 결국 입을 꾹 다물었다.

'이번엔 그냥 넘어가자. 혹시 다른 일이 또 생기면 그때 가서 말하면 되겠지.'

다른 일이 생길 일도 없을 테지만.

"혹시 정원에 어떤 꽃을 심어됐는지 아세요?"

나는 결국 다시 꽃 이야기를 꺼냈다.

"전부 돌아본 건 아니지만, 대강은 압니다."

파비안은 이미 알아챈 모양이었다. 말은 우리끼리 주고받았지만, 사실은 라리사에게 들려주기 위한 대화를 하고 있었다. 그는 내 말을 받아 이야기를 시작했다.

어색하게 시작한 티타임이었지만, 차가 식을 때쯤에는 훨씬 부드러운 분위기가 되어 있었다.

처음에는 내 뒤에 숨어 있던 라리사도 점차 긴장이 풀린 모양이었다. 지금은 편안한 자세로 앉아서 한 팔에 꽃을 안고 다른 손으로 막대 사탕을 이리저리 굴려가며 먹고 있었다.

게다가, 라리사는 무려 파비안을 자꾸 힐끔거리며 쳐다보았다! 눈이 마주치면 얼른 고개를 돌리며 못 본 척했지만, 그걸 나나 파비안이 모를 리가 없다.

'라리사도 역시 파비안이 마음에 드는 거야.'

이렇게 원작대로 전개가 되는 건가. 나는 적잖이 마음이 놓였다.

이대로만 가면 삼 년 후에 나는 훨씬 홀가분한 기분으로 떠날 수 있을 것이다.

'친해지려면 역시 맛있는 걸 함께 먹는 게 최고지.'

나는 그를 식사에 초대할 생각으로 말을 꺼냈다.

"다 함께 저녁 식사를 하지 않은 지 오래되었네요."

"함께 식사한 것은 단 한 번뿐이었습니다만."

아, 그러네.

라리사와 함께 식사한 건 딱 한 번이었다. 언젠가 라리사의 상태가 괜찮았을 때 함께 식당에 내려갔더니 레오니드가 앉아 있었다. 양해를 구해 함께 식사를 시작하고 나니 파비안이 뒤늦게 나타났었지.

'그때도 은근히 즐거웠는데.'

역시 식사는 여럿이 하는 게 좋다. 그렇다고 대공가의 친척들까지 모두 모인 자리는 사양이지만.

나는 라리사를 돌아보았다.

"어때? 우리 내일 저녁 식사에 대공 전하를 초대해서 함께 먹을까?"

라리사의 눈이 동그랗게 커졌다. 그녀는 나를 봤다가 파비안을 한 번 쳐다본 다음, 다시 내게로 시선을 돌렸다.

하얀 얼굴에 엷게 홍조가 어렸다. 그리고 천천히 고개를 끄덕였다.

'어쩜…… 너무 귀여워…….'

정신을 차리고 보니 나는 흐뭇하게 웃으며 라리사의 머리를 쓰다듬고 있었다. 우리 라리사는 머릿결도 아기 새 솜털처럼 부드럽다. 다 내가 매일매일 빗겨줘서 그런 거지, 후후.

"내일 저녁 식사를 하러 오시는 건 어때요? 라리사도 좋다고 하는데요. 장소는 아마 또 이 침실이 되겠지만요."

"좋습니다."

파비안은 선선히 대답했다.

하지만 다음 날 셋이서 함께 느긋하게 저녁 식사를 하는 일은 생기지 않았다. 그 날 오후, 내 앞으로 편지가 한 통 도착했기 때문이었다.

내 전 약혼자에게서 온 편지였다.

문제는 내게 오는 편지는 전부 파비안이 먼저 확인한다는 것이었다.

2권에서 계속…